法国侦探小说女王
弗雷德·瓦尔加斯

Fred Vargas
TEMPS GLACIAIRES

冰寒时代

钱培鑫 译

上海文艺出版社
Shanghai Literature & Art Publishing House

1

二十米，短短二十米就到邮筒跟前了，没想到这么难走。可笑，她心想，二十米就是二十米，还分什么短短、长长。人到了临死的关口、到了这个非同寻常的地方，居然还想着这种鸡毛蒜皮的事，真是匪夷所思。还以为会留下什么足以载入人类智慧史册的最后感言，叫人众口交传，到处都会有人打听："您知道艾丽丝·高迪埃的临终遗言吗？"

尽管她没有什么轰轰烈烈的事情要宣布，但是她的确想传递一个至关重要的消息，足以载入人类的恶行史，而后者的篇幅要远远超过展示人类智慧的篇章。她看了一眼手里微微颤抖的信。

加油啊，还有短短十六米。诺埃米站在楼门口，目不转睛地看着她，稍有踉跄，她就会跑过去搀扶。诺埃米想尽办法不让病人单独上街，风险太大，可是艾丽丝·高迪埃轴起来她也拦不住。

"好让您在我背后偷看地址？"

诺埃米生气了，她才不是那种人。

"人人都一样，诺埃米。我有个朋友，一个老滑头，老是跟我说：'你想守住秘密，那你就守着吧。'我呢，我的秘密守了好长时间，可是它害得我升不了天。当然啦，秘密说出来，我也不一定能上天。起开，诺埃米，让我过去。"

看在上帝分上，你倒是快走啊，艾丽丝，要不然诺埃米会冲着你跑过来。她扶着助行器，使劲往前挪了九米，至少也有八米出头。等过了药店，然后洗衣店，还有银行，就到了，就到那个小小的黄颜色的邮筒边上了。她正为成功在望而欣喜，忽然眼前一阵模糊，手里一松，倒在一个红衣妇人脚下。妇人惊叫一声，伸手抱住她。手提包里的东西洒落一地，手里的信也滑落了。

药店女药剂师急忙奔出来，忙着询问、查看伤着没有，红衣妇人则把散落的东西捡起来，放回手提包，然后把包搁在艾丽丝身边。她的角色转眼就结束了，救护人员已经在路上，这儿没她什么事了，于是她站起来，后退几步。她很想再帮点忙，在事故现场多待一会儿，至少把自己的名字告诉迅速赶来的消防急救人员，但没机会了，女药剂师已经掌控了局面，还有个惊慌失措的女人赶来帮忙，说自己是病人的护工，她喊着叫着，哭了几句，高迪埃太太硬是不要她陪，她住33号乙，近在咫尺，她绝无玩忽忽职守。救护员把倒下的妇人抬上担架。走吧大姐，没咱的事了。

这话不对，她边走边想，不对，她是真做了点儿事的。妇人倒下的时候，她托了一把，她的脑袋才没磕在人行道上。自己或许救了她一命，谁能否认呢？

4月初，巴黎的天气渐渐暖和起来，可是风的骨子里还是寒飕飕的。风的骨子里。假如风的确有骨子的话，那么风的另外一部分该怎么称呼呢？风的外表？玛丽-法兰西皱起眉头，这些小问题像无所事事的飞虫在脑海中浮现，而且就在她刚刚救了一条人命的时候，太讨厌。说风的表面怎么样？她整了整红大衣，然后双手插进口袋。右边口袋里有她的钥匙、钱包，左边却意外碰到一张厚厚的纸。左边的口袋平常只放交通卡和买面包的四十八生丁。她停下脚步，站在树下琢磨。她拿着的是那个不幸跌倒的女人的信。"凡事要七思而行"，一生都没什么行动的父亲老是跟她这样唠叨。想必他充其量只能思考四次。信封上的字迹颤颤巍巍，反面写着名字"艾丽丝·高迪埃"，字体很大，落笔不稳。的确是那个女人的信。她把散落的东西都放回了手提包，急急匆匆，生怕被风吹乱，证件、钱包、药品、手帕，结果把这封信误揣进了自己口袋。信当时掉在手提包的另一侧，女人想必左手拿着信。她单独出来就是为了做这件事，玛丽-法兰西想道，她想寄一封信。

把信给她送回去？可是往哪儿送呢？她已经被送往某家医院的急诊室，但不知道是哪家医院。托33号乙的那位护工转交吗？你要留神啊，玛丽-法兰西，你要留神。凡事要七思而行。这位高迪埃太太之所以不顾风险，单独去寄信，说明她不想让这封信落在别人手里，而且到了不惜一切代价的地步。七思而行，但不是十思，不是二十思，父亲补充说，否则脑子太累，不会出什么结果。这种一味沉思、原地打转的人，我们看得太多了，可怜啊，看看你叔叔，他就是这样的人。

不行，不能给护工。高迪埃太太冒险出门，没让她陪着，不是无缘无故的。玛丽-法兰西环顾四周寻找邮筒。广场对面有一只黄颜色的小邮筒。玛丽-法兰西把信贴在腿上抚平。她肩负一项使命，她救了那个女人的命，她也将拯救这封信。写信不就是为了寄吗？所以她把信寄出去没有错，恰恰相反。

她看了几遍地址，确定是寄往邮编以 78 开头的伊夫林省之后，把信轻轻投入"郊区"的槽口。七思而行，玛丽-法兰西，不是想二十次，不然永远寄不成信。她接着把手指伸进投信口的挡板摸了摸，查验那封信确实落入了邮筒。确实落进去了。今天是星期五，晚上六点最后一次取件，周一上午，收件人就能收到信。

祝你今天愉快，大妞，非常美好的一天。

2

和部下们的会议上，巴黎十五区的布尔林警长显得犹豫不决，他咬着脸颊内侧，两只手搁在鼓起的肚子上。资历老的警官们都记得，他曾经身形矫健，后来短短几年工夫被脂肪彻底占领。但是他气场犹存，部下们毕恭毕敬聆听指示的样子可以为证。即使他擤鼻涕弄得声音很大，几乎不加掩饰，就像他方才做的那样。他解释说自己得了春季感冒。春季感冒与秋季或冬季的感冒没什么区别，但听上去更加轻盈、与众不同，可以说更加欢快。

"该结案了，警长。"性子最急的费耶尔警司说出了大伙的看法，"到今天晚上，艾丽丝·高迪埃就死了整六天了。她的死是自杀，毫无疑问。"

"我不喜欢不留遗书的自杀者。"

"两个月前国民公会街的那个家伙也不啥都没留下。"一名探员反驳道，语气差不多跟警长一样冲。

"可是他喝得烂醉如泥，独自一人，是个穷光蛋，情况完全不一样。如今这桩案子涉及一个生活规律的女人，一位退休数学教师，毫无波折的人生，什么也挖不出来。另外我也不喜欢早上洗头、抹香水的自杀者。"

"这就对啦，"另一个声音说道，"既然要死，就要死得漂漂亮亮。"

"所以，"警长开口道，"大晚上的，艾丽丝·高迪埃穿着正装，喷了香水，放了一缸水，然后脱下鞋子，不脱衣服就躺进浴缸，割开了自己血管？"

布尔林抽出一根烟，其实是两根烟，因为他的手指很粗，没办法一次只拿一根。因此总有零散的香烟躺在烟盒附近。同样原因他也不用打火机，因为打火机的点火轮太小，摸不着。他用的是一盒点壁炉的大火柴，放在口袋里鼓鼓的。他之前宣布警署的这间屋子向烟民开放。禁烟令让他怒不可遏：与此同时每年有三百六十亿吨二氧化碳排往众生头上——没错，老子说的是众生，也就是所有生物。三百六十亿吨啊，他一字一顿地说，就不兴老子在露天站台上点根烟？

"警长，她知道自己来日无多。"费耶尔加重语气，"她的护工告诉我们，上星期五，她想去寄信，一副充满自信、铁了心的样子，可是没成功。所以五天后她在浴缸里割腕自杀了。"

"也许就是一封告别信。所以她家里没有留下字条什么的。"

"说不定是她的遗嘱。"

"给谁的遗嘱啊？"警长深吸一口烟打断他们，"她没有继承人，银行里也没有多少积蓄。她的公证人没有收到新的遗嘱，她的两万欧元都捐了出去保护北极熊。再说放着这封重要的信丢了不管，她居然自杀了，为什么不再写一封呢？"

"因为那个年轻人来见她了，警长。"费耶尔回答道，"星期一来过，星期二又来了，邻居说得很肯定。邻居听见他按门铃，说是来赴约的。时间是晚上七点到八点之间，每天只有这个时段她独自在家。所以见面时间一定是她自己安排的。她可能已经与他谈过遗愿，因此不需要再写信了。"

"去向不明的陌生年轻人。葬礼上只有一群上了年纪的亲戚。没有年轻人的身影。这该怎么解释呢？他去哪儿了？如果说他们关系很近，到了有急事会召唤他的程度，那么他肯定是亲戚，或者是朋友。这种情况下，他理应来参加葬礼。但没有，无影无踪，消失在了空气中。充满二氧化碳的空气，我提醒大家。对了，邻居听到他在门外自我介绍。他叫什么来着？"

"邻居听得不太清楚。安德莱，或者'戴戴'，吃不准。"

"安德莱，那是老年人的名字。邻居为什么说他是年轻人？"

"听他说话的嗓音。"

"警长，"另一个警司提高嗓门说，"法官要求我们结案。高中生被捅和沃吉拉停车场女子遭袭的案子我们都还没有进展呢。"

"我知道。"警长边说边拿起躺在烟盒旁的第二支烟，"昨晚我和他谈过。如果那也叫谈话的话。自杀，自杀，必须结案，必须推进，即便要把事实——虽然都是不起眼的细节——埋进土里，像踏在蒲公英上那样踏过去。"

蒲公英是植物界中的弱势群体，他想道，没有人尊重它们，总是被人践踏，或者用来喂兔子。相比之下，谁都不会去踩玫瑰，更不会想到给兔子吃。屋里一阵沉默，人人都被新法官的不耐烦和警长的消极情绪撕扯着。

"我结案，"布尔林叹了口气，似乎力不从心，"前提是我们再花些力气，努力搞清楚她在浴缸边上画的符号是什么意思。笔道非常清晰、非常有力,可就是看不懂。那里头有她最后留下的信息。"

"但是无法破解。"

"我给当格拉尔打电话。也许他能知道。"

然而蒲公英生命力顽强,玫瑰却弱不禁风,布尔林顺着自己的思绪继续想着。

"阿德里安·当格拉尔警督吗?"一名探员问道,"十三区刑警队的当格拉尔?"

"是的。他知道的东西,给你三十条命都学不会。"

"可他的背后,"探员小声说道,"就是亚当斯贝格警长啊。"

"有意见?"布尔林几乎威严地站起身来,两只拳头抵住桌子。

"没意见,警长。"

3

亚当斯贝格抓起电话,推开一堆文件,两脚往桌子上一搁,仰倒在椅子上。他的一个姐姐得了肺炎,天知道怎么回事,害得他几乎一夜没合眼。

"33号乙的女人?"他问道,"在浴缸里割腕?现在才九点,干嘛一大早拿这种事烦我,布尔林?根据内部报告,这是一起确凿的自杀案。你不确定?"

亚当斯贝格对布尔林警长颇有好感。他是一个大吃货、大烟枪、大酒鬼,脾气火爆,在悬崖边上活得热火朝天,坚如磐石,却又柔如羊羔,是一个令人尊敬的抵抗者,哪怕到了一百岁,他依然会坚守自己的岗位。

"维尔弥雍,那个新上任的法官,老盯着我,就像只蜱虫一样。"布尔林说,"你知道蜱虫会干嘛吗?"

"知道啊。如果你看到一个长着几条腿的美人痣,那就是蜱虫。"

"该怎么办?"

"用小撬子把它转着拔出来。你给我打电话就为了这个?"

"不是,因为法官。他就是个大蜱虫。"

"你想咱俩一起用一把大撬子把他拔掉?"

"他要求我结案，但我不想结。"

"什么理由？"

"死者一大早抹着香水，头发洗得干干净净，却没有遗书。"

亚当斯贝格闭上眼睛，听布尔林把情况一五一十地陈述了一遍。

"有一个令人费解的符号？靠近她的浴缸？你想让我做什么？"

"不用你来。你把当格拉尔的脑袋借给我去看一下。说不定他看得懂，我觉得也只有他了。这样我至少良心无愧。"

"只借脑袋？那我拿他的身体怎么办？"

"你让它尽量跟着脑袋一起来吧。"

"当格拉尔还没到呢。你知道他来早来晚得看日子。就是说得看隔夜情况，没个准。"

"把他从床上拉起来，我在那边等着你们俩。另外，亚当斯贝格，一会儿陪我去现场的小子是个傻瓜，愣头青，得给他盘点包浆。"

亚当斯贝格坐在当格拉尔的旧沙发上，啜着浓咖啡，等着警督拾掇停当。他觉得最快的办法就是上门把当格拉尔摇醒，然后直接塞进车里。

"来不及刮脸了。"当格拉尔有气无力地俯身照了照镜子，嘴里抱怨道。

"您有时候上班也没刮脸啊。"

"情况不一样，今天我的身份是专家。专家得把脸刮干净啊。"

亚当斯贝格随意扫视了一下室内，在茶几上看到两个酒瓶，酒杯躺在地上，地毯还是湿的。白葡萄酒不会留下酒渍。当格拉尔想必直接在沙发上睡着了，他现在用不着担心五个孩子诧异的目光，他像培育珍珠般地抚养的五个孩子。两对双胞胎都远走高飞上大学了,家里由此显得空空荡荡,这并不是件好事。不过还剩下最小的,那个蓝眼睛的小家伙,不是当格拉尔生的,是他妻子离开时扔下的,当时还是婴儿,可他妻子头也不回就走了——这个故事他说过一百遍。去年,亚当斯贝格冒着两人闹翻的风险扮演了恶人的角色,拖着当格拉尔去做鉴定,警督像不省人事的醉鬼那样等待化验结果。化验结果无懈可击。有些人常在河边走就是不湿鞋,但这绝不能说是当格拉尔的天赋。

"哎,他们究竟找我干嘛?"当格拉尔问道,一边调整衬衫的袖扣,"遇到什么问题啦?您说是解读什么象形文字?"

"解读一个图案,一个女的自杀时画的,一个难以解读的符号。布尔林警长头都大了,想在结案之前弄清楚它的意思。法官像蜱虫那样叮着他。一只很大很大的蜱虫。时间只剩下几个小时。"

"哦,布尔林啊,"当格拉尔捋着外套,松了口气,"他怕新法官神经发作?"

"他怕这只蜱虫用毒牙咬他。"

"他担心蜱虫会将唾液腺里的分泌物注入他的体内。"当格拉尔纠正道,一边打着领带,"又不是毒蛇或跳蚤。另外蜱虫属于蛛形纲,和昆虫两码事。"

"好吧。那么您对维尔弥雍法官的唾液腺分泌物怎么看呢?"

"说实话,大妙不妙。不过话说回来,解读深奥的符号不是我的专长啊。我只是个北方矿工后代,"说到此警督颇为自豪,"我只懂些皮毛,小打小闹而已。"

"但是他盼着您过去。求个良心无愧。"

"总算有机会扮演一回良心的角色,我当然不能错过。"

4

当格拉尔坐在蓝色浴缸边缘,也就是艾丽丝·高迪埃割腕的那个浴缸。他仔细观察白色梳妆台的侧面,上面是她用化妆笔留下的图案。狭小的浴室里,亚当斯贝格、布尔林和他的探员默默地等着。

"你们倒是说话、走动啊,见鬼,我可不是德尔斐传达神谕的神使。"当格拉尔感到非常恼火,因为他没能当场破译那个符号。"探员,请给我倒杯咖啡,我是被他们从床上拖起来的。"

"究竟是从床上,还是一早从酒吧拖过来的?"探员冲布尔林嘀咕了一句。

"我的耳朵很尖,"当格拉尔优雅地坐在旧浴缸边上,目不转睛地凝视着图案,"我不需要评论,我只想要一杯咖啡,客客气气地要的。"

"一杯咖啡。"布尔林一把抓住探员的手臂吩咐道,他的大手轻而易举地环扣住后者的胳膊。

当格拉尔从后裤兜里掏出一本坐弯了的速记本,把图案临摹下来:一个大写字母 H,不过中间的横杠是斜的,一条下凹的弧线与横杠纠结在一起。

$\mathcal{H}$

"跟她姓名的首写字母有关系吗?"当格拉尔问道。

"她名叫艾丽丝·高迪埃,娘家姓魏尔蒙。但是她还有另外两个名字,克拉丽斯和亨利耶特。H可以代表亨利耶特(Henriette)。"

"不对,"当格拉尔摇着松弛的脸颊说道,灰色胡须让他的脸色显得黯淡,"这不是H。中间的横杠明显是斜的,径直向上翘起。而且这不是一个签名。一个人的签名总会随着本人的性格而变化,会倾斜,会变形,会收缩。而这个字母写得很工整,一点不像是签名。它更像是一个小学生用心模仿的符号或缩写词,而且模仿次数不多。要是是她写的话,也许写过一次,最多不超过五次。因为它很像一个小学生用心模仿的习作。"

探员拿着咖啡回来,脸上带着挑衅的表情,将滚烫的塑料杯放在当格拉尔的手中。

"谢谢。"警督毫无反应地嘟囔了一声,"如果她是自杀的话,那就意味着她在揭露那些把她逼上绝路的人。但为什么她的表达如此晦涩?是因为害怕吗?她在为谁害怕?为了她的亲人?她希望有人继续追查下去,但又不愿意泄露机密。如果是有人杀害了她——你担心的就是这个,布尔林,对吗?——那她可能是在指认凶手。但我还是不明白,为什么她不直说呢?"

"只能是自杀了。"布尔林绝望地吼道。

"可以吗?"亚当斯贝格靠在墙上,故意从上衣口袋里掏出一支揉皱的香烟。

对于布尔林警长来说,这句话仿佛是个魔咒,他立刻划了一根大火柴伸过去,然后也给自己点上一支烟。一丁点大的浴室里顿时烟雾缭绕,探员生气地走出去,站到浴室门外。

"她的职业是?"当格拉尔问道。

"数学老师。"

"也对不上。这不是数学符号,也不是物理符号。不是星座,也不是象形文字。跟共济会或者撒旦教派也没有关系。都不沾边啊。"

他嘀咕了一会,面有难色,神情依然很专注。

"除非是古代的北欧字母——卢恩符文,或者可能是日文假名,甚至是汉字。"他继续说道,"这种横杠斜着写的 H 是有的,但是下面没有凹线。问题就在这里。我们还可以假设是西里尔字母,可是写得不规范。"

"西里尔字母?是说俄语字母吗?"布尔林问。

"俄语,还有保加利亚语、塞尔维亚语、马其顿语、乌克兰语等,它们都用西里尔字母,范围很广。"

亚当斯贝格有所预感,瞥了当格拉尔一眼,制止了警督准备展开的关于西里尔字母的博学论述。果然如此,当格拉尔很不情愿地放弃了圣西里尔的徒众创造字母的故事。

"西里尔字母中有一个 Й,不要和 И 搞混了。"他在本子上边画边说,"您看,字母顶部有一个凹形标志,像个小杯子。根据上下文的不同,念'哇咿'或'啊咿'。"

亚当斯贝格又瞥了他一眼,当格拉尔见状,便不再展开叙述。

"假设这名女性写的时候遇到困难,"他话题一转,"因为浴缸和梳妆台之间的间隔,她不得不伸长手臂,因此小杯子的位置放错了,放在了中间而不是上方。但是,如果我没有记错的话,这个Й不会出现在一个词的开头,而是出现在结尾。我从来没有听说过使用单词末尾的字母构成缩写词。不过最好还是在她通话记录或通讯录里面找一下,看看有没有会用西里尔字母的人。"

"那也许是浪费时间啊。"亚当斯贝格轻声反对道。

亚当斯贝格轻声说话并不是为了避免得罪当格拉尔。除了个别情况,警长一般不会抬高嗓门,他说话不紧不慢,哪怕会让对方昏昏欲睡;他的声音柔和,对于某些人来说似乎具有催眠的效果,对另一些人则很有吸引力。审讯时,根据主审是警长还是他的部下会得出不同结果。亚当斯贝格要么把嫌疑人问得昏昏欲睡,要么会从嫌疑人的口中突然获得一连串的供词,就像磁铁把咬死的钉子吸出来一样。警长对此并不在意,因为他承认自己有时候不小心也会睡着。

"浪费时间?什么意思?"

"没错,当格拉尔。最好先搞清楚,凹线是什么时候画的,在斜杠之前还是之后?H 的两条竖线也是一样,是先画的?还是后画的?"

"先画后画有什么关系吗?"布尔林问道。

"以及斜线是由下往上画的还是从上往下画的。"亚当斯贝格顾自说下去。

"当然有关系。"当格拉尔应道。

"斜杠像是一道划线。"亚当斯贝格接着说,"我们在划掉、涂掉某些东西时会这样。由下往上划,用力划。假如先画的是笑容,那么它就被划去了。"

"什么笑容?"

"我的意思是那根凸线,看起来像个微笑。"

"凹线。"当格拉尔纠正道。

"随您的便。单看这根线,让人想到笑容。"

"有人想抹去的笑容。"布尔林插了一句。

"差不多。至于那两根竖线,它们可能是包住笑容的轮廓,比如一张从略的脸。"

"太从略了,"布尔林说,"牵强。"

"太牵强。"亚当斯贝格确认,"不过还是检查一下吧。这个西里尔字母的笔顺是怎样的,当格拉尔?"

"先写两竖,再写斜线,然后写上面的小杯子。跟我们法语里把开音符闭音符之类的放在最后写一样。"

"因此,如果小杯子是先写的,那就不是什么写错的西里尔字母,"布尔林说,"我们也就不需要浪费时间在她的通讯录里找什么俄国人了。"

"或者马其顿人。又或者塞尔维亚人。"当格拉尔补充道。

走到街上,布尔林拨通电话下了几个命令,当格拉尔则拖着脚跟在同事们后边,没能破解这个符号让他很是懊恼。其实,当格拉尔平时走路就喜欢拖着脚,所以他的鞋底磨得很快。鉴于警督很注重自己的英式优雅,但相貌身材不大拿得出手,因此更换自己脚下的伦敦产皮鞋就成了件大事。只要有人去英吉利海峡对岸,他就请他们帮忙带双鞋子回来。

探员对当格拉尔显露的点滴知识深感佩服,此刻恭恭敬敬地跟在他身边。照布尔林的说法，他已经蹭出"一点包浆"了。

四人在国民公会广场分手。

"结果一出来，我就给你打电话，不会太久的。"布尔林说道，"感谢你们的协助，不过我认为今晚我只能结案了。"

"既然啥都没弄明白，那就随便说吧。"亚当斯贝格摆摆手道，"它让我联想到断头台。"

布尔林目送两名同事走远。

"别担心，"他对探员说，"亚当斯贝格就是这风格。"

仿佛这句话足以揭开谜底一般。

"不过说实话，当格拉尔警督知道那么多东西，他脑瓜子里到底装着什么？"探员问道。

"白葡萄酒。"

不出两小时，布尔林打电话告诉亚当斯贝格，两根竖线是先画的，先画左边，然后是右边。

"所以就像写 H 那样。"他继续说道，"但是随后，她画了那道凹线。"

"所以跟 H 不一样。"

"也不像西里尔字母。可惜了，我相当喜欢这假设。然后她画了那条斜线，自下而上。"

"她把笑容划掉了。"

"没错。到头来我们一无所获，亚当斯贝格。既不是首字母，也没有俄国人。只剩了一个未知符号，留给一群未知的人。"

"要么指控他们逼死了她，要么就是向他们报警，提醒他们注意危险。"

"或者她确实因病自杀。"布尔林说道，"但是在自杀前，她想披露某件事或者某个人、她生活中发生过的某个重要事件。这是她在离世前的最后坦白。"

"保留到人生最后时刻的会是怎样一种坦白呢？"

"一个难以启齿的秘密。"

"比方说？"

"隐藏的子女？"

"或者某种罪孽，布尔林。也许杀过人。你那亲爱的艾丽丝·高迪埃犯的会是什么事呢？"

"我不会用'亲爱的'这个词。她为人强势，刚毅，甚至有点专横。人缘不是很好。"

"她以前跟学生有什么过节吗？和学校有什么不愉快吗？"

"她得到的评价很高，从来没被调动过。四十年如一日在同一所初中，而且是在困难社区。不过据同事说，在她的课堂上，学生都不敢作声，包括那些刺头，都被收拾得服服帖帖。校长们自然离不开她，把她奉为圣人。她只要往门口一站，整个教室立刻鸦雀无声。学生都怕挨她的罚。"

"不会是体罚吧？"

"不像是体罚。"

"那还有什么？罚抄作业？抄三百遍？"

"也不是。"布尔林答道，"她的惩罚是停止爱他们。因为她爱他们，爱这些学生。是的，失去她的爱，这就是惩罚。许多学生下课后会以各种借口去见她。举个例子，你就知道这女人多厉害了：一个小混混敲诈同学，被她叫进办公室，不到一个小时，也不知怎么，就把整个团伙全供出来了。这女人就有这本事。"

"砍瓜切菜，对吗？"

"你又想到断头台了？"

"没有，我在想那封丢失的信，还有那个陌生的年轻人。也许是她以前的学生。"

"要是这样的话那这个符号是跟学生有关？团伙的标志？帮派的标志？你别惹我了，亚当斯贝格，我今天晚上必须结案。"

"那你就拖一下。哪怕拖一天也好。告诉他们你在研究西里尔字母。可千万别说是打我们这儿听来的。"

"拖，为什么？你想到什么啦？"

"没什么。我只是想稍微思考一下。"

布尔林沮丧地叹了口气。他跟亚当斯贝格相识已久，知道"思考"对他来说毫无意义。亚当斯贝格从不思考，他从不拿起铅笔独自坐在桌前，从不全神贯注地站在窗前，从不在黑板上用箭头和数字排列线索，从不用拳头支着下巴。他忙忙碌碌，悄无声息地走动，在办公桌之间穿行，在案发现场踱步，发表意见，但是没有人见过他思考。他像一条随波逐流的鱼。不对，鱼不会随波逐流，它尾随自己的目标。亚当斯贝格更像一块顺流而漂的海绵。那究竟是怎样的水流呢？有人甚至说，他褐色的蒙眬眼神有时会变得更加迷离，那时他的眼睛里就仿佛有海藻似的。比起属于陆地，他更像是属于大海。

5

玛丽-法兰西读到那天的讣告栏时吓了一跳。她落进度了,有好几天的报纸要补,也就是说要补读上百条讣告。倒不是因为每天看讣告会带给她某种病态的满足,而是——这话说起来很可怕,她又一次想道——不想错过她表姐去世的消息,那位在她小时候待她很好的表姐。表姐出身大富之家,那种人家每当有人去世都会在报纸上登讣告。两位表兄和表姐夫去世的消息就是在报纸上看到的。留下表姐一个人,非常有钱——表姐夫做气球生意,出人意料地发了财。玛丽-法兰西一直在想,表姐的财产会不会意外地落到她的头上。她算过这笔钱。会是多少呢?五万?一百万?还是更多?税后能拿到多少?表姐是否想到过让她继承遗产?假如表姐把钱都用来保护红毛猩猩怎么办?红毛猩猩可是她的一大执念,对此,玛丽-法兰西完全能够理解,她愿意跟它们、跟这些不幸的生物分享这笔钱。别急,大姐,看完讣告再说吧。表姐快九十二岁了,日子应该不多了吧?不过那个家族盛产百岁老人,就像别人家生孩子像下蛋。他们家是产老人像下蛋。说实话,那家的人游手好闲,那种活法的确延年益寿,玛丽-法兰西这样想。但是为了红毛猩猩,表姐在爪哇、婆罗洲和那些可怕的海岛上待了很长时间,这还是挺伤身的。她想着,又拿起报纸,按时间顺序读下去。

雷吉斯·雷蒙(表弟),马丁·德鲁沃(表弟),生前好友、同事沉痛告知

艾丽丝·克拉丽斯·亨利耶特·高迪埃夫人(婚前姓魏尔蒙)

因长期患病,不幸去世,终年六十六岁。出殡仪式将于特伦布莱路33号乙……

33号乙……她顿时回想起那名护工的叫喊:"高迪埃夫人,33号乙……"可怜的女人。她现在确信自己当时避免了她摔倒时脑袋着地,救了她的命——但是好景不长。

莫非是那封信?她选择寄出的那封信?自己好心办坏事了吗?万一这封宝贵的信件引起了一场灾难?假如护工是为了这个原因才竭力劝阻的呢?

反正不管怎样这封信都会被寄出。玛丽-法兰西安慰自己,又给自己倒上一杯茶。这就是命运。

不对,这封信也许不会寄出。她摔倒的时候,信从她的手中滑脱了。好好想想,大妞,七思而行。万一那实际上是高迪埃夫人的……——以前那家公司的老板怎么说来着,他嘴上老挂着那个词——一个"无意识失误"?也就是说其实不想做某件事,但出于某些隐藏在理性之下的深层原因,最终还是做了。假如高迪埃夫人是因为害怕寄信而晕倒呢?假如她是因为某些理性之下的深层原因,

放弃了原先的想法，借由"无意识失误"而将信弄丢了呢？

如果是这样的话，那么命运的化身就是她了，玛丽-法兰西，是她决定成全老人的本意。可笑她还是反复思考后才将信投入邮箱的呢，思考的次数不多也不少。

别想太多了，有些事情你永远无法理解。没有迹象表明这封信会酿成大祸。你别瞎想了，我的大妞。

但到了午餐时间，玛丽-法兰西还在想这件事，因为她再也没去读其他讣告，哪怕此时此刻，她依然不知道喜欢红毛猩猩的表姐是否离世。

她去玩具店上班——她在那儿打工，干半天的活——脑子昏沉沉的，胃部隐隐作痛。妞啊妞，这说明你翻来覆去还在琢磨这件事，父亲在这方面反复叮嘱过，你又不是不知道。

这不是她第一次看见路边的这个警署，因为她一周有六天会经过那里，但是这一次，她忽然觉得警署像黑夜里的灯塔一样在她眼前闪耀。"黑夜里的灯塔"，这也是从父亲那儿听来的。"但是灯塔的问题，"他补充道，"在于它不停地闪。所以说你的计划不停地来回折腾。而且天一亮，灯塔就会熄灭。"不过现在，天亮着，但警署依然像夜间的灯塔那样闪亮。这说明父亲的"圣经"——没有冒犯的意思——也是可以改动的。

她怯生生地走进去，前台那个人神情沮丧，稍远处站着一个女子，人高马大，挺吓人的，然后是一个矮个子金发男人，缩在后面，像个窝囊废，再往里面看，有个秃顶的男人，看上去像守巢的老鸟等着一窝迟迟不肯出世的雏鸟,那边有个人在读东西,她视力很好,看到他在读钓鱼杂志,一只大白猫趴在复印机上打盹,还有一个彪形大汉,一副大打出手的架势,吓得她差点转身离去。哦不,她定了定神,那是灯塔闪烁的错觉,现在灯灭了。一个大腹便便的家伙,穿着优雅但没有腰身,慢吞吞从她身边经过,蓝眼睛扫了她一眼。

"您有何贵干?"他吐字清晰,"女士,我们这儿不受理抢劫、袭击或别的案子。这儿是刑警大队。专门处理杀人或者谋杀。"

"这有区别吗?"她的声音有些紧张。

"区别很大,"男子略微欠身,就像上个世纪的人们行礼那样,"谋杀特指有预谋的杀人行为。杀人则不排除是无意的。"

"明白了,我来这儿是因为一桩可能的杀人案,无意的。"

"您打算报案,女士?"

"那也不是,因为那也许是我犯的,不是蓄意的。"

"发生了斗殴?"

"没有斗殴,警长。"

"警督,阿德里安·当格拉尔警督。竭诚为您效劳。"

好久没有人如此毕恭毕敬、礼貌周全地对她说话了,或者说从来没有碰到过。这个家伙不怎么帅——在她看来散了架似的——但是上帝啊,他的话说得真是漂亮。灯塔再次闪烁起来。

"警督,"她说话有点底气了,"我恐怕寄了一封信,这封信导致了一个人的死亡。"

"一封威胁信?表示愤怒?扬言复仇?"

"哦,不是的,警督,"她喜欢用这个词,那让她觉得自己变得重要起来,"我一无所知。"

"一无所知什么，女士？"

"对信里写的东西一无所知。"

"不过您说是您投寄的，对吗？"

"千真万确，信是我投寄的。不过投寄前我仔细想过。想的次数不少也不多。"

"假如不是您写的信，为什么要寄出去呢——是您寄的没错吧？"

灯塔熄灭了。

"因为我在地上捡到的这封信，而那位女士，她后来死了。"

"所以您是替朋友寄信，对吗？"

"不对，那个女人，我不认识。我那时候刚救了她的命。这事总归不一般吧？"

"非常不一般。"当格拉尔颔首称是。

布尔林不是说过，艾丽丝·高迪埃出门寄信，结果信不见了吗？

他尽可能地挺直身子。警督其实是高个子，比矮小的亚当斯贝格警长高多了，可惜没有人真正意识到这一点。

"非常不一般。"他意识到眼前身着红大衣的女人一脸沮丧，重复道。

灯塔又亮起来。

"可是接着她死了，"她说道，语气有些急促，"今天早上我在讣告栏里看到的。我经常看讣告，隔三岔五地看，生怕错过某个亲人或老朋友的葬礼。"

"您关心他人，这份心实在很难得。"

玛丽-法兰西立刻振作起来。看到这位男士如此善解人意，一下子为她洗清罪孽，不由得对他产生了一种好感。

"所以我读到了家住33号乙的艾丽丝·高迪埃的死讯。而我寄出的正是她的信。上帝啊,警督,说不定这一切是我引发的?可是在寄信之前,我思考了七次呢,没有多想一次。"

听到艾丽丝·高迪埃这个名字,当格拉尔浑身一震。这种震颤在他这个年龄是少之又少了,他对生活琐事的兴趣往往转瞬即逝,因此他格外感激这位身着红大衣的女子。

"这封信您是哪天寄出的?"

"上周五,她在街上晕倒的那天。"

当格拉尔迅速做了个手势。

"请跟我来,我带您去见亚当斯贝格警长。"他说着扶住她的肩膀引路。似乎担心她会把知道的情况一路走一路丢,就像花瓶碎了瓶子里的东西洒一地。

玛丽-法兰西乖乖地跟着他走。她要去大官的办公室了。亚当斯贝格这个名字对她来说并不陌生。

彬彬有礼的警督推开长官办公室的门,她失望了。有个人懒洋洋地坐在那儿,穿着黑色帆布外套,露出黑色T恤,两只脚架在桌上,跟刚才接待她那位的风度翩翩形成鲜明对比。

灯塔行将熄灭。

"警长,这位女士声称寄出了艾丽丝·高迪埃生前的最后一封信。我认为您有必要听听她的陈述。"

她还以为警长快要入睡了,谁知他迅速睁开眼睛,坐直了身体。玛丽-法兰西只能硬着头皮走过去,离开和蔼的警督,跟这个靠不住的家伙打交道,让她心里觉得不爽。

"您是长官?"她没好气地问道。

"我是警长。"亚当斯贝格微笑着说道,他经常看到这种沮丧的表情,习以为常,也不往心里去。他伸出手,邀请她在对面坐下。

"永远不要相信当局的权威,"爸爸常常这么说,"那些人最坏。"实际上他还补充说:"一群混蛋。"玛丽-法兰西默不作声。亚当斯贝格看出她有点抵触,便示意当格拉尔坐在她旁边。果然,在警督的催促之下,她终于决定开口了。

"那天我去诊所看牙医。我家并不在十五区,只是碰巧路过那里。她拄着助行器慢慢地往前走,突然像是不舒服,然后就摔倒了。我赶紧抱住她,没让她的头磕在人行道上。"

"反应很敏捷。"亚当斯贝格说。

连"女士"都不称一声,不像警督那样。也没有说这个行为"非常不一般"。打着警察的官腔。注意,她不喜欢警察。假如说另一个是绅士——尽管有些不正宗,那么此人——这个头儿——只是个警察而已,再过两分钟他就会指控她。"你去找警察,然后你倒有罪了。"

灯塔熄灭。

亚当斯贝格又瞥了一眼当格拉尔。他知道不能按照常规要求她出示证件,否则她会再次沉默。

"女士当时恰好在场,真是个奇迹啊。"警督立刻回应道,"幸亏女士救了她,否则头撞在地上就危险了。"

"她在路上碰到您真是上天的安排。"亚当斯贝格补充道。

没有叫她"女士",但至少算是一句恭维的话。玛丽-法兰西扬起半边脸,不屑地斜瞅着他。

"您要咖啡吗?"

没有回答。当格拉尔赶紧站到玛丽-法兰西身后，默默地翕动嘴唇，清晰地示意亚当斯贝格说"女——士"。警长点了点头。

"女士，您想用咖啡吗？"亚当斯贝格重新问道。

红衣女子勉强点了点头，当格拉尔立刻上楼，走到自助咖啡机跟前，心说亚当斯贝格这下子似乎开窍了。这个女人需要安抚、恭维，以满足她不太健全的自恋。警长说话太直率、太随性，得替他把着点儿。可这个人就是直来直去，从小就这样，就像是从树上、水里或岩石里冒出来的。从比利牛斯的大山里冒出来的。

上完咖啡——用的是咖啡杯，而不是一次性塑料杯——警督重启谈话。

"这么说，她跌倒的时候，您扶了她一把。"他说。

"是的，她的护工立刻跑来。她惊叫着，说高迪埃夫人硬是不要她陪。女药剂师接手处理，而我忙着把她包里掉出来的东西捡起来。谁会想到这么做呢？救护人员从来不考虑这个。可是咱们的包里面，装着咱们的整个人生啊。"

"说得对，"亚当斯贝格鼓励道，"男人通常把这些东西都塞在口袋里。所以您捡到了一封信，对吗？"

"她肯定是用左手捏着信，因为信落在手提包的另一侧。"

"您真敏锐，女士。"亚当斯贝格微笑着说道。

这微笑适合他，笑得优雅。她明显感觉到这位长官对她产生了兴趣。

"但问题是，我没有马上意识到。后来在去地铁的路上，我在外套口袋里发现了它。您不会以为我偷的吧？"

"这些都是无意的动作。"当格拉尔说。

"是的，是无意的。我看到寄件人的名字艾丽丝·高迪埃，就知道是她的信。然后我反复思考，想了七次，正好七次。"

"想了七次。"亚当斯贝格跟着说了一遍。

一个人怎么可能准确地计算自己的思考次数呢？

"不是五次，也不是二十次。我父亲说过，七思而行，不能少于七次，否则你会做傻事，但尤其不可超过七次，否则就会原地打转。如果长时间打转，你会像螺丝钉一样钻入地下。然后就被卡死在那儿。因此我就想，这位女士希望独自出门寄信，那一定很重要，对吧？"

"非常重要。"

"这都是我的推断，"玛丽-法兰西自信起来，"我又仔细看了一遍，确实是她的信。她在信封背面写下了自己的名字，字迹很大。本来我想把信还给她，可是她已经被送进了医院，也不知道是哪家医院。消防急救员没有跟我说话，也没有问我的名字，什么都没说。然后我想，最好是把信送回到33号乙，听护工说她住在那里。这已经是我第五轮的思考了。但我又想，千万不能这么做，因为这位女士拒绝了护工陪同。或许她想挑战自己，或者有其他原因。到了第七轮，反复权衡之后，我决定完成这位可怜的女士没能做成的事。于是我将信投进了邮箱。"

"您是否凑巧注意到地址了，女士？"亚当斯贝格有点担心地问道。

因为这位女士如此反复思考，生怕自己做错了事，很可能小心翼翼地避免窥看收信人的名字。

"当然注意到了，这封信，我琢磨了好多遍，因为我一边看，一边在思考。邮筒上头有'巴黎''郊区''外省''国外'四个投信口,我必须知道地址才能做出正确的选择。不能投错,否则这封信就丢了。我一遍又一遍地核对,78开头的邮编,伊夫林省,这才把信寄出。从报上看到那位可怜的女士死了,我怕自己干了一件可怕而愚蠢的事情。说不定那封信引发了一些事情,导致了她的死。这算不算过失杀人?您知道她的死因吗?"

"这个我们以后再谈,女士。"当格拉尔说,"不过您的帮助对我们来说十分宝贵。换成别人可能已经忘记了这封信,或者根本不会想要联系我们。但除了78开始的邮编、伊夫林省,您有没有看到收件人的姓名?您是否还侥幸记得?"

"没有侥幸,我记性很好。78491,幽甸,拉毕贾德路,玛德莱娜种马场,阿梅代·马斯弗雷先生。应该投到邮筒的'郊区'槽口里面,不是吗?"

亚当斯贝格张开双臂站起来。

"干得漂亮。"他走上前来,自来熟似的摇着她的肩膀。

这个动作有点出格,也许是因为他太高兴了吧,她也挺高兴的。多么美好的一天,我的大姐。

"但我想知道的是,"她又严肃起来,"这位可怜的女士会不会是因为我寄了信才去世的,比如说被收到的回应刺激到了,或者诸如此类的东西。这让我心神不宁,您能理解吗?而且现在我注意到这件事惊动了警方,那就说明她不是寿终正寝的,我说得对吗?"

"这件事与您无关,女士,我向您保证。最好的证据就是这封信是在星期一或最晚星期二送到的,而高迪埃夫人是在周二晚上去世的。在这段时间里,她没有收到任何邮件,没有任何访客,也没有接过任何电话。"

玛丽-法兰西如释重负，深深吸了一口气。亚当斯贝格朝当格拉尔瞥了一眼，当格拉尔的目光仿佛在说"不能说实话。不要提周一、周二的访客，别对她说实话，让她继续过太平日子吧"。

"所以她的确是安然离世的啰？"

"不，女士。"亚当斯贝格犹豫了一下，"她是自杀的。"

玛丽-法兰西惊叫一声，亚当斯贝格赶紧将一只手扶在她的肩膀上，这次是试图安慰她。

"我们觉得这封信——我们还以为它丢了呢——包含着她希望最后跟某位挚友分享的话。所以您用不着责怪自己，恰恰相反。"

当格拉尔小心翼翼陪着玛丽-法兰西离开警队，没等他们出门，亚当斯贝格便迅速拨通了十五区警长的电话。

"布尔林吗？我找到了你要的人。艾丽丝·高迪埃的收信人，名叫阿梅代什么的，住伊夫林省，你别担心，我有完整的地址。"

其实不然，他记不住字，看过就忘。玛丽-法兰西在这方面比他强一百倍。

"你是怎么做到的？"布尔林来劲了。

"我啥都没做。艾丽丝·高迪埃摔倒的时候，有个女人扶了她一把，然后捡起掉下的东西，随手把信塞进了自己的口袋，当时没有觉察到。好玩的是，她反复思考——来回想了七次，我就不说细节了——最后把信寄了出去。这还没完，她居然记住了收件人的完整地址，并且一口气告诉了我，就像你给我背《乌鸦和狐狸》的寓言一样。"

"我干嘛给你背《乌鸦和狐狸》?"

"你背不出来?"

"我背不出来。只会'您就是这片森林住户中的凤凰'这一句。不懂什么意思。说到底,只有不懂的东西,我们才记得最牢。"

"算了,不说乌鸦了,布尔林。"

"是你开的头。"

"对不起。"

"把那家伙的地址给我。"

"我给你念,听着:阿梅代·马斯弗雷,我不晓得念得对不对。马—斯—弗—雷。"

"阿梅代。可能是邻居听见的'戴戴'。这么说,他接到信以后立刻就过来了。你接着念。"

"邮编78491,幽甸,拉毕贾德路,玛德莱娜种马场。记下了?"

"记下了,问题是我今天晚上必须结案。西里尔字母让法官头痛不已,我只争取到一天的时间。所以我得立刻上车,现在就去找这个阿梅代。"

"我可以陪你一起去吗?还有当格拉尔,我们不暴露身份?"

"为了那个符号?"

"没错。"

"好吧。"布尔林沉默片刻后说,"我知道遇到难题而欲罢不能是怎样的感觉。再问一句:那个女人为什么去见你,而不来我的警局呢?"

"我有魅力呗,布尔林。"

"我不信。"

"其实,她每天路过警队这里,所以进来了。"

"那你为什么没有马上让她来找我?"

"因为她被当格拉尔迷住了。"

6

布尔林警长一路紧踩油门。同事们抵达的时候，他已经在玛德莱娜种马场入口的高大木门前等了一刻钟，急得来回踱步。亚当斯贝格办事慢慢吞吞，布尔林则截然不同，脾气火爆，做事总是心急火燎。

"见鬼，你在路上磨蹭什么？"

"我们路上停了两次。"当格拉尔解释道，"警长是为了观赏一道几乎完整的彩虹，而我则遇到了一座少见的圣殿骑士团谷仓。"

可是布尔林已经使劲摁起了门铃，不再理他。

"Carpe horam, carpe diem。"当格拉尔后退两步，喃喃自语。那是老贺拉斯的忠告："抓住时间，把握当下。"

"这儿地方很大啊。"亚当斯贝格透过4月间稀疏的树篱朝里面张望，"我猜种马场在那边，靠右，在那些木头大棚里。有钱人家。砾石路尽头是豪宅。您怎么看，当格拉尔？"

"那个位置上原先应该有座主楼。主路两边的厢房建于十七世纪，肯定是与一座更宏伟的建筑相配套的。主楼也许在大革命期间被夷为平地。只有高出树林的那座塔躲过一劫。您看到吗？肯定是一座瞭望塔，建成年代更早。咱们要是去瞅一眼，说不定能看到十三世纪的地基。"

"咱们不去看，当格拉尔。"

里面有人忙活了好一阵，解开沉重的铁链，把门开开一条缝，是个女人。亚当斯贝格注意到她五十多岁，身材瘦小，但有着一张胖胖的圆脸和肉鼓鼓的脸颊，与她的身材不太相配。脸上的颧骨给人一种开心的感觉，身体则显得干瘦。

"阿梅代·马斯弗雷先生在吗？"布尔林问。

"他在种马场，过了六点再来吧。如果是白蚁防治的事情就不用了，已经检查过了。"

"我们是警察，女士。"布尔林亮出自己的证件。

"警察？可是我们都跟他们说了呀！还不够痛苦吗？你们不会重新折腾一遍吧？嗯？"

布尔林跟亚当斯贝格交换了一个不解的眼色。已经有警察来过这儿了？来干嘛？比他还早？

"警察什么时候来的，女士？"

"快有一个星期了！你们相互不通气的吗？周四上午，一刻钟后宪兵就来了。第二天又来了一次。他们盘问所有的人，人人都要过堂。您觉得这还不够吗？"

"为了什么事，女士？"

"看来你们真的是各行其是。"小个子女人摇了摇头，一脸的恼火和失望。"反正他们说他们的工作结束了，把遗体还给了我们。叫他们扣了好多天呢，说不定还解剖过，也没人敢吭声。"

"谁的遗体，女士？"

"老板的。"她一字一顿地说，就像老师冲着一帮子差生喊话似的，"他自杀了，不幸的人啊。"

亚当斯贝格后退几步，离开他们几个，背着双手绕圈子，踢着脚下的碎石。他提醒自己要小心，不要一直原地打转，否则就会像螺丝钉一样钻进地底下。这么巧，又是一起自杀，就在艾丽丝·高迪埃死后第二天。亚当斯贝格听着瘦女人和胖警长的艰难对话。亨利·马斯弗雷，也就是阿梅代的父亲，周三晚上拿猎枪自杀了，他的儿子第二天早上才发现父亲死了。布尔林表示了慰问，但还是继续问下去，他说自己对此很难过，不过他是为了一件完全不同的事情来的，小事一桩，您放心吧。什么事啊？阿梅代·马斯弗雷收到过高迪埃夫人的来信。这个女人死了，所以他一定知道她的遗愿。

"我们不认识什么高迪埃夫人。"

亚当斯贝格拉住布尔林，往后退了三步。

"我想看一眼他父亲自杀的房间。"

"我要看的是这个阿梅代，亚当斯贝格。不看空房间。"

"两个都看，布尔林。你联系一下宪兵队，问他们这个自杀案办到哪儿了。这里归哪个宪兵队，当格拉尔？"

"这儿地处幽甸和阅邻村之间，我觉得属朗布依埃管辖。队长舒瓦瑟尔——跟路易十五时期的国务大臣舒瓦瑟尔一个姓——很能干。"

"就这么办，布尔林。"亚当斯贝格吩咐道。

他的语气变了，变得更强势，更加紧迫，布尔林只好咧着嘴服从了。

跟亚当斯贝格云里雾里谈了十分钟之后，女人终于打开大门，领着他们沿着砾石路前往老板位于豪宅楼上的办公室。她圆圆的脸颊稍稍恢复了平静，冲淡了身体的干硬。尽管如此，她仍然看不出老板的办公室与高迪埃夫人的信件之间有什么关联，同时她觉得这位警察——亚当斯贝格——也不认为两者有关。总之一句话，他在糊弄她。但是这个家伙说话的声音、他的微笑或者某种说不清的东西，不禁让她想起了自己小时候的老师，那个老师有本事说服你一个晚上背下乘法口诀。

亚当斯贝格现在知道了这个女人的姓名——塞莱斯特·格里尼翁，她二十一年前来到这家时，小男孩只有六岁。小男孩就是阿梅代·马斯弗雷，他非常敏感，体质差，病怏怏的，连一根睫毛都碰不得。

"到了。"她打开办公室的门，在胸口划着十字说道，"那天早上阿梅代就是在这儿发现他的，坐在桌子后面的椅子上。猎枪就在两腿之间。"

当格拉尔在房间里转了一圈，墙上放满了书，杂志堆在地板上。

"他是教授？"当格拉尔问道。

"他不止是教授，先生，他是学问家。不，比学问家更厉害，是天才。他是化学工程的天才。"

"他研究化学工程哪个领域？"

"研究如何清洁空气。他恨不得用吸尘器打扫天空，把脏东西吸到一个袋子里。袋子当然很大了。"

"清洁空气？"布尔林突然问道，"您的意思是清除空气里的CO_2、清除二氧化碳吗？"

"差不多是这样。他致力于清除黑灰、烟雾，所有那些人给我们吸的脏东西。他把钱全投进去了。他是一位天才，一位造福人类的慈善家。甚至连部长都请求见他一面。"

"您得把这件事跟我详细说说。"布尔林声音有点颤抖，塞莱斯特不禁对他刮目相看。

"最好还是找阿梅代，或者他的秘书维克多也行。不过说话的声音尽量轻点，因为遗体还停在家里，就在他的卧室里。"

亚当斯贝格围着死者的扶手椅和书桌转悠。书桌显得很沉，墨绿色的旧皮桌面，常搁手臂的部位旧迹明显，上面一道道划痕。塞莱斯特·格里尼翁和布尔林背对着他，还在讨论二氧化碳。他掏出笔记本，撕下一页纸覆在皮桌面上，拿起铅笔在纸上快速涂擦，当格拉尔继续沿着墙壁查看书籍和墙上的画。一幅画，只有这一幅画，与整体的学术氛围格格不入，画的是谢弗罗兹河谷的鸟瞰图，用了三种绿色，上面点缀着红颜色的小圆点，死气沉沉的，破烂一幅，不折不扣的破烂。塞莱斯特·格里尼翁来到他身边。

"不好看，对吗？"她低声问他。

"是的。"他答道。

"一点都不好看。"她加码说，"我实在不明白亨利先生为什么把这幅画挂在办公室里。他喜欢通透，可是这幅风景里连天空都没有，让人感觉闷得透不过气来。"

"的确如此。大概是某件纪念品吧。"

"完全不是。因为这幅画是我画的。您别觉得不好意思。"她立刻安慰道，"您只是目光敏锐而已。请不要介意。"

"也许练习不够，"当格拉尔有点尴尬，急忙找补，"说不定多画几张就好了？"

"我画了很多。我有七百幅这样的画，全是这德性。这让亨利先生觉得很有趣。"

"这些小红点是什么？"

"用高倍放大镜看的话，就能看到小红点其实是瓢虫。我画瓢虫最拿手。"

"您在传达一个信息？"

"我不知道。"塞莱斯特·格里尼翁耸了耸肩膀，走开了，对自己的"作品"丝毫不在乎。

相比那些把他们当作机器粗暴对待的宪兵，这些警察毕竟礼貌多了，塞莱斯特因而变得通融起来，请他们到底楼客厅休息，还端上了饮料。她这就去一趟种马场，大约二十分钟以后，他们就能见到阿梅代。离开之前，她再次叮嘱他们说话的声音要轻一点。

"宪兵怎么说？"等她一走，亚当斯贝格便问布尔林，"他们跟你说了什么？"

"亨利·马斯弗雷自杀身亡，确凿无疑。舒瓦瑟尔本人接了我的电话。全都照章进行，该查的都查了。他以坐姿自尽，双脚夹住长枪，往嘴里射了一发。他的双手和衬衫上沾满了火药。"

"他用哪根手指按的扳机？"

"两只手一起，右手拇指在上，左手拇指在下。"

"你说'沾满'火药，他拇指上也有火药吗？右手拇指上也有火药粉末吗？"

"这正是舒瓦瑟尔的意思。这并不是一起假自杀。没有凶手把枪塞在他手里，然后按动他的手指。自杀动机其实有一个，那天晚上，父亲与儿子发生了激烈争吵。"

"谁说的？"

"塞莱斯特·格里尼翁。她不住这栋楼，但那天她回来取毛衣时，听到他们在大声争吵，尽管没听清楚具体内容。根据宪兵的说法，阿梅代想要自立门户，而他父亲硬把他拴在这里，要求他接手种马场。他们俩怒气冲冲地分手，父亲不顾天黑，骑着马出去平复心情。"

"儿子呢？"

"他回屋睡觉，却睡不着。大门进来的地方那两座小楼，他住其中一座。"

"有人能证实吗？"

"没有，一个都没有。不过阿梅代手上没有火药痕迹。老板的秘书维克多就住阿梅代对面的小楼，他看到阿梅代夜里回到屋里，灯亮了，没有熄灭。阿梅代没有熬夜的习惯，维克多想过去看看他，但是犹豫了。两个人相处得很好。总之，这是一起自杀，与我们的调查无关。我只想看看艾丽丝·高迪埃寄来的信，没有其他要求。"

亚当斯贝格不喜欢久坐，他在窗户和墙壁之间来回走动，而不是绕着圈走。

"舒瓦瑟尔安排鉴证分析了吗？"他问道。

"常规分析。血液酒精含量1.57，还是相当高的，但是他们没有找到酒杯或者酒瓶。这家伙肯定是喝酒壮胆，但他显然已经把相关物品清理干净了。常用药物检测各项指标都是阴性。常见毒物的检测也是阴性。"

"有'神仙水'的痕迹吗？"亚当斯贝格问道，"还有另一种毒品叫什么，当格拉尔？"

"氟硝安定。"

"对，就是它。只要往某人杯子里滴几滴，就能让他乖乖地拿起枪来，这就可以解释为什么杯子不见了。不管怎么说，现在已经晚了，二十四小时之后不会留下任何痕迹。"

"我们还可以在头发上想想办法，"当格拉尔说，"它在头发里能残留七天。"

"不用这个我们也能断定是怎么回事。"亚当斯贝格摇着头说。

"见鬼，"布尔林说，"都说了'自杀无疑'。你在想什么呐？舒瓦瑟尔可不是新手。"

"可是舒瓦瑟尔没有见过艾丽丝·高迪埃画的记号。"

"亚当斯贝格，我们是为了那封信来这儿的。"

"不用看那封信，你现在就可以打电话告诉大蜱虫，这个案子你不结。"

对亚当斯贝格这种寥寥数语的建议，布尔林不会掉以轻心。

"你把话说清楚，"他说，"用不了五分钟，他们就到了。"

"舒瓦瑟尔没有错，他无可指责。首先要知道找什么才能找到嘛。瞧这个。"他递给布尔林一张纸，"我匆忙地在书桌上做了这个拓印，皮桌面上全是划痕。但是在这里可以清楚地看到。"他手指着几道线说。

"那个符号。"当格拉尔说。

"是的，刻在皮桌面上，而且刻痕很新。"

门开了,塞莱斯特气喘吁吁地冲进来。

"我就跟你们说那孩子情况不太好。听到我说你们想见他,问一下高迪埃夫人那封信的情况,他连连后退,维克多跟他说了几句,不料他骑上狄俄尼索斯,一头钻到树林里去了。维克多立即骑上赫卡忒去追他。阿梅代没戴头盔,马也没上鞍。更何况骑的是狄俄尼索斯。他不善于骑马。肯定会从马背上摔下来。"

"而且他肯定不想和我们说话。"布尔林说。

"格里尼翁女士,带我们去种马场吧。"亚当斯贝格说。

"您可以叫我塞莱斯特。"

"塞莱斯特,这匹狄俄尼索斯听话吗?"

"它会对一个特殊的口哨声作出反应。但这个口哨只有法布里斯会吹。法布里斯是种马场的师傅。不过要小心,这个人不太容易对付。"

他们刚走近马厩,一个粗壮的男人迎了上来,不用说,那就是法布里斯。个子不高,壮得像头牛,胡子拉碴的脸上满是凶相,活像一头面对敌人的老熊。

"请问您是?"布尔林边问边伸出手去握手。

"法布里斯·佩尔蒂埃。"他把小短手抱在胸前答道,"你们是谁?"

"布尔林警长、亚当斯贝格警长和当格拉尔警督。"

"配置不低啊。你们最好不要进马厩,会吓到马匹的。"

"我们还没有进去,您倒已经有两匹马在林子里惊慌失措地乱跑了。"布尔林回呛道。

"我不是瞎子。"

"麻烦您把狄俄尼索斯叫回来吧。"

"那要看我的心情了。我现在的心情是希望阿梅代从你们指缝中逃脱。"

"这是命令,"布尔林厉声呵斥道,"不然的话,您就是见死不救,会被追究责任的。"

"我只听老板的命令,不听任何人的话。"法布里斯答道,仍然紧紧抱着胳膊,"但是老板已经死了。"

"您吹口哨,把狄俄尼索斯叫回来,不然我就把您抓起来,佩尔蒂埃先生。"

布尔林较起真来的样子比种马场的恶人还要凶狠。两只老公鸡张牙舞爪对峙着。

"您自己吹吧。"

"我提醒您,阿梅代没有戴头盔,马也没上鞍。"

"没上鞍?"佩尔蒂埃大吃一惊,松开双臂,"狄俄尼索斯没上鞍?简直疯了,那孩子!"

"看到没有,您是瞎子。快吹口哨吧,看在上帝的分上。"

种马场师傅迈着沉重的步伐,大步朝远处的树林走去,他吹起长长的口哨,接连吹了几遍。这个人的厚嘴唇传递出一段如此美妙动听的旋律,令人惊讶不已。

"人不可貌相啊。"亚当斯贝格只说了一句。

几分钟后,一个年轻的金发男子,牵着一匹母马,低头向他们走来。佩尔蒂埃婉转动听的口哨声仍在树林中回荡。

"他是维克多吗?就是那位秘书?"当格拉尔问塞莱斯特。

"是的。天啊,他没有找到人。"

除了引人注目的头发,这个约三十五岁左右的男人并不帅气。他的脸色阴沉忧郁,阔鼻子,宽嘴唇,额头窄,双眼不仅小而且凑得还很近,脖子也很短。他心不在焉地跟三名警察握手,眼睛却只顾看着塞莱斯特。

"我很抱歉,塞莱斯特。他在我前面,离我不远,我能听到马儿在小跑,他傻乎乎地钻进了幽甸的林子里。那儿的树都被大风刮倒了。赫卡忒撞上一根树枝,伤了腿。佩尔蒂埃不会放过我的。"

远处传来马蹄声,他们扭头朝树林看去。狄俄尼索斯孤零零地出现了。

"圣母啊!"塞莱斯特捂住嘴巴惊呼道,"他被马摔下来了!"

佩尔蒂埃远远朝她做了一个手势,示意她不要着急。阿梅代跟在后面,垂着胳膊,活像一个赌气离家出走、不情愿被带回家的孩子。

"说实话,"塞莱斯特低声说,"佩尔蒂埃确实厉害。不管什么马,他都能牵回来。他驯马也很厉害,不能错过。就像老板经常说的那样,"她说着在胸前划了一个十字,"'假如他光有性格,我早就把他撵走了,可是我们真的不能没有这样的人。好的、坏的都得吃进啊。其他人也是一样,塞莱斯特,人有好有坏',他总是这么说的。"

阿梅代乖乖地被塞莱斯特搂住。然后他转身看向三个警察,眼睛里毫无表情。他长得相当英俊,鼻梁挺直,嘴唇线条清晰,睫毛很长，黑色的卷发。骑马的缘故，他额头上沁出汗水，脸颊依然通红。他具备细腻的浪漫之美，女性的魅力，看不到胡须。

"我很抱歉，佩尔蒂埃。"维克多看到驯马师傅担心地摸着赫卡忒的蹄子，说道，"我当时只想着追上他。"

"可是你没追上，伙计。"

"因为他朝幽甸去了。赫卡忒被地上的树枝绊了一下。"

佩尔蒂埃直起身子，与母马脸颊相贴，轻轻地抚摸它的鬃毛。

"人不可貌相。"亚当斯贝格心中又想。

"还好没伤到骨头，"佩尔蒂埃说，"算你走运，不然的话，看我不打折你的腰。你刚才追的时候不该骑赫卡忒，应该骑阿尔忒弥斯。阿尔忒弥斯，它能看清树枝，跳得高，你明明知道的，混蛋。赫卡忒疼得厉害，我要给它上点药膏。"

他牵着母马离开时，回过头看了看警察。

"喂，"他大声喊道，"你们甭浪费时间去翻我的旧账，我直接告诉你们吧。我坐过四年班房。我三天两头打老婆，有一天打断了她的胳膊，还把她满口的牙齿打掉。那是二十五年前的事了。听说她现在装了假牙，也重新嫁了人。就这些，你们满意了吧。没有见不得人的，这件事大家都知道，我从来没有说谎。但老板不是我杀的，要是这是你们想知道的答案的话。我只打女人，而且只打我自己的女人。不过我现在没有女人了。"

佩尔蒂埃温柔地搂着母马的脖子，不卑不亢地走开了。

7

塞莱斯特又泡了一壶咖啡,希望能够让大家"平复心情",就像她掸灰尘或为阿梅代泡奶茶时所说的那样。她还准备了一些饼干和葡萄干小蛋糕。当格拉尔迫不及待地伸手拿了一块,布尔林紧随其后——他几乎没有吃午饭,而此时已是晚上七点多了。他们再次来到豪宅底层宽敞的大厅,这儿有高高的窗户,层层地毯,件件雕塑,墙上挤挤挨挨地挂着画。

但是得脱鞋。

"不能穿着沾了马粪的鞋子进来,"塞莱斯特刚才说了,"对不起,请几位先生把鞋脱了。"

所以大家都匪夷所思地穿着袜子,丢尽了警察的脸面。亚当斯贝格情愿把鞋子和袜子都脱掉,觉得全脱总比半脱优雅一些,布尔林则本能地反对,称自己的鞋底没有马粪。塞莱斯特不容分说:"每个人的鞋底都有马粪。"亚当斯贝格觉得她说得很对,于是劝布尔林退一步,现在不是失去新盟友的时候。塞莱斯特再次提醒他们说话轻点。

"没错。"阿梅代频繁变换架腿姿势,左腿上右腿下、右腿上左腿下地来回调换了十多次,撕破的牛仔裤里露出红袜子,"没错。

我不愿意说,所以离开了。仅此而已。"

"您不想说您父亲还是不想说艾丽丝·高迪埃的信?"布尔林问道。

"我不想说艾丽丝·高迪埃的信。那封信涉及她和我之间的私事。我不认为,未经她的同意,我有权给你们看。我也不清楚信里有什么东西让你们感兴趣。那是我们之间的私人信件。"

"但我们不可能得到她的同意了。"布尔林说着将自己的大手伸到桌布上,把脚藏在桌子底下,"高迪埃夫人上周二去世了,这是她写的最后一封信。"

"可是,星期一我还见到她了。"阿梅代忍不住反驳道。

不可避免的反应,不假思索,如同动物本能一样,好像在星期一见到某人之后,这个人第二天就不会去世似的。猝死令人不解。

"医生告诉她还能活几个月。"年轻人接着说,"所以她要处理自己的事情。无论是小事还是大事,那都是她的原话。"

"她在浴缸里割腕自尽了。"布尔林说。

"不可能。"阿梅代激动地说道,"她已经开始拼图,拼一张很大的图,是柯罗的作品。她想在临终之前把天空拼完。天空是最难拼的部分。上天也一样难,我再次引用她的原话。"

"她可能对您说了谎。"

"我不认为。"

"因为您很了解她?"

"我礼拜一第一次见到她。"

"您是看了她的信之后才去见她的吗?"

"否则还会怎样?您想看这封信,我猜对了吧?"

阿梅代·马斯弗雷说话的速度很快，这让人感到意外，他外貌显得温和，没想到语速会这么快。他从贴身的口袋抽出一个信封，递给胖警长，动作有点僵硬不自然。亚当斯贝格和当格拉尔凑上去看那封信。

尊敬的先生，

您不认识我，这封信会让您感到惊讶。我要把您母亲玛丽-阿德莱德·马斯弗雷的悲惨结局告诉您，她死在冰岛可怕的岩石上。也许有人跟您说过，说她是被冻死的。那是假话。我参加了那次旅行，我在现场，所以我知道真相。过去十年来，我一直没有勇气说出来，也无法获得内心的安宁，常常夜不能寐。我非常自私地——我是个自私的人——在临死之际，想把真相告诉您，因为您有权知道被我和其他人所剥夺的真相。请您尽快前来见我，在晚上七点和八点之间，这段时间护工不在，只有我一个人。

祝好

艾丽丝·高迪埃

特伦布莱路33号乙

75015　巴黎

B门，六楼，正对电梯

又及：请小心不要被人看见，请走大楼的后门（布特路26号），用小螺丝刀就能开锁。除非它又坏了，因为它老是坏。

布尔林神情肃穆地把信折好。

"我们不知道您失去了母亲。"

"这发生在十年前，"阿梅代回答道，"我当时只有十七岁，父母没带我去冰岛。她当时突然渴望'在永恒的冰雪世界中净化自我'，我一直记得她的这句话和兴奋的表情。父亲被她说服了，几乎陶醉了。永恒的冰雪世界，他根本不关心。但母亲活力四射，谁都抵挡不住。她为人风趣，乐观，让人无法抗拒。也许有人会告诉你们说她胃口有点大，但那只是因为她啥都喜欢，啥都想得到。于是他们三个人就出发了。她和父亲，还有维克多。维克多对这次旅行兴致勃勃，因为那是他第一次出国。回来的时候只剩了他们俩，父亲和维克多。她在那儿冻死了，他们是这样对我说的。"

阿梅代轻轻地抽了一下鼻子，一时语塞，于是开始揉捏脚趾，也就是乱扯脚趾。

"我想起来了，"当格拉尔插嘴说，"是不是那十来个被浓雾困了半个月的游客？困在最北边的一个小岛上？靠着搁浅在岸边的海豹才幸存下来。"

"您刚才还说不了解我母亲的情况，"阿梅代回应道，"看来你们已经调查过了，对不对？"

"不不不，我只是有点印象而已。"

"警督过目不忘。"亚当斯贝格解释道。

"维克多也一样。"阿梅代说着调换了一下上下腿，揉起另一只脚的脚趾来，"他的记忆力超群，所以被我父亲雇用了。他可以不做笔记，凭记忆就写出会议纪要。但是对于化学，他一窍不通。"

"那么对于您母亲的死，高迪埃夫人给您提供了另一个版本吗?"亚当斯贝格温和地追问。

阿梅代放开脚,将胳膊搁在桌子上,他扭动着手指尖,像蜘蛛腿那样竖起来。他是那种能够把手指的末节弯过来,甚至将它反转的人。他的手指动作形成了一种小巧而迅速、令人不安的舞蹈,给人紧紧抓住桌子的感觉。

"她在信中承认自己很自私,那是实话。她根本不在乎我、不在乎她揭露的那些不堪的事情会对我造成什么影响。她只想着自己穿着洁白的裙子,插着翅膀飞到天上去。事实上她并不清白。我父亲因为她才死的,也因为我,因为这个混蛋坏女人的存在。"

塞莱斯特走出去取来一盒纸巾,放在她的孩子身边。孩子擤完鼻涕,把皱巴巴的纸巾放在桌子上。

"谢谢,奶妈。"他的声音变得柔和多了。

"您介意我们录音吗?"布尔林问。

阿梅代好像没听到,或者是觉得无所谓,于是布尔林按下小录音笔的开关。

"这个混蛋坏女人说了什么?"亚当斯贝格继续说。

"她说我母亲在小岛上被人杀害了!可是大家都保持沉默!"

"被谁杀害的?"

"她不肯透露他的名字。她解释说为了保护我,她必须保持沉默。瞧她说的。她说那个家伙可怕,邪恶,冷酷。令人发指,禽兽不如。他先杀了另一个人,似乎是个不肯服从的外籍军团老兵。那个家伙拔出刀子,一刀就捅死了士兵。大家吓得魂飞魄散,而凶手却不慌不忙把尸体拖走,抛到了漂着浮冰的海水中。"

阿梅代擤了一下鼻涕。眼看说到节骨眼上,也就是说到他母亲了，他却退缩了。

"说吧。"亚当斯贝格轻声说。

"三天后，或许是四天后，我记不太清楚了。天寒地冻，他们饥肠辘辘，变得十分虚弱，而冷雾迟迟不散，这个该死的家伙说，他要'在报销之前再爽一回'。大伙默不作声，因为自从士兵被杀后，没有人敢在他面前吱声。他成了那儿的头，迫于他的淫威，大伙任他为所欲为。总算有个医生——他们那群人里有个医生，大伙都叫他'大夫'——忍不住说：'您连做那事的力气都没有，现在不是吹牛的时候。'大致是这个意思吧。那个家伙听了勃然大怒，冲着我父亲说：'你，你也认为我操不了你老婆吗？'父亲踉踉跄跄站起来，其他人赶紧上前劝开。"

阿梅代又抽出一张纸巾。

"我们为您难过。"布尔林说。

"深夜，母亲发出一声尖叫，所有人都醒了过来。只见那家伙骑在她身上，已经把手伸到……是的，他的手已经伸进去了。母亲用力推开他，结果他一屁股坐在火堆上。我就知道母亲不是好欺负的。"阿梅代微微一笑，"那个家伙从火堆里爬了起来，忙着拍打屁股把火焰扑灭。那模样很可笑，不难想象他有多狼狈。更糟糕的是，母亲边笑边骂，什么猪猡啊、鸡巴啊，妈妈骂起人来一串一串的。但其实她应该把嘴闭上，可怜的妈妈。因为那个家伙恼羞成怒，猛扑过去，一刀刺中她的心脏，将她杀害。他像之前一样，把尸体拖走扔到漂着浮冰的海里。他拿了根燃烧的木柴，在浓雾中引路。而我父亲什么都没做。其他人也是如此。"

年轻人又抓起两张纸巾。在他两只弯曲自如的手边，逐渐堆积起一小堆纸巾。

"为什么他们不杀了他呢？"阿梅代继续说，"他们是十个人！十对一！艾丽丝·高迪埃回答说'控制力'，他有'控制力'。而且只有他有力气在岛上四处寻找食物，看看是否有海雀或海鸭在那儿停歇。于是他们乖乖地把嘴闭上，消极而疲惫地等待着。有一天晚上，他满身是血，带着鱼腥味，拖着一头海豹回来了。海豹的脊椎骨被他用木棍打断了。我父亲和'大夫'站起来，帮他拖海豹，将它切成块。那个家伙让他们往火堆里扔些石头，然后把海豹肉放在上面烤。"

这次阿梅代用手背擦去鼻涕。

"跟我说到这儿的时候，艾丽丝·高迪埃冷冰冰的小眼睛里闪着光芒，仿佛那是她一生品尝美食的巅峰时刻，就像品尝一道美味的三文鱼或其他美食一样。这头海豹吃了好几天。说实话，那家伙其实可以把他们都杀掉，留下海豹自己吃。但他没有那么做，因在那儿的每个人都有吃的。这一点无可否认，高迪埃说。当冷雾最终消散，他们的体力也还够，准备往回穿过冰架，回到格里姆西岛。然而，就在这时……"

现在，母亲遇害的可怕段落讲完，阿梅代的嗓音听起来舒服多了，不再像感冒似的。

"就在这时，他冲着他们说：'那两个人是冻死的。明白吗？我们早上醒来，发现他们已经冻僵。你们谁要是说出去，我就杀了他，就像我杀海豹那样。假如这还不够，我会杀他的孩子，如果没有孩子，我会杀他的老婆，如果没有老婆，我会杀他的母亲、兄弟、姐妹，逮住什么就干掉什么。错一步就死定了。你们或许心想：'告发他，他就得进牢房。'你们想错了。我有一批人，对我像奴隶一样忠诚。我们一到格里姆西，他们就会知道，通过……"

阿梅代皱着眉头，努力在混乱的记忆中找词。

"艾丽丝·高迪埃当时用了一个奇怪的词。哦，想起来了，他会通过'托尔瓦（tölva）'来通知那群人。她解释说'托尔瓦'指的是'计算机'。那是冰岛人为了对抗英语而创造的词语。'托尔瓦'的意思是'计数的女巫'。就是计算机、电脑，你们明白吗？'计数的女巫'，母亲肯定喜欢这个词。她对电脑一窍不通。"

年轻人独自微笑起来，一时间忘记了身旁的三名警察。

"对不起。"他回过神来对他们说，"他大致上这样解释：'我进不进监狱，对你们来说是一回事。你们知道我的能耐。而且你们欠我的债，数都数不清。我救了你们的小命，你们这群窝囊废，没有一个能去找吃的，没有一个能坚持下来，在浓雾中陪我。你们放弃了，像破抹布那样贴着炉火取暖，心满意足地吞咽我抓来的海豹。'他没说错，高迪埃承认。他恐吓他们，这也是事实。包括她自己在内，她强调说。因此，十年来，没人揭发杀害我母亲和那位外籍军团老兵的凶手。甚至连我父亲也没去揭发！他也守口如瓶，因为他吓得浑身发抖。是的，连这个毫不犹豫地与地球上的空气较量的人，他也感到害怕。"

阿梅代激动地站起来，扭得奇形怪状的手猛击桌子，擦过鼻涕的纸巾四下散开。

"是的，这就是为什么我冲着他叫喊！从艾丽丝·高迪埃家出来，我失神落魄，在巴黎转了两天，惊慌失措，六神无主，我再不想见到那个垃圾父亲。最后,星期三晚上,我回到家,径直冲向他。我跟宪兵说因为我想得到独立或别的什么,我没说实话。我对他一顿臭骂。他彻底崩溃了,我的父亲,而我感到满足,看到他瘫在地上,看到这个天才陷入可耻境地无法自拔,我高兴极了。这个让杀妻凶手逃之夭夭的天才!他连威士忌都没喝完……"

"对不起,打断一下,"布尔林插话说,"他喝的是威士忌?"

"是的,他每天晚上都喝两杯威士忌。他像胆小鬼那样赶紧跑出去遛马,出门前扶着门对我说:'他警告过,会把孩子也一并杀死。没错,我保护自己,但也在保护你啊。你要设身处地为我想想啊。'我吼道:'我情愿死,也不想像你这样!'我回到自己屋里,像个疯子一样。我听到马回来的脚步声,而我只想看到父亲在地狱里受煎熬。三个小时以后,我逐渐冷静下来。是啊,他当然想保护我。所以早上我去找他,想心平气和地跟他谈谈。我走进他的办公室,发现他已经自杀了,因为我而自杀的。"

阿梅代使劲掰着每根手指,关节啪啪作响。这也不是谁都能做到的。塞莱斯特蜷在角落默默抽泣。亚当斯贝格拿起咖啡壶,把剩下的咖啡倒进自己的杯子,蛋糕早已吃完。不知哪个村子传来钟声,八点三十分,天完全黑了。

"说完了。"阿梅代说,"也许我没有把她的原话,还有我们之间的对话,原原本本地复述出来,我的记忆力不如维克多。但实际发生的情况就是这样。至少母亲把他推入火堆,她是唯一有勇气这么做的人。你们非得讲冰岛发生的事吗?"

"用不着。"布尔林说。

"我现在可以走了吗?"

"还有一件事。"亚当斯贝格递上一张图，"您以前见过这个符号吗？"

"没有，"阿梅代惊讶道，"这是什么？字母 H？亨利（Henri）的第一个字母 H 吗？"

"情况清楚了。"阿梅代离开后，布尔林开始饿起来，他揉着肚子说，"艾丽丝·高迪埃忏悔之后，良心得到安宁，然后在浴缸里割腕自杀。阿梅代说得对：她说出真相只是为了安抚自己的良心，并没有考虑对年轻人会有什么后果。如果那个'禽兽不如'的人会杀死所有背叛他的人，那么现在该轮到年轻人闭嘴了。"

"你在报告中别写他和我们谈过。"

"哪份报告？"布尔林问。

三人在黑黢黢的主路上晃荡着。当格拉尔走在碎石道上，以免弄坏鞋子，亚当斯贝格则走在路肩上，他从不放过踏足草地的机会。分局长——他尊重但不喜欢亚当斯贝格——曾调侃，说这证明警长从未达到过正常的文明水平。自从巴黎市不再清除长在护树格栅上的杂草以来，亚当斯贝格常常故意从这些格栅上过，踩一踩那一丁点大的野生空间。此刻在他踩过的草丛中，一种植物带刺的球果钩在他裤腿上，非得用手才能一个个摘下来。他抬起右腿，黑咕隆咚里发现十几粒小球挂在裤腿上，随手扯下一颗。它们没有腿，却见人就上，本事很大，咬得很紧。这植物的名字，孩子们都知道，他却忘了。

布尔林此时饥肠辘辘，饿着肚子，再烦心的事儿都大事化小了。

他必须尽快结案。

"有什么问题吗,亚当斯贝格?"他问道。

"没有啊。"

"艾丽丝·高迪埃的坦白导致的不幸结局。"布尔林总结道,"阿梅代辱骂了父亲,他本想第二天补救一下,可惜为时已晚。亨利·马斯弗雷被儿子抛弃,选择了自杀。"

"继续往前走。"亚当斯贝格对正打算掉头回主屋的另两人说道,"我们要听听维克多对冰岛之行的说法,趁他还没有跟阿梅代联系。塞莱斯特说他待在自己的小楼里,不跟别人一起吃晚饭。"

"维克多还能给我们提供什么信息?"布尔林耸了耸厚实的肩膀问道。

"那这个符号怎么办?"当格拉尔问。

"也许是冰岛之行那些人使用的暗号。"布尔林的情绪随着时间流逝越来越低落,"反正永远弄不清了。"

"能搞清楚的。"亚当斯贝格答道,一边故意从一簇干瘪的猪殃殃里踏过。

是了,他想起来这种果子带刺的植物叫猪殃殃。

"两起自杀。"布尔林嘟哝着,"结案了,咱们吃晚饭去。"

"你饿了,"亚当斯贝格微笑着说,"你肚子一饿就像睁眼瞎似的。阿梅代第二天又去了高迪埃那儿,你说,他会不会出于愤怒,把她按在浴缸里淹死呢?他亲口说自己在巴黎待了两天。你还记得他今晚如何称呼她的吗?'这个混蛋坏女人'。这个没有胆量援救他母亲、事后也不敢说出真相的混蛋女人。不比他的父亲好到哪里。至于父亲,他怎么说的来着?"

"垃圾父亲。"当格拉尔说。

"他回到家里，立刻跟这个父亲干上了，将他杀死。为什么不是两起伪装的自杀呢，布尔林？"

"因为舒瓦瑟尔已经调查过了：没有发现阿梅代身上有火药的痕迹，手上和毛衣上都没有。"

"你肚子饿了，所以这么说。阿梅代可以戴着手套，罩着大褂，离开他父亲的办公室时，当然可以干净得像崭新的钢锛儿。如果你不喜欢这个可能性，也可以换成冰岛的杀手，那个'令人发指'的家伙。他先杀害艾丽丝·高迪埃，然后再杀马斯弗雷。"

"杀手怎么会知道高迪埃说出真相了呢？"

"或许他能预感到谁会说出来、谁会崩溃，布尔林。有好几种可能的触发因素。死亡临近——高迪埃不久于人世，他是知道的。很多人在临终之际会坦白自己的过去。亨利·马斯弗雷则可能因为内疚，以及被听了高迪埃陈述之后的儿子抛弃。凶手不是说他会监视所有人吗？因此我们可以假设他对病人或者情绪沮丧的人格外留心。或者那些管不住嘴巴、容易忏悔的酒鬼。"

"还有信徒。"当格拉尔补充道，"冰岛的那群人里或许有神父。确实有一些神父喜欢游历纯净广袤的地方。"

"目前为止，还没有发现神父。"布尔林用手按了按自己的肚子，提醒道，"天黑了。"

亚当斯贝格加快步伐，敲响了维克多的门。教堂钟楼传来九点一刻的钟声，随即邻村教堂的钟声也响了起来。

"我懂你们的办案程序，但我不能跟你们去巴黎。"维克多说道,"明天上午九点有葬礼,你们还记得吗?如果你们担心我会和阿梅代串供,那你们可以在车里过夜,或者睡在我的门口,甚至把我锁在房里。我会在明天上午十点半来找你们。哦不,我有更好的主意。"他瞅了布尔林一眼,"警长饿了,对吗?既然我不是嫌疑人,我没有被当作嫌疑人吧?对不对?"

"只是证人。"亚当斯贝格说,"我们只希望您讲一下冰岛的情况。已经死了四个人了。十年前死在那里两个,一周以来又死了两个。"

"你们不认为他们是自杀?"维克多有点担心地问道。

假如岛上的杀手再次行动起来,的确值得担忧,亚当斯贝格暗暗寻思。

"我们不知道。"他说。

"好吧。既然我只是一个证人,甚至只是一个陈述者,那么法律允许我们一起吃晚饭吗?"

"当然允许。"布尔林不耐烦地说。

维克多套上天鹅绒夹克,用双手捋了一下金黄色的浓发。

"离这儿八百米的地方,有一家家庭饭馆。一对夫妻和他们的一双儿女开的。我常去那里。不过晚上只有一种套餐,没有选择的余地。而且只提供两种葡萄酒。白葡萄酒和红葡萄酒。"

维克多锁上门,从上衣的贴身口袋里掏出一张小小的报纸。

"你们到栅栏这边来,这儿有路灯。一周的菜单都登在这份本地小报上。星期二。今天是星期二,没错吧?星期二:'开胃菜:鸡胗沙拉'。"

"我放弃鸡胗。"当格拉尔说。

"你的鸡胗交给我吧。"布尔林说。

"'主菜：胡椒酱牛排配擦脚垫土豆饼'。'擦脚垫土豆饼'，你们知道是什么吗？"

"那还用说，"布尔林答道，"咱们别浪费时间了。维克多，多谢啦。"

四人在夜色中快步疾行，三人走在柏油碎石路上，亚当斯贝格则踏着杂草丛生的路肩。

"警长，您不是城里人吧？"维克多问道。

"我是比利牛斯山的。"

"您不习惯巴黎的生活吗？"

"我对什么都适应得很快。刚才可能听错了，我没听清楚您的姓名。"

"听错了？我不信。马斯弗雷。我的名字叫维克多·马斯弗雷。哦不，我不是亨利的儿子，也不是表弟，或者诸如此类的关系。"

维克多在黑夜中爽朗地笑起来。朴实开朗的笑容，洁白的牙齿，一时间竟让他不那么难看了。

"没有一点关系。"他继续说道，自己也感到有点好笑，"因为这个姓，我才有机会认识了马斯弗雷一家。马斯弗雷这个姓氏很少见，所以亨利想知道我们是否来自同一个家族。他手里有一份详细的家谱。但事实上，我不属于他们这一系，他也只好接受现实。"

"马斯弗雷，"当格拉尔开始动脑筋，任何学术之谜对他都有一种不可抗拒的吸引力，"'马斯'可能指普罗旺斯地区的小农场。可是'弗雷'指的是什么呢？会不会指森林？护林人？林场？您的祖先是普罗旺斯人吗？"

"亨利的祖先是普罗旺斯人。可是我没有祖先。"

维克多摊开双臂,他已经习惯这样公开身世了。

"我出生后就被遗弃了,从小被人收养长大。"他说得很快,然后指着路边亮灯的地方说,"那儿就是凹村客栈,你们觉得行吗?"

"快走快走。"布尔林说。

"凹村客栈?"当格拉尔重复道,"奇怪的名字。"

"您说到点子上了,警督。"维克多脸上又浮现笑容。"我会一五一十地告诉您,等说完冰岛的事之后。"他推开客栈的门,门上镶嵌小块玻璃,"我们得摆脱这该死的冰岛。"

对于这个村子而言,时间已经很晚了,但仍然有三桌人在吃饭。维克多跟老板娘行过贴脸礼,说要饭厅尽头靠窗的那张最僻静的桌子。

"套餐里出现土豆饼的时候,顾客就会多一点。"他对布尔林解释道。

8

鸡胗从当格拉尔的盘子里拨到布尔林那儿，警督逐个给大家倒酒，亚当斯贝格伸手盖住自己的杯子。

"我们要听取证言，咱们中间至少有一个人要保持头脑清醒。"

"我总是清醒的。"当格拉尔嚷道，"再说了，我们会录音的，要是维克多·马斯弗雷同意的话。"

布尔林被双份鸡胗沙拉牢牢吸引，他把录音笔交给亚当斯贝格，打了个手势，意思是事情移交给你了，我吃饭时别来烦我。

"维克多，你们那时候一共多少人？"亚当斯贝格问。

"十二个人。"

"团体旅行？"

"不是。每个人都是自己来的。我们是到了一个地方再决定下一站去哪里，就这样一程一程地从雷克雅未克到了北海岸。到达冰岛最北端的小岛格里姆西岛的时候是傍晚。我们在桑维克的旅馆吃晚饭。空气中弥漫着鲱鱼味儿，天气很热。桑维克是一个港口小镇，也是岛上唯一的镇子。马斯弗雷太太坚持要去格里姆西岛，因为北极圈穿过该岛。她想去那儿走走。餐厅里挤满了人。饭后，我们三个人，亨利、他的妻子和我，我们喝了几杯布雷尼温酒。那是当地的酒。我们肯定比较喧哗,尤其是马斯弗雷太太,想到能在北极圈上漫步,她高兴得要死,这种兴奋传给了旁边的人。其他法国人三三两两来跟我们打招呼,挤到我们的桌子上。人们的德性您是知道的:他们追求异国情调,跑到天涯海角,可是一旦听到同胞的乡音,立刻蜂拥而至,就像骆驼看到绿洲那样。那天晚上在餐厅吃饭的女性中,玛丽-阿德莱德——也就是马斯弗雷太太——是最美丽的,远比别的女人漂亮。她有着魔鬼般的诱惑力。我觉得是她的存在吸引了所有的人,包括其他女性在内。"

"阿梅代刚才说她'让人无法抗拒'。"

"就是这样。总之,我们这桌招来了另外九名法国人,他们各不相同,各种人都有。我们对彼此一无所知,有些人自报家门,透露了自己的职业。这种时候总会冒出一个帝企鹅专家,我还记得他的大脑袋和红头发。反正那天晚上是红头发。后来被困在对面小岛上的时候再没注意过。有一位是企业高管,他没说哪个公司,好像是忘说了。还有一个从事环保工作的女性,和女友一起来的。"

布尔林直接用攥着叉子的左手从皮革公文包里抽出一张照片。

"这是十年后的照片,死后拍的。是那位女友吗?"

维克多仔细看了看死者的照片,点头表示认可。

"是她。她的耳朵很大,人死了耳朵不会缩小。对,就是她。"

"艾丽丝·高迪埃。"

"这么说,就是她给阿梅代写的信?我不知道她叫什么。她有领导人的气质,敢于冒险,是一个令人惊讶的女人。但是她和别的人一样保持沉默,一样感到害怕。"

"其他人都有谁?"亚当斯贝格接着问。

"有一个剃光头的大个子,然后有个医生,他的妻子留在雷克雅未克没来。还有一个火山学家,这个人很关键。"

布尔林用食指戳了戳土豆饼,测试松软度。颇觉满意,他看向维克多,后者数着手指在想,餐盘里的菜已经凉了。

"还有一个运动员,"维克多说,"也许是滑雪教练。最后是那个家伙。但是那天晚上,看不出任何令人害怕的地方。"

"别净说话忘了吃饭。"布尔林几乎命令般地说道,"那你们看出什么啦?"

"啥都没有。就是一个普通人,不招人讨厌也不招人喜欢。中等个子,相貌寻常,大约五十来岁,络腮的短胡子,戴眼镜,镜片几乎是圆的,目无表情。不过头发浓密,褐灰相间。像个中产,做生意的,又或许是个教师,我们最终也没搞清楚他的身份。他手里拿着一根金属尖的手杖,这在冰岛很常见,走在野外探路的。他举起手杖,让它落地反弹。那个火山学家,他叫西尔万,他给我们讲了一个当地传说。医生毕恭毕敬地与他握手,想必西尔万有点来头。他倒是很爽快,没什么架子。局面从那时起失控了。也许与布雷尼温酒有关。总之,局面从那时起开始彻底失控。"

客栈的姑娘又拿来一瓶酒。她脸蛋精致,稍微有点胖,不过清纯可爱。她的容貌让亚当斯贝格回忆起当妮卡,以及在她房间度过的夜晚,那是在基瑟列沃。当妮卡年轻时候或许就像这姑娘。

当格拉尔感到亚当斯贝格的思绪逐渐飘离,飞往遥远的异国天穹,他给自己设定了不少任务,其中包括把亚当斯贝格拉回现实。他轻轻将食指搭在亚当斯贝格的手腕上,亚当斯贝格眨了眨眼睛。

"您上哪儿了?"当格拉尔低声问道。

"塞尔维亚。"

当格拉尔朝着已经回到吧台的姑娘瞥了一眼。

"明白了。"他说,"有人说这不合众人的口味,您记得吗?"

亚当斯贝格点了点头,不置可否地微笑着。

"对不起。"他回过神来对维克多说,"为什么全失控了?"

"因为火山学家的故事。"

"西尔万,"当格拉尔沉思道,"西尔万·杜特蒙?头发乌黑、胡须浓密、眼睛湛蓝的那位?脸上有一道烧伤的疤痕?"

"我不确定,"维克多犹豫片刻,"我们彼此不知道对方的名字。但确实,他的脸上有一道疤痕。我记得上面不长胡须。"

"如果是杜特蒙的话,他后来已经死于艾雅法拉火山喷发了。就是火山灰雾覆盖冰岛的那次。"

"十二个人已经少了五个。"维克多轻声说道,"但我想那应该是个意外吧?"

"当时有争议。"当格拉尔解释道,"因为他的尸体距离火山口相当远,有几处淤血的痕迹。也许是他躲避熔岩流,不慎坠落造成的。调查不了了之,没有结果。"

布尔林打破了短暂的沉思。

"西尔万说了些什么?"

"他说从格里姆西出海不远有一些荒芜的小岛,其中一座与众不同,令人又害怕又向往。据说那个岛上有一块石头,依然保持着温热,大小如同石碑,上面刻着一些古老的文字。据说在那块石头上躺过,你会变得几乎刀枪不入,永生不死。因为来自地心的波动会贯穿你的身体。大概就是那层意思。不过话说回来,格里姆西岛上的百岁老人不少,由此可见一斑。西尔万说,他计划第二天上岛从科学角度去研究这种现象,但千万不能透露风声,因为格里姆西岛上的居民不容外人踏足小岛。他们认为岛上住着一个恶魔,俗称'亡灵',一种活死人一样的存在。医生哈哈大笑,大家都乐了。可是一小时后,所有人都准备跟火山学家一起去,甚至医生也不例外。虽然大家表面上表示怀疑,但心底里都觉得跟长生石来一次短暂的邂逅也未尝不可,当然全都装出一副偏不信邪或喝多了打赌的样子。与那座岛只隔三公里左右,通过冰架步行一小时就到了,回来还能赶上午饭。回来,说得轻巧。"

布尔林又要了一份土豆饼,众人善意地注视着他。随着故事讲到节骨眼上,警长的旺盛食欲倒是气氛的一管调节剂。

"我们上午九点从防波堤尽头出发。西尔万再次提醒我们,千万别与当地人交谈,因为除了'亡灵',他们还讨厌无知的游客一屁股坐上去,亵渎了暖石。当时天色湛蓝,寒冷而完美,没有一丝云彩。然而冰岛人都说天气变幻莫测,只要它愿意,每隔五分钟变一回都没有问题。在码头尽头,西尔万悄悄地指给我们看那片黑色的岛礁,它形状奇特,像一只'狐首',因为岛上隆起两个小火山锥,像耳朵一样,而黑乎乎的海滩则仿佛狐狸尖尖的脸壳。我们小心翼翼地避开冰隙,顺利抵达了小岛。岛屿很小,一眨眼就转完了,高管——让?我们好像叫他让?——发现了那块石头。"

"我还以为您记忆力特强呢。"当格拉尔说。

"哦,我只记得住别人要我记的事情。然后我会清空记忆,腾出空间。您难道不这样做?"

"千万使不得。这个让怎么啦?"

"他在石头上躺下来,毫无顾忌地笑着。我们轮流在石头上躺了一会儿,感受着它的温热——确实暖烘烘的,时间不知不觉地过去了。轮到那个剃光头的家伙,他一本正经地躺上去,默默闭上眼睛。突然,西尔万使劲摇醒他,几乎大叫着说:'咱们走了,回去了。'我们顺着他的胳膊望去,一大片浓雾像山一样朝我们涌来。雾气迅速逼近,我们在冰面上走了二十米,西尔万就放弃了,带着我们往小岛上撤。一开始还能看清六米外的景象,然后是四米,两米。于是他命令我们手拉手跟着他回到小岛上。他叫我们不用慌,说迷雾可能在十分钟或者一小时内散去。结果雾气根本没有散。我们被困在那里整整十四天。十四天天寒地冻,没有食物。小岛上一片荒芜,那是死者的居所,是守岛的亡灵的天下。只有白雪覆盖的黑石,没有一棵树,一只虫,甚至连一个……"

维克多的声音突然停住了,手中的餐刀悬在半空,满脸惊惧,见他如此,其他人也都停下了动作。亚当斯贝格和当格拉尔转过头,顺着他的视线看去,却只见一堵墙和两扇玻璃门,没什么特别之处。两扇门中间挂着一幅蹩脚的画,是谢弗罗兹河谷的景色,和马斯弗雷办公室里的一模一样,也是塞莱斯特的作品。维克多僵在那里,几乎屏住了呼吸。亚当斯贝格示意同事们冷静、放松。他取下维克多手中的刀,然后将他举着的手臂放到桌子上,就像给人形模特摆姿势似的。他端住维克多的下巴,把他的脸转过来。

"是他。"维克多轻声说。

"坐在我们后面的那个人,您从镜子里看到的那个?"

"是的。"

维克多像马场里的马打响鼻那样，抽了一下鼻子，将杯中酒一饮而尽，然后用手揉搓着脸颊。

"对不起。没想到谈这件事会让我情绪失控。这件事我从未向任何人讲过。那个人并不是他，镜子里的倒影让我有点恍惚。而且他看起来比十年前更年轻。"

亚当斯贝格仔细观察那位在他们之后不久进入客栈的男子。他独自用餐，似乎心不在焉，桌上放着当地的报纸。他疲惫地扫视了一眼餐厅，显然一整天的劳累使他筋疲力尽，只想早点躺下。

"维克多，"亚当斯贝格低声说，"他没有络腮胡子，除了两鬓，头发也没白。您再想想。是什么让您想到那人？"

维克多皱起眉头，用手指迅速扭着一绺卷发。

"对不起。"他重复道。

"您再想想。"亚当斯贝格轻声说道。

"也许是他的眼睛，"维克多的声音有些犹豫，仿佛是在假设，"他的眼神看似木然，然而实际上在观察一切，会出人意外地盯一眼。"

"他盯着咱们看了？"

"对，盯着您了。"

亚当斯贝格略有些摇晃地走向正在吧台后面忙碌的老板娘。过了一会儿，老板娘走到他们的桌子旁坐下。

"您不是第一个，也不会是最后一个，哪怕您是警长。"高个子女人打趣道，"就连那些高级饭店，也派人来打探。没门，"她抖了抖抹布，"咱们的东西谁也拿不走。休想！"

亚当斯贝格给她倒了一杯酒。

"哈，您尽管给我灌酒试试！"老板娘喝了一口，继续说道，"只有在进棺材之前我才会说出来，而且只会告诉我闺女！"

"临终坦白。"当格拉尔喃喃道，"来吧，夫人，我们不会告诉任何人，我向您保证，男人说话算数。"

"男人的话没有一句靠得住，不管是在这件事上，还是在其他方面。我认识菲尼斯泰尔一个做可丽饼的老板娘，为了逼出她的秘密，他们甚至给她动了刑。最后熬不过，她才坦白说自己往可丽饼的面团里加了啤酒，他们这才放了她。其实她用的不是啤酒。"

"你们在胡说些什么呀？"布尔林的声音有点拖沓，当格拉尔则越喝越精神。酒精似乎对他有一定的疗效。

"我们在说土豆饼的做法。"当格拉尔说。

"还有您那位单独进餐的客人，就在那儿，靠近门口。"亚当斯贝格说，"您简单说一些他的情况，我就放您走。"

"可我不认识他。再说了，我不知道这么做是否合法。而且我们和警察可不是一伙的，对吧，维克多？"

"是的，梅拉妮。"

"说得没错。"亚当斯贝格微笑着附和道，略微低下头。

当格拉尔静观其变，看着警长将他瘦骨嶙峋的脸下意识地调成一个别扭而诱人的陷阱。

"您不认识他，但您也不愿意提及他。这意味着您至少知道一点东西，对吗？"亚当斯贝格说。

"那就只说三句。"梅拉妮假装生气道。

"五句。"亚当斯贝格讨价还价。

"我觉得他奇怪，仅此而已。"

"为什么觉得奇怪？"

"因为他问我是否认识鞋匠。"

"您说什么？"

"幽甸的鞋匠。我没太明白他的意思，我说认识的，我们这儿的人都互相认识，干嘛问这个？我不喜欢绕圈子。于是他掏出证件，上面写着'税务稽查员'。于是我反问道：'那又怎么样呢？您觉得鞋匠隐瞒了什么？做鞋带用剩的绳头？'"

"回答得漂亮。"维克多赞道。

"我特讨厌这些家伙，成天像搅屎棍一样。哦，对不起，警长。"

"您别介意。"

"总之，他们老是针对穷人搞事情，而真正的钱财却不在这儿。我觉得他这么做，图的就是让我看到他的证件，把我镇住。问题是，他们还是如愿以偿了，这才是最糟糕的，哪怕咱们没有小辫子可抓。我们在厨房里给他做肉，特别小心火候。事情发展到这种地步，真是可悲啊。我巴不得他早点滚蛋，越快越好。"

"梅拉妮，"维克多打断她，"我们能去你那个小包厢吗？这几位先生在这儿，我们不希望有人打扰，你明白吗？"

"我明白，可是包厢里没有暖气，我去生个火。这和可怜的亨利先生有关吗？"

"是啊，梅拉妮。"

老板娘慢慢地点点头。

"他是个好人呐。维克多，明天在哪儿办葬礼啊？阆邻村还是幽甸？"

"都不是。安排在凹村举行弥撒。那个小教堂。你知道他不信这套。只是不想得罪人。"

"放在凹村,我不知道是否妥当。"梅拉妮晃动着脸颊说道,"不过,我们在凹村感觉挺舒服的。只要不靠近塔楼就行。"

当格拉尔忍住没出声,现在不是胡扯凹村迷信传说的时候。梅拉妮在隔壁房间里生了火,大伙挤在漆成蓝色的长凳上,凑近火炉取暖。只有亚当斯贝格没坐下,他在他们身后踱步。

"我经常梦到这样的场景,你们知道。"维克多说,"奇怪的是,梦见的不是刀子捅人,也不是她,而是梦见我们如何设法生火,多亏了'外籍兵',大伙都这么叫他,就是那个剃着光头的家伙。到达小岛的那天,我们都傻傻地站在岸边等雾散去。而他下达命令:找木头生火,筑起两道雪墙挡风,找可以吃的虫子。他像长官一样指挥我们,而我们像士兵那样乖乖服从。'哪里去找木头?'高管问道,'这个岛上寸草不生的。''在那里,白痴!'外籍兵吼道,'你们都没长眼睛啊?平台上有三十米长的棚屋,以前晒鱼的地方。把它拆了,一块一块地拆!还有你们,你们去铲雪,使劲踩实,做成雪块。三人一组,拉着手走!天快黑了,别磨蹭!'这个外籍军团的家伙简直是个能量球,看来在暖石上躺过对他大有好处。"

维克多朝壁炉伸出手去。

"火,天啊,如果没有火的话,我们可咋办。多亏了这个急性子。他虽然粗鲁,但是很有能力。到了晚上,火势旺盛,我们离篝火一定距离垒起雪墙,只留一个小小的出口,用背包堵住。"

布尔林吸了一口烟,他被冰岛的冰雪困住了,凑近壁炉里的火焰取暖。这儿是私人空间,梅拉妮已经拿出烟灰缸,摆上咖啡杯,还有一个喝餐后酒用的杯子,为当格拉尔先生准备的。

"那就是我们的住处。"维克多接着说,"里面的温度也不超过零度,外面则是零下六七度,还刮着刺骨的寒风。尽管生了火,我们依然冻得不能动弹,于是外籍兵强迫我们不分白天黑夜,每隔一小时都要站起来动一动、说说话——大声地背诵字母表,以免我们的手脚和脸被冻僵,如果我们不听的话,他还会抽我们耳光。我们一点吃的东西都没有,坐着都能睡着。光脑袋不许我们躺在雪地上。这家伙真是可恶,但他救了我们的命。直到那个留络腮胡子的恶棍把他从我们身边夺走。他受不了外籍兵发号施令。两人打了起来,而我们当时已经三天没吃东西了。这个家伙忽然怒不可遏,冷不防掏出一把刀子,一刀下去,大兵就没了。鲜血喷在雪地上,惨不忍睹。他只说了一句:'叫他来烦我们。'那是他唯一的弥撒。"

维克多抬头看着亚当斯贝格。

"我想说得快点。或者给我来一杯餐后烧酒,像警督一样。"

"同时进行。"亚当斯贝格靠在壁炉台上答道。"这个符号,"他打开笔记本,"您有印象吗?"

"从来没见过。我该见过吗?那是什么?"

"那是什么?"——和阿梅代刚才一样吃惊。

"没事。"亚当斯贝格回答,"维克多,您接着说,我们听着。"

"他把尸体拖出去,沉入冰海,这样野鸟就不会来啄他的眼睛,也不会当着我们的面啃噬尚有余温的尸体。过了三天,他说既然在劫难逃,不如趁早再爽一回,眼睛瞅着马斯弗雷太太。于是亨利和我,我们站起来。又一场斗殴开始了。"

维克多摸了摸鼻子。

"他一记右拳打断了我的鼻子。以前我的鼻子和别人一样，但现在变成这个样子了。他反手一甩胳膊，把亨利也放倒了。这个家伙似乎是铁打的，非常厉害。他拔出刀子，大声叱喝，我们又乖乖地坐了下来。我们是孬种，对吗？可是我们已经连续六天没吃东西了，骨头都冻僵了，哪里还有力气。而他似乎从那块破石头上汲取了地底深处的什么邪恶能量。但到了夜晚，尖叫声响起，马斯弗雷太太在尖叫，这个禽兽不如的家伙在她的羽绒服下乱摸，把手伸进她的裤子里。警长，我不喜欢这个场景，就不详细描述了。亨利和我听到声音站起来，像两具僵尸一样。其他人也都站起来。马斯弗雷夫人猛推一把，那家伙掉进了火里。"

维克多咧嘴笑起来，就像之前阿梅代。

"娘的，他的屁股着了火，他使劲拍打，火烧得好厉害，火光里，大家几乎都看到了他被烧焦的屁股。我们中间有人——也许是让，那个高管？——大喊：'我们看到你的屁股了，杀人犯！去地狱里烧吧！'马斯弗雷夫人不停地嘲笑他，用各种脏话骂他。于是那家伙拔出那把可恶的刀子，刺进了马斯弗雷夫人的身体，直接扎中了心脏。"

维克多端起梅拉妮拿来的那杯烧酒。

"我们整夜都心惊胆战。看着这个家伙出去扔尸体，亨利泣不成声，大伙发誓要杀了他。但天亮时，他没回来。他每天在岛上到处跑，不肯放弃。他在找食物，而我们只剩了敢怒不敢言。有一天晚上，他又出现了，命令我们往火堆里扔石头，然后他把肉扔在石头上烤。那是好几公斤的鱼肉啊，大伙都目瞪口呆。他说：'你们谁要是会捕海豹，就站出来走几步。我花了五天时间给它下套。你们想吃就吃。但是吃了就给我闭嘴。敢说出去就等死吧。'大家都吃了。那是一头雄海豹，个头不小，但是我们有十个人，没多久就吃完了。第二天一早他又出去设套，拿着他的手杖在岛上转悠。说实话，我们像败兵一样蜷缩在火堆边背诵字母表，而他却挺住了，不停地找啊找。后来，他又抓住一头海豹，那是一头小海豹。"

"打断一下，"当格拉尔说，"阿梅代跟我们说只有一头海豹。是艾丽丝·高迪埃搞错了吗？"

"不可能。阿梅代的注意力从来都不太集中，尤其是现在这个时候。的确是两头海豹。一头是大的雄海豹，然后是一头稍小的。我们必须承认这个家伙救了我们的命。因为他原本可以悄悄躲在一旁，神不知鬼不觉地独吞猎物。但他选择与大家分享。后来，亨利跟我有几次谈起这人。这家伙疯起来可以杀人不眨眼，却也能大发善心，和大家分享他的海豹。毕竟，如果他把我们都杀了——他完全有能力做到——然后独享海豹，他就能笃定地等到浓雾散去的那一刻。最终，雾散了，那该死的雾，只花了十分钟工夫。我们互相搀扶着，踏上归途。我们又看到了镇上的房子。镇上的人来接应我们，给我们吃的，帮我们洗澡——我们从头到脚都弥漫着海豹油和腐鱼味，但我们守口如瓶。也不完全是。我们异口同声地说在那儿失去了两个同伴，都是冻死的。他威胁我们必须照这个版本说，否则会面临同样的下场，我们自己、我们的亲人、孩子、父母和朋友。我没有孩子、父母，也没有朋友。亨利求我看在他儿子分上保持沉默。我们没有去找凶手的麻烦，但这个人很危险。现在仍然如此，请相信我。"

"他们的名字呢?"亚当斯贝格问,"其他人都叫什么?"

"除了他,没有人知道他们的姓名。"

"那不可能啊,维克多。死了两个人,你们回来以后,警方必定介入调查。他们肯定要听取你们的证言,查明你们的身份。"

"阿库雷里警方的确打算这么做,他们就在对面的陆地上。但是那个家伙早就计划好了。他不等我们平复心情,第二天就叫我们坐上去达维克小城的渡轮,这样就避开了阿库雷里。我差点以为六个小时的航程会要了亨利的命。随后我们前往雷克雅未克,再返回巴黎。阿库雷里当局压根没想到我们会开溜。有什么必要呢?所以他们不着急,不紧不慢。结果我们就这样从他们的指缝中溜走了。"

"马斯弗雷,他总得申报他妻子的死亡吧?"

"那当然。但凶手并不介意别人知道死者的名字,对两个'冻死者'的名字无所谓。但是绝对不能透露他和我们的姓名。根据他妹妹的证词,'外籍兵'的身份被确认了。他叫埃里克,我记得是埃里克·考特林。这些您只要查一下当时的新闻就都清楚了。别说话!"他突然厉声喝道,站了起来。

"我们没有说话啊。"当格拉尔回了一句,布尔林抬起半闭半睁的眼睛。

这时,维克多的脸上不再是恐惧的表情,而是带着某种冲动。亚当斯贝格听到外面传来一阵刺耳的叫声,有些像悲伤的哭泣声。

"那是崽崽。"维克多说着推开窗户。

亚当斯贝格走上前去,心里纳闷谁会发出如此可怕的非人的响动。维克多没有解释,他迅速地跨过窗台,跳到了外面的道路上,显得非常急切。

"我会回来的。"亚当斯贝格对梅拉妮说,"您有没有地方可以让警长躺一躺?不用讲究,地板或椅子都可以。我会回来的。"

"我会回来的。"这五个字,亚当斯贝格已经重复过千百遍,似乎因为担心自己无法回来而需要不断安抚周围的人。走上一条林间小路,注视着周围的树木,但谁知道接下来会发生什么事呢?

9

维克多紧随着那个低声哀号的崽崽前进，亚当斯贝格紧紧跟在维克多的身后，几乎赶上了他。就在这时，身后传来了当格拉尔独特的奔跑声。

没见过当格拉尔警督奔跑的人都会觉得十分诧异。梅拉妮站在门口看着这个人姿态怪异地跑动着，他的上身向前冲，两条长长的但不挺拔的腿像是被远远甩在后面，让她不禁想起幽甸教堂里融化的蜡烛。愿上帝保佑他的灵魂。

"他在追什么野兽啊？"当格拉尔追上亚当斯贝格，喘着粗气问道。

"不是野兽，是一个家伙。"

"这样的家伙，我管叫他野兽。"

亚当斯贝格跑到维克多身边，一把搂住他汗津津的脖子。

"该死！"维克多冲着他叫道，"是塞莱斯特！崽崽来找我了！"

"谁是崽崽？"

"崽崽是她的野猪，该死的！"

亚当斯贝格扭头看了一眼当格拉尔，他已经落后了十米。

"警督，您说得对，是一头野兽。它正领我们去塞莱斯特那儿，别问我为什么或怎么回事。"

维克多没有走通往房子的主路，而是钻进西边的树林，他对道路了如指掌。亚当斯贝格紧随其后，当格拉尔气喘吁吁地跟在后面，拿着手电筒，小心翼翼，生怕把皮鞋弄坏了。亚当斯贝格估计他们在森林里走了大约一公里，然后跟着维克多在一间老旧木屋前停下，果然有一头壮实的野猪对着房门喘气。

"小心，"维克多提醒说，"崽崽不喜欢陌生人，尤其当有人靠近塞莱斯特住所的时候。您抓住我的手，我来教您，我们需要混合我们身上的气味。您摸一下它的脑袋。您会发现它的嘴巴像小鸭子一样柔软。它的嘴依然像个幼崽，这是它的特点。"

维克多将警长的手放在野猪那所谓幼稚的嘴上。这头野猪全身长满黑色的硬毛，亚当斯贝格估计它身长有一米六，滚圆的脑袋比他的腰还要高。

"乖，崽崽，他们是朋友。"维克多一边摸着野猪的脖子，一边使劲敲打着厚实的圆木门，"塞莱斯特！开门啊！"

"门没有关。"里面传来微弱而恼火的声音。

维克多推开门，弯着腰走进狭窄、简陋的木屋。野猪冲向塞莱斯特，然后立刻转过身来，用身体和雪白的獠牙拦住众人。它的獠牙跟维克多的牙齿一样又大又白。

"没事儿。"塞莱斯特立即摆手说道。

"崽崽跑到客栈找我。出什么事儿啦？告诉我。"

"它害怕了。"

"野猪群数它最厉害。只有当你害怕，崽崽才会害怕。"

"它也会有自己的烦心事儿不是？你又对野猪的烦恼很了解了？"

亚当斯贝格绕着木屋走了一圈之后，走了进来。

"有股马的气味。"他说。

"这儿到处都是马味。"塞莱斯特回了一句。

"外面没有，树林里也没有。尤其是油膏的气味。薄荷、风信子和樟脑的混合物。我们老家的人把它涂在驴子的脚上。他来过这里吗？"

"谁啊？"

"朝狄俄尼索斯吹口哨的那位。"

"哦，佩尔蒂埃吗？"塞莱斯特淡淡地说着，几乎有点天真。

"他来过这里吗？"

"我想他不会来的。崽崽不喜欢他。"维克多说。

"今天晚上来过没有？"亚当斯贝格追问。

"门发出声响，崽崽有些烦躁。"塞莱斯特嘴巴一噘，显然不耐烦了，"它毕竟只是个畜生。"

"不，"维克多反驳道，"崽崽聪明得很。它来找我是因为你遇到了危险。"

瘦小的女人缩在小屋里唯一的凳子上，从围裙里掏出烟斗，开始装烟丝。这是一支烟杆短、斗钵大的烟斗，很有男子气概。

"塞莱斯特，"维克多继续说道，"亨利明天落葬。现在不是撒谎的时候。一个自杀的人和一个被谋杀的人，他们不会以同样的方式上天。"

"上帝知道。"塞莱斯特点燃烟丝，吐出一串烟圈儿，"你为什么提到谋杀，维克多？你指控别人不觉得丢脸吗？"

"警察这么说我才说的。听你的意思，上帝或者你知道佩尔蒂埃晚上来这儿干什么。"

"这儿有股马和油膏的味道。"亚当斯贝格轻声重复道，他被瘦女人用牙齿紧紧咬住烟斗管的模样迷住了，"但我喜欢油膏的气味。"他扭头补充道，小屋里只点着两根蜡烛，黯影重重。

"好吧。"塞莱斯特承认了，"他只是稍微摇了一下这扇门。"

"他把门砸开了。"维克多说着把碎木片拿给她看，"他用什么东西砸的？用他的斧头？"

"他喝醉了，不是他的错。我应该把杉木门换成橡木门，你看杉木就是不结实，我跟亨利先生说过这件事儿。"

"别诌了，塞莱斯特。他对你做了什么？"

"啥也没做。"

"啥也没做？那崽崽为什么从那么远的地方奔到客栈？"

"它毕竟只是个畜生。"她重复道。

"谁是畜生？佩尔蒂埃吗？"维克多提高了嗓门。

"你别冲动嘛，他只不过稍微推了一下我的肩膀。"

"稍微推一下？让我看看你的肩膀。"

"你别碰我。"她喝道。

崽崽又摆出气势汹汹的架势，牙齿咬得吱嘎作响。

"亨利·马斯弗雷没有自杀，塞莱斯特。"亚当斯贝格轻轻说道，"佩尔蒂埃跟您说了什么？"

塞莱斯特觉得警长那双令人琢磨不透的眼睛不会放过她，就像她小学时的老师一样，一直盯到她完成作业为止。奇怪的是崽崽平静了下来，甚至朝警长走了两步，伸出脖子。亚当斯贝格小心翼翼地用两根手指抚摸它柔软的唇毛。这种默契似乎让塞莱斯特下了决心。

"他只是说自从亨利先生去世后,我看他不顺眼。说我应该停止这么做。"

"您为什么看他不顺眼?"

塞莱斯特从另一个口袋里掏出一根压棒,压实烟丝,然后深深吸了一口。

"他喝醉了。那些事全是他胡思乱想出来的。然后崽崽朝他冲过去,追进林子里。我没想到它会去找维克多。"

"他什么时候来的?"

"九年前。它很小就失去了父母,它们被人毫无尊重地宰了,它的兄弟姐妹都死在了猪巢里。"

"过去的经历对它的性格产生影响,这是可以理解的。"当格拉尔开口道,他站在门外,几乎笔直地倚在破木门的门框上,大家已经把他忘了。

"我在说佩尔蒂埃,不是崽崽。"亚当斯贝格说,"他是什么时候到这儿的?"

"哦,他吗?比我晚一点。这跟现在发生的事有什么关系?"

"只要有人死去,一切都有关系。"当格拉尔说。

"您认为他会杀害亨利先生?亨利先生是他的恩人啊。就因为刚才崽崽情绪失控?听我说,佩尔蒂埃又在忙配种了。上次配种没有成功。他没时间了,得赶快再配一次。所以他才那么上火,咱们要理解他。"

"忘恩负义的人,我们见得多了。"当格拉尔说。

"他离开之后，"塞莱斯特的声音陡变，仿佛依然在客厅里招待客人似的，"我听到外面有蝰蛇嘶嘶的声音。"

她皱起眉头，忧心忡忡地吐出一口烟。

"我要用木浆把门缝给堵上。否则蛇会钻进来。"

维克多朝亚当斯贝格瞥了一眼，摇了摇头。不可能再从她嘴里掏出一个字，至少目前不行。

"或者撒点乌鸦拉的粪，"亚当斯贝格建议道，"那样可以把蝰蛇赶走。"

"塔楼里有的是鸟粪。"维克多说。

"我不要塔楼里的任何东西。你是知道的，维克多。"

"您为什么保持沉默，塞莱斯特？为了佩尔蒂埃吗？"

"亨利先生离开了这个世界，我、维克多、佩尔蒂埃，我们将来怎么样还不知道呢。所以我不打算为难他，尤其只是一次普通的醉酒而已。"

她从凳子上站起身，嘴里咬着烟斗，在小屋里忙碌了一会儿，拿起一把旧壶往搪瓷盆里倒水，然后仔细拉直泡沫床垫上的毯子，床垫直接放在地上，下面垫一块蓝颜色塑料布防潮。亚当斯贝格打量着满目凄凉的屋子，看着老旧的煤炉、硬泥地。他的目光被地上一块直径二十厘米、颜色较深的圆斑吸引住了。他蹲下来用手摸了摸，发现那块区域比周围的泥土潮湿。

"崽崽在这儿撒尿？"他问道。

"是的。"塞莱斯特回答得很干脆。

"不对，"亚当斯贝格说，"它要标记领地会在屋外撒尿。"

他开始用指尖清理浮土，塞莱斯特慌张地看着。

"您没有权力。"她抬高嗓子,"您不能挖我埋钱的地方!"

"我会还给您的。"亚当斯贝格继续扒拉松散的泥土。

他没挖几下,手指就碰到了一个厚玻璃杯的杯口,平底的。他从小坑里取出杯子,站起来,挥了挥,把它凑到鼻子底下。

"威士忌。"他平静地说。

"这是亨利·马斯弗雷的杯子?"当格拉尔问道。

下毒,警督暗想。塞莱斯特爱慕这位清洁空气领域的大天才。难道说马斯弗雷打算再婚?于是被塞莱斯特杀害。但是既然如此,为什么不销毁这个杯子呢?

"崽崽会把你们送到主路上。"塞莱斯特忽然说道,仿佛在社交聚会结束时让管家送客一样。

"阿梅代发现父亲死了,"亚当斯贝格说,"您去了办公室。您收拾好酒瓶,把玻璃杯带走了。"

"是的。崽崽会把你们送到主路上。"

"为什么这么做,塞莱斯特?"

塞莱斯特又坐回凳子上,身体微微晃动了一会儿。野猪在她的腿上来回蹭着以示安慰,摩擦让皮肤微微泛红。然后它又走向亚当斯贝格,抬起头。亚当斯贝格轻轻地抚摸着野猪的脑袋,这次没有丝毫的害怕。

"他是自杀。警察、记者,他们都会这样说。说他每天晚上都喝威士忌。他们会抹黑他。所以我把杯子拿走了。"

"那为什么埋在地里?"

"这是他生前用过的最后一个酒杯,留做纪念。我们不能丢弃死者的最后一个酒杯。"

"我得拿去做分析，"亚当斯贝格说着把杯子直接放进口袋，"我会还给您的。"

"我明白。杯子请不要洗。崽崽会把你们送到主路上。"

这一次，男士们都顺从了。亚当斯贝格示意维克多留下来陪她一会儿。崽崽乖乖地在他们前面小跑，按照塞莱斯特"妈妈"的吩咐，把他们领到主路上，看不出有任何敌意。

"一个男人，一个女人。"当格拉尔用手电筒照亮脚下的路，边走边说。

"哪个男人，当格拉尔？"亚当斯贝格问道。

"亨利·马斯弗雷呗，还会有谁？"

"我不这么认为。您忘了佩尔蒂埃来过。塞莱斯特知道一些事情，所以他怕塞莱斯特，更糟糕的是，他反而威胁塞莱斯特。可是她仍然护着他。佩尔蒂埃到这儿的时候，她年纪多大，三十五岁？"

"然后呢？"

"然后？一个男人，一个女人。"

两个男人默默地走着，前面是簌簌跑着的崽崽。

"塔楼属于谁？"亚当斯贝格突然问道。

"属于凹村。"

"它有什么问题？"

"照塞莱斯特的说法，塔楼的名声不好。据她说，过去塔楼被用来关押囚犯，囚犯们被关在那里自生自灭。"

"所以说。"

"所以说，现在仍然能听到他们的灵魂在哭泣，他们的幽灵要复仇。"

"可以理解。"

"当然。"

崽崽没有在主路上停下来,而是领他们穿过树林,来到围栏的豁口。

"当然,"亚当斯贝格说。"它知道这是唯一的出路。大门上了三道锁。"

"塞莱斯特下过命令:'送到主路上'。"

"我不想冒犯任何人,当格拉尔,但崽崽说不定比她更聪明。为什么这么说?因为它会灵活应变,塞莱斯特则比较死板。"

亚当斯贝格摸了摸大野猪稚嫩的鼻子。

"我会回来的。"他对着野猪说。

布尔林肥胖的身躯几乎完全遮住了他躺着的蓝色长凳。亚当斯贝格扶着肩膀把他摇醒。

"我要回巴黎了,布尔林,当格拉尔也回去。"

"可惜了,"布尔林说着坐起来,"我在这儿觉得挺舒服。梅拉妮每天晚上都会给我做土豆饼。"

"是啊。"

"从来没吃过这么好吃的土豆饼。当然啦,我被撤换了。我刚刚接到通知。凹村客栈当然不在十五区警署的辖区范围。不用说,这个任务就交给你了。"

"是的。"

"刚才那是什么喊声?"

"一只来求救的野猪。佩尔蒂埃虐待塞莱斯特。她住在森林深处的破木屋里,还抽烟斗,活像一个女巫。"

"住在小木屋?她的老板是什么人啊?慈善家还是奴隶贩子?"

"也许有必要了解一下情况。你别忘了把皮桌面上的符号拍下来。"

"那个该死的符号。"

"像一架断头台。"

"你已经说过了。你见过双刃的断头台吗?"

"从来没见过。"

10

亚当斯贝格将威士忌酒杯放在朗布依埃宪兵队之后便上路了。他的指示很明确：酒杯检验后必须还给塞莱斯特，不得有误。雨水噼里啪啦砸在挡风玻璃上，把当格拉尔吵醒了。

"咱们到哪儿啦？"

"已经过了凡尔赛。"

"我说的是调查。究竟是谋杀还是自杀。"

"两个自杀者留下了相同的标记，当格拉尔。两个自杀者与冰岛的同一个小岛有关联。这不对劲啊。而且两个案子都牵扯到阿梅代。"

"我无法想象他是一个疯狂的连环杀手，两天之内连续作案。他更像是一位诗人，白净的脸蛋，手持羽毛笔，而不是长枪，也不是剃刀。"

"但这个人难以把握。他的性格善变，情绪不稳，眼神时而呆滞，时而愤怒。"

"而且他胆子小，竟然骑马逃跑。"

"如果他想逃跑，当格拉尔，最好的办法应该是跳上汽车。"

"傻瓜才那样跑呢，警长。他选择骑马，这样我们就没法追他了。

他可以一路飞奔到朗布依埃，赶上去巴黎的火车。到了巴黎，再转车去里斯本、那不勒斯、哥本哈根，上哪儿都行。他会比我们快。"

"如果他有这样的计划，他不会选狄俄尼索斯，还不上鞍。不，他肯定有其他打算。"亚当斯贝格说着降下车窗，把胳膊伸出去。

他总是喜欢把胳膊伸出车窗，享受雨水滴在手上的感觉。

"也许他没有任何想法。"当格拉尔说道。

"这就让人更加担心，而且完全可能。他会不会长相帅气，脑子里空空如也？与维克多完全相反。维克多属于相貌丑陋但是脑子很好使的那种人。"

"维克多呢？他有机会读到艾丽丝·高迪埃的信，然后直奔巴黎。"

"企图封住她的嘴，是的。但是维克多没有理由去杀自己的老板。而其他人则恰恰相反。"

"说得对。"当格拉尔说，"塞莱斯特、佩尔蒂埃或任何一个邻居都可能有动机去杀害亨利·马斯弗雷。据布尔林说，亨利·马斯弗雷拥有巨额财富。他的家族在1870至1930年间收藏了近千幅画作。这样一笔财富足以激起他人的嫉妒和愤怒。但是这些人却没有理由去淹死艾丽丝·高迪埃。"

"更没有理由去刻下符号。"

"说来说去，又回到符号上来了。"

当格拉尔在座位上坐正，叹了口气。

"无法将符号解读出来，这让您很恼火吧。"亚当斯贝格说道。

"何止是恼火。您为什么提到断头台？说它像啥都行，就是不能说它像断头台。"

"我之所以这么说,当格拉尔,是因为它就是断头台。"

警督在阴暗的车厢里摇了摇头。亚当斯贝格放慢车速,驶到国道的路肩上停下。

"您想干嘛?"当格拉尔嘟哝道。

"我不是要撒尿,我要跟您画画这座断头台,确切地说是画画这张断头台的图。对,我来给您画一画。"

"随您怎么说。"

亚当斯贝格打开双跳灯,扭头看着警督。

"您还记得大革命吗?"他问道,顺手从裤子上摘下一团猪殃殃。

"法国大革命?我没参加过,但我记得,是的,我记得。"

"那敢情好,因为我不记得了。不过我知道,有一次,一位工程师提议用断头台来处决死刑犯,这样可以人人平等,而且没有痛苦。当时断头台不是为革命恐怖准备的。"

"提议者不是工程师,而是吉约坦医师。"

"又来劲了。"

"约瑟夫–伊尼亚斯·吉约坦。"

"随您的便。"

"他起先是普罗旺斯伯爵的医生。"

"当格拉尔,您要我画图吗,要还是不要?"

"您画吧。"

"某一天,那时候国王还在位。别告诉我他叫路易十六,这个我知道。不清楚在哪次会议上,吉约坦展示了他发明的装置。据说当时国王也在场。"

"这么说是在 1792 年 8 月之前。"

"您说是就是，当格拉尔。"

警督皱皱眉头，亚当斯贝格点燃一支皱不拉几的香烟，也给警督点了一支。两根烟头在寂静的驾驶室里明灭不定。

"这个世界上似乎只剩下我们两个人了。"亚当斯贝格轻声说，"其他人都去哪儿了？他们人呢？"

"世界上人是有的。只不过他们此时不在路边画图罢了。"

"据说，"亚当斯贝格接着说，"医生拿出一张传统的断头台的图纸，断头台其实早就存在了。"

"断头台可以追溯到十六世纪。但吉约坦进行了改良。"

"以前的断头台是啥样的呢？"

"斩刀是弧形的，向外凸出。"

"所以像这样。"亚当斯贝格在蒙上一层雾气的挡风玻璃上画了两根竖线，然后横着画了一条月牙弧线。

"像这样。刀刃也可以是直的，吉约坦认为直刃斩首更加干脆利落。"

"可是我听说的版本不一样。有人说精通机械、不擅治国的国王拿过草图，仔细看了看，想了想，然后在弧形的斩刀上斜着划了一道直线，那是他的修改意见。断头台是他改造和改良的。"

亚当斯贝格在挡风玻璃的图案上加了一道横线。

"就像这样。"

当格拉尔也降下车窗，把烟灰弹到窗外。亚当斯贝格摘下第二团猪殃殃。要真是猪殃殃的话，他可以种在自家的小园子里。他把猪殃殃放在汽车仪表板上。

"这算什么故事？"当格拉尔问道。

"这的确是一个故事,我没有说这个故事属实。我是说有人在讲这个故事,说路易十六亲手设计了这件完美的刑具,结果砍掉了自己的脑袋。"

当格拉尔一脸不高兴,一口烟从牙缝里冒出来。

"您在哪儿读到的?"

"不是我读来的。您还记得埃德加-基内广场的那位老学究吗?他有一天在维京海盗咖啡馆里告诉我的,他还在湿漉漉的桌面上用手指画了同样的图案。对不起,当格拉尔,"亚当斯贝格重新启动汽车,"无知不是一件丢脸的事儿,否则我早就在泥泞中打滚了。"

"我不觉得丢脸,我感到惊愕。"

"那您现在怎么看?怎么看这个符号?"

"总之跟大革命不沾边,或者没有暗指国王。"

"暗指被砍头的国王,那就不同了,当格拉尔。我们可以把它看作极端恐怖的象征,代表着至高无上的惩罚。"

"这难道是凶手想表达的意思吗?"

"可能是巧合。但是十分显眼。"

"这意味着凶手对历史有兴趣。"

"那不一定。这张图,我很熟悉。凶手也许有过目不忘的能力。"

"记忆力特强。"

"比如像维克多那样。"

亚当斯贝格默默地开着车,巴黎市区越来越近。

"说到底,这个世界上并不只有我们,"他说着超过一辆卡车,"肯定有人在思考大革命。"

"毫无疑问。"

11

亚当斯贝格跟当格拉尔相反,不需那么多的睡眠时间。早上七点他睁开眼睛,煮上咖啡,儿子泽尔克在切面包。泽尔克不像父亲那样拘泥细节,切出来的面包片大小不一,厚薄也不均匀。

"昨晚有麻烦?"

"谢弗罗兹河谷那边死了一个人。连夜问询啦、长得跟女孩一样漂亮的神经质儿子啦、记忆力超群的秘书啦、种马场啦、粗鲁的场长啦,还有住在森林小屋里的女人、野猪、当地的客栈、路易十六断头台、一座被人诅咒的塔楼,里面满是鸟屎,所有这一切都集中在凹村,一个地图上找不到的地方。"

"那么说开局不利?"

"头绪太多。"

"鸽子昨天来过了。你不在,错过了。"

"它有两个月没来了,情况还好吗?"

"很好,可是它仍然在桌子上拉屎。"

"那是它的礼物,泽尔克。"[1]

---

[1] 上一部《狂怒天军》中亚当斯贝格父子救护了一只遭虐待的鸽子。——编者注

上午九点，亚当斯贝格把部下们几乎悉数叫到队里最大的会议室开会，当格拉尔煞有介事地称之为"主教会议厅"，面积最小的会议室则是"教士会议厅"，用于小范围的警官会议。时间一长就这么叫开了。当格拉尔本人今天早上也来到主教会议厅，他睡眼惺忪地伸手接过埃斯塔雷递给他的咖啡。每逢全体大会，别的场合也一样，这位年轻探员总是自告奋勇承担这个任务，给大家准备咖啡，而且做得十分完美——有些人说他也就干这个还行。除此之外，他那双碧绿的大眼睛总是带着惊诧的表情。在队里，埃斯塔雷崇拜两个人，一个是警长，另一个是强悍而全能的维奥莱特·雷坦库尔，她的父母亲不小心用了娇嫩的小花紫罗兰[1]给她取名字，却没料到她会长成身高一米八四，体重一百一十公斤的大块头。两个偶像截然不同，常常使埃斯塔雷陷入迷茫和痛苦，在分岔路口难以抉择。

亚当斯贝格没有归纳总结的才能，于是让当格拉尔代劳。当格拉尔把情况简要地概述了一遍，从浴缸里的女人——她衣着完整，这个细节是说给诺埃尔警司听的，警官中属他最低级趣味——到跟着野猪在林中奔跑。既按时间顺序，又有主题分类，编排巧妙，亚当斯贝格很是佩服。当然，大家都知道，当格拉尔警督喜欢时不时地拐进学术岔道，在里面徜徉一番，故事不免冗长起来，不过大伙都习惯了。木屋中的女子和那座不祥之塔引起了莫尔登警督的兴趣，他支起脖子，露出满是皱纹的脑袋，活像一只老苍鹭忧郁地看着一条鱼。莫尔登是童话专家，但是他的专长对警队的工作没有多大用

---

[1] "维奥莱特"即 violette（紫罗兰）的音译。——译者注

处,瓦兹内在鱼类学方面的高深知识也是如此,时间长了,亚当斯贝格倒也记住了不少,尤其是淡水鱼方面的知识。瓦兹内的兴趣也拓展到其他野生动物领域,他开始琢磨栖息在塔楼上的是哪种鸟,是寒鸦、小嘴乌鸦——黑小嘴乌鸦还是冠小嘴乌鸦?——还是秃鼻乌鸦?

沉默寡言的贾斯汀是唯一埋头做笔记的人。雷坦库尔坐在边上,仿佛轻轻一吹就能把他吹走。

趁亚当斯贝格忙着摘裤腿上猪殃殃的工夫,当格拉尔拿出画着符号的那张图,顺着桌子往下传阅,大伙看了纷纷摇头,一脸不解的样子,除了维朗克·德·比尔赫克警司。警司是比利牛斯人,与亚当斯贝格同乡,来自同一座大山。这张纸在维朗克手里停留片刻,警长目不转睛地看着他,因为这位老乡当警察之前教过历史。

"有发现没,维朗克?"亚当斯贝格抬头问道。

"说不准。这是猪殃殃吗?"

"是的,不过是去年的。虽然干了,但是依然粘得很牢,很难摘。这让我想起断头台。继续吧,当格拉尔,不过关于约瑟夫–伊尼亚斯·吉约坦就不必多唠叨了。"

当格拉尔接着说起路易十六和起先弧形、随后改成斜刃的斩刀,他说得毫无底气,大伙将信将疑。只有维朗克冲着亚当斯贝格微微一笑,这种不动声色的含蓄微笑,暗示着他感到满足。

"大革命?"雷坦库尔抱着粗壮的双臂说,"我觉得咱们可以把它忘了,你们说呢?"

"我没有说那是事实。"亚当斯贝格应道,"我说它让我联想到大革命。经过分析,我们发现图案是这么画的:先画两竖,再画一条弧线,然后划上斜道。"

"想法很漂亮。"梅卡代插嘴道,此时他还算清醒,思维充满活力。

梅卡代有嗜睡症,每隔三个小时就得打个盹,队里的同事抱成一团,替他打马虎眼,不让分局长知道这件事儿。

"但确实令人费解,"他接着说,"一半来自皇家血统、一半源于大革命的断头台,和冰岛惨剧那些事怎么也扯不上关系啊。"

"甚至连一点关系都看不出来。"亚当斯贝格附和道。

"尤其是我们不能确定那是两起谋杀。"诺埃尔嗓音沙哑,拳头插在皮夹克的衣兜里说,"艾丽丝·高迪埃和亨利·马斯弗雷,他们俩或许是一对爱得要死的恋人——还真说着了,爱得要死,"诺埃尔冷笑道,"他们决定一同消失。"

"可是我们没有发现高迪埃和亨利·马斯弗雷之间通话的任何痕迹,"当格拉尔说,"布尔林查了她一年的通话记录。"

"她可能写了信。他们自杀,留下属于他们的记号。没有啊,没有谋杀的证据。"

"现在有了。"亚当斯贝格打开手机说道,"化验室动作很迅速。当格拉尔跟你们说过,死者亨利·马斯弗雷的手上有火药痕迹。假如凶手戴着手套抓住马斯弗雷的拇指扣扳机,死者拇指指甲上就不会有火药残留。但并非如此,到处都是火药粉末。所以一开始得出自杀的结论。我要求重新检查,查得更仔细一些。"

"我明白了。"埃斯塔雷严肃地说,脸上闪过一阵惊愕。

"结果手腕上有些区域没有沾上火药末。"亚当斯贝格继续说道,"也许凶手抓住了马斯弗雷的手腕。他右手的拇指上更是留下了明显的痕迹。一道空白,一条宽度三毫米的白道。从这儿可以看出,凶手确实按住了受害者的手指,但是借助了一根绳子,更像是一条结实的皮绳。马斯弗雷是被他人杀害的。"

"如果是同一个符号,"埃斯塔雷揉着额头延续警长的思路,"那么艾丽丝·高迪埃就是被强行淹死在浴缸里的了。"

"是的。符号是凶手留下的。"

"这种说法不成立。"雷坦库尔开口说道,"如果凶手想要把这两起谋杀伪装成自杀,为什么还要画一个符号呢?如果没有这个符号,这两个案子会分开处理,都被当作自杀结案,谁也不会怀疑。他为什么这么做呢?"

"因为他要留下自己的痕迹?"瓦兹内猜测道,"利用这个所谓的断头台来彰显他的权力?"

"庸人之见。"雷坦库尔说。

"但不能排除。"莫尔登说道,"生活就是平庸的。很少有一颗珍珠、一粒沙、一枚闪亮的粒子会落在我们的肩膀上。然而在这片波澜不兴的海洋中,权力是最适应人类的寻常之恶。没错,用一个断头台符号来标记他的权力,有何不可?"

"保王党?还是革命派?说到底都不重要。"亚当斯贝格说,"这个符号代表极刑。"

"极刑,'极'在哪里?"梅卡代问道。

"冰岛。他在那里掌控着十一个人,他们现在仍然受他的控制,他非常享受这种感觉。目前只剩下六个人了。"

"全都危在旦夕。"贾斯汀说。

"除非他们口风不严,不然没事。"

"然而,沉默的大厦开始出现裂缝。"亚当斯贝格说,"两天内死了两人,被媒体曝光了。剩下的六个人心知肚明。他们会保持沉默吗?他们会躲起来吗,他们会崩溃吗?"

"而且我们无法保护他们。"当格拉尔沮丧地说,"除了维克多,其他人都是匿名的。我们只知道其中包括一个叫让的高管、一位'大夫'、一个环保主义者——她是高迪埃的伴侣、一位帝企鹅专家以及一名运动员。除此之外,一无所知。我们可以将阿梅代也列入受威胁者名单。"

"假如不是阿梅代动手杀的人。"莫尔登反驳道,"因为要说杀人动机,他是有的。都让人纳闷为什么不立刻对他采取措施。"

"因为现在采取措施是徒劳的。"亚当斯贝格答道。

他用手指慢慢聚拢一小堆猪殃殃,然后沉默良久。

"你们当中八个人,午餐后立即前往凹村。"他命令道,"埃斯塔雷,您也去。"

"埃斯塔雷可以在队里值班啊。"诺埃尔酸溜溜地说道。

"埃斯塔雷问话的时候,对方感到踏实。"亚当斯贝格说,"这一点其他警察都办不到,包括您,警司。你们必须尽一切可能搜集那个地方的八卦消息。什么恶意中伤、称赞、怨恨、真相、谎言、怀疑、积怨,能收尽收。去见幽甸和阅邻村的村民、名流、村长,能见都见,弄清楚亨利·马斯弗雷是何许人,他妻子是什么样的人,还有塞莱斯特、佩尔蒂埃、阿梅代、维克多,他们是什么样的人,他们干了什么,怎么干的。"

"有件事情蛮有意思，"当格拉尔说道，"1792年，第一个被送上新式断头台的是一个小偷，姓佩尔蒂埃。"

"求您了，当格拉尔，"亚当斯贝格一脸无奈地说，"他们都饿了，下午两点要出发。您也一样。您的任务是去见亨利·马斯弗雷的公证人。梅卡代会和您一起行动，他擅长数字。听说马斯弗雷家财万贯。莫尔登，您自己挑个搭档，确保查清楚他妻子的历史。诺埃尔，您主攻种马场那个野蛮主管，他蹲过监狱，那些人您了解。带上雷坦库尔。鉴于那家伙的体格，带上她绝不多余。您千万别站在马的后面，他打一个口哨，马就会抬腿踢人的。维朗克，您盯住马斯弗雷的儿子阿梅代。弗瓦西，您留在这儿，重新盘问艾丽丝·高迪埃的邻居、护士、同事，别放过任何线索。"

"咱们去看塔楼行吗？"瓦兹内问道，他对鸟粪充满好奇。

"为什么？"

"为了全面了解情况。"

"您想去就去吧，警司。您有时间的话，可以带一桶鸟粪回来，撒在塞莱斯特的小木屋周围。不要告诉她鸟粪来自塔楼，因为她害怕塔楼就像害怕瘟疫一样。她看起来很凶，其实为人挺不错的。"

"为什么？"凯尔诺基安问。

"她为什么凶？"

"不，为什么撒鸟粪？"

"那儿有蜂蛇。或者她认为那儿有蜂蛇。她的小屋不太密封，所以周围要撒些鸟粪。"

"您说得对，"瓦兹内表示同意，"蜂蛇闻到气味会逃跑。可是她呢？凶，却还不错？"

"当我们不顾一切保护孩子的时候,经常是这样的。她为什么要如此保护他呢?你们要寻找答案,每个人都要找。晚餐安排在凹村客栈,布尔林警长觉得那儿的菜做得不错。"

"凹村客栈?"梅卡代有点惊讶。

"是啊,警司,他们管这地方叫凹村。它处在两个村子之间,地图上没有标出来。凹村客栈、凹村教堂、凹村塔楼。"

"谁在乎什么塔楼。"诺埃尔嘟哝道。

"诺埃尔,我们对任何事情都不能掉以轻心。无论是塔楼、鸽子、还是雷坦库尔。您还记得吗?"

诺埃尔略微点了点头,一副勉为其难的样子。他毕竟献血救过雷坦库尔,当时情况紧急。亚当斯贝格从不、几乎从不放弃调教诺埃尔的机会,哪怕只能稍微调教一点。

用这样的方式发号施令,让他觉得很不爽,但那是他的职责所在,不应该委托当格拉尔处理。任务匆忙安排完毕之后,队员们分头去吃午饭,一部分人选择了阔绰、舒适和颓废的哲人啤酒餐馆,其他人则去了骰子摇杯咖啡餐厅。在咖啡餐厅那儿,老板娘默默地压抑着内心的怒火,听从丈夫粗鲁的命令,埋头准备她那些与众不同的三明治。人们习惯称这家老板"壮苗"。但实际上从不跟他打招呼,因为他不喜欢说话。两家餐馆面对面,剑拔弩张。总有一天会出人命,维朗克早就预感到了。

亚当斯贝格看着维朗克离开,警司已经明白那是断头台的符号。此时阳光照进偌大的会议厅。4月的阳光下,十四绺红棕色头发在警司的褐发中闪亮,分外显眼。

"我醒来的时候想到一件事。"当格拉尔临走时随口说道,语气神秘兮兮的，不是什么好兆头，"没什么，只是醒来时闪过的一个念头而已。"

"您得抓紧时间，警督，马上要出发了，几乎没有时间吃饭了。"

"嗯，那是普罗旺斯伯爵的故事。"

"我不明白。"

"我跟您说过，吉约坦曾经是伯爵的医生。"

"您跟我说过。"

"我半睡半醒的时候，普罗旺斯伯爵一步步把我领进一些伯爵和公爵的家族。"

"您真幸运，当格拉尔。"亚当斯贝格微笑着说，"醒来时的思绪很少如此恢弘。"

"您猜怎么着，我想到了阿梅代——说实话，这个名字不太常见——以及维克多这两个名字，它们是历代萨伏依公爵所用的名字。这些想法几乎是在我睡着时候闪现的，我就不详细列举萨伏依家族所有的阿梅代了。"

"谢谢，警督。"

"但是从1630年到1796年，总共出过三个维克多-阿梅代·德·萨伏依。维克多-阿梅代三世反对大革命，导致他的公国遭到愤怒的法国军队入侵。"

"那又怎样呢？"亚当斯贝格懒得说话。

"没怎么样。我觉得他们一个叫维克多，另一个叫阿梅代，蛮有趣的。"

"拜托了，当格拉尔，"亚当斯贝格说着又摘去一个猪殃殃，"说话别老是太离谱。要不然，咱俩一起走不远。"

"我明白。"当格拉尔沉默片刻后说道。

亚当斯贝格是对的,他推门时心里暗想。亚当斯贝格像洪水那样悄然无声地施加影响,是啊,自己必须小心,远离他湿滑的河岸。

12

亚当斯贝格把贾斯汀留在身边，负责记录来自凹村的报告。电话连着扬声器，贾斯汀在计算机上迅速打字，速度比只会用两个手指敲击键盘的亚当斯贝格快得多。

"死者二十六年前娶了令人无法抗拒的阿德莱德。"莫尔登语气平淡地说道，"然而他们的儿子直到五岁才与他们住在一起。孩子的到来让所有人都大感意外。后来才得知，孩子从小患有精神运动障碍，被送到专门的护理院。虽然那不是他们的原话，但意思差不多。总之一句话，这个小孩不'正常'。"

"但是阿梅代对这个时期和这家护理机构几乎没有什么记忆，"雷坦库尔低沉的声音从后面传来，"只记得被砍头的鸭子。"

"您说什么？"贾斯汀抬起头来问道，顺手捋着侧面的一缕金色头发，很有战前乖学生的范儿，"您是说'鸭子'吗？不是'虾子'、'架子'，或者别的……"

"鸭子，"雷坦库尔回答很干脆，"被砍头的鸭子。"

"断头台。"亚当斯贝格喃喃地说。

"警长，"雷坦库尔说，"恕我冒昧，砍鸭子头，历来如此，很正常啊。"

"听起来更像是农场,而不是治疗机构。"贾斯汀插话道。

"这家机构也许组织与动物相关的活动,"莫尔登说,"眼下很流行的。近距离接触动物啦、培养责任感啦,搞点户外活动,比如给动物喂食、换水。"

"对孩子来说,砍鸭子头可不是什么微不足道的户外'活动'。"亚当斯贝格说。

"他也许是碰巧看到的。不管怎么说,小家伙当时不太正常。也许问题还在。"

"阿梅代还记得什么?"

"记得一张冰冷的床,记得一个尖叫的女人。大概就这些了。"

"没有别的孩子和他在一起吗?"

"他记得有个大哥哥,经常带他散步,孩子很喜欢他。可能是一名护工。他们的家庭医生在凡尔赛,我跟维朗克再一起去问问。雷坦库尔负责佩尔蒂埃,这家伙有点猫匿。"

当格拉尔从另一条线打来电话。

"公证人在凡尔赛,我刚从那儿出来。"

"这号人干啥事都去凡尔赛。"

"凡尔赛的声誉显然比阅邻村好。考虑到所涉及的金额,马斯弗雷选了一家上规模的公证事务所,还挺漂亮,从地板到天花板清一色的木板装修,古色古香,还挂着奥布松织毯,某个狩猎场景,有一些隐秘而放纵的细节,比如……"

"打住,当格拉尔。"亚当斯贝格截断他的话头。

"不好意思。公证人还没有完成对资产的详细评估,但是初步估计达到五千万欧元左右。您能想象吗?亨利·马斯弗雷的资产以前更多，可是他个人出资，进行了二氧化碳固定和废物转化的研究。这项技术的测试工厂即将在凹村落成。公证人认为他确实是一位慈善家和非常伟大的探索者。一年零五个月前，他立了一份遗嘱。"

"继续说。"亚当斯贝格说着从外套口袋里拿出一支弯折的烟。

警长号称不抽烟，但会从儿子的烟盒里拿，直接塞进自己的口袋，香烟在里面扭曲、烟丝散落，仿佛过着自由自在的新生活。

"儿子阿梅代将继承全部遗产，条件是确保工厂的落成并投入运营。除此之外，维克多、塞莱斯特分别获得十万和五十万欧元的遗赠。"

"塞莱斯特得到遗赠，我能够理解。"亚当斯贝格说，"但是赠送十万欧元给秘书，实属罕见。我们不禁要问，他究竟提供了怎样的服务，才会得到如此丰厚的回报。"

"那些人的金钱观跟我们不同，警长，用不着纠结。不管怎么说，这些金额足以引来杀身之祸。"

"足以杀死马斯弗雷，但不会危及数学女教师的生命。"

"除非，"当格拉尔说，"凶手先杀一个人，留下同样的令人费解的符号，目的是转移视线。这种情况下，我们面对的就是经典的诱饵策略。"

"我继续记录吗？"贾斯汀问。"因为现在说的不再是报告，而是评论意见。"

贾斯汀做事一丝不苟，这一点非常难得。他的笔录非常出色，令人放心。但他有时候严谨过度，不免令人恼火。

"是的，贾斯汀，您全都记下来。"亚当斯贝格吩咐道，"如果是这样的话，那维克多或塞莱斯特怎么会知道存在艾丽丝·高迪埃这个人呢？"

"维克多在冰岛就认识她了。"当格拉尔说道,"而塞莱斯特,她有足够的办法翻遍整个屋子,从而看到女教师可能写给马斯弗雷的信。假如警察将这两起事件视为自杀,那敢情好。如果他们迷失在冰岛的线索中,那也很不错。再不济,总有这个奇怪的符号干扰我们的视线。活儿干得不错,提前考虑到警方的推理逻辑了。"

"有可能。"

"我同意。"贾斯汀补充说,"但这个我就不记录了。"这句说给他自己听。

"他们怎么会知道遗嘱的事呢?"亚当斯贝格又问道。

"马斯弗雷家里有一份公证遗嘱的副本,"当格拉尔说,"现在不知道在哪儿。我得挂电话了,警长,去给咱们的人在客栈订座。顺便说一句,我知道为什么他们管这儿叫'凹村'。跟我们的调查毫不搭界,但是很有趣。哦,差点忘了,还有佩尔蒂埃,非常重要的情况。他拿不到一点遗产,也就是说他不会再拿到一分钱。先前的遗嘱给了他五万欧元的遗赠。根据公证人的说法——他是个不苟言笑但心底温厚的人,有点老派贵族的腔调,但是在我看来,他的贵族姓氏是窃取而来的,因为凡是德·马……"

"当格拉尔。"

"这个我不记录。"贾斯汀木然地说。

"所以佩尔蒂埃拿不到遗产。"当格拉尔接着说,"因为马斯弗雷怀疑他虚报了马及精子的采购价格。单单一匹血统高贵的种马,价格就能高达数十万欧元,且不论那些具有神话般血统的获奖马。"

"不,请打住,警督。"

"马斯弗雷怀疑佩尔蒂埃串通卖方,开假发票,并用现金平分差价。"

"这就是塞莱斯特怀疑的事情。"亚当斯贝格说。

"也许吧。真是这样的话,您想想他捞了多少钱啊。所以马斯弗雷改了遗嘱。"

"马斯弗雷没有起诉佩尔蒂埃,假冒贵族的公证人知道其中原因吗?"

"因为马斯弗雷想先进行调查,然后再决定是否起诉。佩尔蒂埃是一位不可多得的驯马大师,本事大到用口哨吹一曲华尔兹,就能让他的马儿单腿起舞,所以马斯弗雷想拿到证据以后再搞掉他。对佩尔蒂埃来说,这也构成了一个充分的杀人动机。"

"瓦兹内呢?"

"他在发掘丧命冰岛的妻子的情况。"

"把电话给他,让他汇报。"

"是这么回事,他刚刚离开,去看关押囚犯的塔楼的情况了。很快会回来。"

"很好。"亚当斯贝格说,"这样我们在这片迷雾中至少能有些确定信息了。"

"他去查那里的鸟究竟是寒鸦还是冠小嘴乌鸦。"当格拉尔附和道。

整个晚上,亚当斯贝格都在仔细研究部下们的报告。他没有开暖气,而是晚餐后点燃了壁炉。他把脚搁在壁炉的柴架上,电脑"托尔瓦"放在大腿上,仔细阅读贾斯汀继续从他家里、也就是从他父母家里发来的材料。贾斯汀已经三十八岁,仍然跟父母住在一起。他不需要操心家务琐事,因此有很多空闲时间,除非在赌 21 点,否则总是随叫随到。

诺埃尔选择和颜悦色地盘问佩尔蒂埃,打算旁敲侧击来摸清种马的实际价格。可是雷坦库尔没有绕弯子的习惯,直截了当地问他那些中饱私囊的传闻是否属实。佩尔蒂埃勃然大怒,本能地向体形高大的雷坦库尔扑过去,却发现她纹丝不动,就像混凝土立柱那样。雷坦库尔没有动手,只是用身体使劲顶了一下,佩尔蒂埃倒退几步,跌倒在地。雷坦库尔的童年经历坎坷,动辄与四个兄弟打架,这使得她从小就学会一些特殊的搏击技巧。不料佩尔蒂埃倒地后立刻吹起了口哨,旋律相当复杂,两匹凶悍的种马立即朝他们奔来,鼻孔冒着热气。佩尔蒂埃站起来,喝住那两匹种马,此时,警察与它们只有五十厘米的距离,每个人都明白,只要主人一声令下,四蹄踹地的高大种马将立刻展开攻击。诺埃尔已经掏出手枪。

"别闹了,"佩尔蒂埃喝道,"这匹马价值四十五万。这个我怕你赔不起,区区一个小条子。"

这是雷坦库尔在简报里汇报的,诺埃尔没提。亚当斯贝格不难想象诺埃尔愤怒屈辱的感觉。迄今还没人敢叫他"区区一个小条子"。

"至于您的死后赔偿,"佩尔蒂埃像马贩子那样估计诺埃尔的身价,"大约赔一万,我还给您放了余量。而她,"佩尔蒂埃指着雷坦库尔,不屑地吐了口痰,"她的价值高一些,是您的十倍。你们给我好好记住了,我做买卖不做手脚。如果我再听到你们胡说八道,我会告你们的。"

阿梅代。对这个年轻人犹豫、退缩，乃至冲动和失控的性格，以及他精神方面可能存在的不正常，警长现在多了一份理解。五年间，他与家人分离，记得一张"冰冷的"床。冰冷，一所高级精神病院？是否有人定期探望他？无从知晓。根据凡尔赛的医生的说法，除了反映焦虑的心绞痛和中耳炎反复发作之外，阿梅代还受制于某种"压抑"现象，也就是说，他抹去了自己早年的大部分记忆。"极度痛苦？"亚当斯贝格潦草地写道，"虐待？遗弃？"然后他又加上"被砍头的鸭子"。

因为阿梅代的母亲尽管令人无法抗拒，但是在这一带的口碑并不好，无论是在阅邻村、幽甸还是凡尔赛。所有人都持一致看法。除了幽甸的村长，因为他看重她儿子小马斯弗雷的选票。总共有十六份证词可以相互印证，虽然从村公所一名女助理——埃斯塔雷请她喝咖啡——颇有分寸的表达："怎么说呢？她有点摆大小姐的架子"，到贾斯汀忠实誊写的洗染店女掌柜相对俗气的说法："她老是心比屁股高"，措辞各不相同。人们说她是一个"从朱庇特大腿里跳出来""傲慢自大""不跟人打招呼也不说谢谢"的女人。一个有几分姿色但四处钻营的女人，"自己的孩子也不管，幸亏有塞莱斯特在"，一个贪财的女人，"贪婪""一毛不拔"，而且"贪得无厌，可怜的亨利先生"。凡尔赛的大资产阶级把她看作俗气之至的暴发户，打心眼里瞧不起她。

瓦兹内和凯尔诺基安通过一部分扔在阁楼纸箱子里的信件，成功还原了玛丽-阿德莱德·马斯弗雷——娘家姓普亚尔——在她神奇婚姻之前的身世。尽管还原得不算完整，但可以得知她的父母都是工人，她很早就引以为耻。她最初进了巴黎的一家理发店工作，然后学习化妆，接着改行进入戏剧圈。俊俏的模样、不安于位的性格，使她至少上过三位制作人的床。

亚当斯贝格抬头朝在厨房里静悄悄打转的儿子看去。

"当格拉尔马上过来。"他说道，泽尔克立刻露出笑容，从碗柜里拿出一个杯子。

"他不和其他人一起在现场睡觉吗？"

"当格拉尔睡在有孩子的地方。睡在窝里。"

"你不是说孩子们都离巢了嘛。"

"那不管，当格拉尔就睡在孩子的床边。"

栅栏吱吱扭扭响了几下，泽尔克随即开了门。

"他停在花园里了，"他说，"卢西奥请他喝啤酒。"

警督将一瓶白葡萄酒放在草地上，跟西班牙老头卢西奥聊了起来。卢西奥与亚当斯贝格共享一个公共小花园，是个目光敏锐、表情威严的人，无论天气如何，晚上总要来外边喝两瓶啤酒，然后冲着山毛榉撒泡尿再回屋里。两个邻居的唯一分歧就在这儿：亚当斯贝格认为他撒尿会损坏树根，卢西奥则声称他提供了土壤所需的氮元素。当格拉尔跟老人并排坐在摆在山毛榉下的木箱上，似乎不想挪地方。亚当斯贝格拿出两个凳子，泽尔克跟在后面，手里拿着警督的酒杯，手指夹着两瓶啤酒和开瓶器。亚当斯贝格很晚才遇见自己的这个儿子，那时儿子已经二十八岁了，他管开瓶器叫作"瓶盖钩"，而且语言里净是诸如此类的离奇词语。亚当斯贝格当时想不明白，这个年轻人究竟是有才华、创意，还是偶尔反应迟缓、智力有限。不过，因为他对自己也曾不了了之地有过同样的疑问，所以并未费心深究。

"这儿现在有几只猫？"眼前闪过几道暗影，当格拉尔问道。

"猫咪长大了，"亚当斯贝格说，"很能生崽。生了六只，还是七只，我不知道，到现在还分不清谁是谁，除了总要往我腿上蹭的老猫。"

"它是你接生的，它爱你，伙计。"卢西奥说，"它生了两胎了，一共九个猫崽，有佩德罗、曼努埃尔、埃斯佩兰萨……"他扳着指头数起来。

趁卢西奥挨个盘点，亚当斯贝格把一沓材料递给当格拉尔。

"刚打印出来的报告。比起一个母亲，更是一个贪婪的妻子。小阿梅代五岁前过着什么样的日子，没人知道。"

"卡门、弗朗切斯科。"卢西奥清点完毕。

"男孩五岁时，塞莱斯特才到他们家。"当格拉尔说着将酒杯递给泽尔克。

"她从哪儿来？"

"幽甸附近的一个村庄，资历硬得很。她不喜欢向人诉说，但听她的口气，如果没有她，小家伙肯定得不到悉心照顾，无论是情感方面还是饮食方面。当妈的很任性，想去巴黎就去巴黎，或者去其他地方，当爹的则在办公室忙到深夜。家里大事小事都靠在塞莱斯特身上，现在依然如此。她解释说，母亲的死，除了让他感到惊讶和伤心，对少年阿梅代的日常生活没有造成什么变化。"

"听到父亲不是自杀身亡，阿梅代有何反应？"

"他松了一口气，因为摆脱了责任。但是他心里很清楚，用他自己的话说，他现在成了'有口难辩的主要嫌疑犯'，准备随时被逮捕。那里所有事情都停滞了，除了维克多在整理马斯弗雷留下的材料，佩尔蒂埃还在继续干活，因为不管是不是谋杀，马总得吃东西。阿梅代在草地和树林间徘徊，裤子上挂满了猪殃殃。他时不时坐在长凳上把它们摘掉。"

"他赢了一分。"

"我不这么看。"当格拉尔说，"他不知道拿十根指头干什么。"

"这个问题至关重要。"卢西奥插嘴道，"拿十根手指干什么？我呢，我只剩下五根手指，老是在琢磨这个问题。到了我这把年纪还在琢磨。"

西班牙内战期间，小小年纪的卢西奥失去了一条手臂，这成了他挥之不去、反复出现的执念。因为这条手臂在失去之前，被蜘蛛咬了一口，没来得及挠痒。对于卢西奥来说，"完成挠痒"成了至关重要的概念。他坚信只有一直挠下去，才能免受一生的煎熬。

"只有维克多放下手头的活儿去看他的时候，阿梅代才显得活跃起来。"当格拉尔继续说道，"除了塞莱斯特和维克多，阿梅代似乎没有别的什么寄托。也没有交往的女孩子。维克多显然很呵护他。看上去他这辈子净干这个了。每隔两个小时，他都会走出办公室，陪阿梅代散步。"

"他呢，维克多呢？"

"跟其他人一样，他在寻思究竟是谁杀了老板。杀害老板和艾丽丝·高迪埃。瓦兹内不小心说起阿梅代有嫌疑，维克多的额头立刻像一顶拳击头盔那样垂下来，眼睛几乎被一道褶皱遮住。他背过身去，以免忍不住揍他。然后他转过身来说：'冰岛，天啊，你们又在想什么了？我告诉过你们有个疯狂的杀手。你们又想到哪去了?'瓦兹内傻乎乎地回答说现在还没有办法确定此人的身份,不光是他,在冰岛的其他人的身份也是一样。'所以,'维克多说,'因为你们无能,就找阿梅代下手了?因为你们必须找到一只替死鸟?'说到鸟,弄清楚了,是冠小嘴乌鸦。瓦兹内有点失望,我觉得他希望那些是渡鸦。我想是塔楼的事情影响了他的问询效率。总算他花了点时间在小屋周围撒了几道鸟粪,没有惊动塞莱斯特。"

"很好。我们至少做成了这件事。"

"这个阿梅代,"卢西奥插话说,"你们说对他五岁之前的情况一无所知的就是他吗?"

"是的。"

"难怪他看着自己的十根手指好像不是自己的手指那样。很简单,他还没有完成挠痒。"

"主要是他不愿意挠痒,卢西奥。"亚当斯贝格说,"他抹去了所有的记忆,他说不出他在哪里,和谁在一起,也说不清为什么。"

"看来他被咬得厉害。"

"他那时候应该在治疗机构,当然不会是低级的那种。他父亲很有钱。"

"治疗机构,说得好听。"卢西奥接过话茬,"他在那个地方遭了罪。现在必须逼他挠痒痒,只有这个办法。小家伙在哪儿,爹妈当然知道。可见他俩都是混账的东西。这不就是杀人的动机吗?所以,一枪爆头,全了结了,一笔勾销。"

"卢西奥,在巴黎还有一个女人被杀,她与阿梅代的童年没有任何关系。"

"同时被杀的,那女人?"

"前一天。"

"那是为了骗你们。狗追着你不放？扔给它们一块臭肉，你就能安心赶路了。"

"我今天下午说的也是这层意思，"当格拉尔说，"只是表达的方式不一样。无论如何，亨利·马斯弗雷没有奴役塞莱斯特。他不仅给她留了五十万，而且是她坚持要住林间小屋，这一点确凿无疑。阿梅代向埃斯塔雷解释了这一切。到了最后，他只愿跟埃斯塔雷说话。"

"接着说，我们在听，伙计。"

卢西奥第一次称他伙计，当格拉尔把这当成一种荣誉。因为他老以为老人不把他的话当一回事儿。

"她很早就发现了这个小屋——那是用来晒苹果的，但她一直等到阿梅代十二岁才向老板提出要求。她生命中的每个晚上——我尽量引用阿梅代转述的她的原话——入睡的时候，她就'去她的小屋'，赶走烦恼。她说那个小屋实际上只存在于她的想象之中，风雨交加，动物出没，处境危险。她一次又一次地重构这个小屋，但总觉得不完美，无法找到理想中的安全感，直到她在树林中发现了这间小屋。起初，马斯弗雷拒绝了她，因为他认为那儿太危险了。但这恰恰是吸引她的地方。因为没有危险就没有真正的安全感。雨滴敲击屋顶，野猪在木隔板上摩擦的时候，她才睡得最香。"

"崽崽来了之后，情况肯定发生了变化？"

"变了一点。它睡在屋外保护她。她当时发现它孤孤零零，饿得在门外尖叫。"

"谁在尖叫？"卢西奥问。

"一只野猪崽，"亚当斯贝格解释道，"所以它有了这个名字。

崽崽对她的保护，抵得过一个团的士兵。"

"那只是个肚子的问题，那间小屋。"卢西奥说，"用我们老家的话说，你一旦像白痴那样从那儿出来，你就只能拼了，或者再给自己找个肚子。"

"从哪儿出来？"泽尔克问。

亚当斯贝格向泽尔克要一根烟，也许是为了掩饰儿子的失言。

"从娘胎里出来。"他迅速解释道。

"照这么说，"泽尔克给父亲点上烟，"我们也许都住在小屋里啊。"

"这就是我们想要做的。"卢西奥说，"这个女人，她跟她母亲有过不愉快吗？"

"年轻的时候吵过架。"当格拉尔说，"母女俩没来得及和解母亲就死了。"

"瞧瞧我说什么来着？"卢西奥说着又用牙齿开了一瓶啤酒，"她忘不了那次吵架，没办法完成挠痒。而这就把你直接带到小屋。这个女人，千万别把她从那儿撵走。"

母猫走过来在亚当斯贝格的腿边蹭来蹭去，顺道蹭上了几颗猪殃殃。亚当斯贝格伸手抚摸猫的脑袋，不出几分钟猫就昏昏入睡。他就是这样哄小儿子汤姆入睡的。亚当斯贝格的手指——还有他的声音——可以产生比任何小屋都更加有效的放松和催眠效果。但是他不准备去挠塞莱斯特的脑袋。

"我回我的小屋了。"他说着站起来，"快下雨了，该进屋了。卢西奥，不要对着树撒尿。"

"我想干嘛干嘛，伙计。"

13

清晨六点，布尔林警长叫醒亚当斯贝格。

"我手头又有一桩自杀案，老兄。你记一下，有纸笔吗？当然发生在十五区，否则轮不到我管。"

"布尔林，你打算每次有人死了就给我打电话吗？"

"沃吉拉街417号四楼，进楼密码1789B。"

"大革命，又是大革命。"

"你嘟囔什么呢？"

"没有。我试着用一只手穿衣服。"

"可是密码锁被砸坏了，你就别管密码了。"

"公寓门上有强行闯入的痕迹吗？"

"没有。一场无懈可击的自杀。哦不，应该说残忍的自杀，日本式的，那个家伙往自己肚子上捅了一刀。他经营一家艺术书籍出版社，可能由于停止支付、欠债、破产而选择自杀。"

"刀上有指纹吗？"

"有他自己的指纹。"

"既然如此，我干嘛穿衣服起床呢，布尔林？"

"因为他的书架上有三本关于冰岛的书。而他并不爱好旅行。

书架上有一件罗马的小纪念品、一张伦敦地图，还有卡玛格观光的纪念品，其他就没了。可是关于冰岛的书却有三本。所以我让手下去找那个符号。不骗你说，我苦头吃尽。因为白底白字，很难辨认。非有坚定的信念不可。"

"剪段截说。"

"果然有符号，是用刀尖刻在紧贴地面的踢脚板上的。刚刚刻上去，地上还有一小片剥落的油漆。"

"再把地址说一遍，我刚才没注意听。"

死者是个男子，死在厨房里，地上有一大摊血，上面架着供警察走动的走道。技侦小组已经来过，现在人们正努力把尸体运走。死者是矮个子，但又胖又沉，搬运者的手套在血迹斑斑的睡衣上打滑。

"几点发生的？"亚当斯贝格问。

"正好凌晨两点零五分。"布尔林答道，"邻居听到一声惨叫和跌倒的声音。他给我们打电话报警。你看那个符号。在这儿。"

亚当斯贝格跪在地上，打开笔记本准备临摹那个符号。

"就是它，是的。不过我觉得变小了，线条也不那么果断。"

"我也看出来了。你认为是有人在模仿吗？"

"布尔林，我们现在像风中的气泡，飘忽不定。想法最好别太多。"

"随你的便。"

"受害者照片已经在你机子里了？"

"在我'计数的女巫'中？是的。维克多应该能认出他。他的名字叫让·布鲁盖尔。不是当格拉尔会说的老勃鲁盖尔，而是布鲁盖尔。"

"知道了。"亚当斯贝格说道,其实他不明白布尔林指的是什么。"把照片发送给维克多。简单地跟他说一下情况。这是他的邮件地址。"亚当斯贝格说着把笔记本递给他看。

布尔林准备把照片发往凹村,发现笔记本里整页或笔记的空白处画着好多画。

"你画的,这些画?"

亚当斯贝格注视着血泊上的塑料走道在布尔林的体重下扭曲。

"对。"亚当斯贝格耸了耸肩回答道。

"维克多邮件地址下面是他的肖像?"

"对。"

"还有阿梅代……塞莱斯特……佩尔蒂埃。"布尔林逐页翻看笔记本。

"马斯弗雷怀疑他买马和马精液时有猫腻,所以在遗嘱中把他除名了。"

布尔林并不听他介绍,而是忙着看画,依然悬空站着,离地上的凝血二十厘米。最后,他输入维克多的邮件地址,一脸狐疑地把笔记本还给警长。

"你也画过我吗?"

亚当斯贝格微微一笑,翻回到笔记本的第一页。

"凭记忆画的,"他补充道,"我们第一次去凹村的时候。"

"你把我丑化得倒是不太厉害。"布尔林对自己的形象相当满意。

"给,"亚当斯贝格说着撕下画页,递给布尔林,"如果你喜欢的话。"

"你能画我的孩子吗?"

"现在不行,布尔林。"

"好的,以后画可以吗?"

"以后可以啊,等我们回凹村客栈吃晚饭的时候。"

"照片发走了。"布尔林合上电脑说,"你过来看看这些书,关于冰岛的。在这儿。"他走进客厅,"我把书放在茶几上。你随便看,上面没有指纹。"

亚当斯贝格摇了摇头。

"那很正常,三本书都是新的。没有沾灰,边角不卷皱,品相很好。"

亚当斯贝格翻开其中一本,闻了一下。

"新书的油墨香。"

"等一下。"布尔林一屁股坐在靠近亚当斯贝格的一张凹陷的灰色沙发上,"我问一句。你的意思是有人想利用这些书,把我们引向冰岛?而这些书是新的,所以是假线索?"

"正是如此。我们搞错了,布尔林。"

"他露出了破绽。他应该买一些二手的旧书。"

"肯定因为没时间。八天内三起命案,你想想。他在赶时间。不过他的书至少给我们指出了一个线索:找到那个符号。"

"为什么老是出现这个该死的符号,假如他希望让别人相信这几个人都是自杀而死?"

"他知道我们不再相信那些人是自杀的。或者他其实不想让人们相信他们是自杀。雷坦库尔会说,一个杀人凶手在现场留下签名,表明他非常自负,这很平常。如果有一天我们要结案,他就会扬言说那些人死于非命，是他杀的，是他干的，为了不让人们把那些人打入凹村塔楼的冷宫。"

"除非这个符号不是画给我们看的，而是提醒其他人，提醒剩下的那些去了冰岛的人。"

"可是这个家伙没去过冰岛，布尔林。"

"该死，我忘了。"布尔林摇头说，"这次的符号有点不一样。还有谁知道前两起凶杀和符号之间的联系？维克多和阿梅代，只有他们俩知道。你给他们看了图案。"

两人默默地沉思片刻。亚当斯贝格在遐想，而布尔林在反思，甚至是反刍，翻来覆去想了二十遍，一边擦着春季感冒的鼻涕。

"除非杀手不是同一个人，"亚当斯贝格说，"除非一个家伙知道谁杀了另外两人和这个符号，然后利用这一点，实施另一起谋杀。悄悄地把冰岛的书放在这儿。但是他画画技巧不咋的，符号画得不行。"

"你想到了维克多。"

"是的，为了洗清阿梅代的嫌疑。阿梅代夜里应该有一个非常可靠的不在场证明。维克多进进出出，谁能跟踪他的行踪呢？傍晚的时候，塞莱斯特在树林里，佩尔蒂埃则远在他的种马场。"

布尔林用两只大手捂住额头。

"不是我塞责，亚当斯贝格，但能把这事甩给你，我没什么不满的。我有点迷失方向了。"

"因为你没睡醒。"

"你难道不迷失吗？"

"我习惯了，和你不一样。"

"我去找热水壶。"

布尔林用刻花高脚杯端来两杯咖啡，那是他在厨房外找到的仅有的杯子。

"你习惯了什么？"布尔林问道。

"习惯了迷失。布尔林，假设你在沙石滩上行走。"

"我很想去走走。"

"你能想象干枯的海藻乱七八糟地纠缠成团吗？形成一个大的、有时甚至很大的球？"

"没问题。"

"好吧，这就是我们面临的局面。"

"一个大粪球。"

"可惜不是。你有没有糖？"

"没有，厨房里有。我不敢去偷。尊重下死者，亚当斯贝格。"

"我没在跟你说糖的事儿，我说的是大粪球。我说：可惜不是。因为大粪是一种连贯的、匀质的材料。而一个海藻球由成千上万个互相纠缠的碎片组成，碎片本身还来自几十种不同的海藻。"

两个人喝着苦涩而且跑了味的咖啡。黎明时分，这间至少二十年没有翻修过的小客厅显得有点凄凉，苍白的太阳刚升起，室内稍许有了点光亮，空气中弥漫着沉船和荒废的气味。此时此刻，用高脚杯喝咖啡很是突兀。

"你看一下'托尔瓦'，维克多有没有回复。"亚当斯贝格陷入一张灰色的破旧沙发，一动不动，沙发上布满了被烟头烫出的洞。

布尔林输了三遍密码，他的手指粗，键盘上的按键太小了。

"你可以在球上再添一层海藻。"半天后他说,"维克多发誓从未见过这个家伙。可是当格拉尔说他有超强的……回忆。"

"我想是超强的记忆。但我不确定。"

"你说啥就是啥吧。布鲁盖尔没有参加那次旅行。可是有人使劲让我们相信他参加了。"

"你能确定凶手是如何进入的吗?"

"厨房门通向家政专用楼梯,"布尔林解释道,"特别是朝着每层楼梯平台上的垃圾桶。每天晚上——依然是听楼下邻居说的——布鲁盖尔都会把他的垃圾袋放在那儿,然后去睡觉。只要候在楼梯平台上等他回厨房时动手就行了。"

"而且要知道他平时的习惯。"

"或者观察一段时间,摸清他的生活习惯。这家伙跟别人一样,很可能会把事情说出来的。破产、抑郁,各种因素加在一起,或许就坦白了。"

"坦白什么?"

"冰岛的事儿啊。"

"这家伙没去冰岛。"亚当斯贝格说。

"妈的。"布尔林说着又用双手抱住额头。

"这就是我对你说的。海藻球效应。无法摆脱。现在几点了?"

"你手腕上戴着两块手表。为什么不自己看时间呢?"

"因为它们都停了。"

"那你为什么还戴呢?另外,你为什么戴两块手表?"

"我不知道,说来话长。告诉我几点了,行吗?"

"八点一刻。"

布尔林往两个刻花酒杯里续上咖啡。

"还是没有糖。"他抱歉地说，仿佛这种匮乏似乎概括了调查工作令人不安的现状，"而且我肚子饿了。"

"布尔林，你不能到厨房里偷食物。这是你说的。你不能在一摊血泊中打劫死者。"

"管他呢。"

亚当斯贝格从旧沙发上爬起来，在陈旧的小客厅里走来走去。布尔林拿着绵白糖和一罐意大利饺子回来，用随身携带的小刀戳起冷冰冰的饺子，大口吃起来。

"感觉好点了吗？"亚当斯贝格问。

"好点了，但是真难吃。"

"我们必须考虑到，"亚当斯贝格缓慢地、几乎以科学的方式解释道，"我们之前谈论的那个球，"他摊开手，"可能比我们想象的体积还要大。"

"有多大？"

"跟你一样大。"

两人陷入沉默，默默地思考着这种可能性。然后，布尔林又埋头吃起饺子来。

"所以咱们没戏了，"他说，"咱们永远找不到凶手。"

"这很有可能。当有人向你脚下扔出三十个台球的时候，想要辨认出头一个球，几乎是不可能的。"

亚当斯贝格从布尔林的刀尖叼下一个饺子。

"你觉得这种冷饺子怎么样？"布尔林问道。

"恶心。"

"那我们至少得了一分。"

"还有塔楼上的乌鸦,那是冠小嘴乌鸦。"

"那就得了两分。"

"面对这种情况,"亚当斯贝格停下脚步,继续说道,"我们必须抛出我们自己的球。无论它多么可笑。采用老掉牙的方法。"

"在报纸上发布通报?"

"在媒体和社交网络上发布。不出六小时就能触及全世界。"

"要告诉凶手,我们知道他们不是自杀吗?"

"凶手肯定会很高兴。但是我们不能惹怒一个迷上断头台的人,这可不是闹着玩的。"

"假如是断头台的话。"

"是的,假如真的是断头台的话。我没忘,布尔林。我们必须保护冰岛行的其他成员。闸门已经打开,他完全可能打算把他们一一除掉,一劳永逸。"

"你跟我开什么玩笑?你说过咱们不管冰岛了。因为他、因为这些新书的缘故。"

"但是如果维克多在说谎?如果维克多认识他呢?"

"那咱们重新开始?"

"布尔林,自己身在何处我们都不知道,又怎么可能走远呢?"

"通报里是否要提到那个符号?"

"不提,"亚当斯贝格稍作思考后说,"我们暂时不提。我们发布警情通报,内容诸如'近一周发生三起谋杀案',我会让当格拉尔帮我起草。我们公布死者的姓名和照片。"

"三起谋杀案?"布尔林插嘴道,"要是布鲁盖尔没去冰岛呢?"

"不管他了。然后写:'警方有理由相信,参加冰岛血腥旅行的成员可能受到凶手的威胁。望有关人员尽快联系宪兵队或警察局,以获得保护。'附上咱们刑警队的电子邮件地址和联系电话。"

布尔林吃完早餐,拳头一使劲,把饺子盒子压扁了,然后他关上电脑,拉住灰色沙发的扶手,吃力地站了起来。

"开球吧。"他说。

14

十点三十分，没有刮胡子、T恤衫反穿的亚当斯贝格，已经向部下通报完第三起谋杀案的情况。塞莱斯特家中发现的威士忌酒杯里面没有任何可疑物质，这排除了她的嫌疑，除非牵涉到一桩隐秘的情杀，当格拉尔提醒道。她可能想为自己留下亨利·马斯弗雷嘴唇的最后一丝痕迹。

警情通报已经撰写完毕，弗瓦西警司负责立即发布。今天上午，几乎所有的人都结束任务从伊夫林省返回了。

大家陆续离开主教会议厅，亚当斯贝格拉住弗瓦西的袖子。

"警司，"他说道，"通报发布之后，给我找点吃的，先把通报发了。昨天晚上到现在，我没吃过一点儿东西。"

"我这就给您准备。"弗瓦西兴奋地说。

埃莱娜·弗瓦西对食物情有独钟，有人说那是一种病态。弗瓦西不像布尔林那样毫无顾忌地狼吞虎咽，她吃得很少，身材苗条优雅，但她老是怕挨饿，惶惶不可终日。她办公桌下的铁皮柜子变成了某种战时应急物资的仓库，队员们加班时后勤补给不足，就会来这儿找这个那个吃。如此的消耗让弗瓦西恐惧，她会立刻虚构一些借口，离开警局去采购，重建储备。警长突然说肚子饿，如镜像般加剧了她内心原先的不安。她不惜放下手头的任何工作，让别人先吃饱肚子再说。除了这个痛点，弗瓦西堪称队里一骑绝尘的计算机高手，排名第二的则是梅卡代。不过此时此刻，梅卡代在楼上摆着饮料发售机的房间里睡觉。

"不着急，"亚当斯贝格安慰她，"先把通报发了。越快越好。然后呢，我进餐的时候，跟我说一下您对艾丽丝·高迪埃的调查。"

十分钟工夫，办事利索的弗瓦西就完成了通报发布，让消息绕着地球转圈，然后她把他吃的东西端到亚当斯贝格的办公桌上。餐食放在餐盘上，刀叉齐全，警司看重服务细节，毫不马虎。亚当斯贝格没有看到新鲜面包，心里明白：弗瓦西怕去面包店耽误时间，警长饿得撑不住。进食是当务之急，刻不容缓。

"您说吧。"亚当斯贝格吃了一口肉糜糕。

"雅文邑野猪肉慕斯。我还有意大利抹布火腿，当然是真空包装，味道稍微差些，还有鸭胸肉，或者……"

"我够了，弗瓦西，"亚当斯贝格抬起一只手，"您跟我说说。关于那个拜访艾丽丝·高迪埃的人，您有什么消息？也就是4月7日星期二出现的那个人，比阿梅代晚一天？"

"那个邻居认为跟敲门的是同一个人，因为听到他的名字里有'代'字。而且是在同一时间，病人独自在家。但是他不能确定。"

"高迪埃的那些老同事说了什么？"

"我见到了她的两个同事和校长。她从冰岛回来的时候，他们把她当作英雄来欢迎，但是她不希望提那件事情。她也不需要别人的同情。正如我们调查到的，她性格倔强。她对这个话题保持沉默，而且做到了。同事对她的生活一无所知。一位女同事认为她是同性恋，但她不确定，也不在乎。这些情况似乎没有什么用处。我问校长，也许她曾经给学生穿过小鞋，遭到了报复。但校长表示，即使孩子们很生气，他们也会乖乖听话。"

"她揭发过的那些敲诈勒索的学生也听话吗？"

"好像是的。他们年纪还小，甚至没有受到缓期执行的处罚。没有人会多年以后为了这点事去杀人的。不会的，她生平的唯一热点——应该说冰点——就是这场冰岛悲剧。"

"在告诉阿梅代之前，她没有可以倾诉的知己、异性或同性的朋友吗？"

"一个都没有。两位同事说，悲剧发生后，她深居简出。以前有时看到在校门口等她的那个女人消失了。我猜那是她的女友，那位'环保主义者'。她们可能分手了。她再也没有参加教师们两年一次的聚餐。试卷总是在第二天就批改完毕，这也表明她一直在家。大楼的门房证实她既不外出，也不接待客人。接下来就是两年前她病倒了。彻底闭门谢客。"

"死胡同。"亚当斯贝格总结道，"要么是死胡同，要么就是一百个自相矛盾、剪不断理还乱的假设。"

"这份通报会帮助我们摆脱困境，警长。只要我们询问完死亡之岛的所有幸存者，不出十分钟，迷雾就会散去，就像在冰岛那边一样。"

亚当斯贝格微笑了。弗瓦西有时会说一些乐观而幼稚的话，就像对孩子说话似的。对孩子，只需给予滋养、呵护、安慰就可以了。

"您盯住电脑，弗瓦西，别漏过任何消息，拜托了。"

"我日夜监视，警长。"弗瓦西一边收拾空盘子，一边说，"我已经设置了声音提示，监视对通报的任何回应。"

日日夜夜监视，她能做到。困了在扶手椅上打盹儿，等待提示音的响起。专门的声音提示，亚当斯贝格竟然不知道"计数的女巫"中有这样的东西存在。

15

令人惊愕、然后令人焦急的沉默，逐渐在队里弥漫开来。

到了通报发布的第二天晚上，还是没有冰岛行的幸存者露面。亚当斯贝格摘掉裤子上最后几粒猪殃殃，从一个办公桌徘徊到另一个办公桌。时间一分一秒地过去，他的部下们不知所以，无精打采地等着，他们的目光不时投向弗瓦西的办公桌，期待她会突然站起，带来一些令人振奋的消息。几个人聚在走廊里讨论。

"即使他们不在网上，"瓦兹内说，"哪怕一个人都不上网，现在也应该有人提醒他们了。一个朋友或者家人。"

"他们害怕。"雷坦库尔说。

她手里抱着队里那只胖胖的白猫，柔软的猫像一块干净的亚麻布，折成两半挂在她的手臂上，放松、自信，猫咪的爪子轻轻摆动着。大伙都叫它"球球"，球球完全伸展开，身长可以达到八十厘米。它最喜欢雷坦库尔。雷坦库尔正准备喂它，也就是把它抱到楼上放碗的地方，因为没有人陪伴，这只身体非常健康的猫咪不肯自己爬楼梯去进食。所以雷坦库尔只好在楼上等它咽下食物，再把它带回到楼下，回到它最喜欢的地方，也就是那台温暖的复印机，那是它的床。

"他们怕凶手？难道就不怕明天被杀吗？"

"他们听从指令，保持沉默。他们知道，如果自己露面并跟我们说话，就会被处决。因此何必急着送死？他们认为只要保持沉默，就能确保自己的安全。"

"已经有三个人丧生了，总会有人想办法寻求保护吧。"

"维克多说得没错，那个家伙真把他们吓坏了。"

"十年后还这么害怕？"

亚当斯贝格凑过来。

"是的，还是这样，"他自信地说道。"他依然牢牢地把控他们，不让自己被遗忘。他与他们见面，或者给他们写信，保持持续的高压和警惕。"

"为什么要这样做呢？有必要吗？"莫尔登问道，"这个群体是某天晚上一时冲动在一家客栈里形成的，互相不知道对方的姓名。说实话，他们能跟我们说些什么东西，让他陷入危险？"

"我们会得到一份嫌疑人的相貌描述，"瓦兹内说，"也许有人知道他的职业，他们所知道的东西，可能比我们想象的还要多。"

"您在想维克多？"亚当斯贝格问。

"可以这么说。之前他别无选择，只能跟我们说。但也许只说了一点点。把那个人的具体信息告诉我们，对他和其他人来说，冒的风险太大。阿梅代也面临同样的情况。有可能艾丽丝·高迪埃向他透露了很多情况。但他呢，他必须保持沉默，才有生路。"

"我们该怎么办？"埃斯塔雷问道，警队的瘫痪状态让他无所适从。

"我们先把猫喂饱。"雷坦库尔说着登上楼梯。

"梅卡代在睡觉，"埃斯塔雷扳着手指数道，"当格拉尔在喝酒，雷坦库尔在准备猫食，弗瓦西盯着电脑。那我们呢？"

亚当斯贝格使劲摇了摇头。这个海藻球的细枝，没有一根你能抓住而不折断。整个周末，他与电话之间的距离从未超过一米，他把电话铃声调到最大，全神贯注地等着弗瓦西的来电。但最后他已不抱希望。那些人都被吓坏了，藏了起来，保持沉默。谁会相信警方能提供保护？谁会相信两个警察守在门口就能吓退杀人犯，让他不敢接近？他们知道会发生什么，他们了解他，目睹过他的凶残行径。再说，警方的保护能持续多久？两个月？一年？警方有能力调动五十名警员来保护他们十年吗？这不可能。凶手警告过他们：即使是监狱也无法阻止他铲除他们。铲除他们本人、配偶、子女、兄弟、姐妹。既然如此，傻乎乎地去找警察有什么意义呢？还不如去屠宰场。

前提是冰岛的确是一条线索。

这个星期天晚上天气宜人。亚当斯贝格在花园里来回走动，手里拿着手机，母猫跟在后面。西班牙老头仿佛透过窗子看到了他，拎着两瓶啤酒走过来。

"遇到难处了，老兄？"

"找不到头绪，卢西奥。一周死了三个人，还有人处于危险之中，其中有四个人我连姓名都不知道。他们可能明天就会被杀，又或许是一年后、二十年后，没法确定。"

"你各种办法都试了吗？"

"我想是的。甚至犯了一个错误。"

因为他发布的那则通报，充其量起到了惊动杀手的作用，没有换来任何线索。蠢事一桩,别提了。也许他的思路还不对头。也许没有翻来覆去地思考七遍,草率了。卢西奥用力咬开了自己的啤酒瓶盖。

"你这么咬下去会把牙齿搞坏的。"

"这不是我的牙齿。"

"没错。"

"这跟半途而废的调查不一样。"卢西奥说,"故事结束了,别再耿耿于怀了。"

"我没有耿耿于怀。可是这个故事没有结束。某一天又会死一个人。这就是我目前的处境:等着有人死去,希望他留下一条线索。可是他不会留下线索,我说的是实话。"

"有一条路你没有看见。"

"没有路。只有一大团扯不清的海藻。而且是干海藻。那些东西里面没有路。完全是他一手策划的。一旦你觉得自己找到了方向,他又变着法儿把海藻球重新搅乱。"

"玩得不错,你那个家伙。"

卢西奥下意识地挠了挠那条已经失去的被蜘蛛咬过的胳膊。

"你几个月没有碰女人,所以才会变得这种样子。"

"'这种样子',你什么意思?"亚当斯贝格说着拿起啤酒瓶,将瓶颈对准山毛榉的树干,用力砸下去,打开啤酒。

"你这么砸,也在毁树啊。'这种样子',用你的海藻球烦所有人。"

"再说你怎么知道我没有女人?我到处有女人的。"

"我不信。"

16

周一上午，他九点二十分才走进警署。他一脸怒气，整晚都没睡好。他手下十来个人围着戈尔登警员，聚集在警署的前台，雷坦库尔身高马大，比众人高出一头，给这个颇有绘画感的场景增添了一条视觉轴线，营造出平衡感。大家默不出声，紧张地等待着，眼睛盯着接待处，仿佛戈尔登手里拿着上帝的恩赐或者一颗炸弹。戈尔登从未经历过这样的处境，成为众人注目的焦点，他不知如何是好。尽管大家都知道戈尔登的能力有限，但是没有人打算把他手里的信夺过来。那将是对戈尔登的冒犯。他收到了这封信，应该由他来履行职责。

"它是由专人送来的。"戈尔登向警长解释道。

"它什么，戈尔登？"

"这封信。收件人是你。但是因为信纸厚实，字迹漂亮，写得像婚礼请柬那样，警长，还因为这个，"他说着用食指指着信封左上角，"我就拿给维朗克警司看，然后大家都过来看了。"

戈尔登把信平放在亚当斯贝格双手上，就像将它放在银质托盘上那样。每个人都静静地站着，身体一动不动，只有目光转向警长。"他们知道一件你不知道的事儿。"亚当斯贝格想到卢西奥说这句话时嘶哑的声音。

这封信的地址是用钢笔书写的，而不是用毡笔或圆珠笔。字迹堪比书法，信封本身非常奢华，还有衬里。左上角写着寄信人的姓名，似乎就是这个名字镇住了他的团队。字体很小，他吃力地辨认：

马克西米利安·罗伯斯庇尔著作研究协会

他的手指微微攥紧，抓住信封，然后抬起头来。

"断头台。"维朗克低声概括大家的想法——他们全想到了一起，都点了点头，一个个摊开双手揉搓脸颊。

亚当斯贝格对那个符号的解读曾让他们好气又好笑：纯粹在浪费时间，在滚滚乌云里漫无目的的徘徊，他们对此已经习以为常，也不当回事儿，除了维朗克。亚当斯贝格与他对上目光，那眼神笑眯眯的。

"丑陋的刀刃在黎明闪耀，"警司低吟道，

"黑森森的支架直刺九霄，

"冰冷俯瞰被夺走的生命，

"我们拒看这种可怖场景。"

"天啊，音节不对，维朗克。"当格拉尔说。

维朗克耸了耸肩。他师承目不识丁的祖母，喜欢滔滔不绝地吟诵蹩脚歪诗，还说是那是"拉辛式"的诗句，让严谨博学的警督浑身不舒服。众人中只有当格拉尔低头耸肩。亚当斯贝格知道他在想什么。他的副手正在追悔自己没能破译出这个符号，并略带调侃地反对亚当斯贝格的解释。他和其他人一样，不愿面对这个"可怖场景"。

"嗯，警长，一封信就是要打开来读的，对吧？"戈尔登小心翼翼地提醒，直白的建议打破了这个让众人陷入某种不安、又或许是诗意境地的紧张时刻。

"有裁纸刀吗？"亚当斯贝格伸手问道，"我不想用手撕开信封。"接着又说，"主教会议厅集合，把待在办公室或在饮料机那边闲逛的人都叫过来。"

"梅卡代在喂猫。"埃斯塔雷说。

"那就把猫和梅卡代都给我叫下来。"

"我这就去。"雷坦库尔说。没人反对，因为把球球和将醒未醒的警司弄下来不是件容易事，尤其是那该死的楼梯，有一级高出一截，常常把人绊倒，大家都吃过苦头。

趁埃斯塔雷在会议厅郑重其事地给大家端咖啡，亚当斯贝格先把信看了一遍。高声朗读不是他的长项，经常读得磕磕绊绊，甚至读错。他倒不是怕在部下面前出丑，而是预感到写信人文笔细腻，遣词造句可能不太好懂，他希望待会儿让大家都能大致听懂这封信的内容。

弗瓦西最后一个走进会议厅，她在沉默的屏幕前守候了三天三夜，累得眼皮都抬不起来。

"我们总算得到了一个回复，尽管是通过传统的方式。"亚当斯贝格告诉她。

等到茶匙在杯子中叮当作响的声音平息，亚当斯贝格开始念信。

"寄信人：马克西米利安·罗伯斯庇尔著作研究协会会长弗朗索瓦·夏多。"

警长先生，

昨天深夜，我才从同事那儿得知贵方发布的通报，提及艾丽丝·高迪埃夫人、亨利·马斯弗雷、让·布鲁盖尔先生等三人相继遇害的消息。通报提及的三个名字，我并不熟悉。但是我在照片上认出了这三位不幸的被害人，那是毫无疑问的。

我认为最重要的是告诉您，他们三位都是本协会的成员，我有幸担任协会的主席。尽管这几位成员只是偶尔参加协会的活动，但他们在我们的集会上露面已经有七到十年的时间了——恕我无法更精确——每年一到两次，在初秋和春季的集会上。

倘若没有看到你们的通报，他们的"失踪"丝毫不会令我担心。我们协会的章程没有规定会员必须参会，每个人都来去自由。但是他们三位的死亡，加上他们常来参加我们的研究会，这种巧合自然引起了我的警觉。尤其是第四位成员的缺席，更加引起了我的注意，因为相比之下，他参加集会的次数更多，而且似乎与三位死者保持某种联系。他们见面时至少会互相致意，这一点我可以肯定。

这封信的篇幅会比较长，还望您海涵，但是您不难明白我的担心——我借用警察不会予以反驳的说法——我担心有一名凶手在我们协会中猖狂肆虐，这可能会导致其他人死于非命，我们协会的活动也必然就此终结。

鉴于以上原因，倘若您同意见信后尽快与我见面，如有可能，即日十二点三十分，我将不胜感激。考虑到种种令人不安的因素，我最好不去贵局，免得被人看见。因此我无比惶恐地邀您前往鞣革街的玩家咖啡馆——情况紧急，我只能如此突然地提出请求，望您见谅——请告诉老板您是我的熟人，他会让您从后门出去。请沿小巷走到地下停车场，再从四号楼梯出来，不远处就是小塔酕醄居的后门——这家咖啡馆的正门开在小塔河沿街上。我会坐在咖啡馆最里头靠右的一张光线昏暗的桌子旁，阅读《今昔摩托》杂志。敬请随身携带这封信，以便我确认您的身份。

警长先生，请接受我最崇高的敬意。

一路念下来，亚当斯贝格只在十几个拗口的字上结巴了一下——换了谁都会这样，他心里暗想。念完之后大伙陷入沉默，这封信的语气比它的内容更令人不知所措。

"能再念一遍吗？"当格拉尔问道，他注意到埃斯塔雷目光中的惊恐，埃斯塔雷的思路显然跟不上了。

亚当斯贝格不由自主地看了看表，发现两只表都停了，便问几点，得到的回答是十点十分。于是在众人的默许中，他又念了一遍。

"永别了冰岛。"待警长把信放下，瓦兹内总结道。

"说得没错，"诺埃尔接茬说，"你是没机会明天就去北冰洋观鱼了。那不是想去就能去的地方。但反过来说，如果我的理解没错的话，我们将潜入一个鱼缸，那儿的游鱼远比你所知的奇特。一群狂热崇拜罗伯斯庇尔的人，值得专程去一探究竟。"

"一样冰冷的气氛。"瓦兹内说。

"没有任何迹象表明协会的成员是罗伯斯庇尔的信徒。"莫尔登以对诺埃尔惯用的略带不屑的口吻说道,"他们只是一些分析罗伯斯庇尔著作的学者。两者可是天壤之别。"

"我不跟你斗嘴。"诺埃尔说,"就算那样,他们也是热衷于那个家伙的人。这儿是刑警大队,难道我们现在要保护大屠杀的刽子手了?"

"就此打住,诺埃尔。"亚当斯贝格说。

诺埃尔又往他那件厚实的皮夹克里缩了缩,这件阳刚的外套使他看起来胖了一圈。

"这不是陷阱吧?"贾斯汀伸出一根纤细的手指,指着信问道,"您得穿过一个真正的迷宫才能见到他。"

"有些人那么精通甩掉警察的诀窍,真是不可思议。"凯尔诺基安说。

"在某种程度上反而令人放心。"亚当斯贝格评论道。

"他让您去那个地方,"贾斯汀不罢休,"谁知道会不会在那条小巷、那个停车场下手,一个说话头头是道的陌生人,都不知道他哪句话是真的,也不确定他是否真是这个协会的主席。这听起来很诡异,有种老式阴谋的味道。"

"我不会独自前往,贾斯汀。维朗克、当格拉尔陪我一起去,谈话时能帮我调点茨汁,在历史方面做点勾芡。"

"做酱料的底子是吧。"瓦兹内说。

"历史不是酱料底子。"当格拉尔抗议。

"对不起,警督。"

"还要考虑保护措施,"亚当斯贝格继续说道,"因为啥事都可能发生,五个警员跟在我后面,提供掩护。换句话说,雷坦库尔,您一个人,先在停车场等我们,然后跟着我们走。这是最危险的一段路。之后,您像其他来用餐的顾客一样,从正门进入小塔酡酗居。不要引起别人的注意。"

"有点难度啊。"诺埃尔讽刺说。

"比警司您容易。"亚当斯贝格说,"您让人隔着一百米就能闻到行动的味道,倒是雷坦库尔可软可硬,千变万化。"

雷坦库尔面无表情,亚当斯贝格觉得诺埃尔肯定会为出言不逊付出代价,那将不是第一次。

"这个协会确实存在,我刚刚进行了核查。"弗瓦西一直守在电脑前,没有听到他们刚才的对话,"协会是在十二年前成立的。但是在链接上看不到协会管理人员的名字。"

"我们可以在《政府公报》上核查一下,"梅卡代说道,"这个任务就交给我吧。"

"他们的网站简单得不能再简单了。"弗瓦西继续说,"只有一些复制品、罗伯斯庇尔的几篇文章、活动场所的一些照片、集会日期和地址。那像是一个旧厂棚之类的地方。"

当格拉尔走到电脑前,仔细观察。

"也许是个谷仓。"他说道,"窗户的头线微微拱起,看起来像是十八世纪末的建筑。这是在哪儿啊?"

"一直往北,靠近圣图安的外围,短房街42号。"弗瓦西答道,"据称他们有687个注册成员。协会拥有一个宽敞的辩论大厅,内设观众席、自助餐厅、休息室和更衣室。他们的集会分为'常规'和

'特别'两种，每周一晚上举行。"

"就是今天晚上了。"亚当斯贝格的声音微微颤抖。

"今天晚上是'特别'集会。"弗瓦西补充道。

"几点？"

"晚上八点。"

"这样的地方租金不菲。您在这方面查一下，弗瓦西。摸清房东、租客的情况。"

坐的时间够长了，警长站起来，在会议厅里来回走着。

"别忘了我们从一开始就被人牵着鼻子走。"他说，"有人把我们引向冰岛，同时用一个相当晦涩、不容易解读的符号，让我们对断头台有所准备。让·布鲁盖尔遇害后，又误导我们去冰岛，然后使用一个刻法稍有不同的符号，把我们带回断头台。来回折腾。一会儿自杀，一会儿又变成凶杀，然后是一连串嫌疑人，阿梅代、维克多、塞莱斯特、佩尔蒂埃，以及'海岛杀手'。而现在，我们面对的是罗伯斯庇尔。说得确切一点，我们面对的是一个在协会里对罗伯斯庇尔的爱好者大开杀戒的凶手。"

"一个潜入内部的杀手。"凯尔诺基安说。

"或者说几个潜入内部的杀手。会不会是政治谋杀？"

"也可能是针对个人的报复。"瓦兹内提出自己的看法，"因为在罗伯斯庇尔爱好者看来，我们的三个受害者似乎经常缺席协会的大会。"

"假如这位主席说的是实话。"

"假如确有其人的话。"

"或者，"莫尔登说，"就像那个家伙暗示的那样，对了，他叫什么名字?"

"弗朗索瓦·夏多。"

"或者,就像弗朗索瓦·夏多暗示的那样,有人想毁掉这个协会。一个团体里面有疯子在杀人?谁还会留下来呢?人去楼空,不出一年,协会只能关门。无论是出于政治原因还是个人原因。"

"那么为什么,"贾斯汀盯着笔记问道,"有人一开始把我们引到冰岛惨案上去呢?"

"我不知道是否有人把我们引到那儿。"亚当斯贝格转过身来,缓缓说道,"我犯了一个错误,或者我没有表达清楚,或者我迷路了。都怪这颗该死的海藻球,母猫在里面都会找不到自己的孩子。"

"球球也找不到。"埃斯塔雷说。

"没有人引导我们。"亚当斯贝格接着说,"我们自己定的方向。凶手从第一次谋杀开始,就留下了与冰岛无关的符号。后来出现了艾丽丝·高迪埃的这封信,所以有了阿梅代,还有凹村的第二起命案,以及冰岛的小岛。我们是自己去的冰岛。"

"那个我们五分钟内就会被薄雾吞没的地方。"莫尔登连连点头说。

"细雨迷蒙的女巫,

"你为何把

"团团迷雾

"带到田野上?"

当格拉尔看着他,有些吃惊。

"对不起打断你们了。"莫尔登说,"不是我写的,维朗克的。

这是一首冰岛诗。"

然后莫尔登伸出他的瘦脖子，表明苍鹭尴尬了，开始担忧起来。

"不管怎么说，前两个受害者都去过冰岛，"他说，"难道是巧合？我们不喜欢巧合。"

"不一定是巧合。"跛着步的亚当斯贝格边转身边说，"这两个人可能在悲剧发生后又见过面。我们假设其中一个人已经加入了研究会。比如说亨利·马斯弗雷，他引荐了另一个人，比如艾丽丝·高迪埃，参加罗伯斯庇尔协会的聚会。"

"目前没有证据表明高迪埃或者马斯弗雷这样做过。"

"但是，如果这位会长所说属实，他们俩的确是研究会的成员，莫尔登。让·布鲁盖尔也是一样。这样的事情通常是不宜声张的。高迪埃夫人的校长或马斯弗雷的客户们听到'罗伯斯庇尔研究会'可能不会感到高兴的。"

"这个话题还是争议很大的。"当格拉尔证实。

"但是，假如凶手跟冰岛毫无关系，"梅卡代说，"他为什么把书放到让·布鲁盖尔家里呢？"

"为了愚弄我们，警司，让我们一错再错，远离研究会。这就可以解释为什么这个断头台画得如此令人费解。他需要画，但是不想让人认出来。"

"找到了。"弗瓦西轻声说。

"找到什么？"

"大棚，又称'麦仓'，属于圣图安市，供各种团体租用，罗伯斯庇尔协会每周租一次。周一租客留下的姓名是亨利·马斯弗雷，"她不慌不忙地补充说，"每月租金十二万欧元。"

"瞧，"亚当斯贝格说着收住脚步，"一大片尚未勘察的山区出现了，一张鲜为人知的慈善家的脸露出来了。"

"慈善家与罗伯斯庇尔，天壤之别啊。"

"您错了，凯尔诺基安。"当格拉尔带着一丝尖刻的口吻说道，"罗伯斯庇尔的思想是充满博爱的，请相信我。他追求底层人民的幸福，要让每个人都能得到温饱，废除奴隶制、废除死刑，这绝对是博爱的。他主张普选权、赋予被侮辱者体面的地位，不论是黑人、犹太人还是私生子，实现这个世界的'至高'完美。"

"当格拉尔，"亚当斯贝格打断他的话，"我们要紧扣主题，那就是在罗伯斯庇尔协会里，谁是杀害协会成员的凶手。紧扣主题。"

亚当斯贝格的指令令人惊讶，因为他通常更像一块自由自在的海绵，随意漂流，而不是牢牢固定在礁石上的贝壳。他又问了一下时间：十一点一刻。

"他的两块手表需要换电池了。"弗瓦西低声说道。

"我们要紧扣主题。"亚当斯贝格重复道，语气更加坚定，"维朗克，当格拉尔，你们准备出发，千万别带武器。莫尔登，你去找马斯弗雷的公证人，核实一下'麦仓'的租赁情况。是走正规途径租赁还是用现金支付的？然后找维克多，了解一下他的藏书内容，是否有关于历史和大革命的研究书籍？或者马斯弗雷是否有隐藏自己偏好的迹象。"

"每月租金十二万，不仅仅是偏好了。"梅卡代说。

"说得没错。弗瓦西，您发一份紧急协查通知，但这次是内部通知，发给本土所有警局和宪兵队，要求他们寻找带着断头台符号的'自杀者'。把已知的三种图案发送给他们。"

"什么自杀者？"埃斯塔雷问道。

"您记得吗？"亚当斯贝格一贯耐心关照埃斯塔雷探员，他解释道，"弗朗索瓦·夏多跟我们提到了第四名失踪者，据说他与我们案件中的几位死者有某种联系。是真是假，需要查清楚。警察可能错过了与这起假自杀案有关的线索。"

"他们没有注意那个符号。"梅卡代补充道，"在马斯弗雷那边几乎看不到，布尔林之所以在布鲁盖尔家里看到了它，完全是因为那几本关于冰岛的书。"

"我们先调查最近一个月的自杀案件。警员们需要返回现场寻找那个符号。如果调查没有结果，就对前一个月的自杀案进行同样的调查，以此类推。通知分局长，告诉他我们将扩大调查范围。贾斯汀，您负责起草通知，还有您，弗瓦西，您模仿我的签名。我们十分钟后离开。雷坦库尔，准备出发，您打前哨。"

"当格拉尔，"亚当斯贝格走出会议厅时叫住他，"'山不来就你，你便去就山'，那玩意儿是啥意思啊？"

"我以为我们必须紧扣主题。"当格拉尔有点爱理不理的样子。

"没错，这是我说的。可是莫尔登跟我们朗诵那首冰岛诗，的确没有必要啊。他们都受了您的影响，警督。这样下去，警队将找不到一个全神贯注的警察。我需要有专注力的警员。"

"因为您做不到全神贯注。"

"说得对。哎，这个山是啥玩意啊？"

"警长，严格地说，不能用'玩意'这个词。那是《古兰经》的经文。直接跟穆罕默德有关。'要是山不肯到穆罕默德这儿来，那么穆罕默德就到山那儿去吧。'"

"好吧，就我而言，我说得谦虚一点：'假如我没去那座山，那座山便会到我这儿来。'因为我没看到路。"

"您看到路了。您看懂了符号。"

"可是我没能走得更远，当格拉尔。我没能跨过断头台。"

"最好别那么做，警长。"

"如果没有今天早上的信，我们还在原地踏步呢。"

"不过咱们收到信了。因为您发布了通报。"

"警督，今天您对我很包容啊。"亚当斯贝格微笑着说。

17

亚当斯贝格在车上拨通布尔林警长的电话。

"咱们离开冰岛了，布尔林，彻底离开。"

"掉头去哪儿啊？"

"去罗伯斯庇尔研究协会。"

"马克西米利安·罗伯斯庇尔著作研究协会。"当格拉尔大声纠正道。

"该死，"布尔林说，"你的断头台。"

"协会主席亲自给我们写信，对三名成员的亡故表示痛心。"

"正好是咱们手上的三起自杀案。"

"是的。他还说有第四个人失踪。"

"协会一共有多少人？"

"差不多七百人。"

"该死。"布尔林重复道。

"我就是想把这个情况告诉你。"

"你觉得杀手会不会在那儿扔炸弹？以便节省时间？"

"不会的，他玩得太开心了。目前是这样。"

玩家咖啡馆的老板早已守在那儿，等候他们到来。

"没人通知我你们要来三个啊。"

"也没人禁止我们来三个啊。"亚当斯贝格说着从口袋里掏出那封信。

他一眼扫到笔迹精美的文字,就放心了,便带着他们走出后门,经过一个小院子,然后是第二个小院子,穿过一条小巷,最后来到一扇安全铁门前。

"你们从这儿出去,下面就是小塔停车场。我想有人告诉过你们走哪个出口吧?"

"是的。"

"那就赶紧吧,"咖啡店老板环顾四周催促道,"尽量保持低调。可是有他在,甭想低调了。"他指着维朗克的头发说道。

他说完后立刻转身往回走,没再多言。贾斯汀没有说错:这里充满着一种阴谋、暗中策划和老套陷阱的味道。

"太夸张了吧?"维朗克说。

"也许有点,但他对你的评价没有错。"亚当斯贝格说。

"那怪谁呢?"

亚当斯贝格皱了皱眉头。维朗克的脸庞稳重、英俊,但是头发却有两种颜色,就像色调颠倒的豹皮,让人过目难忘。没有人会派这样一位警察去盯梢……或者参与十八世纪的阴谋。他小时候遭到一些孩子欺凌,头皮上被刀子划出了十四道口子,疤痕上长出了红棕色的头发。这件事发生在他们老家那边,在洛巴扎克高山草场附近的葡萄园后面。每次想起这件往事,亚当斯贝格的肚子就会隐隐作痛。

他们从四号楼梯出去,推开小塔酕醐馆后门。宽敞的大厅相当豪华，桌子上铺着白色桌布，此时里面坐满了顾客。当格拉尔看到雷坦库尔坐在角落的位置上，淡粉色的头巾包住金色短发，身穿短裙套装。桌子上摊着一本编织婴儿毛衣的杂志。身材魁梧的警司正在织毛衣，眼睛却不看针脚，她不时停下来吃一口盘子里的食物，从脚边上的印花大手提袋中扯出一段毛线。

"你以前知道吗？"维朗克悄悄问道，"她会打毛衣？还打得那么好？"

"确实不知道。"

"像不像一台潜伏的坦克？简直了，完美无缺。手枪藏在毛线团底下。"

"我们要见的人在那边。"当格拉尔说，"就在衣帽架旁边。穿白衬衫和灰色马夹的那个，在剔指甲。"

"我看不像，"维朗克说。"很难想象夏多主席会在餐厅里剔指甲。"

"他拿起了杂志，"亚当斯贝格说，"《今昔摩托》。朝我们瞥了一眼。他犹豫不决，因为我们是三个人。"

他们走到他的桌子跟前，那人赶紧欠身与他们握手。

"你们是？信带来了吗？"

亚当斯贝格撩开外套，内袋里露出半截信封。

"您是亚当斯贝格警长，对吗？"弗朗索瓦·夏多说，"我认得出您。这两位先生是？"

"当格拉尔警督和维朗克警司。"

"我们群策群力。"当格拉尔说。

"快请坐。"

消除了疑虑后，夏多将光滑的钢制指甲刀放回马夹口袋，然后请他们各自点菜，建议他们选酸模酥皮蘑菇和威尼斯小牛肝。此人个子不高，溜肩圆脸，脸颊红润。金褐色头发，有点谢顶，蓝眼睛很小，毫不起眼。没有什么引人注意的东西，除了那把突兀的指甲刀和腰板挺得笔直的坐姿，就像在教堂里正襟危坐。亚当斯贝格感到有些失望，罗伯斯庇尔协会的主席或许应该更有压迫感才是。

"您喝酒吗？"当格拉尔看着酒水单问道。

"喝得不多，但我乐意与你们同饮。"夏多紧绷的脸上露出了轻松的微笑，"我喜欢喝白葡萄酒。"

"我也喜欢。"当格拉尔说完立刻点酒。

"再次向你们道歉，原谅我以这样的方式约见你们。可惜我只能这么做。"

"您受到威胁了？"维朗克问。

"由来已久，"小个子夏多应道，嘴唇微微抿紧，"而且情况越来越严重。请原谅我清理指甲，"他说着伸出手指，指甲缝黑乎乎的，"我必须这样做。"

"您是花匠？"亚当斯贝格问。

"我刚种下三棵墨西哥橙树，期待看到它们繁花满枝。说到威胁，先生们，你们要知道，领导一个以罗伯斯庇尔为研究对象的协会，与驾驭一艘商船相比，完全是两码事，对吧？这更像是指挥一艘与敌人和风暴搏斗的战舰，因为一提到罗伯斯庇尔的名字，情绪就会冲动起来，如汹涌的海浪击打船舷。我承认，在组建这个研究团体的时候，我没有想到它会如此受欢迎，也没想到会引发如此强烈的情感，无论是爱还是恨。"他一边说着,一边用刀尖在餐盘上划着玩,"有时候,我真想甩手不干了。那么多的臆想、激烈的反应、一味崇拜或排斥,研究协会变成了一个幻想的角斗场。令人痛心。"

"有这么严重吗?"当格拉尔说着往大伙的杯子里斟酒,但避开了亚当斯贝格的酒杯。

"我料到您会不相信,这很正常。您看,我带来最近收到的两封信,证明这些威胁——怎么说呢——不是闹着玩的。我办公室里还有好多信呢。您瞧,这封信是大约一个月前写的。"

你自以为是伟人,以为自己已经获胜,但你能预料并躲避我的攻击吗?是的,我们已决定夺走你的生命,以解救法国,不让那条企图撕裂法国的毒蛇得逞。

"这里还有一封信,"夏多接着说,"4月10日的邮戳。如果我没记错的话,艾丽丝·高迪埃和亨利·马斯弗雷就是在那之前遇害的。正如您所见,这封信非常普通,用电脑打印。我们不知道谁写的信,只知道它从勒芒寄出,这对我们来说毫无用处。"

当格拉尔迫不及待地拿起第二封信。

我每天和你在一起,每天都看见你。我举起的手臂每时每刻都在寻找你的胸怀。世上最无赖的人啊,你再活几天吧,好思念我,你睡吧,好梦见我。告别了。到了这一天,我将看着你,从你的恐惧中获得快感。

"不同寻常,对吗?"夏多忍不住想笑,"不过,请用餐吧,先生们。"

"的确不寻常,更何况,"当格拉尔郑重地说,"这两封信一字不差地抄袭了写给马克西米利安·罗伯斯庇尔的信件。是在1794年6月10日的恐怖法令通过后写给他的。"

"你们是什么人?"夏多惊叫道,蹬着椅子连连后退,吓得脸色惨白,"你们不是警察!你们是什么人?"

亚当斯贝格一把抓住他的胳膊,寻找他躲闪的目光。夏多呼吸急促,但是看着警长脸上的表情——如果他是警长的话,心情稍许平复下来。

"警察,我们是警察。"亚当斯贝格平静地说道,让夏多感到放心,"当格拉尔,请给他看一下您的警官证,别惊动别人。当格拉尔警督对大革命时期了如指掌。"

"除了历史学家,"夏多低声说道,仍然心存疑虑,"我从没见过有人知道这些信件的内容。"

"他知道。"维朗克用叉子指着警督说。

"当格拉尔警督记忆力非同寻常,宛如一道深渊,咱们最好别涉足。"

"对不住了,"当格拉尔摇了摇他的长脑袋,一脸无害地说,"但这几封信还是相当有名的。如果我跟那些威胁您的人是一伙的,您觉得我会这么傻地暴露自己吗?"

"是啊,您说得没错。"夏多说着把椅子拉回来,他稍稍放下心来。不过还是有点后怕。

当格拉尔又把酒杯倒满,冲着夏多略微点点头,言归于好的样子。

"这些信是寄给谁的?"他问,"我指的是信封上的名字。"

"信不信由您,收信人是'马克西米利安·罗伯斯庇尔先生'。好像他还活着,还在威胁我们似的。所以我对你们说,有些人真的神经错乱,出没于我们的集会,眼下开始攻击我们的成员。他们的目的在于,至少我这么认为,制造一种恐怖气氛,以最终伤害我。你们读到那句话了:到了那一天,我将看着你,从你的恐惧中获得快感。这个协会是我创立的,是我的想法,是我提出的概念,所以,十二年以来,协会一直由我主持。因此我认为信的作者或别的什么疯子,到头来会瞄准协会的头,是这个理,对吗?"

"还有谁跟您一块?"亚当斯贝格问。

"一个财务和一个秘书,他们兼任我的保镖。在《政府公报》上公布的不是他们的真实姓名。我公布的是实名。真不应该,起初我没太注意。"

"还有一个金融家。"维朗克补充道。

"也许吧。"

"甚至可以说是资助者。"

"是的。"

"亨利·马斯弗雷。"

"对,"夏多说,"他刚刚遇害。大棚的租金是他支付的。他九年前加入我们的协会,当时我们处境很糟糕,他接手后扭转局面。凶手杀害他,等于切断了战争的原动力——金钱。"

亚当斯贝格看着小个子主席那双摆弄过泥土的手把酥皮蘑菇切成小块,心里纳闷,此人举止如此优雅,怎么会有这么大的反差。

黝黑的泥土衬出双手的高贵，而黑乎乎的脏东西则让它们掉价。类似这样的反差。

"如果说马斯弗雷对协会充满热情，到了为您提供资金的程度，他理应经常参加活动才是啊？"他说，"但您在信里写，他和另外两名受害者一样，只是偶尔参加协会的活动。"

"亨利致力于实现一个重要的、甚至是革命性的科学目标，革命性这个词一点不过分，这项任务占据他的全部精力。他不愿意在协会抛头露面。他的合作者们不一定都赞成他在协会里露面，不是吗？说真的，我们大家、包括我自己，都面临同样的问题。我是高卢人大酒店的总会计师，酒店有一百二十二个房间。你们知道这家酒店吗？"

"知道，"维朗克说，"但我刚才以为您是花匠。"

"可以这么说。"夏多有气无力地看着指甲说，"我打理酒店的花园，因为别人不会弄。尽管如此，要是我的上司知道我是那个协会的头儿，他肯定会把我撵走，因为试图接近罗伯斯庇尔的人必定是可疑的，人们的想法就这么简单。亨利满足于知道协会还活着。他每年来两次。"

"在您看来，"亚当斯贝格问道，"艾丽丝·高迪埃，也就是那位被害的女士，来参加过几次会议，是不是马斯弗雷请来的？"

"我觉得很有可能，因为他俩有时候并肩坐在一起。高迪埃夫人、布鲁盖尔先生，我肯定看到过，大约二十来次，不会更多。我在您的照片上认出他们了，因为他们没有化装。他们坐在栏杆后面，前面坐着代表们。"

"化装？"亚当斯贝格问道。

"我不明白。"维朗克插话说,"法国有不少罗伯斯庇尔的研究团体。有许多潜心钻研、梳理、分析和发表研究结果的历史学家。但你们的协会却引起动荡、狂热和仇恨。"

"这是事实。"夏多说着又稍微抬起身体,为侍者端上的威尼斯小牛肝让道。

"因为夏多先生提到了一个'概念',需要租一栋大房子,租金不菲。用来召开'特别'大会。我觉得我们谈到问题的核心了:你们不止是查查档案而已吧?"当格拉尔问道。

"说对了,警督。我给你们带了一些照片,它们比我的话更直观,更加能说明问题。因为我承认,"他补充道,一边把手伸进皮包里面,兜底取出材料,"我一年到头听十八世纪的演讲,养成了高谈阔论的坏习惯,别人不容易听明白。即便在酒店也是如此,不是吗?"

十几张照片在桌子上流转传阅。照片上是一个宽敞的大厅,被插着假蜡烛的枝形大吊灯照亮,里面聚集着约三四百人,都穿着十八世纪末的衣服,挤在讲坛周围,有些人站在中间,有些人在议席里,有些坐着,有些站着,或者挺立着,他们举起双手,伸出胳膊,似乎在驳斥讲坛上的演讲者,又或者为其鼓掌。在他们上方的侧廊里,一百个穿着现代普通服装的男女融在阴影里,很多人倚在栏杆上探头观望。不时有一两面三色旗在舞动。照片取景太宽,看不清人们的脸。但是几乎可以听到大厅里的声音,感受背景中弥漫的嘈杂声,夹杂着演讲者的发言、人们的低声议论、慷慨陈词、破口大骂的声音。

"令人惊讶。"当格拉尔说。

"您喜欢吗?"夏多问道,脸上露出真诚的微笑,带着一丝自豪。

"那是一场演出吗?"亚当斯贝格问,"一出戏吗?"

"不,"当格拉尔逐一细看这些照片,"这是大革命期间国民大会真实场景的重现。我说错了吗?"

"没有。"夏多咧嘴笑了。

"演讲者和代表们的台词想必与历史文本相符吧?"

"那当然。在预定的开会日期之前,协会每个成员都会收到当晚重现场景的全部文案,其中包括各自扮演的角色的台词。文案通过协会的网站传递,每个人都有网站的密码。"

"各自扮演的角色?"亚当斯贝格问。

干嘛"扮演"大革命?

"那是必须的。"夏多说,"这个人演丹东,那个人演布里索、比约-瓦雷纳、罗伯斯庇尔、埃贝尔、库通、圣鞠斯特、富歇、巴雷尔,等等。因此他们需要提前了解演讲内容。我们的重现时间跨度为两年,从制宪议会到国民公会会议。当然,我们无法全部重现!否则每个周期将持续五年时间,对不对?我们选择了那些最具代表性或最令人难忘的日子进行重现。总之,我们一丝不苟地还原历史。结果相当震撼。"

"您说的'特别'大会是指什么?就像今天晚上的会议吗?"亚当斯贝格问。

"指罗伯斯庇尔到场的会议。这些会议吸引的人更多。他每个月只出席两次,因为他的角色持续时间长,演起来很辛苦。而且这个角色别人替代不了。不过眼下,他每周都来演,我们之前落了些进度。"

夏多的脸上再次显露出忧虑的神色。

"成功里面有'但是'。"他说。

"狂热。"当格拉尔试探道。

"我们完全没有预料到这个情况。"夏多点了点头,"怎么说呢,有点失控。还有剩酒吗,警督?我们最初是根据会员的长相和性格来分配角色的。我们的丹东演得很棒,他长得很丑,声音洪亮。扮演瘫痪的库通、恐怖的大天使圣鞠斯特和粗鲁的埃贝尔的会员也都非常有才华。但是一年之后,每个会议代表,即使是最不起眼的人,都沉浸在自己扮演的人物及其团体事业中不能自拔,无论是沼泽区的中间派、吉伦特的温和派、山岳派的激进分子、丹东派、罗伯斯庇尔派,还是忿激派、夸张派,他们在会场上不再按照剧本走,直接开始互相辱骂:'你是谁啊,公民,竟敢用你虚伪的言论玷污共和国?'我们必须制止这种混乱局面。"

夏多伤心地摇了摇头,葡萄酒染红了他的圆脸颊。

"用什么方法?"当格拉尔问。

"每隔四个月,我们会要求会员改变阵营:比如从沼泽派回归山岳派,或者从忿激派变成温和派,按照这个原则来办。不过说实话,这种强制转换,不总是一帆风顺的。"

"蛮有意思的。"维朗克说。

"太有意思了,因而促使我们开始了一项创新研究,我们要探索历史学家从未解答过的现象:为什么面色苍白、冷峻的罗伯斯庇尔缺乏魅力和同情心,声音酸涩,毫无活力,却如此受人崇拜?是因为他一直板着脸?还是因为他眼镜后面那空洞的眼神?所有这些细节，我们都仔细观察，并且记录下来。"

"这项研究进行了多长时间？"当格拉尔问道，看来他对这个与众不同的协会的兴趣超过了手头的调查工作。

"大约六年。"

"有结果吗？"

"当然有啦。我们拥有大量的资料，包括数千页的笔记、观察记录和汇总材料。我们的秘书负责引领这个项目。比方说妇女，成千上万的女性对罗伯斯庇尔是那么迷恋、那么渴望，而他却不要她们。结果呢，警督，她们都来到我们的观众席。她们对他的爱慕之情，简直令人难以置信。"

"我想活动活动。"亚当斯贝格说，"咱们去河边走走怎么样？"

"求之不得，先生们，我在这儿待得太久了。"

出于某种反差，三人来到亨利四世国王骑马雕像旁的老风流广场，在一条沐浴在阳光中的长凳上坐下。

"您有没有距离更近些的照片？"亚当斯贝格问。

"协会章程不允许近距离拍照。"夏多又开始清理指甲里面的泥土，"我们的会员以匿名方式注册，严禁拍照。这是出于我之前提到的保密原因。此外，每个人的手机必须断网，放在大厅的入口处。"

"这么一来，您担心失踪的第四个人，您就说不出他的名字，也拿不出一张照片来啰。"

"一点儿没错。再说那个人是化装来参加活动的。他一开始没有参加，过了一段时间才来的，然后就一发不可收拾，很多人都是这样，不是嘛。所以说他缺席让我很伤脑筋。他理应在半个月前露面的,因为有一个角色要他演。他非常喜欢登台,按理说不会缺席的。可是眼前这么多人戴着面具晃动,我没有办法指认嫌疑人。不过我可以说,大约有五十来个人,看到罗伯斯庇尔登场便按捺不住。但凶手也完全可以不露声色,躲在暗处,像雪貂那样谨慎,恨在心里。"

夏多边说边剔着无名指的指甲,剔得十分仔细。

"这个呢?"亚当斯贝格抢过话头,把画着记号的那张图递到他眼前,"您见过这个吗?在三个案发现场找到的。"

"从来没见过。"夏多摇着脑袋说,"它表示什么?"

"我们也在琢磨。您看是什么呢?结合情境?"

"结合情境?"夏多揉着光秃秃的脑袋问道。

"是啊,结合你们的情境。"

"断头台?"夏多试探道,有点像站在讲台上犹豫不决的学生,"不过是哪种断头台呢?以前的?还是以后的?或者兼而有之?有点匪夷所思啊。"

"的确是的。"亚当斯贝格说。

他把双手插进口袋。他也一筹莫展,不知道如何在七百来个匿名化装的会员中追踪一名男子。又有一团海藻在远处形成,比前一天纠缠他的海藻更加错综复杂,肆无忌惮地纠结、缠绕在一起。

"您说公众能够以'临时会员'的身份参加你们的大会。"

"是的,一年三次。"

"比如说今天晚上就能去。"亚当斯贝格说。

"谁去?你们三个?"夏多吃了一惊,指甲刀不由地脱手滑落。

"为什么不呢?"

"你们想来探听些什么?"

"去感受一下。"亚当斯贝格耸耸肩膀。

"今晚是重头戏,重现1794年2月5日的长篇演讲,也就是共和二年雨月十七日的演讲。你们不用担心,演讲时间会缩短的。"

"我很想去看看。"当格拉尔说。

"悉听尊便。那就请你们晚上七点钟到大楼的后门来,17号门。我会准备好你们的服装和假发,如果你们不介意的话。你们如果穿着日常的衣服,就会被安排到后排座位或看台上,啥也看不见。"

"您那位罗伯斯庇尔,"亚当斯贝格问道,"您为什么不能把他换掉?"

夏多陷入沉默,似乎有些不快,欲言又止。

"先生们,今晚你们会明白的。"他说。

18

亚当斯贝格站在协会更衣室的穿衣镜前仔细观察自己：黑发顺滑，长及肩胛以下，扎成马尾辫，一身黑灰色的燕尾服，双排扣，白色衬衫，领子竖起到耳朵旁，脖子上系着一条大围巾，前面打了一个宽松的结。这是夏多为警长设计的造型，"优雅而简约"。"这样足够了，"他补充说，"我觉得太夸张反而不适合您。您的定位是外省乡绅的儿子，咱们别弄过头了。您的当格拉尔警督则相反，奶黄色背心，深紫色外套，配以花边襟饰，以展现他来自显赫军人世家、略显萎靡的形象。至于您那位留着红色发绺的同事，假发，深蓝色背心，相应的外套，搭配白色短裤，一名巴黎律师之子，才华横溢但是比别人严肃些。"

数十人从他们身边经过，身上不是绸缎就是呢绒，戴着蕾丝花边，匆忙地赶往国民议会大厅。有些人退到墙角，温习自己的发言稿。另一些人则以老派的语言攀谈，彼此称呼"公民"，兴致勃勃地谈论死于小腹发炎的妇女、因为偷面粉而被乱石砸死的磨坊主，以及侥幸逃亡的当神甫的堂兄，诸如此类。亚当斯贝格觉得这简直是一场幼稚的闹剧，有点茫然，这身打扮也分散了他的注意力，差点看漏了他的两个部下。

"快点,'公民',"维朗克搭着他的肩膀说,"离开场只有十分钟了。"

亚当斯贝格从微微斜翘的嘴唇认出了警司,心里不觉一震。是啊,凶手很容易就能溜进会场,随心所欲地观察每个人。这里所有人都难以辨认,不知名姓。

穿着紫色绸缎的当格拉尔轻快地扭过身,把手机交给保安。

"可惜啊,"他欢快地说,"这些衣服不时兴了。现在的衣服这么简陋,泯灭了我的许多本色。我们的想象力是怎么堕落到这种地步的?"

"上台吧,当格拉尔。"亚当斯贝格推着他走向高大的木门,一时间忘了自己是为了向海藻球滑溜溜的核心进攻才来到这个奇特剧场的。

他们在中间派的"平原"[1]上坐下,距离讲坛只有几步之遥,一位不知名的演讲者正在那里赞美共和国爱国军队最近的胜利。整个大厅里冷飕飕的,石墙上悬着挂毯,顶上是巨大的木头拱顶。尊重当年的情景,室内没有开暖气。当格拉尔借助大吊灯的灯光,仔细观察场内的人群,特别是左边的议席,那里坐着山岳派,动静很大。

"看那边,丹东。"他轻声对亚当斯贝格说道,"第三排,第六个座位。他两个月后将被送上断头台,他有预感。"

---

[1] 法国大革命时的中间派即"沼泽派",又称"平原派",他们在国民议会中的座席在会场最低处。——译者注

"第八骑兵连只剩了十二匹马和九个还能站立的人。"边上一个代表忿忿道。

议长现在请罗伯斯庇尔公民发言。一阵沉默,一个男人径直跨上讲坛的台阶,然后转过身来。顿时一阵狂热的掌声,聚集在看台上的妇女们高声叫喊,挥舞旗帜。

这位演员戴着白色假发,脸色苍白,冷漠,瘦弱的身体挺直,裹着一件条纹外衣,他扫了一眼代表们的脸,然后推了推小圆框眼镜,低头看讲稿。

"他脸色苍白,像死人一样。"亚当斯贝格说:

"他脸上搽了粉,这是他的习惯。"当格拉尔轻声说,示意他别出声,与此同时,演员做了一个几不可察的手势,全场顿时安静下来。

他的声音在场内回响,冷漠而刺耳,缺乏温度和共鸣。他的演讲时而重复,时而充满才华,以激烈、舒缓和咄咄逼人的方式交替进行,但他的手势显得有些僵硬。

"现在到了明确革命的目标和我们希望达到的终点的时候了;到了我们给我们自己做交代的时候了,看看哪些障碍依旧在阻碍我们……"

听了十五分钟,亚当斯贝格觉得眼皮发沉。他扭头朝当格拉尔看去,只见前襟上缀着精致花边的警督身体前倾,目不转睛地盯着演讲者,惊讶地张着嘴,仿佛目睹了一种前所未见的奇特生物。亚当斯贝格觉得很难将警督从这种陶醉的状态中唤醒。

"……我们想要一种秩序,在这种秩序里,各种低级的残酷的情感都受到约束，各种慷慨的和仁慈的情感都被法律唤醒……"

百无聊赖之余，亚当斯贝格又想跟坐在右边的同乡、酒农的儿子维朗克交换几个眼色。比起当格拉尔，维朗克虽然没有那么惊愕，但也同样傻了眼，目不转睛仰望着面色灰暗、神经质的瘦小男人在台上慷慨陈词，不愿漏过任何细节。亚当斯贝格的目光再次转向演员，他想弄明白这位演员究竟以什么手法迷住了他的部下。演员举手投足十分优雅、细致、准确，咒语般的台词令人痴醉，严肃的姿势令人惊愕，过于苍白、直勾勾的蓝色目光和不时眨巴的眼睛令人尴尬，紧绷的嘴唇似乎从未露出笑容，令人生惧。这是活生生的历史，正如协会主席所说，这位演员栩栩如生地展现了大革命的"不可腐蚀者"。他的表演非常成功。

"……我们要在我们的国家里，让道德取代自私，理性的王国取代时尚的专制，鄙视罪恶取代鄙视不幸，自豪取代傲慢，爱荣誉取代爱金钱，好人取代好伴，天才取代才子，幸福的魅力取代肉欲的无聊……"

"罗伯斯庇尔公民！"会场右边传来的声音打断了演讲者，"哪个精灵驱使你认为人类可以改善到如此的地步？你是否想借助美德，让这些'好人'失去你竭力鼓吹的理性？"

"记录里没有这段，"当格拉尔有点恼火，凑近亚当斯贝格的耳朵说道，"雨月十七日的演讲没有被人打断。"

亚当斯贝格意识到，这个插曲确实让当格拉尔感到震惊。罗伯斯庇尔也一样，他摘下眼镜，几乎无色的眼睛冷冷地朝那个冒失的家伙扫去，嘴唇一扭予以回敬。男子立刻坐下，瞬间没了气焰。

"天啊。"维朗克喃喃地说。

演讲者接着往下讲，镇定自若。

"……用我们的鲜血为我们的业绩盖上封印，我们至少可以看到普世幸福的曙光闪耀。这就是我们的抱负，这就是我们的目标。"

全场起立，椅子撞击声、凳子的摩擦声、掌声、呼喊声，以及代表们之间的叫骂声，响成一片，民众聚集的看台上打出了大革命的三色旗。

亚当斯贝格看得目瞪口呆，悄悄地离开了会场。他背靠在一棵树上，抽着泽尔克的香烟，等同事们出来。这个不可思议的夜晚让他恼火、困惑。他抬起几乎有点惊讶的目光，注视着四周普通的人和物：护树的铁格栅，穿着牛仔裤的行人，已经灭灯的药房橱窗和书报亭。不到一个小时，他就乖乖接受了那个与自己所处时代截然不同的环境，习惯了这议会的服饰、灯光、喧嚣和嘈杂。至于当格拉尔和维朗克，他们今天晚上晕头转向，他们被眼前的狂热迷住了，吞噬了。是啊，他明白了。这个不起眼的弗朗索瓦·夏多造就了一个令人叹为观止、危险之极的对象啊。被如此的狂热夜晚裹挟了那么多年的人们，多么容易冲动，多么难以预测，他们会孕育出多么可怕的杀手啊。

一个半小时之后，三人默默地坐在车里往南行驶，彼此之间没有交流一句话。注意到两位同事惊愕不已的表情，亚当斯贝格决定让他们静静地回到本世纪的氛围中。直到汽车驶过塞纳河遇到红灯停下时，他才不紧不慢地喃喃道：

"行人，沥青，恶臭，二十一世纪。"

"你没搞明白。"维朗克答道。

"只要你不用'公民'称呼我,我就心怀希望。"

"真的不开窍。"维朗克加重语气说。

"你们还记得夏多对我们说的话吗?"当格拉尔在后座上说道,"他说他们不能换罗伯斯庇尔?还说今天晚上我们会明白的?"

"记得,"亚当斯贝格说,"因为他们的演员很棒。"

"不,警长。因为那就是他。"

"他,谁啊?"

"罗伯斯庇尔。您说的演员,就是他,就是罗伯斯庇尔。就是'不可腐蚀者'。"

亚当斯贝格觉得没有必要提醒两位兴奋的助手罗伯斯庇尔已经被斩首处决了,那样会显得扫兴,甚至低俗。果然,维朗克证实了这一点,他脸朝着车窗,似乎在自言自语:

"说得完全对。那就是他。"

19

"找到了,警长。"莫尔登大步流星地走进亚当斯贝格的办公室。

莫尔登的两腿又瘦又长,看上去活像一只涉禽。

"找到什么了?"警长头也不抬地问道。

亚当斯贝格站在桌子后面,这并不让莫尔登感到难堪,因为警长平时几乎总是站着干活。问题在于他不在干活,而是在画画。此时全队上下都焦急等待着各地警察局和宪兵队的来电,而寻找第四起所谓的自杀案的协查通告是亚当斯贝格亲自签发的。更有甚者,他不只是在画画,而是在画水彩,工具想必是从弗瓦西那里借来的,弗瓦西在闲暇时喜欢画风景。

"您在作画?"跟在莫尔登身后的埃斯塔雷问道。

不知怎么的,埃斯塔雷老是喜欢跟在别人后面,就像迷路的小鸭跟着队伍一样。不管在走廊里遇到谁,莫尔登、瓦兹内、诺埃尔、贾斯汀、凯尔诺基安、弗瓦西或其他人,他总是紧跟其后。久而久之,大家都习惯了忽然发现这位年轻人跟在后面,也乐得把手头的活儿分一些给他。

"凌晨四点左右,埃斯塔雷,我醒了,脑子里有个想法。"亚当斯贝格解释说,"我随手写在纸片上,然后又睡着了。"

亚当斯贝格从口袋里拿出一张皱巴巴的纸片，递给小伙子。

"'画画'，"埃斯塔雷读道，"您说的想法是这个吗，警长？"

"是啊。所以我服从。我们必须服从深夜浮现的想法。但埃斯塔雷，要注意，不能迁就晚上的想法，它们往往是冲动的，而且有害。"

"那么深夜出现的想法又是怎样的呢？"

"它们不响。"亚当斯贝格摇着头，把细细的画笔浸到水碗里。

"警长，"莫尔登打断他，"刚才我进来时向您报告了一件事情。"

"这我知道，警督。是您自己没继续说下去。您当时说'找到了'，而我的回答是'找到什么了？'您看，我在认真听您说话。"

"找到了我们的死者。"莫尔登加重语气说道。

"第四个死者？发现了符号吗？"

"是的。不过我们吃不准死者对不对。"

"'死者对不对'，啥意思？"埃斯塔雷问。

"意思是说，"亚当斯贝格边说边后退几步审视自己的画，"我们不知道他是否是协会主席报告的那个失踪者。也许我们遇到了另一个死者。在冰岛案中，我们担心一旦凶手继续作案，就会有六个人丧生，但冰岛案已经不再是个案子了。而在这个案子里，恐怕会有六百多人丧生。抱歉，"他放下笔，看着莫尔登，"画水彩时，有些笔触必须一气呵成，不能等它们干了再画。谁是死者？他在哪里死的？死因是什么？把所有人都叫到主教会议厅。"

埃斯塔雷赶紧跑出办公室，这次没有跟随任何人。主教会议厅意味着开会，也意味着准备咖啡。加不加糖，一块还是两块，加不加奶，或者就加一点，浓缩还是常规，埃斯塔雷对每个人的口味了如指掌。然而，他自己并不喝咖啡。亚当斯贝格看了看手表，停摆了。莫尔登告诉他现在是十一点。

"我们接到了上布林维利耶宪兵队的电话，那儿离蒙塔吉不远。"等大家都在会议厅落座，莫尔登开始通报。

"卢瓦雷省。"当格拉尔补充道。

"他们处理的不是自杀案，而是十九天前在梅雷库尔老村发生的一起致命意外。"

"比艾丽丝·高迪埃的死早了四天。"维朗克计算道。

"那他们为什么回应了我们的协查通知？"贾斯汀问，"我们没提'意外'，而是'疑似自杀'。"

"因为他们的一名下士在'事故'当晚去现场的时候，袖子擦到了墙壁上的浅蓝色粉笔灰。接到我们的协查请求后——他在电话中很兴奋，我转述他的原话——他寻思蓝颜色的粉笔道怎么会出现在黑咕隆咚的老地窖的楼梯边上。楼梯很窄，所以他的外套擦到了粉笔灰。"

"意外发生在阴暗的老地窖里？"瓦兹内问道。

"是的。"

"男的还是女的？"

"一个六十岁的男人。每天晚上，他都会在饭后，也就是在夜间，去地窖拿两瓶葡萄酒，醒着第二天喝。两瓶酒总是托在手里，以免晃动沉淀的酒渣。这是他姐姐说的，因为他和姐姐一家住在一起。她用这一情况来解释意外：他往上走的时候，被台阶绊了一下，身体向后摔倒。他手里捧着酒瓶，没法抓东西稳住身体，结果径直滚下楼梯。两瓶酒也摔了出去，其中一瓶居然完好无损，下士特地指出。"

"世间哪有公平可言。"凯尔诺基安说。

"调查有结果了吗？"亚当斯贝格问，"会不会是家里人推的？"

"他摔倒的时候，家里人还在吃饭。头天醒的酒快喝完了。"莫尔登翻着笔记说。

"那个下士有什么发现？"

"这可是个老手。他今天早上回去检查了楼梯，他想把粉笔印子的来源搞清楚。"

"这家伙够细心。"维朗克说。

"是的，可以这么说。他果然在脏兮兮的墙壁上发现一小块浅蓝色图案。大约十五厘米高。图案被衣服擦得有点模糊了，但是符号依然清晰可辨。"

莫尔登让大伙传看下士发来的照片。

"杀手不讲究，"当格拉尔说道，"粉笔、化妆笔、剪刀尖、小刀。只要留下他的记号就行，他只看重这一点。正如我们注意到的，他并不想炫耀。可是他忍不住留下标记，这是某些凶手显示傲气的特征。这种情况很常见。"他说着将目光投向雷坦库尔。

"我认为，在让·布鲁盖尔的那桩案子里，凶手用左手刻了符号。所以画案显得很笨拙。"亚当斯贝格看着照片上的蓝色涂鸦说。

"为什么用左手呢？"

"因为右手沾满了血。"

"这能说明什么呢？"诺埃尔问道，他虽然是一个粗线条、对女性有偏见、说话很冲的人，但绝对不是一个傻瓜。

"这说明布鲁盖尔——不是勃鲁盖尔——他的案子没有脱离我们的系列凶杀案。"

"布鲁盖尔不是勃鲁盖尔,什么意思?"

"您问布尔林吧,是他告诉我的。"

"提到'布鲁盖尔'的时候,"当格拉尔解释道,"我们通常会以为是指十六世纪佛兰德斯画家老勃鲁盖尔。"

"胡扯,"诺埃尔说,"我们通常不那么想。"

"那倒是。"亚当斯贝格承认,"莫尔登,受害者叫什么名字?有照片吗?什么职业?"

"安吉利诺·冈萨雷斯。曾经是魁北克拉瓦尔大学和巴黎六大的动物学教授。退休后,他和姐姐一起住,准备在布列塔尼找到房子后搬过去。他是布列塔尼人。"

"安吉利诺·冈萨雷斯是布列塔尼人?"诺埃尔嗤笑道。

"闭嘴,诺埃尔。"亚当斯贝格不和他多啰嗦,他几乎要反问"那您是哪里人",因为诺埃尔(Noël)从小在福利院长大,他是某个圣诞节(Noël)早晨在一个白雪皑皑的门廊下被人捡回来的。莫尔登会说"像在童话里一样",只是这样的经历跟童话着实搭不上。

"哪方面的动物学家?"瓦兹内问。

"鸟类专家。"

"维克多曾提到,他们一群人中有一位研究帝企鹅的专家。"凯尔诺基安说。

"材料里没说冈萨雷斯是北方鸟类的专家。"莫尔登说。

"我们已经放弃冰岛了。"梅卡代严肃地提醒道。

"完全放弃了。"亚当斯贝格表示同意,"不过贾斯汀,还是核查一下他的护照吧。"

"核查过了。"莫尔登说,"但护照是八年前新换的,只有两次法国和加拿大之间的往返记录。"

"我们已经放弃冰岛了。"梅卡代重复道。

"还要说多少遍?"当格拉尔有点不耐烦地问道。

"这很正常,"亚当斯贝格说道,"冰岛仍然在我们脑海中奔跑。把安吉利诺·冈萨雷斯的照片发送给协会主席。也发给维克多。"

"该死。"当格拉尔说,"为什么发给维克多?"

"为什么不呢,警督。"亚当斯贝格说着站起来,"别担心,我们已经离开白茫茫的岛礁。然而我担心我们在罗伯斯庇尔北极圈的新旅程,会更令人不寒而栗。"

警官们四下散开,去骰子摇杯咖啡馆或者哲人啤酒餐馆吃午饭,有些人留在办公室吃三明治。亚当斯贝格选择后者。因为他"有事要忙",也就是要画画。

答案很快就来了。维克多回复说"从未见过此人,他看上去一点不像企鹅爱好者",弗朗索瓦·夏多则答复说,是的,他似乎认识这个人。但是否能再给他看些照片,以免看走眼呢?

他们约定下午三点在协会总部办公室碰头。那是信任的表示,然而有一个明确的条件,如果维朗克参加,他必须遮住头发。维朗克照做了,他戴了一顶黑色鸭舌帽遮住头发,帽子上用金色字母写着"巴黎"。

"储藏室里找不到别的东西。"维朗克说,"我还拿了雷坦库尔的这件卡其夹克衫。不帅吗？我会跟在你们后面的。"

"为什么不管我们做什么，"亚当斯贝格说，"别人总是把我们看成警察呢？"

"那是因为我们的目光变态，"当格拉尔说，"我们的警觉莫名其妙，我们无端猜疑，自以为掌握权力，每个人都觉得可能受攻击。这是费洛蒙作祟，不是几件衣服就能改变的。"

"说到衣服，"亚当斯贝格说，"当格拉尔，我们昨天晚上穿着十八世纪服装的照片是您拍的吗？是您把它们传到了队里每个人的手机上的？"

"没错。我觉得咱们看起来挺光彩的。"

"可是大家都在笑咱们。"

"笑是对惊人事物的一种防御。告诉您吧，您很讨大家喜欢。弗瓦西从早上九点二十分起爱上您了。这些照片改变了他们对您的一贯看法。不管是男的还是女的。"

"好极了，当格拉尔。那我从中能得到什么好处呢？"

"矛盾心理。"

亚当斯贝格对助手的答复无话可说，习以为常了。

20

"天啊，我肯定，是的，我觉得我在这儿见过他。"弗朗索瓦·夏多看着亚当斯贝格带来的四张照片说道，"警司，您可以摘下帽子了。"他微笑着补充道。

"他名叫安吉利诺·冈萨雷斯。"维朗克摘下帽子，甩了甩头发说。

"您，警司，您的角色不应该在国民公会上，"夏多继续微笑着说，"而是在罗马元老院。您的身材酷似古代的雕像，您在那儿会很完美。哦对不起，我跑题了，给您找起角色来了。安吉利诺·冈萨雷斯？我之前跟你们说过，我不知道他们的名字。"

"但您在观察他们。"亚当斯贝格说。

"我们要知道来这儿的是什么样的人，是不是。大会结束后——你们昨天走得太早——有自助餐，在隔壁大厅，是收费的，但几乎所有人都会来。吃饭、喝酒、随意聊天。我有时候去那儿，参与其中，凑过去听别人交谈。我几乎可以确定，我们百分之七十五的成员是搞历史专业的，但这并不妨碍他们热情高涨，正如我告诉过你们的那样。另外百分之十五业余爱好历史，来自各行各业，充满好奇，渴望知识。就像，对不起，就像我们之中当格拉尔警督这样的警察,是吧?剩下的百分之十比较杂,有自由职业者、公务员、心理医生、精神病学家、实业家、教师、教授、戏剧演员,等等。我也见过一些艺术家,但我注意到爱好历史与艺术实践的关联并不是很大。大约十二年以来,可以说他们我都认识。所有这些人,无论他们是谁,都被古装表演、原汁原味的台词、时代的氛围,以及穿戴古装所吸引。我想可以这么说,穿上古装,给人一种升华的感觉。"

"我注意到了。"当格拉尔说。

"您瞧。别说扮演角色啦,哪怕跑龙套也行。在这儿,警督,每个人都存在,每张票都很重要。我们在大会上表决。我们缔造理念和法律。简而言之,我们变得重要了。"

"那些'临时会员'呢?"亚当斯贝格问道。

"我当然不会忽视他们。他们中间有'潜伏者'、'间谍'、我们的对手。那些人不用付年费,年费不菲啊,光是置装和服装清洗就要花一大笔钱,他们可以像上剧场看戏一样,每年买票享受三场演出。我们离不开他们,因为我们的固定会员都是从临时会员发展过来的。但是有些人铁了心只当访客。亨利·马斯弗雷显然就属于这一类,还有艾丽丝·高迪埃,以及与画家同姓的那个第三个人。"

"让·布鲁盖尔。"

"没错。"

"您不问姓名、不要求出示身份证件,您怎么知道您的'临时会员'只来三次呢?"维朗克问道,"或者说对于您的固定会员,怎么确定他们不会被别人冒名顶替呢?"

"我们要求每个人提供化名,再拍一张手掌的照片。我们在接待处将手掌的纹路与照片进行比对。这么做可靠而且非常快，也不牵涉到留指纹。"

"好主意。"维朗克说。

"还行吧，"夏多满意地说道，"有人曾考虑采用身份证反面的信息，但身份证上信息太多，很容易顺藤摸瓜知道某人的真实身份。"

"'有人'是谁啊？"亚当斯贝格问道。

"是我的两个合伙创始人，我跟你们讲过，他们是协会的秘书和财务主管，也是匿名的，并对我实施保护。"

"会计们也匿名吗？"

夏多又笑了。一旦打消了抵触情绪，这个人其实很好相处，而且一点就通。

"您别刨根问底了，警长。这么说吧，两个人都很热衷于历史。"

"热衷于历史，"当格拉尔接过话茬，"所以说他们不是专业搞历史的。"

"我没那么说，警督。他们负责我们这个项目实验部分的工作。"

"你们研究的'罗伯斯庇尔效应'。"

"不只是研究效应，还研究治疗作用。治疗作用是我们后来才发现的。很多抑郁症患者、过度害羞的人或者为生活所困的人在这里情况得到了改善。他们通过这种错位的现实，在现实生活中重新找到立足点，重新面对现实。您明白我的意思吗？您可以见一下我的同事，如果您同意，就叫他们勒布隆和勒布伦吧。他们比我更了解协会成员，特别是那些奇怪的、独特的成员。说不定也认识这些'临时会员'，他们很忠实但执意保持距离。这是一个头疼的问题。"

"有一点我不明白，"维朗克说，"这些'临时会员'在你们的集会中并没有代表性，凶手为什么会针对他们呢？"

"也许是不幸的巧合吧，因为第四个受害者冈萨雷斯不是这样的人。可是我对他不能打保票。因为如果他是我想到的那个人，那他总是戴着假发，穿着外套。因此我很难通过这张死者的照片跟他对上号。尽管如此，他的鼻梁挺拔，眼神疲惫，厚嘴唇，我觉得自己不会看走眼。"

"稍等。"亚当斯贝格说着站了起来，"您有纸吗？"

"当然。"夏多有点惊讶，递给他一张纸。

亚当斯贝格挑了一张冈萨雷斯的照片，寥寥数笔，勾勒出一张逼真的头像。

"精彩，"夏多说，"您对历史肯定不太感兴趣，对吗？"

"我记不住文字，只记得我看到的东西。现在，请您看仔细了。"

亚当斯贝格在冈萨雷斯的头上添了一顶假发，脖子上画一条围巾，还有直立的领子、考究的褶边领结。他的落笔干净利落，笔触轻巧灵动。

"现在怎么样？"他把头像递给夏多问道。

主席点点头，然后揉着自己的秃头缓了缓神。

"当然，"他说，"我认识他。现在可以说看得一清二楚。"

"他是临时成员吗？"

"不是，他喜欢寻求刺激。他经常来参加我们的全体大会。这个冈萨雷斯总是自愿在角色名单上报名。他演过埃贝尔，演得很精彩，满口脏话，粗鲁得像头猪。他是《杜歇老爹》的主编，您知道的。"

"我一点也不知道。"亚当斯贝格说。

"对不起，"夏多赶紧改口，红着脸，"我并非故意冒犯您。"

"没事儿。"

"我的意思是在埃贝尔的嘴里,不出五个词就能听到'操这个''操那个'的。冈萨雷斯骂得很爽,场面十分精彩。'让马莱区的蛤蟆去麻袋里打喷嚏吧!'每次听到埃贝尔口出污言秽语,罗伯斯庇尔都非常震惊。"

"去麻袋里打喷嚏?"亚当斯贝格问。

"那是当年的说法,意思是'上断头台'。冈萨雷斯还演过落魄的马拉,大获成功。天啊,他特意精心化妆,让眼皮耷拉下来。我们在这儿有三位女化妆师呢。"小个子夏多解释道,他重新活跃起来,就像每次提到自己的"概念"时一样,"他以完全不同的风格,扮演过非演不可的库东。是的,"他说着将画还给亚当斯贝格,"他喜欢这么做。你们要咖啡吗?"他站起身问道。

亚当斯贝格看了看两块手表,然后扫了一眼护墙板上的挂钟。

"我们占用了您很多时间。"他说。

"我想知道谁在杀害我们的成员,心情比你们更迫切。不用担心,我有时间陪你们。"他在咖啡机的嗡嗡震动声中说,"三周之内四起凶杀案。但要在这么多人中找出凶手,实在太难了。"

"不过,"亚当斯贝格说,"假如每个人都说实话,我们就有机会。"

他又看到那些魔鬼般交织的海藻,这些在梦境中依然缠绕他的海藻。他不喜欢此时要干的活儿。

"警长,您走神了?在想什么问题?"主席平静地问道。

"罗伯斯庇尔。"

"确实不同寻常,不是吗?"夏多说着把杯子放在桌上,"我没有对您隐瞒。雨月十七日的演说无疑很精彩，但其中有些地方相当无聊，就像不可腐蚀者本人一样，常常显得乏味。想不到他居然演得恰到好处。"

"很像他。"

"很像谁啊？"

"昨天晚上在回家的路上，我的助手跟我说的。他们离开会场的时候，几乎都惊呆了。"

"是吗？"夏多笑着将糖依次递给众人。

"他们说'那就是他'。罗伯斯庇尔，他本人。"

主席对当格拉尔和维朗克投去惊讶的目光，两人不解地看着亚当斯贝格，警长透露了他们昨天的反应，让他们感到有些尴尬，不知道如何是好。

"他们说得没错，"亚当斯贝格接着说道，"那就是他。所以当然不能换人。"

"您想说什么，警长？"夏多摇头问道，"您的助手都听不懂您的话，我说错了吗？"

"我能抽烟吗？"

"您请便。"夏多从抽屉里拿出一个烟灰缸。

亚当斯贝格抽出一支烟，伸手拿起一个文件夹放在桌子上。他从文件夹里取出一张画在卡纸上的水彩画递给夏多。

"您觉得怎么样？"他问道。

"这个人长相不帅，"夏多静默片刻，松开一时间绷紧的嘴唇，说道，"但是肖像画得很细致。您的确有天赋。"

"画得像吗？"亚当斯贝格将画递给助手们，问道。

他点了一支烟，靠在椅子上，寻求一种他无法找到的平静。他平时难得这么做。

"非常像，"夏多说，"画的是我。"

"不容置疑。"当格拉尔有点傻眼了，他小心翼翼地把画放回桌子，生怕弄坏了。

"送给我吗，警长？"夏多警觉起来。

"很乐意，不过要稍等片刻。您还记得我们刚才进行的那个实验吗？我们给冈萨雷斯换上了一顶假发和一件外套。我冒昧地为您选择了罗伯斯庇尔昨晚穿的那套衣服。衣服上有两种不同深浅的金黄色条纹，搭配着乳白色的平蕾丝褶边。闪亮的白色假发和圆框眼镜，当然还有扑过粉的脸，脸色苍白发青。"

亚当斯贝格让助手们看过第二张画，然后将画递给主席。三个人都呆住了，亚当斯贝格不经意间把烟灰掉在地板上。

"脸上没有您自然状态下的那种红润。"他补充道。

亚当斯贝格说着站起来走了一会儿，悄悄地伸直手臂，向下伸展。

"就是他。"当格拉尔低声说，维朗克愣在原地，目不转睛地凝视着画像。

"哪个他？"亚当斯贝格轻声问道，"是他吗？是1794年被斩首的马克西米利安·罗伯斯庇尔？还是您，我们眼前的弗朗索瓦·夏多先生？罗伯斯庇尔复活了吗？或者说是弗朗索瓦·夏多，他了解罗伯斯庇尔，了解得那么透彻，那么全面，知道如何模仿他抽搐的笑容、眨眼、保持冷漠表情，细微的手势，甚至模仿他的声音，以僵硬的姿态站立，身体像木板一样挺直？"他回到书桌前，居高临下地对夏多说道,"而您的腰背自然挺直,手势自然细腻,声音自然微弱,眼睛自然苍白,笑容自然抽搐。"

夏多陷入了痛苦之中,他的痛苦像有毒的香水在小房间里弥漫,波及每个人。亚当斯贝格的画揭示了夏多的双重身份,现在大家都看出来了,眼前窘困的夏多就是昨天的罗伯斯庇尔。他蜷缩在椅子上,嘴唇紧绷,原本红润的气色已经褪去。亚当斯贝格颓然落座,似乎对自己举动感到疲倦和遗憾。他把熄灭的烟头放入烟灰缸,黯然地摇了摇头。

"但是您,夏多先生,您可以微笑,而他却不能,真是他的不幸。您的脸色并不苍白,也没有戴眼镜,您的面部肌肉也没有抽搐。您的腿上没有溃疡,也不流鼻血。您看,我昨天查了些资料。"

"那很简单,"夏多平静地说,"因为我是个出色的演员。但是,警长,我再次祝贺您。我本人是个谨慎冷静的观察者,我原先确信,看到他脸的人,绝对不会猜到我这张如此普通的面孔。据我所知,您的两位助手也没有认出我来。"

"所以您有理由相信自己的处境危险。如果我能透过罗伯斯庇尔的面具看到弗朗索瓦·夏多,那么其他人也能做到。在这个讲坛上,没有人能取代您。没有人能做到。您去世后,协会也将消失。不仅如此,您消失了,罗伯斯庇尔随之消失,再次归于虚无。然而,他们当年采取了预防措施,在他尸体上撒上石灰,确保其彻底销毁。但灵魂呢?他的灵魂在哪里呢?"

"我不相信这些关于灵魂的故事,警长。"夏多的语气硬起来。

"我们不打扰您了,夏多先生。我会在三个小时后回来。"

"请问是出于什么考虑呢?"

"因为您并不是一个'非常出色的演员'。您就是他,就像我的助手所说的那样。或者换句话说,您之所以是个出色的演员,是因为您就是他。"

"您正在偏离理性的领域,警长。"

"我将在——"亚当斯贝格朝挂钟瞥了一眼,"——七点三十分回来,您要尽量照顾好自己。"

21

离开协会办公室后——需要在一名门卫的陪同下通过两道栅栏门，门上配备着安全锁和电子密码，如同堡垒般保护着主席——亚当斯贝格立刻打电话命令雷坦库尔密切保护弗朗索瓦·夏多。凶手已经杀了马斯弗雷，因为没有他的资助，协会名存实亡。凶手一出手就是直击要害。可以想象，这起凶杀之后，下一个目标就是罗伯斯庇尔。一点一点地引起惊慌，接着是害怕，最后是恐惧，就像罗伯斯庇尔所做的那样，然后再对准心脏猛击。你再活几天吧，好思念我，你睡吧，好梦见我。告别了。到了这一天，我将看着你，从你的恐惧中获得快感。他打算杀多少成员呢？要杀到谣言四起，协会成员锐减，然后再攻击它的灵魂吗？要杀到让罗伯斯庇尔—夏多独自目睹他的杰作毁于一旦吗？是的，他的标志就是反对罗伯斯庇尔，就是那张"路易十六式"断头台的画。它象征着国王的最后权力，甚至包括对行将将他斩首的机器所拥有的权力。

"盯住他，雷坦库尔，派上贾斯汀这没人会注意的小子，还有凯尔诺基安和他的摩托。其他人随便您怎么选，除了梅卡代、莫尔登和诺埃尔。"

雷坦库尔推断缘由：一个容易犯困，另一个浑身酸痛，最后一个太冲动。

"让弗瓦西留下,我需要她继续查线索。她查到什么了吗?"

"还没呢。她正在寻找更为直接的途径,也就是说寻找非法的途径。"

"很好。我计划晚上八点三十分左右离开协会总部。希望那时候贾斯汀和凯尔诺基安已经就位,我认为这个人确实处境危险。但不一定是现在。可能要等几个星期。"亚当斯贝格提醒道,他深知不确定、无休止的潜伏对人的考验有多大,"当格拉尔和维朗克会回队里,向大家说明情况。"

"你真是一针见血,"维朗克说,"弗朗索瓦·夏多扮演罗伯斯庇尔。可是这对我们办案有什么帮助?你为什么还要回去穷追不舍呢?"

三人走到车子边上停下来。很明显,亚当斯贝格准备步行走一段路,不说也看得出来。他之前把画夹交给了维朗克,跟同事们介绍案情时用得着,然后两手插在口袋里离开了协会总部。

"因为我们现在知道此人处境危险。"亚当斯贝格答道。

"这个我们都明白。"当格拉尔说,"问题是:为什么要穷追不舍?"

"当格拉尔,您是否会开一瓶酒,结果喝一半就放着不喝了?"

"两者有什么关系?"

"您明知故问。我们还没有喝完弗朗索瓦·夏多这瓶酒。这件事可以从两个角度来看:弗朗索瓦·夏多是罗伯斯庇尔,他受到威胁。或者说弗朗索瓦·夏多是罗伯斯庇尔,他本人很危险。或者事情比这还要复杂。"

维朗克又戴上了游客的鸭舌帽,盖住头发。只见他皱起眉头,点上一支烟,然后木然地把那包烟递给亚当斯贝格。

"夏多也许陷得太深,与罗伯斯庇尔融为了一体?"他说,"以至于重演当年的血腥屠杀?刚刚消灭一个敌人,又发现另一个敌人?"

"这将是个无法解开的死结,"当格拉尔说道,"罗伯斯庇尔追击的敌人就在他自己身上。可要是这样的话,夏多为什么还给我们写信呢?"

"我怎么知道。"亚当斯贝格身体的重心在两条腿之间来回晃动,这是他即将离开的信号,"我们必须把瓶子清空。直到露出底下的东西。"

"酒渣。"当格拉尔说。

"不是酒渣,"亚当斯贝格纠正道,"有点像有两个塞子的酒瓶。我们把第一部分清空了。如果弗瓦西及时完成他的工作,我希望能拔掉第二个瓶塞。"

"您叫弗瓦西干什么啦?"

"查清弗朗索瓦·夏多的身份。"

"您觉得他用了假名?"

"压根没这么想。回到队里以后,你们给我发一张维克多的照片过来。"

"维克多跟这件事有什么关系吗?"当格拉尔问。

"他是马斯弗雷的秘书,可能陪他去过协会,维克多可能听到、知道一些东西。当格拉尔,您说,罗伯斯庇尔是否有后代?"

"您完全想错了，警长。坊间传说，罗伯斯庇尔的肚子没用。我是指他的下腹。您别误会。"

"我听懂您的意思了。"

"我不是说他阳痿，而是指他的残疾。那是他身患多种疾病的显著症状。"

"泽尔克今晚准备了一条羊腿，"亚当斯贝格打断他，"我们两个吃不了。"

"我负责买酒。"当格拉尔急忙说，因为泽尔克在街角买来的白葡萄酒喝下去像洗涤剂似的，肚子抽着疼。

"您陪我吃饭倒不重要，"亚当斯贝格微笑着说，"因为我还需要知道您知道的事情。"

"案子结束后，假如结得了的话，我能保留一张画吗？"当格拉尔问。

"您也想要？怎么了？"

"没什么，罗伯斯庇尔的这幅肖像画得很漂亮。"

"那是夏多的肖像，"亚当斯贝格纠正说，"连您现在也分不清他们两个人了。更何况他呢？"

塞纳河距离太远了，他没有足够时间打来回，尤其是他的步子不紧不慢。最好去圣马丁运河。不管怎么说，那儿有水。虽然不能媲美家乡那边的波河，但至少是一条河，海鸥在河上飞翔，可以沿着河岸散步。河边的房屋不同于比利牛斯山的山体，但也是石头砌的。石头，流水，树叶，海鸥，无论多丑，也永远不能忽视。

他走到运河边，闻到肮脏的城市河水散发出的湿抹布般的气味，这时他的手机震动了几下。他迫切期待着弗瓦西的短信，抬头看着尖叫的海鸥，向它们送去异教徒的祈祷。但是海鸥没理会，他收到了维克多的照片。所有这一切，虽然与冰岛遥不相及，可仍然把凹村的年轻人又拉进他的视线。因为如果维克多知道他的慈善家老板参与这些活动，他肯定会私下告诉阿梅代。谁知道维克多和阿梅代会如何评价亨利对罗伯斯庇尔的热情呢？这种热情有风险吗？耗钱吗？维克多曾经一口咬定，马斯弗雷的书房里没有任何与大革命相关的书籍。符合逻辑，如果他打算严守秘密，不暴露自己与协会的关系。他肯定会这么做。而且确实这样做了：莫尔登已经证实，公证人那里没有向任何文化协会付款的记录。因此走的是现金。

石头，河水，海鸥。他选了一条长凳坐下，十指交叉放在脑后，仰头看着天空，寻找最听话的海鸥。亚当斯贝格轻而易举地选中了一只，爬到它的背上，也不用力抓它，只是轻柔地调整它的翅膀，引导它的飞行路线，一同飞越田野，到达大海，在那里顶着逆风嬉戏。

大约神游六百公里之后，亚当斯贝格站起身来，找路人问了一下时间，然后拦住一辆出租车。想到要回到夏多阴暗的办公室，他心里不是很舒服。尤其不喜欢逼迫夏多清空酒瓶的想法。要是他有办法拔掉第二个瓶塞，那该多好啊。

晚上七点二十五分，门卫又给他打开大楼的栅栏门，声音弄得很响。门卫请他在办公室稍等，夏多先生马上就到。泽尔克皱巴巴的香烟抽完了，亚当斯贝格新买了一包。在矮个子主席贴着护墙板的办公室里来回踱步吸烟有助于拔出第二个瓶塞。他七分钟前收到了弗瓦西发来的第二条短信。好样的弗瓦西。想到自己在这一点上没有出错，他不免有些晕乎，就好像自己冒险进入一个缺乏理性的领域，不了解它的运行机制，更糟糕的是不知道它将来的情况。他可是摸着黑都能像比利牛斯臆羚一样履山脊如平地的人。但是弗朗索瓦·夏多的世界——随着他掌握的新材料而益发神秘莫测——完全不属于他的领地。他想起莫尔登喜欢的那个童话：您走进森林，树枝在您身后合拢，回头路走不通，也看不见了。

亚当斯贝格没敢打开书桌抽屉取烟灰缸，于是打量着书架上的藏书，并不细看书名。

"晚上好，警长。"他身后传来一个刺耳的声音。

那是他昨天听见过的声音。弗朗索瓦·夏多进来了，更准确地说，现在进来的是马克西米利安·罗伯斯庇尔。亚当斯贝格被眼前的人物惊呆了，与昨天晚上相比，他们的距离近了许多。这个人抱着双臂，背挺得笔直，穿着一件漂亮的蓝色外套，戴着假发，脸上抹着粉，似笑非笑地看着他，眼睛在小圆框墨镜后面眨巴着。亚当斯贝格一动不动，就像其他人在那个时代所做的那样。与夏多交谈是一回事，而与马克西米利安·罗伯斯庇尔讨论则完全是另外一回事。

那位人物一言不发，打开抽屉，把烟灰缸放在桌子上。

"行头真漂亮。"亚当斯贝格笨拙地说道，不太自在地浅坐在椅子上。

"我曾穿着它参加最高主宰节，那应该是我受到万人景仰的时刻。"人物恢复刚才的姿势，平静地解释道，"某些喜欢八卦的人说，那是唯一能看到我露出真实而温柔微笑的早晨，明亮的阳光如期而至,照亮了巴黎的天空。您从未目睹这种无与伦比的光辉,以后也不会见到。热月八日我再次穿着它出席国民公会。但是它无法阻止我两天后被处死,我的死敲响了共和国的丧钟。"

亚当斯贝格撕开他那包烟,徒劳地递给夏多——又或者应该以另一个名字称呼他?按理说,他既然能猜到小个子主席扮演罗伯斯庇尔的角色,此时不应该对他的现身感到惊讶。但是穿上这身衣服,这个人的性格变了,罗伯斯庇尔冷峻淡漠的脸,仿佛把夏多和蔼可亲、有些稚嫩的脸赶走、甚至粗暴清除了。主席的谦逊神态荡然无存,这种夸张和滑稽的亮相让亚当斯贝格感到困惑与不安。夏多生怕找不到力量应付这次会面,于是想从罗伯斯庇尔那里汲取?想用这副冰冷的样子震慑他?还有别的原因,他透过烟雾观察他,得出这个结论。夏多之前哭过,但绝对不想让别人察觉。尽管他脸上抹了粉,亚当斯贝格依然注意到他下眼睑边缘发红,眼睛肿胀,形成了眼袋。亚当斯贝格本能地尽量压低声音,缓和语气。

"真的吗?"亚当斯贝格问道,椅子上坐得还是不舒服。

"您将信将疑,警长先生?反革命运动席卷法国,她像一个健忘而轻佻的女子落入了暴君的怀抱。然后呢?结果怎样呢?有过几次短暂的反抗,可以说是对我们辉煌努力的纪念,但这些努力在如今这个堕落的共和国沉没了,卑鄙和贪婪葬送了我们的理想,只剩了自由、平等、博爱之名仍然在全世界传播,令人缅怀。这条座右铭高悬在你们的门楣,却没人再会真诚地高呼。"

"是您写的吗?这条座右铭?"

"不是。这些词语散见多处,但是是我,没错,是我将它们铸造成一把利剑:自由,平等,博爱,要么死亡。"

夏多突然收住话头,俯身靠近亚当斯贝格,纤细的手平放在桌子上,鼻翼微微颤动。

"现在够了吗,警长先生?咱们玩够了吗?因为您就是希望这样看我,不是吗?看我扮成'他'?这段表演您满意了吗?咱们结束了吗?"

"这一切会变成什么?"亚当斯贝格挥手指着房子问道。

"这关您什么事?我们的财力足以让我们完成研究。"

协会主席仍然以罗伯斯庇尔那种粗暴、几乎令人惊愕的语气说话,继续让亚当斯贝格难堪。

"这个人,您认识吗?"他转换话题,把维克多的照片递给他。

"又是一起命案?又有一个可耻的叛徒死了?"夏多接过警长递过来的手机。

"您在这里见到过他吗?"

"当然见过啦。他是亨利·马斯弗雷的秘书,名字叫维克多,私生子,草民的孩子。他也被除掉了?"他冷冷地问道。

"他还活着。那么是他每次陪老板来参加集会?"

"亨利不能没有他的秘书。维克多很听话,维克多记性好。这个人,您也得审一下。"

"我也这么想。"亚当斯贝格答道,他意识到夏多不容分说地给他下了一道命令。

这让他感到震惊,而不是尴尬。他站起身走了几步,按"4"拨通当格拉尔的电话,然后将手机放在桌子上,这么一来,远在警署的当格拉尔也能听到他们的谈话。现在情况特殊,警督的看法对他至关重要。

"知道您为什么跟罗伯斯庇尔这么像吗?"亚当斯贝格没有坐下,接着问道。

"因为化了妆,警长先生。"

"不是。您长得像他。"

"大自然的恶作剧,或者是最高主宰的干预,您自己选吧。"夏多说着坐下来,跷起二郎腿。

"长相相同促使您追随罗伯斯庇尔的脚步,建立这个协会,推出这个所谓的'概念'。"

"没那回事儿。"

"直到这个角色逐渐浸润并占据您的内心。"

"也许是因为晚上的缘故,警长先生,您一天工作下来已经筋疲力尽,因此影响了您的判断力。您现在打算问我,我是否因为某种异常的心理过程与他'融合',是否成为双重人格和其他无稽之谈的牺牲品。趁您还没说这通胡言乱语,我请您就此打住。我的确扮演罗伯斯庇尔这个角色,就像刚才给您展示的那样,但仅此而已。再说这样表演的收入颇丰。"

"您脑子转得真快。"

"抢在您前面并不难。"

"他被压着打。"当格拉尔的语气就像体育比赛的解说员那样着急。

警官们前胸贴着后背,紧紧地挤在一起,有的弯腰趴在桌上,一字不落地听着放在桌子上的电话机传来的声音。

"您是弗朗索瓦·夏多,我知道。"亚当斯贝格说。

"很好啊。辩论就此结束。"

"您是马克西米利安·巴托洛缪·弗朗索瓦·夏多的儿子。他本人是马克西米利安·夏多的儿子。"

夏多—罗伯斯庇尔愣住了,而在巴黎的另一端,当格拉尔和维朗克也愣住了。

"什么?"瓦兹内问道,其他同事也投来询问的眼神。

"那是罗伯斯庇尔父亲和祖父的名字,"当格拉尔迅速解释道,"夏多家族取了与罗伯斯庇尔家族相同的名字。"

夏多主席勃然大怒,就像不可腐蚀者受到攻击时那样,他的拳头重重地砸在桌子上,薄嘴唇微微颤抖,开始愤怒地谩骂和反击。

"他会有危险吗?"凯尔诺基安问。

"闭嘴,妈的,"维朗克喝道,"雷坦库尔离那儿很近。"

得知警司就在警长附近,警官们立刻平静下来,包括诺埃尔在内。他们的脑袋愈发凑近扬声器。

"叛徒!"夏多此时大声喊道,"我相信您,向您求助,而您,可耻的伪君子,您利用我的信任在我家里到处乱钻,就像老鼠!"

"'可耻的伪君子',罗伯斯庇尔喜欢用这个表达。"当格拉尔轻声评论道。

"那又怎么样呢?"夏多接着说,"是的,我们全家都是罗伯斯庇尔狂热的崇拜者,请相信我,我不希望您过这样的日子!"

"您为什么没有沿用那些响当当的名字?"

"多亏我母亲!"夏多叫了起来,"她竭尽全力保护我,不让那些狂热的信徒伤害我。可在我十二岁的时候,我眼睁睁地看着她淹死!警长,您满意了吗?"

小个子站起身来，一把扯下假发，狠狠地扔在地上。

"面具扯掉了，"当格拉尔说，"第二个瓶塞拔掉了。"

"有两个塞子的瓶子？"埃斯塔雷问。

"废话。"当格拉尔说，"别说话，我听到了流水声。办公室里有一个盥洗盆，靠近咖啡机。他也许在卸妆。"

夏多用力搓脸，让变白的水慢慢流走。接着，他旁若无人地吐痰，擤了擤鼻子，擦干重新变得半粉半白的皮肤。他回到座位上，一副既骄傲又失落的神情，优雅地伸出手，这次讨一支香烟。

"您是个名副其实的斗士，警长，我应该早点把您送上断头台的。"他说着，脸上几乎又浮现出笑容，今天晚上他太不开心了，"在这些人当中，您将是第一个被斩的。您就是这么想的，对吗？您认为我疯狂的家族把我奉为罗伯斯庇尔的'后裔'，将这项使命硬塞进我稚嫩的脑瓜里？是的，没错。我祖父是这个命运的锻造者，一个固执的老头，从小就无比崇拜罗伯斯庇尔。我母亲反对，我父亲是个懦夫。还需要我说下去吗？"

"请您接着说。我祖父是个傻瓜，他被战争毁了，而且专断。"

"我四岁的时候，老头就开始对我进行教育了。"夏多稍微平静下来，"他教我背文章，还教我模仿他的姿态、声音和表情，还有对敌人要警惕，不轻信他人，并将纯洁作为生活准则。老家伙深信自己是伟人的后代，自豪得不得了。母亲帮助我抵制他的影响。每天晚上，她像珀涅罗珀拆织物一样，帮助我消解老头白天灌输给我的东西。可惜她走得早。母亲是淹死的，我一直觉得老头给小船动了手脚。跟罗伯斯庇尔一样清除他与我之间的障碍。母亲去世后，他变得更加专横。但是我已经十二岁了，母亲为我构筑的盾牌已经准备好了。于是，老头发现自己面临另一道障碍：我本人。"

亚当斯贝格走到办公桌前，停下脚步，两人又各自拿起一支烟。眼前的夏多，相貌平平，脸上带着没有洗净的白色痕迹，光秃秃的脑袋上围着一圈湿漉漉的头发，眼睛肿胀，身上依然穿着罗伯斯庇尔那身蓝衣服，两相对比，令人既赞叹又痛心。夏多其实是可笑的。但是他的苦恼、他的优雅举止、他滑稽的外表震撼着亚当斯贝格，打动着他。正是他，亚当斯贝格，希望看到这场失败，甚至这场溃败，那将有助于他展开调查。一直查到第二个瓶塞，查到酒渣。但是要花多大的代价啊。

同样的念头也在警署里萦绕，大伙屏住呼吸，看得出都很激动，但只有埃斯塔雷尔说了出来。

"让人伤心，是吧？"他说。

"我父亲热爱拿破仑，"瓦兹内说，"但他从来没叫我去征服俄罗斯。尽管我和我养的鱼把他气得够呛。"

"肃静。"当格拉尔喝道。

"但是，"夏多吐出一口烟，接着说道，"您的疑心更甚。您认为老头扭曲了我的性格，就像铁匠弯曲铁棒那样，您认为我接受了他赋予我的'天选之人'的角色，今天我在重蹈罗伯斯庇尔的血腥行径，不是吗，您以为我在清除自己组织的成员。这就是您的想法。在这一点上，警长，您想偏了。"

夏多的手指在胸前轻轻握拢又松开，他的手指触摸着湿漉漉的衣襟，仿佛想要抓住或抚摸某样东西。亚当斯贝格前一天晚上看见他做出这种下意识的动作。他猜想，夏多可能想抓住一枚吊坠、一个护身符或者母亲的肖像,甚至是几缕头发。

"既然您已经有了母亲提供的这块'盾牌',为什么事到头来还要建立这个协会,扮演这个令人讨厌的角色呢?"

"我十五岁便对罗伯斯庇尔了如指掌。即使老头死后,我依然放不下这个角色,他一步不落地跟着我,观察我的一举一动,他跟踪我,不肯放手。所以我转过身,天啊,我跟他面对面。面对面啊,警长。我一心想做个了结,跟他算账。因此我抓住他。我死死揪住他,一演再演。他成为我的造物,而不再是相反。幕后操纵者,现在是我。"

亚当斯贝格点点头。

"咱们都累了,不是吗?"他说着掐灭烟头,重新坐下来。

"是的。"

"您的合伙人,那两位共同创始人,他们叫什么来着?我记不起来了。"

"勒布隆和勒布伦。"

"这些情况,勒布隆和勒布伦知道吗?"

"千万别让他们知道。能不能求您,求警方——如果能够这样做的话,让他们继续保持不知情的状态?"

22

泽尔克的厨艺还不算好,但是他在进步。羊肉做得恰到好处,罐装四季豆也还可以。当格拉尔不住地斟酒,亚当斯贝格慢腾腾地吃着,吃完后再谈案子。两位副手心知肚明,于是轻松地随意交谈,这让泽尔克感到高兴,因为他的口才不比父亲好多少。亚当斯贝格也能暂时摆脱那片依然浓密的、黑乎乎的海藻的困扰。

咖啡时间,他们聚到冒着烟的壁炉边上,当格拉尔坐在左边,那是他的老位子。亚当斯贝格在右边,脚搁在壁炉的柴架上,维朗克坐中间。

"你们什么看法?"亚当斯贝格问道。

"他听起来是真诚的。"当格拉尔说。

"跟我们在小塔河沿街吃午饭时一模一样,"维朗克有些怀疑地说,"他那时对我们隐瞒了他扮演罗伯斯庇尔的事实。不过他并没有义务向我们透露。"

"瓶子底下可能还有第三个塞子。"亚当斯贝格说。

"有人见过九个瓶塞的酒瓶呢。"当格拉尔说着又自斟一杯酒。

"您不当回事儿,警督。"

"瓶塞吓不倒我。它们乖乖地跳进我的手里,像听话的小宠物。"

泽尔克喝得有些多，枕着手臂，趴在桌子上睡着了。

"他声称自己在幕后操控这个人物，"亚当斯贝格说，"在讲坛上扮演他，所以并不把他放在眼里。但是当他今晚以罗伯斯庇尔自居，在我面前勃然大怒，当'叛徒''可耻的伪君子''私生子''草民的孩子'这些词从他嘴里冒出来的时候，我并没有感到是小个子夏多在发号施令。仿佛在换了衣服之后——他穿着蓝色衣服，就是罗伯斯庇尔在上帝节那天穿的……"

"最高主宰节。"当格拉尔纠正道。

"感觉这样一来，小个子夏多似乎变空了，可以被渗透，他与角色融合，但对角色却毫无掌控。"亚当斯贝格继续说道，"罗伯斯庇尔随心所欲地进入他的内心，从那一刻起，弗朗索瓦·夏多就不再存在。啥都没有了。跟他说的完全相反。这一点上，他再次对我撒了谎。然而他内心深处是痛苦的。他的笑容让人看着难受。"

"他的笑容让人看着难受，"当格拉尔背诵道，"激情显然喝干了他的血，熬干了他的骨头，让神经质的生命取而代之，像一只溺水的猫遭到电击复活，又或者像一条蛇，僵硬地直立起来，带着一种难以言喻的、令人恐惧的优雅神情。但是千万别误会，给人的印象不是仇恨；我们感到的是一种痛苦的怜悯，夹杂着恐惧。"

"那是对'他'的描述吗？"

"是的。"

"你怎么会想到要查他家族的名字？"维朗克问道。

"看到夏多对他如此着迷，我猜测他们之间可能存在血缘关系。我当时不知道罗伯斯庇尔没有孩子。"

"他没有后代，"当格拉尔予以证实，"女人和任何与性有关的事物都让他感到恐惧。正是基于这一点,他建立了'恶习'这个概念,并且反复提及。当然,他并没有意识到这一点。他六岁时失去了母亲,母亲因为接二连三地怀孕,几乎没有时间去照顾小马克西米利安,最后死于难产。她死后,孩子的模范父亲,这位来自阿拉斯的好律师弃家出走,然后彻底消失,抛弃了四个孩子。六岁的马克西米利安成为一家之主,却没有得到过一丝爱的温暖。据说孩子变得呆滞,再也没有人看到他玩耍或嬉笑。"

"这不是很符合夏多的情况吗?"维朗克说。

"符合,相当符合。"

"在裸露的状态下,"亚当斯贝格说,"我的意思是夏多脱去罗伯斯庇尔装束的时候,他的性别特征不明显。"

"如果罗伯斯庇尔没有遇到大革命,"当格拉尔说,"他也许只是阿拉斯的小律师,跟我们的夏多的确很像。他才华横溢但缩头缩脑,内心冲动但缄默不语。永远不知道如何接近女人。可是,老天爷知道女人多么地爱他,发疯似的爱他。可惜就是没有留下后代。罗伯斯庇尔家的四个孩子没有一个有后代。马克西米利安在成为罗伯斯庇尔之前也许有过几段情缘,可能甚至只有一次。疑问很大。"

当格拉尔停顿了一下,若有所思,然后皱起眉头,犹如一个犹豫不决的动物,忽然觉得不满意,警觉起来。

"天啊,"他说,"夏多!不,你们别说话,让我想想。"

警督将酒杯抵在嘴唇上,半闭双眼。

"想起来啦,"他说,"就是那个传闻,之前完全忘了,像花园里的猫从我的指缝里溜走一样。"

"请说吧,警督。"亚当斯贝格说着从自己那包烟里拿出一支。

他明天会把这包烟留给泽尔克，以后说不定会再偷他几包。他眼红儿子的烟。但是一个人睡着了，不作兴乘机偷他的东西。

"坊间一直传说罗伯斯庇尔藏着一个儿子，"当格拉尔解释说，"大概生于1790年，名字叫迪迪埃·夏多。"

"夏多？"亚当斯贝格抬起头。

"跟夏多一样。"

"往下说，警督。"

"他甚至名叫弗朗索瓦·迪迪埃·夏多。关于这个血缘的传承只有一份'证据'，那就是一封信。1840年，弗朗索瓦·迪迪埃·夏多五十岁，赫赫有名的巴黎上诉法院院长费尽心思，四处为他求职。而这位弗朗索瓦·迪迪埃·夏多只是外省的客栈掌柜而已。这个地位卑微的弗朗索瓦·迪迪埃·夏多，一个'私生子、草民的孩子'，怎么会跟有权有势的巴黎法院院长攀上关系的呢？这是第一个谜团。法院院长在给省长的信中提出，让客栈掌柜负责邮政驿站……"

当格拉尔擦擦额头，然后直起身子，喝了一大口白葡萄酒。

"夏多-雷纳尔邮政驿站，位于卢瓦雷省。"他简短地补充道，松了一口气，"更有意思的是，法院院长特意提到，一些有身份的人，治安法官、市长、地主，也都推荐他保举的这个人。这位客栈掌柜身上到底有什么特殊之处，能够吸引那么多名流替他说话？"

"名声呗。"维朗克说。

"确实如此，因为省长在拒绝的回复中写道……警长，把您的电脑递给我。"

"找到了，"少顷，当格拉尔接着说，"'……然而，您向我推荐的夏多先生是罗伯斯庇尔的私生子'。你们看，省长的语气十分肯定，态度很明确。我再念下去。'我知道，他不能选择自己的出身，但不幸的是，他的身世对其观念和行为产生了负面影响，此人激进到了无以复加的地步。'"

当格拉尔把电脑放在地上，他双臂环抱，脸上带着满意的笑容。

"还有什么，当格拉尔？"亚当斯贝格惊讶地问道，低头看着他的副手，就像看着阿拉丁的神灯一样。

"不多，但还是有一些。罗伯斯庇尔死后，弗朗索瓦·迪迪埃的母亲带着他四岁的儿子逃到夏多-雷纳尔避难。是因为谣言四起？因为她担心儿子的安危？儿子面临生命危险吗？这都是很有可能的。几年前，有人十分担心圣殿之子会构成威胁，唯恐血脉之声觉醒，呼吁复仇。就像凹村塔的受难者一样。"

"什么'圣殿之子'？"亚当斯贝格问。

"路易十六的儿子。"

"关于这个隐藏的孩子，还有什么别的吗？"

"我们有他在拿破仑军队时的体貌描述。跟他所谓的父亲相比，虽然不太相似，但也不矛盾。我的意思是，他不是一个长着鹰钩鼻子、黑眼睛的高个儿。他身高不到一米六，蓝眼睛，浅色头发，小鼻子，小嘴巴。"

"确实很模糊。"

"但是还有第二个谜团，那就是谋求邮政驿站站长一职失利的五年之后，我们的客栈掌柜当上了公共马车主管。那可是国家经营的公共马车啊！就像这样，"当格拉尔打了个响指，"上层关系，还是上层关系。说完了，我的褡裢里没别的线索了。"

"已经够多了，当格拉尔。省长的话分量不轻。"

"但我不信罗伯斯庇尔跟女人上过床。"当格拉尔说,"谁能保证这种与伟人的亲子关系,不是婚外怀孕的德尼丝·帕蒂约——这是她的名字,我现在想起来了——为了减轻作为单身母亲的耻辱而吹嘘出来的呢?夏多家族随后延续了这个传说。直到我们现在的弗朗索瓦,如果他真的是这个弗朗索瓦·迪迪埃的后代的话。"

"我们还有另一个证据,"维朗克说,"他与罗伯斯庇尔长得格外相似。"

"我们永远无法知道,"当格拉尔说,"无论是我们还是夏多家族都无从得知。无法进行 DNA 比对,因为罗伯斯庇尔的遗骸最终散落在巴黎的地下墓穴中。"

"但最重要的不是真相,"亚当斯贝格说着又把脚搁在柴架上,"而是夏多家族相信它。夏多爷爷跟他那些祖先那样,死死抱住它不放。他们守护这簇火焰,维持着崇拜。在这种情况下,我们的弗朗索瓦会相信什么呢?相信自己是罗伯斯庇尔崇拜者的后代,就像他告诉过我的那样,还是相信自己就是罗伯斯庇尔本人的血脉?这将改变很多事情。"

"这家伙不说实话,跟拔牙医生一副德行。"维朗克说。

"如果他认为自己是罗伯斯庇尔的后代,"当格拉尔说道,"而且如果他就是我们要抓的凶手,那么我再问一遍,他为什么会给我们写信?"

"跟他的祖先一样,"维朗克说。"因为罗伯斯庇尔不像'虚伪的'底层强盗一样偷偷杀人。因为他在大庭广众面前行刑。因为他要起到震慑作用。"

"所以瓶底还有第三个塞子。"亚当斯贝格低声总结道。

23

弗朗索瓦·夏多的两名合伙人接到亚当斯贝格的传唤，爽快地同意下午三点来警署。弗瓦西忙着在夏多-雷纳尔的档案中寻找1840年的客栈掌柜弗朗索瓦·迪迪埃的后人，雷坦库尔和几个同事继续值班，守护协会主席。

"没有异常。"雷坦库尔发来短信，"晚上十点回家，一个人吃饭，一个人睡觉，一个人生活。目前在酒店工作，上午十一点至下午五点。小插曲，我昨晚在诺尔文街蹲点时，遭到了三个光头小混混的袭击，他们把我当成性感女人。我受宠若惊。贾斯汀是目击证人，没有麻烦，但那帮家伙现在在十八区警察局，受了点伤。"

"伤得不轻。"亚当斯贝格纠正道，然后拨通十八区同事的电话。

"蒙特勒吗？我是亚当斯贝格。你夜里收了三个人吗？"

"从你那边过来的。他们被什么东西砸了？是树还是其他什么东西？"

"是的，确实是一棵好大的树。他们怎么样了？"

"无地自容。她只是直接朝他们的小肚子来了一下，就把他们打趴在地，没伤着骨头，你这棵'树'下手有分寸。没伤到他们的睾丸。"

"把控得当。"

"不过在最后攻击之前，一个家伙的鼻子歪了，另一个人的耳朵被撕裂，上面戴着三个耳环——那小子疼得嗷嗷直叫，从耳朵碎片里捡回耳环，第三个人的脸上有一道很深的伤口。她是正当防卫，因为他们喝高了，对她动手动脚。我们有她同事的证词。跟那棵树在一起的小个子是谁？一棵小水仙花？"

"一株柔嫩的会思想的芦苇。"

"不错，至少不雷同。我这边有五个笨蛋。你那边呢？"

"只有一个，我想。"

亚当斯贝格挂断电话，埃斯塔雷正好带着弗朗索瓦·夏多的两个合伙人进来。一个瘦小，一个魁梧，就像一对完美的搭档，不过，两个人都满脸胡须，头发相对于他们五十上下的年龄来说非常浓密，都戴着眼镜。

"我明白了，"亚当斯贝格笑着请他们坐下，"你们担心被人偷拍。埃斯塔雷，麻烦你给我们来点咖啡。我答应过不问你们的名字。"

"我们谨慎行事，"那个魁梧的说道，"我们不得不这样。现在人们的思想很狭隘，随时可能产生误解。"

"主席跟我详细解释过你们的保密规则。你们的胡须修得真不错。"

"您也许知道，协会有化妆师，她们很出色。胡须算不了什么，我们从头到脚都作了改变。"

"那你们就放松一点吧。"亚当斯贝格说。

"他看出破绽了吗?"埃斯塔雷一离开,瘦子就问道。

"埃斯塔雷吗?他的眼神总是那样。"

"他配上黑头发,演比约-瓦雷纳不错。"

"罗伯斯庇尔的追随者?"

"是的。"魁梧的说。

"埃斯塔雷是只小羊羔。"

"但是他长相英俊,就像比约一样。性格嘛无所谓。您亲眼目睹弗朗索瓦·夏多如何征服观众。但是我告诉您,他在酒店里无法达到这种效果!至于您接待处执勤的警官,他并不帅气,请原谅我的坦率,但他会是个好马拉。"

"我怕他连台词都不会念。我也做不到。"

埃斯塔雷端来咖啡,亚当斯贝格立刻闭上嘴。

"但是弗朗索瓦肯定跟您解释过,我们的集会有利于言行的自由表达。"魁梧的说道。

"直到真正的激情迸发,对所扮演的角色产生强烈认同。"瘦子说。

"哪怕在现实生活中,演员对角色的政治主张没有丝毫认同,有时甚至完全相反。我们见过最死硬的右派变成真正的极左激进派。扫除个人信念的群体效应是我们研究的一个题目。但是,由于我们每四个月轮演一次,我们正为下一轮寻找扮演比约-瓦雷纳和马拉的人选。"

"还有扮演塔利安的人选。"

"不过罗伯斯庇尔不用找。"亚当斯贝格说。

瘦子温和地笑了。

"您那晚看明白了吗?"

"何止明白。"

"他出类拔萃,无法替代。"

"他是否也成了'强烈认同'的牺牲品?"

魁梧的那个估计从事精神病学方面的工作。可以理解他不希望自己的患者知道他喜欢穿带有蕾丝和褶饰的衣服。

"刚开始的时候可能会出现这种情况。"瘦子思考着说道,"但是他扮演马克西米利安十二年了,已经熟门熟路,就像别人玩跳棋一样。专注、集中,但也仅止于此。"

"等一下。"亚当斯贝格打断道,"你们两个人,谁是财务主管勒布隆?谁是秘书勒布伦?"

"我是勒布隆。"瘦子说道,他留着一把柔顺的浅色胡须。

"那么您就是勒布伦啦。我可以抽烟吗?"亚当斯贝格说着在口袋里摸索,他早上从泽尔克那里拿了几支烟。

"这儿您做主,警长。"

"已经死了四个人,都是你们协会的成员。协会的财神爷亨利·马斯弗雷、艾丽丝·高迪埃、让·布鲁盖尔和安吉利诺·冈萨雷斯。你们熟悉他们的面孔吗?"

"很熟悉,"一脸浓密黑胡茬的勒布伦说,"冈萨雷斯每次都穿戏服,不过我们看过您的画。确实是他。"

"弗朗索瓦·夏多敦促我听取你们的意见。因为他说,你们比他更加注意协会成员的行为。"

"他说得客气了。"勒布隆笑着说,"我们在监视他们。"

"到了这种地步?"

"您看,我们对您很坦诚。这一'活的历史'超出了我们的预想,造成了一些令人震惊的心理冲击。"

"甚至导致一些病态的行径。"勒布伦接过话头,"这些事情此时肯定就在我们眼前发生。这让我们相信,我们密切关注协会成员是正确的。"

"你们是如何做到的呢?"

"大多数到场的人都保持着传统的态度。"勒布伦继续道,"他们全情投入,尽力扮演各自的角色,有时候演得有点过火。各种表现都有,有些人是来玩的,就像冈萨雷斯那样,但这并不妨碍他把埃贝尔演得栩栩如生,对吧,勒布隆?"

"他演得棒极了。现在我们只能换人来演埃贝尔,真让我痛心,虽然接替他的人还不错,但是比冈萨雷斯还是差一截。不过没关系,到下一场大会,埃贝尔就已经死了一星期了。对不起,"他说着摊开双手,"我们在谈工作。"

"总之,"勒布伦说道,"有人来玩游戏,有人认真对待,有人只是参与,有人则热情过头。"

"涵盖了两极之间广泛而丰富的多样性和细微差别的谱系。"

"……广泛而丰富的多样性和细微差别的谱系。"亚当斯贝格边听边记。勒布隆,搞物理学的?

"但所有这些都处在通常的'正常'范围内,也就是在这种'疯狂正常'的范围内,"勒布伦说,"特别自从我们让他们轮换角色之后。我的同事和我关注的是另一些人,大约二十来个。我们私下称他们为'局外人'。"

"我走几步不会分散你们的注意力吧?"亚当斯贝格起身问道。

"这儿您做主。"勒布伦重复道。

"'局外人'是哪些人?"

"那些不在常规范围之内的人,"勒布隆解释道,"就好比红外线,我们肉眼无法察觉。比如看喜剧不笑的人,或者看令人心碎的电影却毫不动容的观众。"

"而那些来参加我们集会的人,这么说吧,总体上是'性情中人',都会尽情放开。"

"我们说的不是'一时'放得开。"勒布隆补充道,"而是一种常数。一种不变的特征。"

"一种不变的特征。"总之他是个科学家。

"'局外人'令人惊讶地保持冷静。"勒布伦继续说,亚当斯贝格注意到他们你一言我一语,十分默契,几乎不分彼此,"他们既不伤心,也不走神,而是让人捉摸不透。当然他们也不是冷漠,否则他们干嘛跟我们在一起呢?但是他们与我们保持距离。"

"我在听。"亚当斯贝格继续走着。

"实际上,"勒布隆说,"他们在场,全神贯注,但是他们的参与方式与普通人完全不同。"

"说实话,他们在观察,"勒布伦接过话茬,"而我们呢,我们观察那些观察我们的人。他们不是我们的人。他们来我们这儿干什么?他们在寻找什么?"

"你们的答案呢?"

"不容易回答。"勒布伦接着说道,"过了一段时间,我和同事发现'局外人'分为两个不同的群体。我们称一群人为'潜伏者',

另一群人为'被斩者'。没记错的话,'潜伏者'不到十来个。"

"我们没有把亨利·马斯弗雷算在里面,尽管他也在暗中监视他们。他有时跟这个说话,有时跟另一个攀谈。维克多在边上听着,记在脑子里。这些人中有被害的高迪埃和布鲁盖尔,还有一个多年没有在这儿露面的人。您看,除了冈萨雷斯,凶手还决定清除这些潜伏者、监视者、窥探者。所以说他们也不是什么善茬。"

"你们如何描述其他人呢?那些幸存者?"

亚当斯贝格在他的桌子前站住,准备做些笔记。

"我们确认了四个,"勒布伦说道,"一女三男。女的大约六十岁,齐肩的直发,染成金黄色,轮廓漂亮的脸,明亮的蓝眼睛,当年肯定是个大美女。勒布隆跟她说过几次话,尽管潜伏者很少与人搭讪。勒布隆猜想她可能是演员。至于那位退役自行车手,你比我更了解,你来描述吧。"

"之所以叫他'退役自行车手',是因为他的双腿比较粗,走路时总有点分开。就像大腿还被车座硌着难受。他的绰号由此而来。年纪大约四十来岁,留着棕色的短发,五官端正,但是缺乏表情。说不定他故意不露声色,以此打消别人跟他攀谈的念头。潜伏者都有各自的方式。"

"一个女演员,一个自行车手,"亚当斯贝格记下,"那么第三个呢?"

"我猜想他是牙医。"勒布伦说,"他看您的时候,就像在评估您的牙齿。而且他手上还带着一股淡淡的消毒水味道。五十五岁左右的年纪。棕色的眼睛,目光深邃,也有些忧郁,薄嘴唇,牙齿矫正过。表情有点苦涩,还有头皮屑。"

"专注的牙医，苦涩，有头皮屑。"亚当斯贝格边记边总结道，"那第四个人呢？"

"没啥特别的。"勒布伦努着嘴说，"不起眼的家伙，没有什么显著特征，我吃不准他。"

"他们待在一起吗？"

"不，"勒布隆说。"但他们肯定彼此认识。他们像在演一出奇怪的芭蕾。他们擦肩而过，说上几句话，然后迅速离开，再继续下一个，循环往复。这些接触都是短暂的，似乎是故意保持低调和隐秘，我相信这是有意为之。他们总是在散会之前离开。勒布伦和我从来都没能尾随他们，因为我们必须留下来确保弗朗索瓦的安全。"

亚当斯贝格在"潜伏者"名单里添上死者的名字：高迪埃、马斯弗雷、布鲁盖尔，再往下是冈萨雷斯的名字，写到了笔记本的边框之外。他又竖着画了一道分隔线，第二栏的标题是"被斩者"。

"再来杯咖啡？"他提议道，"还是茶、巧克力，或者啤酒？"

两个人顿时来了兴趣，亚当斯贝格立刻加码。

"如果你们愿意的话，我们这儿有一款很不错的白葡萄酒可以尝尝。"

"喝啤酒。"两人异口同声地选择。

"啤酒在楼上，我陪你们去。不过请小心，有一格台阶高度不一样，已经给我们造成不少的麻烦。"

亚当斯贝格非常熟悉饮料机所在的小房间，对里面的格局了如指掌，没有通报屋子的主人就走了进去。猫正在瓦兹内的陪伴下大口吃着碗里的猫粮，而梅卡代警司则躺在特地为他准备的一排蓝靠垫上，睡得很熟。

"我们有个嗜睡症警官,"亚当斯贝格解释道,"每隔三个小时就需要打个盹儿。"

亚当斯贝格从冰箱里拿出三瓶啤酒,一瓶是给他自己的,为了搞好关系,得喝一杯才行。接着在狭窄的吧台上打开瓶盖,吧台两边放着四只高脚凳。

"对不起,我们只有塑料杯子。"亚当斯贝格抱歉道。

"我们料想您也不是一个高级酒吧的掌柜。而且这瓶啤酒是违纪的。"

"那还用说。"亚当斯贝格一条胳膊肘靠在吧台上,"这个,"他翻出符号的图案问道,"你们认得出吗?以前见过吗?"

"从来没有见过。"勒布隆说,勒布伦也跟着摇头否认。

"不过你们会怎么解读呢?它以不同的方式出现在四起凶杀案的现场。"

"我不知道。"勒布伦说道。

"但结合你们的情况呢?以大革命为背景?"亚当斯贝格帮他们思考。

"等一下,"勒布伦说着抓过图案,"两架断头台?英国的老式断头台,法国新式断头台交织在同一个密码里?是一个信号?"

"什么信号呢?"

"执行死刑的信号?"

"犯了什么死罪呢?"

"结合'我们的场景',"勒布隆有点沮丧地说,"叛变。"

"难道说凶手发现了潜伏者?他们是间谍?"

"也许是的,"勒布伦说,"但是这个符号更多出自保王党人之手。据说路易十六亲自将弧形斩刀一笔勾销,把老式断头台改成现在的样子。不过没有任何证据能证明这一点。"

"非常出色的工程师。"勒布隆咽下一口啤酒,说了一句。

"还剩下第二组,"亚当斯贝格说着翻过那张图,"就是你们说的'被斩者'。"

"或者说是'后代'。"

"什么后代?"

瓦兹内和亚当斯贝格的目光相遇,亚当斯贝格示意他不要参与。警司轻轻抱起已经吃饱的猫,离开了小房间。

"他怎么抱猫呢?"勒布伦问。

"这只猫不喜欢爬楼梯。而且如果没有人在边上陪着,它也不进食。"

"那您为什么不把猫碗放在楼下呢?"讲逻辑的勒布隆问道。

"因为它只想在这里进食。在楼下睡觉。"

"与众不同。"

"是的。"

"您不担心我们会吵醒您的部下吗?"

"不会吵醒他的,把他叫醒倒是个问题。不过,一旦他的睡眠周期结束,他会比一般人清醒两倍。"

"复杂啊,警队的管理。"勒布伦叹道。

"有些人认为这儿的气氛有点松懈。"亚当斯贝格直接拿起瓶子,喝了一大口。

这瓶啤酒他一点都不想喝。

"干活还行?"

"还不错。多亏了这种松懈,我想。"

"有意思。"勒布伦像是自言自语。

勒布伦,协会秘书,精神科医生。

三人手持酒瓶下楼,尽管提醒过,勒布隆仍然险些在那级有高度差的台阶上摔倒。回到警长的办公室,原本只是客套的氛围变得轻松起来。勒布伦居然主动重新开启了他们的工作会议。

"'被斩者',"他说,"他们是孤独的,彼此不认识,不交谈。他们是固定会员,每次都来参加,但没有人演议会代表的角色。他们坐在高处看台的阴影里,融入其中。他们保持沉默,警惕,严肃,看不出内心的情绪。我和勒布伦通过他们这些不寻常的表情,把他们一个个找了出来。其中三个人总是待到最后,在散会后的自助餐上默默地喝上一杯。"

"他们是谁的后代?"

"被斩者的后代。"

"你们怎么知道的?"

"这三个人我们能够跟踪。"勒布伦说,"弗朗索瓦安全到家后,我们回来正赶上自助餐的尾巴。然后我们悄悄地尾随他们。"

"您的意思是您知道他们的姓名?"

"不止姓名。还知道他们的住址和职业。"

"这么说您知道谁是他们的祖先?"

"一清二楚。"勒布伦咧嘴笑道,态度亲切。

"可是这些姓名,您不能告诉我吗?"

"我们严格遵守不透露会员身份的规定,无论是他们的还是其他人的,一视同仁。但是我可以在会场上指给您看,这是允许的。

如果您认为线索可信，您可以跟踪他们，全看您自己的判断了。"

"请注意，"勒布隆说，"我们丝毫没有指责这些人的意思。'潜伏者'也好，'被斩者'也罢，都没有。只是我们不清楚这些潜伏者出于什么动机来参加我们的会议，这点已经跟您说过了。"

"'被斩者后代'的动机更是如此，"勒布伦顺着往下说，"它肯定出于一种持久的强烈仇恨，代代相传、也许带有一种病态。出于一种残酷的不公正的感觉。直接看到和憎恨罗伯斯庇尔或许能让他们出口气。或许他们喜欢目睹无情的历史进程，看着'不可腐蚀者'走向崩溃。直到那场令人震撼的会议，国民公会系列的最后一场，表现罗伯斯庇尔无比痛苦的死亡。它引发了嘘声和掌声，是借助文本和目击记录的最后宣泄，因为我们当然不会搬演血腥的处决场景。我们既不变态也不是虐待狂。之所以跟您讲这些，是因为我们可能会在无意中误导您去追踪错误的线索。这些'后代'和'潜伏者'也许根本没有杀人计划。不然他们为什么要杀害普通会员，而不是针对罗伯斯庇尔本人呢？"

"这是问题的关键，海藻球的核心。"亚当斯贝格喃喃自语，"不过这些祖先的名字，你们能给我吗？"

"可以给，只要与后代的姓氏不一样。"

"说吧，我听着。"

"我们倒希望把名字写在您的笔记本上，"勒布隆笑嘻嘻地说，"这样就不会有人说，我们说出过与协会有关的任何名字。"

"伪君子。"亚当斯贝格回敬了一个微笑。

"还可以加上'可耻的'三个字。"勒布伦说着在警长递来的本子上迅速写了三个姓。

他跟他们俩一起待了两个半小时，他们离开之后，亚当斯贝格套上外套，人有点麻木。他打开笔记本，又看了一遍三个姓：桑松，丹东，德穆兰。三个人里，他只知道丹东。而且还是因为奥德翁十字路口立着的丹东雕像，上面刻着那句话："我们需要大胆，再大胆，永远大胆。"至于丹东是谁，他做过什么事，又是怎么被送上断头台的，他并不清楚。

勒布伦和勒布隆，精神科医生和严谨的科学家，一唱一和，配合默契，又从来不抢对方的风头，为他提供了许多线索。这些线索如同一个和谐的音符，融入杂乱无序的海藻球中。膨胀的海藻球执着地跟他来到塞纳河。他沿着临河的书摊一路走去，惊讶地发现自己突然对旧书产生了兴趣。两天来，他沉浸在十八世纪当中，渐渐喜欢上了那个时代。不，并非喜欢上，只是习惯了而已。他完全能想象这个弗朗索瓦·迪迪埃·夏多，这个卑微的、所谓的后代，这个受关照在卢瓦雷管理公共马车的奇怪的人。还有马厩、驿站、客栈。他从堤上下到河沿，看到一张旧石凳，便躺了下来，或许两个多世纪以前，有人也在这儿躺过。他觉得这样很合适，也很舒服。

24

亚当斯贝格一觉醒来已是日落时分,夕阳染红了巴黎圣母院和肮脏的河水。

"当格拉尔,您在哪儿吃饭?"他拨通电话。

"我现在没吃饭,我在喝酒。"

"行,那您在哪儿吃饭啊?比如迈耶啤酒馆?在您家和塞纳河之间?我拿到三个名字了,其中两个我没听说过。"

"谁的名字?"

"被斩者的名字。他们的后人经常出现在协会后排看台上,一声不吭。"

"我马上过去,二十分钟后到。"当格拉尔说,"您去哪儿啦?我们找了好一阵子。"

"我在外面干活。"

"我们联系了您好几次。"

"我在睡觉,当格拉尔。睡在一张十八世纪的石凳上。您看我没有放弃这个案子。"

六十年来,迈耶啤酒馆的气氛一成不变。闻着满屋子的阿尔萨斯酸菜味儿，当格拉尔放心了，肯定能喝到上等的白葡萄酒。亚当斯贝格等到他的副手吞下一根肉肠、喝完两杯之后，才将胡须浓密的勒布伦与头发丝滑的勒布隆这对完美搭档讲的那番话告诉他，详细介绍"潜伏者"和"被斩者"的情况，然后把笔记本放在他面前，上面写着"后代"的三个姓氏。

"您只知道其中一个？"当格拉尔问道。

"我认出了丹东。我只知道他的姓、雕像和那句名言。其他两个对我来说完全陌生。"

"我喜欢这种天真的诚实。"

"您说吧，当格拉尔。"亚当斯贝格命令道，一边看着他的菜，举棋不定。

他只需要听就是了，必要时设法让他长话短说，他已经做好准备。

"丹东从一开始就是罗伯斯庇尔的朋友，一个真正的爱国者，重磅人物，大口享受着世界和生活，一个有爱心的人，有信仰的人，但同时也是个热血男人，一个喜欢女人，充满欲望和追求逸乐的人，那总得要花钱，结果把自己的钱和国家的钱混为一谈，和宫廷勾勾搭搭。既然要享受，那就好好享受。他既忠诚又腐败。他给罗伯斯庇尔写了一些令人惊讶的情书。不可腐蚀者于1794年4月将他送上了断头台。罗伯斯庇尔不知道如何体验友谊，体验友谊的好处和弊端。到头来他只接受赞美，接受像他弟弟或者像年轻的圣鞠斯特那样的赞美。大个子丹东充满活力，最后一定让他感到难以言喻的厌恶。强壮的丹东用不着抬高嗓门就能镇住全场，瘦弱的罗伯斯庇尔则要大声叫喊。不出四年，罗伯斯庇尔起初的宽容态度发生了很大的变化。在一串徒有其名的审判后，爱国者丹东和他的朋友们被处决,这是人民和国民公会大部分成员感到的首次创伤。押着丹东前往断头台的马车驶入罗伯斯庇尔居住的圣奥诺雷街。经过他家门口时,丹东喊道:'你会步我后尘,罗伯斯庇尔!'而且我们都知道他躺到断头台上时对刽子手说的那句话。"

"不,"亚当斯贝格耐心地说。"我们不知道这句话。"

"'你把我的头拿给民众看看!它值得一看!'"

亚当斯贝格不算敏感,或者更确切地说,想避开敏感造成的伤害,就像一只小心翼翼贴着墙飞的鸟,但今天他选择了把这根阿尔萨斯肉肠拿在手里吃,而不是用锋利的餐刀去切,一段一段地切成小块。他觉得这样还更好吃。当格拉尔不以为然地瞪了他一眼。

"您现在用手吃饭啦?我的意思是在老字号的迈耶啤酒馆用手吃饭?"

"管他呢。"亚当斯贝格说,"大胆,再大胆,永远大胆。"

"这是关于丹东。他死得非常惨烈。哪怕他离'高尚者'差远了。"

"德穆兰呢?"

"德穆兰。比丹东更惨,假如这种事情还能分等级的话。卡米耶·德穆兰是罗伯斯庇尔的高中同学,狂热的共和派,对罗伯斯庇尔歌功颂德。他请罗伯斯庇尔到家里做客,把他当作自己的朋友,也当作他年轻漂亮的妻子的朋友。罗伯斯庇尔逗婴儿玩,至少抱在膝盖上。不料卡米耶无意间流露出对大革命恐怖的厌倦,害怕恐怖造成的后果。4月5日,他与丹东被同时送上断头台。次日,罗伯斯庇尔决定处死他年轻的妻子。他抱过的小男孩于是成为孤儿。那一天每个人都看明白了,与他的关系哪怕再长久、再密切,罗伯斯庇尔也不会有恻隐之心。因为罗伯斯庇尔没有任何羁绊,尤其是没有密切的羁绊。此次处决令人发指，但同时令人醒悟。"

亚当斯贝格吃完了阿尔萨斯肉肠。剩下的酸菜让他想到那团巨大的海藻球，不过没有那么沉重，更加松弛些。实在是一顿非常独特的晚餐。

"另外一个呢？"他问道，"这个桑松，他也是在当天，跟丹东的朋友们一起掉脑袋的吗？"

当格拉尔微微一笑，慢慢地擦了一下嘴唇，预感到会产生一点惊喜效果。

"这个桑松在那天斩下了他们的脑袋。"

"什么？"

"他处决了路易十六国王、玛丽-安托瓦内特王后，大恐怖期间还处决了所有其他的人。三年间，桑松和他的儿子用这台可怖的机器砍掉了数千颗脑袋。"

"他是什么人，当格拉尔？"

"他是巴黎大名鼎鼎的刽子手啊，警长。他的头衔是'高级施刑役'。可以这么说，夏尔-亨利·桑松的日子不好过。我特地说'夏尔-亨利'，这样不会跟其他桑松产生混淆。"

"我不会混淆的，当格拉尔。"

"因为从路易十四的时代一直到十九世纪，桑松家族子承父业，世代相传，"当格拉尔没有理会亚当斯贝格插嘴，继续说道，"直到出了一个嗜赌成性、负债累累，外加同性恋的桑松，这才结束了传承。祖孙六代，刽子手世家。可是夏尔-亨利的日子特别不好过，因为他恰逢大革命恐怖，砍了两千九百多颗脑袋。当时的刽子手都抱怨'工作'量太大，承受不了，不是道德上承受不了，而是因为刑具属于他们个人，事无巨细，一切都要他们来打理：清洗、磨砺斩刀，搬运尸体和脑袋，清洗断头台，维护马匹和马车，更换用来吸血的干草，等等。1793 年，夏尔-亨利·桑松想必筋疲力尽，于是让儿子亨利接手。大屠杀的附带伤害：他的另一个儿子向民众展示一颗脑袋的时候，不慎从断头台掉下来摔死了。"

"桑松的后代为什么会恨罗伯斯庇尔协会呢？"

"您可以想象，刽子手从来没有好名声，早在革命恐怖之前就是如此。没有人跟他们握手，没有人触碰他们，给他们付钱的时候，直接把钱放在地上，连手都不碰一下。他们的子女只能与其他刽子手家族通婚。没人想要他们。然而在法国各地所有这些备受唾弃的家族中，只有一个家族的名字留在人们的记忆中，那就是桑松。因为他砍了国王的脑袋，砍了王后的脑袋，以及大革命恐怖时期众多罹难者的脑袋。罗伯斯庇尔使得这个名字家喻户晓，声名狼藉，桑松成了残忍的象征。"

"家族后代中有人无法忍受这种名声？"

"这种名声确实不容易扛。"

当格拉尔沉默了，亚当斯贝格勉强地吃着自己的那团酸菜，没什么食欲。

"跟丹东和德穆兰是两回事。"他说。

而这团酸菜，亚当斯贝格觉得它在自己身上蔓延，干硬的菜梗牢牢抓住他，无数的陷阱，巷道尽头全是死胡同，他从来没有吃过这样的酸菜。他放下叉子，认输了。

"我们回去吧。"他说，"从一开始，从凹村到现在，我们已经盯上了十四个嫌疑人。十四个嫌疑人！才九天。太多了，当格拉尔。

我们四面奔走,就像弹珠在冰面上打滑。我们迷路了。确切地说,我们从未找到过路。"

"您别忘了我们先在冰岛的冰面上摔了跤,耽误了我们一些时间。接着突然被卷入大革命,迎面撞上匪夷所思的不可腐蚀者的后人,和那些找他复仇的人。的确让人不知所措。"

素来悲观的当格拉尔居然给亚当斯贝格鼓劲,实属罕见。亚当斯贝格性情超脱,几乎到了冷漠的地步——雷坦库尔对此最为恼火,这种漫不经心的沉着气得她够呛。但是今天晚上,不说焦虑吧,当格拉尔隐隐感到警长陷入某种异样的张惶。他担心起来,但首先是为了自己。因为在屡受焦虑、怀疑——形式极为多样、可怕——折磨的当格拉尔看来,亚当斯贝格一直是他目不转睛盯着的可靠的指南针,具有舒心理气的疗效。但是警长是对的。自从这个调查开始以来,他们就像在密林深处迷失了方向,搜索死胡同,徒劳地组织围猎,不停地进行盘问,却一无所获。

"不,"亚当斯贝格说,"不是事实材料的问题,而是我们的问题。我们错过了一些东西。而且快把我挠疼了。"

"挠?照卢西奥语的意思来理解?"

"什么'卢西奥语'啊?"

"按照卢西奥老头的理论来理解?"

"没错,当格拉尔。财务主管勒布伦和秘书勒布隆,这对搭档有点问题。"

"我还以为一切都顺利呢。"

"很好。完美。"

"完美不好吗?"

"不好。太顺滑，太一致了。"

"您的意思是他们提前做好了准备？他们做好准备是很正常的。"

亚当斯贝格犹豫了。

"也许是吧。他们异口同声，一唱一和，给我们送来了七个嫌疑人。四个潜伏者，三个后代。"

"您不相信他们？"

"没有不相信，这些线索很重要，因此我们接下来需要传讯'被斩者'。尤其是您，当格拉尔。我感到自己对付不了丹东、刽子手或德穆拉的后代。"

"德穆兰，不是德穆拉。"

"说实话，当格拉尔，您脑袋里干嘛堆着那么多东西？"

"为了把脑瓜塞满啊，警长。"

"没错，当然。"

把脑子塞满，让它没有什么空间思考自己。这种做法很好，可是结果非常不完美。

"他们让您感到为难，那七个新的嫌犯人？"当格拉尔问道，"您觉得勒布伦和勒布隆在给我们使绊儿吗？"

"为什么不呢？"

"是为了绝对保护另一个人吗？比如说他们的朋友弗朗索瓦·夏多？"

"您觉得不可能吗？"

"完全可能。不过桑松的后人让我感到好奇。丹东和德穆兰后代在那儿现身，差不多说得通。毕竟，他们有理由了解那个使他们的祖先成为历史悲剧人物的时代，这也并不意味着他们会因此去杀人。可是那个刽子手的后代，他在那儿干嘛？桑松从来没有在政坛上打杀。他只是执行任务而已。照您的看法，勒布隆和勒布伦知道弗朗索瓦·夏多是凶手？"

"他们也许怀疑，或者恐惧。他们可能会怕他，于是选择保护他，而不是也被他除掉。"

"弗瓦西呢，她的进展如何？关于我们的客栈老板弗朗索瓦·迪迪埃的调查进展如何？"

"她在往下找。1848年有个小问号。二月革命把档案搞得有点乱。她现在接近1912年，马上会查到一次大战。夏多家族那时候仍然在原地扎根。不过市政厅下午六点关门。弗瓦西明天继续查。"

"她会出结果的。"

"当然。"

"战争结束后，一些家族成员可能散居各地。如果线索在夏多-雷纳尔断了，她可以看一下当时附近正在工业化的大城市，如奥尔良、蒙塔基、基安、皮蒂维耶，或规模小一点的库特奈、卢万河畔沙莱特，阿米伊。"

"地理也能把脑袋塞满。"亚当斯贝格说。

"水泥也行啊。"当格拉尔微笑着说。

"水泥会开裂。"

"当然了。"

"没法用木浆补裂缝。"

"冠小嘴乌鸦拉的屎也起不到保护作用。"

"不过……您可以把鸟粪撒在门前和床边上。"

"值得尝试一下。"

25

亚当斯贝格连家都没有进去，直接坐在山毛榉下的木箱上。三分钟后，卢西奥出现了，手指间夹着三瓶啤酒。

"我坐立不安，卢西奥。"亚当斯贝格接过一瓶啤酒说。

警长站起来，往树干上一磕，撞开啤酒瓶盖。

"站着别动，"卢西奥说道，"这儿有路灯，让我看一下你的头。哦哟，"他打开自己的啤酒，"怪不得你这回坐立不安，伙计。肯定的啦。"

"好痒啊。"

"不一定是蜘蛛。可能更糟糕。是黄蜂，说不定是大黄蜂。你得找出让你坐立不安的东西是什么。"

"我找不到啊，卢西奥，我在抓瞎。十四名嫌疑人。减去四个已经死了。还剩下十个，另外还有七百个。他们个个令人叹为观止，来自另一个世纪，但我找不出任何破绽。即使我找到了让我坐立不安的东西，我也只是在浪费时间。"

"绝对不会的。"

亚当斯贝格倚着山毛榉。

"会的，因为让我伤脑筋的事儿与调查没有关系。"

"那又怎样呢?"

"有人在肆意杀戮,我却四处寻找我的黄蜂,我不能这么做。"

"也许你不能这么做,但你别无选择。无论如何,你是找不到他的,找不到那个家伙,你脑袋瓜子里啥也没有。所以还不是一回事?你能想起这是啥时候开始的吗?"

亚当斯贝格咽下一口啤酒,好久没吱声。

"我想是星期一那天,但我不确定。也许我在瞎想。"

"那你叫咱们怎么办?"

"我觉得可能之前就发生了。大概是在凹村被叮到的。"

"在哪个凹处?谁在乎你被咬在肘窝还是大腿窝。"

"你搞错了,卢西奥,凹村,是伊夫林省一个小地方的名字。"

"啊,是那个凹村吗?"

"你知道那个地方?"

"我在那附近干了四年。"

"那你知道为什么那么一个小地方会取这个名字吗?"

"我记得这件事发生在二次大战的时候,那时候一片混乱,损失惨重,他们找不到地籍图了,你看乱成啥样了。于是他们重新设置标牌,草草了事。总之,他们笨手笨脚,后来发现两个村庄之间有一公里左右的空白地带,没人知道这块地方原本究竟归哪个村子。"

"重新绘制地籍图不就行了。"

"事情不那么简单啊,伙计。因为两个村庄之间的这片'空凹'上,有一座闹鬼的城堡,没人要。两个村庄宁愿失去一点儿土地,也不要鬼魂。到处在打仗,他们居然还为这种事情扯皮,你看荒唐不荒唐？"

"这是一座闹鬼的塔楼。曾经用来关押犯人。"

"哦，夜里就是他们在哀号啊。不过可以理解。"

"不，你听到的是冠小嘴乌鸦的叫声。"

"你肯定吗？因为有一天晚上我骑车经过那儿，那声音不像是人喊的，我不骗你。"

"乌鸦不是人啊。它们只会叫，不会唱歌。你很熟悉那地方啊，卢西奥。"

"没错。你应该把我放到嫌疑人名单上，你就凑足十五个了。嗨，我想到一个鬼地方的名字。幽甸。坏名字。"

"还有一个地名，阅邻村。你认识那儿住的居民吗？"

"嘿，我只是路过而已。我来告诉你为什么吧。在凹村有一家客栈。有时候我在那儿歇脚吃饭。客栈里有位年轻的女孩，名字叫梅拉妮，真的是美人。个子高了点，人也太瘦，但我迷上了她。千万别让我妻子知道，上帝保佑。"

"对不起，卢西奥，她不是十八年前就去世了吗，你的妻子？"亚当斯贝格轻声说。

"是啊，我告诉过你。"

"那她怎么会知道呢？"

"这么说吧，我希望她不知道，仅此而已。"卢西奥挠着钢针似的胡子说道，"总之，两个村庄之间的这块'空凹'的故事，就这么一直传了下来。有时候是幽甸负责修剪树木、维护道路，有时候则是阅邻村。你认为你是在凹村被蜇的吗？"

"你还记得我之前跟你提起过的那次盛大的古装集会吗？我穿

得跟两百年前一样。来，你看看这张照片。"亚当斯贝格说着在夜色中打开手机。

"差不多还记得，你在照片上很帅啊。"卢西奥说道，"说不定你的确是个美男子，我们甚至都不知道呢。"

"所以啊，我觉得很有趣，穿着这身衣服照镜子。就在那一刻，有些不对劲。所以问题一定出在之前，在凹村。不是在我踩到猪殃殃的时候。没错，是在那之后发生的。是在塞莱斯特的旧小屋，还有她的野猪？散发着马尿味的佩尔蒂埃？我不知道。或者当我在挡风玻璃上画画的时候？"

画了啥？卢西奥根本不在乎。

"从踩到猪殃殃到在挡风玻璃上画画，中间过了几个小时啊？"

"大约八个小时。"

"时间不算长，你应该能找到。动动脑筋，使劲挖。那是一个你想过，但是没有想完的想法。伙计，不能这样扔掉自己的想法。东西放在什么地方，自己要留个心眼。你的副手，也就是那位警督，他也烦恼吗？还有那个红头发的人呢？"

"没有。他俩都没有烦恼。"

"所以想法肯定是你的。可惜它们没有名字。不然咱们一叫名字，它们就会过来，趴在我们脚下。"

"我认为我们每天都有上万个想法，或者数以亿计的想法，而我们可能都没有意识到。"

"是的。"卢西奥打开第二瓶啤酒，"就像一个乱七八糟的杂货铺。"

亚当斯贝格穿过厨房，迎面碰到忙于开发未来珠宝的儿子，他手上拿着面包、奶酪。

"这么早上楼了？"

"我得去找一些我思考过、但忘了思考的想法。"

"明白了。"泽尔克说得极为真诚。

亚当斯贝格躺在床上，在一片漆黑中睁着眼睛。卢西奥的啤酒让他的脖子有点不舒服。他强迫自己睁大眼睛。卢西奥说"使劲挖"。找啊。动动脑筋。拿出点能耐来。

然后他入睡了，没有再思考。

两个小时后，泽尔克上楼睡觉，楼梯踏板在他脚下吱吱作响，把亚当斯贝格吵醒了。你没有动脑筋想啊。亚当斯贝格强迫自己坐起来。他依然记得勒布隆和勒布伦这对完美搭档，心里不爽，但他明白，这对组合让他恼火但没有刺痛他。他闷闷不乐地下楼来到厨房，热了一盘剩菜。金枪鱼意大利面，这是泽尔克一开始常做的菜，那时候他还不会做别的菜。

亚当斯贝格往上面加了点冷番茄酱，将就着吃了。时间到了凌晨两点多。勒布隆和勒布伦二人组合。他还用了哪个词呢？搭档。他们的叙述无懈可击，互相重合的叙事。不是互相重合，而是互相交织。互相重合可以用在阿梅代和维克多身上。他们分别讲述了冰岛发生的事情，每个人有自己的反应和情感，但是他们的版本几乎一模一样。他们都讲到凶手的屁股着火，拼命拍打裤子，说到阿德莱德·马斯弗雷破口大骂，说到那个家伙下令把石头烧热。还用了"禽兽不如"这个词。这是否意味着艾丽丝·高迪埃以同样的方式向维克多和阿梅代进行描述？使用了类似的词？找十个人，让他们看相同的场景，没有人会从同一个角度进行描述，指出同样的细节或者用同样的词语。但他们却做到了。

亚当斯贝格轻轻放下叉子，当一个还没定形的想法、一个想法的雏形、一个小蝌蚪有气无力地浮现在他的意识表面的时候，他总是这么做的。他知道，在那些当口，必须保持绝对的安静，不能发出任何声音，因为蝌蚪会重新潜入水中并永远消失。然而蝌蚪把自己还不成形的脑袋探出水面，肯定有它的原因。如果只是为了消遣，他会把它再摁进水里。亚当斯贝格一动不动地等待着，等着蝌蚪再靠近一点，开始变成青蛙。阿梅代和维克多的叙述交汇，就像勒布隆和勒布伦平滑的证词一样。仿佛他们事先商量过叙事的方式，跟那对配合默契的财务主管和秘书一样。

不可能，因为警方没有声张，突然来到凹村。这两个年轻人不会料到有这次问询，所以不可能提前统一口径。

当然可能啦。亚当斯贝格始终一动不动，眼睛盯着水面的动静，他注意到那个蝌蚪般的想法似乎长出了两条后腿。还不够，没办法一下子逮住它。当然可能，他们在外面商量好了艾丽丝·高迪埃的事儿。塞莱斯特了解情况，她说过的。维克多听到了。阿梅代为什么跳上没有马鞍的狄俄尼索斯，没命地逃跑？当格拉尔和他都找不到合理的解释。然后是维克多立刻跳上赫卡忒追上去。他们在森林里有短暂的时间来统一口径。然后装模作样地返回：维克多没能追上阿梅代，佩尔蒂埃吹口哨召回暴躁的种马，阿梅代狼狈不堪地回来。当然，他们两人亲如手足，远远超出一个阔少爷和老板秘书之间的通常关系。当然，这两个人知道可以到树林里的空地会合。当然，两人之间存在一种奇特而深厚的默契。他们对冰岛事件的平行描述正是源于这种默契。如果这两个人感到有必要协商，那是因为一部分故事是假的，需要隐藏。

阿梅代和维克多串通一气。两人都撒了谎。

现在，亚当斯贝格可以拿起叉子，把凉了的剩面吃完。这个想法已经浮出水面，他现在清晰地看到了它，它离开水面，两条前腿扒在桌子上，到了自己的领地。冰岛事件和阿梅代的童年都笼罩在一层薄纱之中。这个孩子五岁前到底在哪里？那个治疗机构的故事可信吗？还有连名字都叫不上的残疾？阿梅代似乎没有任何后遗症。

该死的，这个孩子究竟到过什么地方？这个没有记忆的孩子？孤儿维克多又是从何而来呢？

他不再相信姓氏的巧合。被遗弃在福利院的新生儿是没有姓氏的。维克多自称姓马斯弗雷，这个姓氏的确很少见，这是接近这个家庭的绝妙借口。不仅要接近它，还要钻进去，就像布谷鸟钻其他鸟巢那样。出于什么目的呢？是为了接近谁呢？接近大科学家、大气的救星？还是为了接近亿万富翁？或者说接近阿梅代？

关于两个年轻人的名字，当格拉尔到底说了什么？一种深奥的提示。是的，谁知道从哪儿冒出来的公爵们的名字。亚当斯贝格觉得这些鸡毛蒜皮的事儿跟折磨自己的想法无关，不去想了。其实他的心头只有两根刺：马斯弗雷的儿子和秘书的证词太相似，对阿梅代的童年一无所知。马斯弗雷可是罗伯斯庇尔协会的金主啊。

泽尔克早上看到父亲躺在椅子上熟睡，他双腿伸直，抵住壁炉旁的柴架，桌上放着一盘冷掉的金枪鱼。这种迹象表明他一定是来楼下找过这个想法，找到之后倒头便睡，因为他成功了。

他煮上咖啡，没弄出声音，轻轻地把碗放在桌子上，然后上楼切面包，好让父亲再睡一会儿。总而言之，他喜欢这个家伙。最重要的是，他意识到自己还离不开这所房子。泽尔克切完面包回来时，亚当斯贝格正揉着脸，他闻到咖啡香味醒了。

"好点了吗？"泽尔克问。

"好点了。不过跟调查一点都不相干。"

"没关系。"泽尔克说。

亚当斯贝格再次意识到，儿子很像自己，也许比自己还要不可救药。

26

亚当斯贝格洗完澡,刮好胡子,用手指理了理头发,一到警队就把自己关进办公室。大约二十分钟后,他终于拨通了省社会与卫生救助局中央办公室的电话。

"我是巴黎刑警队亚当斯贝格警长。"

"很好,先生。"一个声音认真地回答道,"我拨打你们的总机核查一下。这是我们的制度,您能理解吧。"几分钟之后那声音说:"没问题了。警长,您有什么需求?"

"我需要关于某个维克多·马斯弗雷的信息,他在出生时被遗弃,三十七年前被安置在寄养家庭。事出紧急。"

"您请稍等,警长。"

亚当斯贝格听到一连串键盘敲击声,持续了一阵子。

"对不起,"等了六分钟之后,女工作人员说道,"我们没有以这个姓名被收养的婴儿。但确实有一对姓马斯弗雷的夫妇来领养孩子。不过那是二十二年前,不是三十七年,而且领养的男孩也不叫维克多。"

"他叫阿梅代?"亚当斯贝格抓起一支笔说。

"是的。他们来领养的时候,他只有五岁。手续齐全。"

"您说他之前被安置在寄养家庭？是因为父母未尽监护责任？虐待？"

"完全不是。他一出生就被遗弃，没有留下任何亲属信息。母亲只给他起了名字。"

"请把寄养者的姓名和地址告诉我。"

"安东尼和贝尔纳黛特·格勒尼埃夫妇。地址是厄尔-卢瓦尔省，桑特伊，邮编28790，老市场路，托斯特农庄，T—H—O—S—T，托斯特农庄。"

亚当斯贝格看着两块静止不动的手表，阿梅代的童年近在咫尺，一个半小时的车程。虽然跟罗伯斯庇尔的案子毫无关系，但警长已经站起来，车钥匙揣在口袋里。他不准备没完没了地一辈子挠痒痒。

他穿好外衣，立即召来莫尔登、当格拉尔和瓦兹内。

"我出去一趟，当天返回。"他宣布道，"当格拉尔和莫尔登，这儿由你们接手。瓦兹内，您蹲点监视弗朗索瓦·夏多，有什么进展没有啊？"

"报告就在您桌上。"

"没时间看，警司，对不起。"

"没啥新东西，看不到有人尾随。他每天晚上都按时回家，过着非常有规律的生活。但他很谨慎，离开酒店或办公室时都会预定出租车。"

"和他一栋楼的住户，您都认准了？"

"是的，警长。"

"其他人进来时要求他们出示身份证件。跟以往一样，特别留意那些鬼鬼祟祟、低着头和过于大大咧咧的人。留意他们的眼镜、鸭舌帽和胡须。如果遇到这些人,你们跟着他们上电梯。"

"没问题。"

"您去哪儿啊,警长?"当格拉尔有点不悦地问道。

"去看看阿梅代童年的情况。他当年不在'治疗机构'。他从小被遗弃,寄养在厄尔-卢瓦尔省的一个家庭。马斯弗雷夫妇在他五岁的时候领养了他。"

"抱歉,"莫尔登冷冷地问道,"您要开倒车?您放弃罗伯斯庇尔了?"

"我啥都没放弃。勒布伦会在下周一的聚会上给我们指认'被斩者',哦不,指认他们的后代,但在此之前,我们没办法跟踪他们。目前,我们从夏多、勒布隆、勒布伦三人那里获得了我们所能得到的一切信息。至于弗瓦西,她还在调查客栈掌柜夏多的后代脉络。这几天她在蒙塔基。所以,是的,我要出去几个小时。"

"为了一个与我们毫不相干的家庭秘密。"

"确实如此,莫尔登。可是我们在凹村漏掉的东西太多了。"

"那又怎么样呢?跟他们不再有关系了。"

亚当斯贝格没有答话,他打量着自己的三名部下,然后轻轻推开莫尔登,朝门口走去。

"我走了。"他说。三个男人用责怪的目光看着他离开。

他还在车流拥挤的环城路上,电话响了,是一个陌生的号码,对方的声音显得急促而慌张。

"亚当斯贝格警长,我是勒布伦。我从电话亭给您打电话。"

"我听着。"

"今天早上我从家里出来,发现丹东在我家对面的人行道上来来回回。"

"您的意思是丹东的后代?"

"那当然啦!"勒布伦大声说道,听得出他很冲动,但尤其是害怕,"我回到大楼的门厅,然后透过窗户偷看。警长,整整两个小时,他在那儿待了两个小时都不肯离开。最后他走了,可能以为我提前出门上班了。"

"您跟踪他了吗?"

"有什么用?我知道他住哪里。您明白这意味着什么吗?"那人生气地说道,"他知道我是谁,知道我的真实长相,知道我的住所。他是怎么做到的?我一点都不知道。但他现在盯住我,说不定口袋里藏着刀,谁知道呢?"

"您拒绝告诉我关于他或者您的任何事情,您叫我怎么办?"

"我请求保护,警长。已经死了四个人,现在枪口对准我了。"

"不了解具体情况,我无法介入。对不起。"亚当斯贝格说完,掉头返回巴黎。

"我同意。"勒布伦让步了,"哪儿碰头?什么时候?"

"三十分钟左右,在警局见面。"

"不能快点吗?"

"我去出差,勒布伦,车子走在环城路上。您不要待在电话亭里,现在就去局里。叫辆出租车吧。请别搞假胡子。"

亚当斯贝格加快速度,二十五分钟后走进办公室。他几乎没有认出闻声转过身来的那个人。那人留着花白的短发,戴着眼镜,肤色比他扮演的勒布伦暗一些,鼻子更加细长。他看上去更加体面,身穿一套没有一丝皱褶的灰色正装。

"您好，医生。"亚当斯贝格说着，随手把外套扔到椅背上。

"如您所见，您的比约-瓦雷纳已经给我端来了咖啡。您叫我'医生'吗？"

"我是这么看的，不管是对还是错。也许是精神科医生吧。哪个比约-瓦雷纳啊？"

"那个年轻人，眼睛睁得大大的，让人担心他晚上是否能闭上眼睛。我说过他能演好比约。可恶，当我们感觉事情开始变得不妙时，我们应该停下一切活动。看到头脑发热，我们早该停下。但是重温这些澎湃的激情，是多么引人入胜啊。没错，我是一名精神科医生。"

"您的罗伯斯庇尔太完美了。他把您的'活的历史'改写成了令人不安的剧本。"

"以至于现实与幻想的分界线被打破。"勒布伦严肃地说，"而当界线打破时，警长，后果极其危险。这就是我们目前的处境。当然我们的实验到此结束，但它已经夺去了四条人命。"

"您确定在您家对面蹲守的是这个丹东的后人吗？"

"我确定。我应该走出去，面对他，和他谈谈，可是我没胆量。我这个人胆子小，只会纸上谈兵。"

"这一次，医生，我们必须掌握他的名字和地址。"亚当斯贝格说。

医生想了想，然后点点头。

"我的两位同事已经同意我把他的名字和地址告诉您。"他说，"但是不能透露其他两个人后代的姓名和地址，只要他们没有做什么令人担忧的事儿。"

"您认为他想干嘛？肯定不是要在大街上杀掉您，他不会这么做。"

"我一开始以为自己身处险境,但后来我想,他也许希望通过我来找到罗伯斯庇尔。因为只有财务主管和我知道他的住址。"

"现在就打击要害吗?为时过早,我不信。"

"至少为打击做准备,先摸清地点。我同意您的看法,那是他的最终目标。但是在此之前,他先营造一种不断加剧的恐怖气氛,让罗伯斯庇尔尝到恐惧的滋味,就像当年他让别人惶惶不可终日那样。因此我认为他已经走火入魔,真以为自己面对罗伯斯庇尔了。"

"我同意。"亚当斯贝格说着点燃一支烟丝洒了半截的烟,卷烟纸烧起来,火苗蹿得老高。

"他正在经历我刚才提到的真实和虚拟之间边界的逐渐淡化。"

"既然您认为目标是罗伯斯庇尔,那您为什么需要保护呢?"

"因为我心里没一点儿底。我只需要有限的保护,警长。但是这样的要求也许过分了?毕竟我还没有受到威胁。"

"有限到什么程度呢?"

"仅限我往返住所和医院之间的行程。"

"哪个住所啊?"亚当斯贝格笑着问道。

"我今天搬去朋友家住。"医生也笑着说,"不,警长,我依然不会把我的名字告诉您。不是说它有多么神圣或者多么高不可攀,而是您想象一下,要是让我那些病人知道了,他们会有怎样的反应?把他们的灵魂托付给一个'砍脑瓜的'!我不告诉您。如果一定要显示我的姓名,那我就不求任何保护。我不怪您,但我们知道警方泄密有多严重。"

"那您在哪儿工作?"亚当斯贝格叹了口气。

"如果您同意的话,那就每天晚上六点,在加尔舍医院的大门前面等我，我会戴上您熟悉的黑胡子。"

"其实我们内部查一下，马上就会知道您的姓名。"

"我只是临时在那里出差。如果您出示我的照片，他们也许会告诉您这是鲁斯莱医生。但我的名字不是鲁斯莱。"

亚当斯贝格站起身，在办公室里踱起步来。他透过窗口观察树叶的生长情况。椴树叶子总是长得很慢。这个勒布伦或鲁斯莱是胆小鬼，不过是个做事滴水不漏的胆小鬼。

"丹东，真正的丹东，"他继续说，"我听警督说，他的双手也沾满了鲜血，是吗？"

"那当然。在死于恐怖统治之前，是他在呼风唤雨。是他推动成立革命法庭：'让我们成为可怕的人，以免人民变得可怕……'您知道这句话吗？"

"不知道。"

"'……让我们建立一个法庭，使人民知道法律之剑高悬在所有敌人的头上'。在这个新的法庭，判决会在二十四小时内作出，然后立即送往断头台执行。这就是好人丹东的贡献。"

"保护一周，酌情延期。"亚当斯贝格同意了，"我委托莫尔登和当格拉尔警督来安排细节。"

"您的部下需要知道那个丹东后代的长相。给您。"医生勉强地把一张照片放在桌子上。

"我以为你们没有协会会员的照片。"

"我为这个人破例了。您自己判断吧。"

亚当斯贝格仔细看着丹东后代的照片。这是他见过的最阴暗、最难看的面孔之一。

27

他打开车顶的警灯,一路疾驶,为了追回在勒布伦或鲁斯莱医生身上花去的时间。这个人看起来很冷静,但是内心却忧心忡忡。他说话不如第一次见面时流利,两只手不时地握紧,拇指攥在手心里。亚当斯贝格还觉察到他今天化妆有些新的变化。这个人悄悄地向前走,躲躲闪闪,非常警觉,一有动静便撤退,就像斗牛场上的那些人,他们刺激公牛,然后噌的一下躲到木栅栏后面。

"当格拉尔吗?"他单手开着车,拨通电话,"大声点,我正在路上。"

"我以为您回来了,该死的。"

"可是船只总是偏离灯塔。"

"您还在寻找阿梅代童年的路上吗?听说协会的秘书刚刚受到威胁,请求保护?"

"没有受到威胁,有人在监视他。"

"您看到这个丹东后代的长相了吗?"

"很阴森。哎,当格拉尔,那些木栅栏叫什么名字来着?那些家伙激怒公牛之后躲在后面。"

"您说什么?"

"斗牛场里面的木栅栏。"

"那叫牛栏。而那些'家伙'是助理斗牛士。这重要吗?"当格拉尔挖苦道。

"一点也不重要。只是我们的医生——勒布伦确实是精神科医生——是这样的人。他怕人袭击,于是逃跑了。而弗朗索瓦·夏多,可能直接被锁定的人,却没有请求任何保护。"

"发生四起凶杀案之后,接着丹东又在他的住所对面现身,我很能理解他的心情。"

"我们可以建议他往身上涂冠小嘴乌鸦的粪便。"

"这肯定会让他高兴的。"

"我认为我们的勒布伦是罗伯斯庇尔协会的斗士——我们可以称他积极分子,对吗?——因为他在那儿目睹了自己在生活中做不到的各种侵犯、暴力和攻击。这让他以间接的方式获得平衡。"

"然后呢?"

"当格拉尔,我过四个小时就回来了,着什么急。"

"着什么急?我们现在准备盘问这个丹东的后代。可您呢,您去和阿梅代一家人聊天。"

"盘问一个沉迷于历史乃至走火入魔的家伙,您比我强多了。丹东的子孙需要一个博学和细腻的人来审。当然啦,您不要一个人去。"

亚当斯贝格驶进不起眼的小村桑特伊,在一家烟草酒吧前停了下来,老板同意破例给他做一个三明治。

"我这儿只有格鲁耶尔干酪。"老板瓮声瓮气地说。

"很好。我在找托斯特农庄。"

"看得出来,您不是本地人。我们念'托特',s不发音。找那儿干嘛?"

"为了帮助一个很久以前在那儿住过的孩子。"

那人抿了抿嘴唇,若有所思。显然,如果是为了孩子,那就另当别论了。

"您沿着雷克兰维尔路走大约七百米,经过老集市路就到了。但那儿什么也找不到。如果那孩子想找父母,那就惨了。因为他们十五年前就化为了灰烬。他们的房子起火了,夫妻两个也被烧死。很惨,是吧?那些年轻人自以为聪明,夜里生篝火。旁边堆满了干草,可想而知,不到一小时,全没了。格勒尼埃两口子睡觉前吃了安眠药,所以一点反应都没。作孽,作孽。"

"太作孽了。"

"不过,村里人不太喜欢他们。为死者讳——说过这句话,接下去就没问题了——他们心狠手辣,只顾赚钱。他们靠收养孤儿贴补开销。我不明白怎么能把孩子交给那样的人。因为那些孩子得拼命地干活,一点不假。"

"是否有个孩子名字叫阿梅代?"

"我从来没去过那儿。不过芒热马蛋可以回答您。是啊,她姓芒热马蛋,倒霉啊,没得选。朴实的女人。您走到老农舍,那儿还剩下一些烧焦的墙,所以错不了,您再往前走三十米,会在右手边看到一扇门,绿颜色的。"

"她很了解他们?"

"她那时候每个月去帮忙洗衣服,还带糖果给孩子们吃。厚道的女人。"

将近四点钟,亚当斯贝格拍掉外套上三明治的碎屑,按响绿颜色大门的门铃。一只大狗牙齿撞着栅栏,凶猛地吠叫起来,亚当斯贝格把手伸过栏杆,放在它头上。那条狗汪汪叫了几声,然后嗷呜嗷呜认输了。

"您真会跟动物打交道啊。"一个胖女人一瘸一拐地走过来,"您找谁?"

"我在调查一个以前住在托斯特农庄的孩子。很久以前了。"

"住在格勒尼埃家里的?"

"是啊。他叫阿梅代。"

"他没出事吧?"女人说着把门打开。

"没有没有。可是他对那段时间记不太清了,需要一点帮助。"

"嗯,我的记性不差。"胖女人说着把他领到狭小的饭厅,"您喝点咖啡?还是苹果酒?"

亚当斯贝格选了咖啡,那个女人——名字叫罗蓓塔·芒热马蛋,邮箱上这么写着——用海绵擦了擦小桌子上已然很干净的油布。

"我喝点苹果酒,您不介意吧?"她说着用抹布擦干桌布,"您是从很远的地方过来的?"

"从巴黎过来。"

"您是他的家人吗?"

"我是警察。"

"啊。"女人说着把抹布摊放在一个硕大的取暖器上。

"因为阿梅代卷入了一件麻烦事儿,他跟这件事儿无关,您别担心,他需要更多地了解自己童年在托斯特的生活情况。"

"我们念'托特',s不发音。要是那也能算是童年的话,长官。"

"我是警长。"亚当斯贝格亮出警官证。

"警长办这种事儿?"

"因为没人感兴趣,对阿梅代不感兴趣。我恰恰相反。所以我来了。"

罗蓓塔恭恭敬敬地给他倒上咖啡,接着给自己满满地倒了一杯苹果酒。

"他现在怎么样了,小家伙?"

"长得很帅。"

"这一带的小家伙数他最帅。大伙恨不得一口把他吃了。人还那么乖。您觉得格勒尼埃家的会发善心?没门儿。她觉得孩子太娇弱,逼着他干活。才四岁的孩子。说什么是为了把他锻炼成男子汉。胡扯!让他成为奴隶才是真的。看到这个孩子,我好伤心啊,他那么可怜。您说他全都不记得了?"

"只记得零星片段。他说到被砍掉脑袋的鸭子。"

"哼,这件事。"女人重重地放下酒杯说,"真是个婊子。人死了,咱们不该说坏话,可是我没有别的词。她拿定主意,需要的时候,叫阿梅代去宰鸡宰鸭。您想,他才四岁啊?阿梅代不忍心下手,死活不肯干,拿他没办法。于是她做示范,一把抓住母鸡,咔嚓一下,用斧头砍断鸡脖子。当着他的面这么砍的。孩子吃尽苦头。因为每次他拒绝这么干,就罚他饿一天肚子。所以有一天,小家伙失去了理智。他当时多大?五岁。在他离开前不久。他拿起斧头,乱砍滥杀,一下子砍断了七到十只鸭子的脖子。医生跟我说,他是为了报复别人对他所做的事情，差不多意思吧。医生还说，照这么发展下去，他很快就会砍断格勒尼埃家那口子的脖子。这个我想倒不至于。"

罗蓓塔扬起下巴，使劲摇头。

"那您怎么想？"亚当斯贝格问。

她煮的咖啡比队里的好上十倍，一定得告诉埃斯塔雷。

"他只想表明他知道怎么做。"罗蓓塔答道，"不要再惩罚他，不要再叫他'小妞'。他那天冲动了，用不着挖根刨底。真可怜，这么好的小家伙。她扭曲孩子的性格，这就是她干的好事。"

"她丈夫呢？"

"不比他的泼妇好多少。除了他不啰嗦。可是他一直照她的吩咐行事，从来没有替孩子说过话。一个酒鬼窝囊废，您看，"她一边倒酒一边说，"不过干活是把好手，这一点有一说一。阿梅代还记得鸭子，我不感到意外。因为您知道她接下来做了什么吗？"

"狠狠地揍了他一顿。"

"那是免不了，可是揍完之后呢？"

"不知道。"

"您听着，她逼着孩子把他杀死的所有鸭子，全部褪毛，清除内脏。然后让他一日三餐——早上，中午，晚上——顿顿吃鸭子。小家伙吐得一塌糊涂。幸亏大孩子在一边帮他，替他吃了一些，把大块的鸭肉埋在地下，把自己的饭让给他吃。要是没有大孩子，不知道他会成为什么样子。"

"哪个大孩子？"

"哦，当阿梅代还是婴儿时，这个孩子已经十岁了。阿梅代天生漂亮，而他正好相反，但是他心地善良。他像母鸡护雏一样呵护小家伙。他们俩彼此相爱，可以这么说。"

"哪个大孩子？"亚当斯贝格警惕地重复道。

"她以前收养的那个孩子，也是被父母遗弃的。他的母亲寄过一些抚养费，然后就再有没有音信了。但是阿梅代，您别以为他真的孤苦伶仃，因为有一天他的亲生父母来接他了。那个女人摆出一副自以为是公爵夫人的样子。她没有来看过孩子一次，但格勒尼埃老头说，她钱付得不少。他们姓马斯弗雷。"

"这个您怎么会知道？"

"邮差说的。大家都知道。您可以想象一下他们来接孩子的情景。我在洗衣服。阿梅代紧紧抓住维克多——就是那个大孩子——的胳膊，拼命地抱住他，没办法把他们分开。维克多贴近小家伙的耳边说话，他在院子里来回奔跑，小的像只小猴子一样抱住他，没办法。最后格勒尼埃老头插手了，他们才勉强把两个孩子拉开，不顾阿梅代撕心裂肺的尖叫，把他塞进那辆漂亮的汽车。整个过程花了三刻钟，事情就这样解决了。"

"维克多的头发是金黄色的吗？"

"是的，是的，头发卷得像天使那样。他的漂亮就在这儿。还有他笑起来的样子。不过我们看到他的次数不多。"

"芒热马蛋太太，您提到了抚养费。"

"您不至于认为格勒尼埃夫妻领养孩子是出于善心吧？"

"当然不了。抚养费每个月寄一笔还是两笔呢，您知道吗？"

"这个我说不准。邮差一直提到马斯弗雷的钱，没有说过别的名字。我可以问一下，假如对您有用。不过要知道，他年纪不轻了。

不一定记得起来。"

女人走进隔壁房间打电话。那条凶猛的狗走进饭厅,直接躺在亚当斯贝格双腿之间。警长下意识地挠着它的脖子,思绪转向了托斯特农庄的两个男孩。托特农庄。

"您和动物相处得不错啊,有天赋,警长先生。"女人说着回来了,"它也是的,有一天竟然吃了我养的一只鸭子。不过跟您是两码事儿。"

"是的。"

"狗改不了猎杀的天性。"

"是的。"亚当斯贝格回答道,一边寻思被格勒尼埃家婆娘"扭曲"的阿梅代是否也有杀人的天性。

"每个月只收到一个信封。"罗蓓塔又端起她的苹果酒杯,"他起誓说的是实话。只是在此之前,不是马斯弗雷夫人寄来的,而是另一个姓。她应当是后来才结的婚。"

"邮差怎么知道那是抚养费呢?"

"这个嘛,他那时候开玩笑说的。信封里夹着钞票,会有摩擦的声音,邮差一听就知道,就像猫发现老鼠一样。她寄现金,肯定是不想留下痕迹。"

"芒热马蛋太太,假如他们两个人只收到一封信,维克多和阿梅代不就是兄弟俩吗?"

"天啊,我没有想过这一点。"女人边说便用力把酒瓶塞紧,"他们俩那么亲密,我倒不觉得意外。但是我可以告诉您,那个马斯弗雷女人来接阿梅代的时候,没有朝维克多看过一眼,好像他是一坨狗屎似的,我说话粗鲁,对不起。哪怕狼心狗肺,一个当妈的也不能这样对待孩子,对吗?假如她是维克多的母亲,为什么那天她没有把两个孩子一起带走呢?"

亚当斯贝格在笔记本里找了好久,东西太乱,没有整理过。

"您不介意的话,请再打个电话给邮差,问问他,在阿梅代到这儿之前,寄信人是不是普亚尔?玛丽-阿德莱德·普亚尔?那是阿梅代母亲娘家的姓。"

"没问题,我喜欢给邮差打电话。"

答案很快就来了,确实是普亚尔。罗蓓塔还顺便约了邮差来吃晚饭。

28

亚当斯贝格抵达时，问询进行到一半，当格拉尔正在与丹东的后代较量。房间很小，挤在巴黎的屋檐下，杂乱不堪，也不透气。男人——以前是装裱图书的，当格拉尔告诉亚当斯贝格——已经失业了四年。当格拉尔的头发凌乱，也许是因为生气，有几根翘起来，贾斯汀低着头，紧抱双臂。

"欢迎啊，警长。"丹东的后代乐呵呵地说，"很高兴见到您，您的同事很风趣。您也看见了，我没别的椅子请您坐了。"

"没关系，我从来不坐的。"

"所以您就跟马一样。这有其优点，但问题是您会看不到鼻子跟前的东西。这让您产生一种想象，也就是大块头丹东的后代会为了祖先的荣誉而杀人。"

那人哈哈大笑起来。他的两颊凹陷，一口灰色长牙参差不齐，两个黑眼睛分得很开，的确让人感到阴森可恶。

"大块头丹东，没错。"他收住笑声说，"人们说他爱国、真诚、冲动、热情、有爱心、爱挥霍。可要我说，他就是一个该死的腐败分子、投机分子、靠自己的大块头和粗嗓门取胜的狂妄分子、一个贪婪的人、一个生活糜烂的人、一个杀人凶手、一个叛徒。罗伯斯庇尔的卑鄙至少是纯粹的。我告诉过您的同事,我是保王派,起码要弥补腐败的祖先犯下的暴行。他投票赞成处死国王,那就别抱怨自己也脑袋落地。"

"他抱怨吗?"

口若悬河的丹东后代不禁被问住了。

"作为保王派,"亚当斯贝格继续说,"您在这个聚会中干什么呢?"

"我留心观察,警长。"这次他变得非常认真,"我监视,我追踪。我收集协会成员的所有缺点和恶习,这些成员乔装改扮,像臭水沟里的老鼠那样躲躲闪闪,连自己的观点都不敢说出来。他们以为这样就能隐姓埋名?在我这儿没门儿。挪用公款、隐藏资金、尔虞我诈、色情淫秽、贩运军火、同性恋、恋童癖,对我都有用。您别以为我空手而归,远非如此。共和派的每个毛孔都是臭的。您别浪费时间去找我的文件,它们都放在安全地方。数量已经很多。再多一点材料,我就放一把火,把这个充斥着无耻之徒的蚁穴炸得粉碎,他们不愧是所有那些用无能的民主制度毁灭法国的丑陋激进分子的子孙。我摧毁他们,就能打击整个共和国。"

"好吧。"亚当斯贝格说,"您独自一人,怎么进行如此庞大的调查工作呢?"

"独自一人?您说错了,警长。保王派的圈子比您想象的要大。它的触角一直伸到司法机构和你们警方。我们有很多人在这个协会中。您相信您的共和国是永恒的吗?"

男子说着又笑起来,很放肆,然后挺起瘦弱的身体,拉开小壁橱的两扇门。门内侧贴着两张沾满污垢的丹东和罗伯斯庇尔肖像,眼睛上分别涂着两摊红漆,在脸颊上留下了流淌的痕迹。

"您喜欢他们这种样子吗?"

"粗暴,"亚当斯贝格忖道,"到了大开杀戒的程度,等着总爆发之夜的来临。"

那人轻轻地关上壁橱。

"好像我会浪费时间慢慢地逐个除掉他们似的,其实我很快就能掌握足够的力量,一下子把他们全部吞掉。"

亚当斯贝格向部下示意离开。

"你们回去告诉那个孬种弗朗索瓦·夏多,"那人喊道,"还有他两个自负迂腐的同谋,他们的猪窝撑不了多久了!"

"粗暴。"来到街上,亚当斯贝格立刻重复道。

"丹东该不高兴了。"贾斯汀说。

"人素来只会被自己人出卖。"

"他在糊弄我们?"当格拉尔问道。

"不,"亚当斯贝格说,"海报是旧的,不是临时拼凑的。他的确恨他们。"

"他确实很可能成为杀手。"贾斯汀说。

"我认为他瞄准更大的目标。"亚当斯贝格说道,"他试图把他们推入泥潭,玷污协会的声誉,从而贬低大革命,推翻共和国。这就是他的意图。至于他在精神科医生公寓外守候这件事,他跟你们是怎么解释的?"

"勒布伦只是他监视的众多人员之一。他要找出此人的弱点。"

"他找到了吗?"

"我们不知道。他把'材料'藏起来了。说了不止一次。"

"我不认为丹东这个瘦弱的后代会对自负双人档的一员构成任何威胁。如果凶手想除掉协会的头儿，他会处决罗伯斯庇尔。就目前而言，我们也看到了，凶手在很远的地方兴风作浪，主要消灭'临时会员'。为什么呢？因为一股像狼那样悄悄逼近的龙卷风，比突然把你吞没的漩涡更可怕。他会一点一点地收紧他的网，让我们看到他从地平线上缓慢地逼近。我们现在减轻对勒布伦的保护力度，只保证他坐上安全的出租车离开医院。对勒布隆也一样。你们传唤他，查明他住在哪儿。我认为他比秘书狡猾。"

"勒布伦会吓得嗷嗷叫。"当格拉尔说道。

"他要是怕成这样，干脆辞职算了。"

"他怕丢脸。精神科医生躲在一道牛栏后面。"

"一道什么？"

"木栅栏，斗牛场用的。"当格拉尔有点恼火，"您问过我，还不到六个小时。"

"没错。"

圣方济各-沙勿略教堂传来晚祷的钟声，七点整。亚当斯贝格收住脚步。

"去喝点咖啡。"他说。

当格拉尔想到开胃酒。时间到了。

"如果你们有兴趣深入了解一下'人素来只会被自己人出卖'这句话，"亚当斯贝格补充道，"冰岛的两起谋杀案，说不定跟我们想象的不一样。"

"我们说过离开冰岛了。"贾斯汀有点埋怨地说。

"那当然。但如果你们有兴趣,不妨再去转一圈。"

警督和警司都没兴趣,他们站着没动窝。亚当斯贝格朝他们笑笑,悄悄打个手势,然后离开了。两人看着他远去,推开了一家咖啡馆的门。几分钟后,他们在他的桌子旁上坐下。

"我们不去冰岛,我们去厄尔-卢瓦尔省的托斯特农庄。"

"您今天就是去那儿的?"贾斯汀问。

"您错过了我们与丹东的开局。"当格拉尔酸溜溜地说。

"很有意思吗?"

"不。"

"您看,当格拉尔。对于这种人,半个小时绰绰有余。这个托斯特农庄以前由格勒尼埃夫妇俩打理,是一个寄养家庭。"

"阿梅代·马斯弗雷五岁前住在那儿,您跟我们说了。"

"说得更确切一点,他被关在那儿。经历了各种各样的虐待,孩子忍无可忍,最后爆发了砍鸭脖子那件事。"

"他在凹村提起过那些鸭子。"他点的白葡萄酒来了,当格拉尔的心情顿时放松下来。

贾斯汀全程听着这段七到十个鸭子的故事,脑袋不停地来回转,像抓苍蝇那样捕捉图像。手握斧头的孩子、疯狂砍杀、天天被逼着吃鸭肉。帮他扔掉鸭肉的大孩子。

"可以理解他为什么抹去了对往事的记忆。"他说。

"我不相信他抹去了任何东西。"亚当斯贝格说,"我认为他在撒谎。还有这个在这五年噩梦般的生活中保护他的大孩子,他也是被寄养的孩子,我认为阿梅代也不会忘记他。那是他——也许仍然是他——唯一的爱,是他的救星。"

"还有呢?"

"他比他大十岁,长相并不出众,除了他浓密的金色卷发和灿烂的笑容,他不太露面。"

当格拉尔两眼呆呆地望着,木然地朝路过的侍者伸出胳膊。

"您想说兄弟?他们是兄弟吗?"

"我不明白。"贾斯汀说。

"阿梅代和维克多,"亚当斯贝格说,"他们是兄弟。被同一个母亲遗弃,前后相差十年。"

"有证据吗?"当格拉尔问道,胳膊依然举着。

"每个月只有一封信寄到农庄,里面装着抚养费。不是两封信。马斯弗雷夫人寄来的。但之前是普亚尔小姐寄来的。玛丽-阿德莱德·普亚尔,后来嫁给了马斯弗雷。"

侍者把当格拉尔攥在手里的酒杯再次斟满,他忽然从短暂的恍惚中回过神来,扭头道谢。

"于是有一天她来接五岁的孩子?"贾斯汀问道,"她感到内疚?但既然如此,为什么只接他一个人呢?"

"因为假如这件事由她一个人说了算的话,她绝对不会来接他。"

"好吧。"当格拉尔说,"所以我们可以假设亨利·马斯弗雷通过某种方式,得知自己迷人的妻子遗弃过刚出生的婴儿。根据日期推算,这件事发生在结婚前不久。因为她怕失去马斯弗雷。"

"他不想要孩子?"

"大概是的。"亚当斯贝格说,"她宁愿扔掉这个孩子,也不愿眼睁睁地看着马斯弗雷的财产从眼皮底下溜走。十年前和某个制作人之间发生的事肯定也一样。你们一定记得,这个女人很贪婪,不容许任何东西挡道。"

"那就对上了。"当格拉尔说,"阿梅代和维克多兄弟俩,与萨伏依的公爵们同名。"

"是啊。"亚当斯贝格忽然意识到这一点,"您有眼光。"

"仅此而已。"他摇着头说,"哪怕抛弃了孩子,她依然给他们起了最尊贵的名字。"

"马斯弗雷得知这个孩子被遗弃后,"亚当斯贝格说道,"他要么于心不忍,要么道德上过不去,总之他立刻要求妻子把孩子接回来。我认为那天我们的慈善家对妻子的看法变了。可能恨她。也可能原谅她。不管怎么样,玛丽-阿德莱德绝对不能让马斯弗雷知道,自己十年前遗弃过另一个孩子。她只字不提维克多,而且走进农场后,也没有看他一眼。她是故意的。"

"可耻。"当格拉尔放下酒杯说,"'可耻的伪君子'。"

"事情还没完呢。"亚当斯贝格轻声说,"到了十五岁或者更早的时候,维克多已经长大,会找机会翻看格勒尼埃夫妇俩的信件,于是找到了母亲的姓:普亚尔。然后通过信封上相同的笔迹,发现她改姓了马斯弗雷。你们可以想象一下,年轻人看到美丽的阿德莱德·普亚尔-马斯弗雷来这儿接小阿梅代,对他却不屑一顾,还要强行夺走阿梅代,夺走他世上唯一的爱,他会有什么感受。昂贵的汽车带走了泣不成声的孩子,而让另一个儿子听天由命。"

"再次被遗弃。"贾斯汀说。

"足以让维克多无比愤怒和仇恨。"当格拉尔说。

"甚至起了杀心吗,警督?"

亚当斯贝格靠在椅背上,若有所思。

"至少会有这种欲望。"贾斯汀说。

"为什么他过了十年，才闯入马斯弗雷夫妇的家？"亚当斯贝格继续说道，"借这个姓引起他们的注意？他为什么不说自己是她的儿子？为什么不大闹一场？为什么偷偷潜入这个家庭？为什么一声不吭地隐藏起来呢？除了想杀死她，还能为什么呢，贾斯汀？"

"因为如果他的身世被揭穿，而她死了，"当格拉尔说，"他将首当其冲成为被告。所以不能让别人知道马斯弗雷太太是他的生母。"

"所以他耐心等待，"贾斯汀说，"等待机会的出现。"

"冰岛。"亚当斯贝格说。

"冰岛。"当格拉尔重复道，"阿梅代知道维克多是他哥哥吗？"

"我想，"亚当斯贝格有点犹豫，"是因为父母一再坚持，阿梅代才只字不提自己的童年经历。他当然记得维克多，那是他在托斯特农庄的庇护神——当格拉尔，托斯特要念成'托特'——但没有认出他。离开维克多时，阿梅代只有五岁，如今重新见到的是已经二十五岁、成年的维克多。但冥冥之中，阿梅代知道那个人就是他。不然无法解释阿梅代对他如此听话，就像小孩那样。至于维克多，我相信他一直严守秘密，对他亲爱的阿梅代也是如此。如果他对自己的母亲，也就是他们共同的母亲，怀有恨意，恨到想要杀死她，那么他必须保持沉默。"

"所以冰岛的惨剧、手执匕首的凶手……"贾斯汀开口道。

"是假的。"亚当斯贝格替他说完。

"他们不可能在我们问询前统一口径。"当格拉尔反驳道。

"当然可以。还记得阿梅代骑马逃跑的那一幕吗，警督，毫无必要啊，随后维克多立马追上去。塞莱斯特提到高迪埃夫人后，维克多立刻叫阿梅代逃跑。"

"可是维克多怎么会猜到高迪埃夫人参加那次旅行了呢？他不知道那些人的名字。"

"因为阿梅代给他看了那封信。他对维克多没有任何隐瞒。"

"明白了，"当格拉尔说，"他们有时间在树林里编一套出来。"

"你们回忆一下维克多给我们画的凶手画像。一张普通、不明确的脸，没有任何显著特征。他对那个人的身份语焉不详，就像一个无形的人。但另一方面，他却刻意突出——阿梅代也一样——这个人的野蛮。一个'禽兽不如'、残暴、'令人憎恶'的天生杀手。就像维克多拿着手电筒强行给我们指路：你们往那边找，警察，寻找那个卑鄙的、不露面也不知姓名的人。你们找吧，哪怕找到世界的尽头。"

"那个外籍兵的死呢？"贾斯汀问。

"为了掩盖母亲的死吗？"

"还有马斯弗雷？也是他杀的吗？"

"不是。为什么杀死自己的恩人？而且在十年之后？不，没有理由这么做。马斯弗雷属于罗伯斯庇尔系列案。两起案件，两个凶手。而我们以为凶手是同一个人。所以造成了海藻交错般的杂乱局面。当格拉尔，明天开会时，您把这些都跟大家讲一下。我不一定会参加。"

"您不满意，是吧，警长？"当格拉尔低声说，"为了维克多？"

亚当斯贝格扭头看着自己的副手，目光茫然。此时他航行在遥不可及的地方，在那里，已经分不清他眼中的虹膜与眼珠了。

"满意，也许吧。但是我不开心。"

29

听完当格拉尔警督的报告，主教会议厅一下子沸腾起来，吹口哨、打响指的声音响成一片，赞许亚当斯贝格的行动，他去托斯特农庄"云里飘"，却带回来值得思考的情报。

"云里飘"是一个魁北克警长给亚当斯贝格起的绰号。警长的行为常常不声不响或者令人费解，早就把警署分化为针锋相对的"信徒派"和"实证派"。"信徒派"指那些出于忠诚乃至出于信仰，追随警长走上旁门左道的人，狂热的埃斯塔雷就是其中的典型。"实证派"则是那些希望恪守理性策略，把案子办好的人，而警长起伏不定，有时甚至不可理喻地出走，让他们感到头疼，束手无策——务实的雷坦库尔是实证派的排头兵。然而令所有人惊讶的是，人高马大的警司前一天居然没有批评亚当斯贝格离开警队去托斯特农庄。诺埃尔说："女人嘛，一旦涉及小孩，她们就没有脑子了。"凯尔诺基安冷冷地回应说，诺埃尔这次同意把雷坦库尔视为女人，有进步。

莫尔登和瓦兹内，他们前一天对上司的行动表示不满，此时尴尬地低着头。

"劲射得分。"莫尔登从他的鸟窝里伸出长脖子，承认道。

"是啊，"贾斯汀说，"为之前的冰岛谋杀案提供了不同解释。"

"谋杀案的诉讼时效已经过了四个月。"维朗克说道，"就算维克多·格勒尼埃-马斯弗雷杀害了那名外籍兵和自己的母亲，他也不会受到审判，并被定罪。"

"也就是说我们又在冰岛案上浪费了时间。"瓦兹内总结道。

"不过我们长了知识。"当格拉尔补上一句。

"可惜，"莫尔登说，"我们不知道有多少鸭子掉了脑袋。是七只还是十只？'托斯特的七只鸭子'，做童话小故事的标题不错啊，一则极其残酷的童话故事。"

莫尔登偶尔也会犯迷糊，但这只发生在他回到自己的童话故事和传说中的时候，而且很快就会恢复过来。他的目光从未像亚当斯贝格那样茫然，始终像鸟儿注视猎物一样专注和锐利。他的走神只是一时冲动，警长的出走则令人想到迷雾中的长途跋涉，还没有指南针。

"第一，"雷坦库尔竖起大拇指说，"维克多有杀人的能力。第二，"她伸出食指，"他是一个行动派。第三，维克多陪马斯弗雷参加罗伯斯庇尔协会的聚会。第四，没有理由将他排除在反革命谋杀案之外。"

"不，"当格拉尔反驳道，"维克多杀人——如果真的杀过人的话——完全由于他童年遭受的灾难。没有人会因为手里闲着没事而到处杀人。"

"冰岛的谋杀案结束了。"瓦兹内说，"但是罗伯斯庇尔系列案还在继续，它仍然被困在车站。挡车器阻止了机车前进，没有轨道可走。"

"星期一晚上，"莫尔登提醒道，"我们可以追踪并且确认另外两个'后代'。一个是刽子手的后代，另一个是另一位被送上断头台的人的后代。"

"桑松和德穆兰。"维朗克说。

"与此同时，"瓦兹内继续说道，"对夏多和他手下人的监视毫无进展，我们还无法确定另几个'临时会员'的身份。"

瓦兹内性格活跃，无助、等待、挫折让他变得火气很大。天生的急性子，表面上看不适合观察淡水鱼。亚当斯贝格却认为，这种对淡水鱼的痴迷，给瓦兹内提供了一帖至关重要的解药。因而他总是允许警司在警局阅读他的专业杂志。

梅卡代不想错过这次会议，所以提前退出了睡眠周期，此刻他请埃斯塔雷再给他倒一杯咖啡。

"他们马上都会被杀掉，而我们还开着车兜圈子，躲在门廊里。"

"还有谁活着？"埃斯塔雷问。

维朗克决定代替亚当斯贝格，扮演安抚众人的角色。

"至少还有四名'临时会员'，埃斯塔雷。"

"还有四个人，很好。他们是谁啊？"

"一位女性，勒布伦和勒布隆称她为'女演员'。"

"嗯。"

"一个大块头，绰号'自行车手'。"

"好的。"埃斯塔雷说着，一脸沉思的表情。

即使聚精会神，埃斯塔雷也不会皱眉，而是尽量睁大眼睛。

"一个仔细观察的男子，一名牙医——勒布伦和勒布隆这样觉得，因为他身上有消毒水气味。还有一个没什么特征的家伙。"

"正好四个人。"埃斯塔雷说着出去准备咖啡,为梅卡代冲一杯很浓的咖啡。

"如果出现奇迹的话,"瓦兹内说,"咱们或许有机会在周一晚上的集会里看见他们。假如要跟踪两个后代和四个潜伏者,我们需要再派些人手。"

"这可以解决。"莫尔登表示同意,"但现在,他们之中有四人被杀,我担心他们可能不会再露面。罗伯斯庇尔怎么样了?"

"他工作到很晚。"贾斯汀说,"肯定在准备周一的演讲稿。"

"是哪一场会?"维朗克问。

"共和二年芽月十一日和十六日的会议,压缩内容,并在一起开。"当格拉尔查看了自己收集信息后说道,"也就是1794年3月31日和4月5日的会议。"

"罗伯斯庇尔在那两次大会上要求逮捕丹东、德穆兰和他们的朋友。"维朗克补充道。

"动真格的了。"

其他警员听了这个消息都沉着脸。就在这时,亚当斯贝格走进来,低头看着手机的屏幕,挥挥手打了个招呼。埃斯塔雷一跃而起去准备咖啡。

"弗瓦西刚查完血缘关系。"他不待坐下就大声说道,"她顺藤摸瓜,从一个村镇查到另一个村镇,最后查到蒙塔基。我们的弗朗索瓦·夏多的确是客栈老板弗朗索瓦·迪迪埃·夏多的后代,据说弗朗索瓦·迪迪埃·夏多是罗伯斯庇尔的儿子。这样一来,他的嫌疑就大了。当格拉尔,您给大家讲讲我们这位1840年怪异的客栈老板的情况。还请您提醒我,别忘了问您'罗伯斯庇尔无比痛苦的死亡'是怎么回事儿。这句话是勒布伦说的。雷坦库尔,请跟我来一趟办公室。"

亚当斯贝格小心翼翼把门关上,雷坦库尔坐在访客的椅子上,这把椅子不是按她的体型设计的,当她坐在上面时,椅子仿佛消失了。没有一把椅子是按她的体型设计的。

"您马上移交监视弗朗索瓦·夏多的工作。"

"很好。"雷坦库尔警觉地回答。

因为亚当斯贝格的目光里仍然透露出当格拉尔前一天察觉的那种迷茫。而在警局里,每个人都知道这种迷茫隐含的意味。三个词:徘徊,迟钝,云里飘。

"您知道,"亚当斯贝格接过雷坦库尔递来的香烟,"除了阿梅代和维克多兄弟俩愿意告诉我们的事情,冰岛还发生了别的事。"

"是的。"

"性质更加严重的事。"

"弑母。"

"还有更为严重的事情,雷坦库尔。您肯定还记得,维克多声称凶手以死亡相威胁,迫使旅游团的所有成员保持沉默。事实上,他们已经沉默了整整十年。您能想象维克多能够把比他年龄更大、阅历更丰富的九个人吓成这个样子吗?他当时只有二十七岁。"

"年纪大小有什么关系?年龄无关紧要。"

"据维克多说,凶手曾经声称,即使他们中间有人将他送进监狱,他的'网络'——不管用什么词——也不会放过他们。维克多,他竟然有一个'网络'?他在农庄长大,没有上过学,这可能吗？他哪来这样的力量？这样大言不惭？"

"这件事已经过了诉讼时效，警长。"雷坦库尔耸了耸肩。

"我不在乎。"

"比什么更为严重？您想到什么？"

"没想到什么，雷坦库尔。我能知道啥？我们必须查下去。"

雷坦库尔连同椅子往后退，发出刺耳的声音，她的疑心一个劲地往上蹿。

"去哪儿查？"她问。

"去冰岛。我要去暖岛。"

"这是不负责任，警长，毫无道理。"

"我不在乎，"亚当斯贝格重复道，"但一切取决于我今天的会面。我会返回凹村，找维克多和阿梅代谈谈。"

"为了什么呢？让他们知道两人是兄弟吗？就这样，直截了当地说？他们会震惊、叫喊，会掉眼泪。"

"免不了的。其实我不喜欢这样。"

"那为什么还要这么做呢？"

"为了把事情搞清楚。其中一个人可能会说出实话。"

"然后呢？"

"然后就没有了。我只是想弄清楚事情的真相，仅此而已。"

"那罗伯斯庇尔协会的谋杀案呢？"雷坦库尔生气了，"还有四个处境危险的潜伏者呢？您扔下他们，去'弄清楚'维克多在暖岛搞什么名堂？"

"我不会放弃任何东西。罗伯斯庇尔这块棋盘目前还没有动静。但它会动起来的。没有东西会永远停滞不前，没有东西会一成不变。

运动终将胜出。有人说过：'动物运动'，我记不得是谁说的了。事情会自己动起来的，请相信我。"

"是的，还会发生四起谋杀案。"

"谁知道呢？"

"假如今天的见面您一无所获呢？"

"我会前往暖岛。这儿还有二十三名刑警，他们都十分熟悉情况，可以接手罗伯斯庇尔案子。"

"二十三个人？也就是说您不是单独去那儿？"

"是的。这不是因为我害怕冰天雪地，而是因为我自己的活法。观察他人的行为方式让我能够走在——怎么说来着？——走在正道上。"

"您完全偏离正道了，警长。"雷坦库尔说着站起来，示意自己即将离开，"您到处搜索。分局长要是知道您置进行中的调查于不顾，无谓地追查一件已经报结的案子，您会被停职的。"

"您会这么做吗？您会把这个消息告诉他吗，雷坦库尔？"

亚当斯贝格又点上一支烟，朝窗户走去，背对着他的女部下。

"您不能那样做，维奥莱特。"他喜欢时不时地直呼她的名字，"因为我们在同一条船上。除非，我再说一遍，除非今天下午真相从井底里冒出来，而我对此表示怀疑。"

"没门儿，"雷坦库尔一边朝门口退去，一边大声吼道，"团队士气低迷，我不会抛弃它。"

结果两人现在都站着，就像两头倔强的野兽对峙，两只截然不同的野兽。

"很好。"亚当斯贝格说，他依然面对着窗户，烟灰洒落在地上,"那我带上贾斯汀。"

"贾斯汀?开什么玩笑。他连五公斤的哑铃都举不动。"

"那您呢,维奥莱特,您能举几公斤?"

"抓举还是挺举?"

"哪一个更难?"

"抓举。"

"那么抓举几公斤呢?"

"七十二公斤。"雷坦库尔说道,微微红了脸。

亚当斯贝格吹了一声口哨表示钦佩。

"不稀奇的,"雷坦库尔说,"在我这个级别,女性的世界纪录是一百四十八公斤。"

"我不需要破纪录的女性。我万一掉进冰水里,您绝对能把我拉出来。"

"现在是4月。跟那十二个白痴去冒险的11月相比情况不同。"

"您别大意。现在这个时候,如果幸运的话,每天只有五个小时的日照时间,气温在2至9摄氏度之间,可能会有降雪、北极龙卷风、迷雾,以及漂浮在水面上的冰块。"

"别带贾斯汀去,"雷坦库尔重申道,"他留在这儿。他盯梢很在行,像只不声不响的猫。"

"您和维朗克跟我一起去。当格拉尔当然不能去。一次旅行会让他两个月心态不稳。您记得去魁北克的那次吧。当格拉尔留在这儿,和莫尔登一起负责工作。当格拉尔有学问,莫尔登思路对头。"

现在亚当斯贝格走在长桌的一侧,雷坦库尔则在另一侧走动。

亚当斯贝格走得很当心，生怕被躺在角落里的一对大鹿角绊倒，那对鹿角是他从黑暗的诺曼底森林带回来的纪念品，放在那儿之后就没想过挪地方。两人相隔两米距离平行走动，那张木桌子仿佛是斗牛场上的牛栏，把他们隔开来。他们没有觉察到埃斯塔雷呆呆地站在门外，端给警长的咖啡已经冷掉。他听到了他所珍视的两个人之间的冲突，这种裂痕让他不知该如何是好。

"如果您无法摆脱这个念头，警长，"雷坦库尔试图和解，"您可以暂时把它放在一边。我们先完成罗伯斯庇尔的案子，然后再到那个地方去，让暖石帮助您振作起来。"

"我已经订了三张周二的机票。三张开口机票，一旦'动物运动'起来，随时可以走。"

"是实名票吗？"

"我的票是实名的。您和维朗克的不是。您不去的话，我就和瓦兹内一起去，去北方观鱼，他会很高兴的。梅卡代也挺合适，但我们不能让他在雪地上睡三个小时。可以考虑瓦兹内、凯尔诺基安或者诺埃尔。"

"诺埃尔去的话，您撑不过三天。"

"怎么不行？他的话我一只耳朵进，一只耳朵出。关键时刻他力气大，动作快，能够救命。您可别忘了这一点，雷坦库尔。"

"我还记得。"

"还有猫。我带'球球'一起去。抱着它比抱热水袋还暖和。"

雷坦库尔突然停下脚步，亚当斯贝格也停下来，对她微笑。

"您考虑一下，警司。最晚明天下午给我一个答复。"

30

亚当斯贝格将手机和车钥匙放进口袋里,然后在走廊里追上了当格拉尔。

"警督,您陪我去吗?"

"去哪儿?"

"去凹村。查清楚兄弟俩想对我们隐瞒什么。"

"他们不知道彼此是兄弟啊。您会引起一场地震,也许造成一场灾难。"

"说不定这是件好事,有必要去这样做。"

"两点多了,咱们还没吃午饭呢。"

"一会儿我们在车上吃个三明治吧。"

当格拉尔噘起嘴,犹豫不决。但是从昨天开始,在咖啡馆里听到的托斯特农庄及其后续的故事,硬是占据了他的一部分思绪。

"我们晚上去凹村客栈吃饭,"亚当斯贝格补充道,"把午饭补回来。"

"也许可以点菜?点土豆饼?"

"就点这个。"

警长走进大办公室,在维朗克工作的桌子前停了下来。

"去凹村问询,然后在客栈吃晚餐,你有兴趣吗?"

"算我一个,"维朗克说,"我看那两个家伙不顺眼。"

"你整过头发啦?"

"昨天晚上我试着染了一下头发的颜色。"

"效果不怎么样啊。"

"是的。"

"更加难看。"

"是的。"

"有点偏紫色。"

"我看到了。"

雷坦库尔在办公桌前紧绷着脸,看着三人离开。

塞莱斯特来给他们打开木头大门,亚当斯贝格瞥了一眼两块停摆的手表。

"现在是四点。"维朗克对他说。

塞莱斯特似乎很高兴又见到他们,乐呵呵地与他们握手,眼睛一直盯着维朗克。

"她喜欢你。"亚当斯贝格凑近儿时的同伴说,"夏多到底说了什么?你为什么不能参加革命大会?啊,是的,因为你的嘴巴像古代雕像。"

"可惜像罗马雕像,"维朗克说,"不像希腊雕像。"

亚当斯贝格往旁边跨了一步,走在主路边上的草丛中寻找干掉的猪殃殃。塞莱斯特跑去找阿梅代和维克多,两人从种马场赶来,身上有股马厩气味,看起来心事重重。假如警察抓住了杀害亨利的凶手,他们应该会打电话来通知,对不对?他们亲自跑到这儿,干嘛来了?

"我们不请自来,打扰你们了,抱歉。"亚当斯贝格说。

"你们并不抱歉,"维克多回敬道,"警察总是不请自来。突然袭击。"

"说得对。咱们坐哪儿啊?"

"时间长吗?"

"也许吧。"

阿梅代指着摆在草坪中央的圆木桌。

"现在还有阳光。"他说道,"如果你们不觉得冷的话,我们可以待在外面?"

亚当斯贝格理解问询对象的感受,相比于密闭的房间,他们在室外的感觉总是更踏实一些。他不想碾压他们,于是朝桌子走过去。

"有点棘手。"亚当斯贝格待所有人坐下之后说,"向你们解释我们来访的理由,有点难度。"

"你们的理由是?"阿梅代问道。

"理由是你们两人都在撒谎。我直话直说了。"

"和我父亲有关系吗?"

"跟他毫无关系。"

"那跟什么有关系呢?"

"跟你们的身世有关。"

"我们的身世,不关你们的事儿。"维克多说着站起来,"假如你们审讯一个强盗,你们也不需要知道他与谁上床。"

"有时候是必要的。不过这次的重点不在上床。请坐下,维克多,您这样会吓到塞莱斯特,没有必要。"

塞莱斯特匆匆赶来,手端着托盘,上面摆满了各种饼干和饮料,沉甸甸的,拿不稳。维朗克赶紧站起来,帮她将瓶子和玻璃杯放在桌子上,与此同时,维克多重新坐下,皱着的额头耷拉下来。

"阿梅代,"亚当斯贝格转向忧心忡忡的年轻人,"您说过,除了几个画面,您不记得头五年在治疗机构生活的情形了。"

"是的。"

"您撒谎了。您没有被送进治疗机构。您被安置在托斯特农庄,一个残酷的寄养家庭,直到您五岁时,亲生父母把您接走。"

阿梅代的手指纠缠在一起,仿佛蜘蛛腿一样,他说不出一句话。维克多意识到情况不对,立刻上场。

"你们从哪里听来的?"

"省社会与卫生救助局和托斯特农庄,确切地说是在芒热马蛋太太那儿。罗蓓塔。她那时候常去格勒尼埃家帮忙洗衣服。她记得阿梅代出生后被遗弃,还记得五年后马斯弗雷夫妇把他接走了。"

尽管自己的语气平和,说得不紧不慢,亚当斯贝格依然意识到年轻人被吓坏了。

"阿梅代,我提到的这些名字,您没想起什么吗?"

"没有。"

"那么是否需要追溯到鸭子呢?您说您记得鸭子。"

"是的。"

维克多将手放在桌子上,食指的两节呈钩状。阿梅代也做了同样的手势。那是暗号,暗示着保持沉默。

"有一天,您一下子砍死七到十只鸭子。他们逼您摘去鸭子的内脏,然后强迫您一日三餐顿顿吃鸭子。农庄里有个男孩,岁数比您大,帮助过您。"

"我记得一个比我年纪大的男孩。我说过的。"

"还记得那些鸭子吗?还有那把斧头?满地的血?"

"他记得。"当格拉尔肯定道,语气跟亚当斯伯格一样温和。

阿梅代伸直了他的食指。

"这有什么意义呢?"他说道,额头和嘴唇上开始沁出汗水,"是的,我是一个被遗弃的孩子。我的父母不许我说出去。我不喜欢回忆这些,也不想谈论它。那又怎么样?跟你们有什么关系?"

"那个帮您吃鸭肉的男孩,"亚当斯贝格追问道,"您还记得他吗?"

"如果这个世界上我想记住一个人,那就是他。"

"他保护了您,对不对?"

"没有他的话,我也许已经死了一百次。"

维克多扣起了全部指尖,而阿梅代似乎没有理会,或者他已经无法接收任何信号。他被抛入托斯特农庄的黑色记忆之中,只有一个亮点在闪烁,那就是那个"年纪大的男孩"。

"当您的父母来的时候,陌生的父母,他们硬将您从他身边带走。听说您紧紧抱住他的胳膊,而他也不愿意松手。"

"我还太小,不明白发生了什么事儿。是的,他们硬把我拉走,说是为了我好,这话是他们后来说的。而他呢,他贴近我的耳朵重复道:'你别担心,你去哪儿,我也去哪儿。我永远不会离开你。你去哪儿,我也去哪儿。'"

阿梅代两只手紧紧抓住自己的腿。亚当斯贝格深吸一口气，抬起头，目光投向高高的树梢。最艰难的部分还在后面呢。

"但是他消失了。"阿梅代接着说道，"这也正常啊，他怎么可能找到我呢？但这是我后来才明白的。好多年，每天晚上我都在等他，我仔细观察花园里的动静。但是他从未到来。"

"不，"亚当斯贝格说，"他来了。"

阿梅代身体往后靠在椅背上，双手捂住额头，像一只无辜遭受殴打的动物。

"他说到做到了，"亚当斯贝格继续说，维克多松开手指，紧紧咬住嘴唇，"您真的没有认出他来吗？"他身体靠近阿梅代问道，"他，"他轻轻地指着维克多，"维克多，维克多·马斯弗雷。"

阿梅代极其缓慢地将头转向父亲的秘书，像被冻僵的人，身体不听使唤似的。

"您离开他的时候，他才十五岁，身体单薄，其貌不扬，十年后您看到的是一个长满胡子，肌肉发达的大男人。可是他的头发，阿梅代？还有他的笑容呢？"

"其貌不扬，我现在还是。"维克多调侃道，有意打破此刻的凝重。

"我和同事们去走走。给你们留一些时间。"

亚当斯贝格蹲在草地上，远远地看着他们拉着手，你一言我一句，阿梅代的额头靠在维克多肩膀上，维克多迅速地撸着他的头发，过了一刻钟，他们逐渐平静下来。亚当斯贝格又等了五分钟，然后向助手们示意，他们坐在远处长凳上，因为当格拉尔穿着英国产的套装，不能接触潮湿的地面。

"你们注意他俩的手指动作。"亚当斯贝格不慌不忙地朝桌子走去，"维克多弯曲食指的时候，是在命令阿梅代别说话。"

"您以前没有认出他吗？"亚当斯贝格又问道。

"没有。"阿梅代说，他仍然紧紧抓着维克多的手臂，眼神完全变了。

"但是在潜意识里，您认出来了。您立刻就认出了他，接受并且喜欢您父亲这个普通的秘书。"

"是的。"阿梅代承认道。

"这让我们想到您和您的秘密，维克多。您究竟姓什么？"

"您知道的。我姓马斯弗雷。"

"不对吧。被人遗弃的孩子通常会有三个名字，末尾一个名字用作姓氏。那么您末尾的名字是什么？"

"洛朗。格勒尼埃一家叫我维克多·洛朗。"

"可是您自称姓马斯弗雷，这是为了吸引亨利的注意。您冒名进入这户人家，并且留了下来，但您没有告诉阿梅代，您是他在托斯特农庄的同伴。"

维克多佯装困倦，一只手搭在阿梅代手上，声音疲惫地解释。

"因为我那时候不想引起任何动荡。阿梅代似乎已经恢复了，过得很好，也许有些忧郁，但是他在过日子，我不希望打破这一切。在他身边，对我来说就足够了。"

"说得漂亮，我也真的相信。"亚当斯贝格说，"可是您这样回来，却又什么都不告诉他，欺骗他，让他蒙在鼓里十二年，这有意义吗？"

"我刚才告诉过您了。"

"错。"维朗克说话干脆。

"错。"亚当斯贝格说,"阿梅代会欢迎您,把您当作托斯特之神。您并不是想对他隐瞒您的身世。"

"我就是想对他隐瞒。"维克多坚持道,他面容紧绷,优雅的金色卷发让他的额头显得难看,而且很短。

"错。您躲避的不是他,而是她。"

"哪个她?"维克多不服气地试探道。

"玛丽-阿德莱德·普亚尔,马斯弗雷的妻子。"

"我听不懂您说什么。"

"您到了会翻东西的年纪,立刻就翻遍了格勒尼埃家里的文件。在阿梅代离开之前,您就已经知道了真相。"

"哪来的文件啊!要不就是被毁掉了。"维克多喊道。"是的,我找过,但是一无所获!"

"文件毁了?那是可以用来敲诈勒索的啊?格勒尼埃夫妇那种人会这么做吗?当然不会。落到您手里了。不然您怎么知道阿梅代的住处呢?"

所有人都沉默了。当格拉尔提议大家喝杯波尔图甜酒,或者其他什么饮料。他站起来,迈开软绵绵的长腿走进屋子,去找塞莱斯特。他暗暗祈求能找到一些有劲道的酒。这一次不是为了自己。每个人都在默默等待,仿佛这份意外的馈赠能够解决一切问题,至少能把它们暂时搁置一边。

"好的。"两杯酒下肚后,维克多终于开口了,"我翻过格勒尼埃的信件。它们藏在房梁的缝隙里,外面用生锈的旧镰刀挡着。但只有两封信。"

"您是在阿梅代离开之前发现的,对吗?"

"是的。"维克多说着给自己倒了一杯波尔图,"我那时候十三岁。"

"那儿有一百多封信,而不是两封。您还知道别的东西。"

维克多又扣起食指,这次只是为他自己。阿梅代早就懵了。他直勾勾地盯着维克多,那种困惑、疑惑和近乎快乐的表情跟埃斯塔雷有些相似。

"只有他母亲的姓和住址。"维克多简短地说,"我十八岁离开农庄,到处打工,换过一份又一份工作,但一旦我有了摩托车,我就穿越树林去找他。最后我找到了一个进来的办法。"

"依靠一份新的学历和一个假姓。"

"这有什么不对吗?我向他承诺过。"

"没错,您向他承诺过。但是在这儿住了十二年,一直瞒着他,说什么不想'打扰'他,这话我根本不信。您的沉默背后肯定另有原因。"

"我不明白您说的话。"维克多又说了一遍。

他开始有点醉了,这也正是亚当斯贝格再次给他倒酒的目的,他说话的声音听起来既疲惫又兴奋,一个人喝多了,往往会越喝越快,果然维克多只用两口就喝完了第四杯。阿梅代不再说话,他的手仍然紧紧抓住维克多的胳膊。这次当格拉尔没有多喝。

"您完全明白。"亚当斯贝格回答道,"两个孩子只有一笔抚养费。这给您发现了。"

"不对,我母亲从来不寄抚养费的。"

"您说谎，维克多。信封上有日期和字迹。最初是阿德莱德·普亚尔的笔迹，之后变成了阿德莱德·马斯弗雷的。相同的名字和相同的笔迹。这很容易理解。"

"信件都毁了。"维克多咆哮道。

"记忆毁不掉的。邮差还记得。"

维克多被亚当斯贝格的波尔图灌得脑子发晕，不由松开手指。

"好吧。"他再也无话可说。

"你们不仅一起吃过苦，"亚当斯贝格尽量压低嗓音，"你们还是兄弟。"

亚当斯贝格再次离开桌子，这次钻进树林，野猪崽崽忽然挡住了他，伸出它的鼻子。他的助手们已经回到远处干净的长凳上坐下。亚当斯贝格坐在一堆枯叶上，崽崽躺在他身旁，让亚当斯贝格挠着自己的鼻子，远离桌子周围开始的情绪泛滥。亚当斯贝格像他母亲一样，对于情感表达非常谨慎，母亲老是说，情感像肥皂一样，越用越少，说多了就会混乱。他抬起头，崽崽也一样，看到维朗克站在面前。

"二十五分钟了。"他说，"你知道，如果等到兄弟俩的心情初步平静下来，咱们还得在这儿待两年。"

"我没问题啊。"

亚当斯贝格站起身，草草地拍了拍裤子，又摸了一下崽崽的鼻子，然后回到盘问两人的桌子前。现在到了短兵相接的时候，他决定加快节奏。他没有再坐下，在草地上边走边说，众人的脸跟着他来回转动。

"维克多十二年前悄悄回来,他隐姓埋名,就像一个影子一样。为什么这么做呢?因为他绝对不想让人知道阿德莱德·马斯弗雷是他的母亲。绝对的反常行为。但从一个角度且仅从这个角度来看非常合乎逻辑,那就是假如他打算杀害她。"

"什么?"维克多叫起来。

"维克多,你待会儿再开口。"亚当斯贝格喝道,"让我把话说完,把最可怕的事情说出来。他的这个想法由来已久,从小在托斯特农庄时就有了。当他看到母亲对自己不屑一顾,看到她领走阿梅代,把他扔下,这个想法变得更加强烈。他日夜沉浸在仇恨和绝望中,策划着报复。她必须付出代价。二十五岁那年,他匿名潜入马斯弗雷家,等待机会。不让别人知道他们之间的母子关系,至关重要。但是她会在他动手时知道,她会在冰岛知道。他竭力怂恿大家去暖石。那个地方与世隔绝,一切都有可能。冰面上一个窟窿,或者诱使她走到小岛偏僻的地方,地面很滑,摔倒后头撞在石头上,来不及呼救,她就已经死掉了。他发誓不让她从岛上活着离开。但是大雾弥漫,他们走不了,那个'外籍兵'被一个暴力的家伙捅了一刀。我们暂且认为不是维克多干的,但他抓住这个机会。到了夜里,他拿起那人的刀,瞄准熟睡的母亲,将刀刺入她的心脏。这第二起谋杀立刻算在那个暴力男人的头上,复仇成功了。但是十年过后,危险来临了。阿梅代收到艾丽丝·高迪埃的信,给他看了。在阿梅代上门拜访的第二天,艾丽丝·高迪埃在浴缸里失血过多而死。但为什么要画这个符号呢?"

"我不知道这个符号!"维克多愤怒地说。

"会轮到你说的。"亚当斯贝格又给他倒了一杯酒,"第二个危险:警察来这儿询问阿梅代与艾丽丝·高迪埃见面的情况。她向阿梅代透露了真相:阿德莱德·马斯弗雷在岛上被杀害。至于那个'禽兽不如'之人的举动,我们只有维克多和阿梅代的证词。那个人为什么要杀害阿德莱德呢?说到第一桩行凶,我们可以设想是两个男人惊慌失措发生争吵,一怒之下导致的。但她的死呢?在第一起谋杀发生后,丈夫可能趁机除掉妻子。或者由他忠诚的秘书维克多来干?艾丽丝·高迪埃可能对阿梅代说了自己的怀疑。维克多有可能被怀疑,尤其是马斯弗雷也刚刚死了。警察会回来,不会放过他。于是维克多把事件的一个版本强加给阿梅代。这就是骑马逃跑的原因,为了编造一个共同的故事:阿德莱德·马斯弗雷遭到攻击,那个人跌入火中——这个细节乍听很真实,但经不起推敲——那个男人遭到羞辱,于是在众目睽睽之下捅刀子。'否则,阿梅代,'维克多恫吓道,'你父亲会受到怀疑。警察们会怎么想?他是否杀了妻子和高迪埃,最后畏罪自杀?这是我们想要的结局吗?'阿梅代对维克多一贯言听计从——因为维克多是他的太阳,而且他也相信父亲有罪,于是就听他的了。我说完了。"

维克多脸颊泛红,又给自己倒了一杯酒,亚当斯贝格已经数不清他喝了多少杯了。然后他双臂交叉,试图平静地说话,背脊挺得像罗伯斯庇尔一样笔直。他看起来像一个受惊吓的醉汉,设法保持身体的平衡。

"不对,警长。事情的经过就像跟我和阿梅代所说的那样。否则,凶手为什么会威胁我们?为什么每个人都沉默了十年?假如凶手是我的话?"

"这就是问题所在。这种沉默。"

"不过我承认,警长,"维克多说得有点放肆,"您的假设是站得住脚的。"

他摇摇晃晃地站起来,手臂一挥,桌上的杯子应声落地。他抓起波尔图酒瓶,对着瓶口灌了几口。然后他张开双腿,举起酒瓶,大吼起来。

"我来告诉您,为什么这一切站得住脚!因为,是的,我想杀了她!是的,我一直想把她杀了!是的,她带走阿梅代的时候,我发誓要杀了她!我来到这儿,为了和我弟弟在一起时,我还是这么想。是的,我啥都没说,因为我不想让任何人知道我是她该死的儿子!或者说我是该死的母亲的儿子!我想杀了她而且能逍遥法外!是的,是的,冰岛是个天赐良机!是的,我支持去那块该死的岩石远足的想法!是的,那个家伙杀了外籍兵,信不信由您!是的,我有乘机把她捅死的念头!是的,您的推理滴水不漏!问题只在于,她不是我杀的!那个混蛋偷走我的谋杀!我的谋杀!"

维克多又喝了一口,但这次他失去平衡,倒在草地上。他试图坐起来,结果放弃了。他坐在草地上,紧紧抱住双膝,头埋在膝盖和胳膊之间。然后开始打嗝、抽泣,发出难以阻挡的绝望呼喊。亚当斯贝格举起一只手,示意不要干预。

"别管我,阿梅代。"维克多打着嗝说,"我不想起来。"

"毯子?你要毯子吗?"

"我想吐。给我拿东西来吐。"

"你要什么?"

"马粪蛋。"

"不行,维克多。"

"求你了。马粪蛋,我要马粪蛋。"

阿梅代束手无策,抬头看着亚当斯贝格,亚当斯贝格用眼神安慰他。

"可是当我们平安回到格里姆西时,"维克多嘶哑的嗓子又响起来,一把鼻涕一把泪地说,"我意识到这个杀手拯救了我的——这东西叫什么来着?——灵魂。其实我从来不想去做这件事。是的,一点都不想。我本来可以做到的,当时也在准备,准备杀人。但我意识到了另一件事。"

维克多又低下沉甸甸的脑袋,靠在膝盖上。亚当斯贝格抬起他的下巴。

"你别睡着。我扶着你的头。把头靠在我的拳头上。继续说。"

"我想吐。"

"会让你吐的,别担心。你意识到什么?"

"在哪儿?"

"在格里姆西,处境安全之后。"

"我意识到那是我永远无法做到的事。我又看到死去的母亲,她躺在岩石和雪地里,我会恨自己杀害她的。要不是那个混蛋提前几个小时下了毒手,我本来要动手的。然后我会自杀。"

"这是你当时意识到的吗?"

"是的。给我一些马粪蛋。您想控告我的话,您就来吧,我无所谓。我完全不在乎。"

"控告你什么呢?我没有证据。"

"但你们会去找的,不是吗?"

"已经过了诉讼时效,维克多。"

"但你们去找啊,该死的!你们还在等什么呢?快去找证据!不然的话,阿梅代会一直怀疑是不是我刺死了她的母亲!"

"可是你让我们上哪儿找啊?假如你不肯把那个家伙的情况告诉我们?"

"我不认识他!我不知道他是谁,也不知道他在哪儿!"

"你又说谎了,维克多。好吧,你现在翻个身,吐吧。结束了。"

往哪儿吐?草地上吗?桌子脚下?当格拉尔点点头。他总是这么做的,次数很少,不过很小心。

"帮我一下,阿梅代。"亚当斯贝格抓住维克多说道,"我们把他翻个身,让他跪着,脑袋朝下。你按住他的肚子,我来拍他的背。"

十分钟后,阿梅代往地上撒了几铲土,维朗克和当格拉尔架着维克多,把他带到了小屋的床上。亚当斯贝格倚靠在墙上,陷入沉思之中,他的手臂抬起,食指伸出,摆成一种奇怪的姿势。

"您在做什么?"当格拉尔问。

"什么?"

"这个手指?"

"哦,这个?一只苍蝇。它掉进酒杯,里面还剩一点波尔图。给我捡起来了。"

"哦,但您在干什么?"

"没干什么,当格拉尔。我在等它干。"

维朗克脱下维克多的鞋子,重重地扔在地上。

"你用不着陪在这里。"亚当斯贝格对像仆人一样坐在哥哥床上的阿梅代说,"他会睡得很沉,一觉睡到天亮。只是喝多了,喝得太快而已。他掉进波尔图酒瓶里,等酒醒过来就好了。"

"等到他酒醒吗?"

"是的。"亚当斯贝格看着苍蝇摩擦粘在一起的翅膀,说道,"他明天下午就好了。"

现在,苍蝇开始摩擦它的前肢。它试着在亚当斯贝格的指甲上前进了一厘米,又擦了擦前肢,最后飞了起来。

"人啊,恢复起来就慢多喽。"他说。

31

他们在凹村客栈吃晚饭,梅拉妮同意为他们专门搭配一份套餐。当格拉尔伸出食指,用指尖试了一下土豆饼的松软程度,这是照布尔林学的。

"完美。"他说,"我指晚餐。今天下午的事情就不好说了。"

"指尖测不出一个案件调查的价值。"维朗克说。

"那当然。"

"如果可行的话,那倒是很实用的。知道它的火候是否正好,还是烧焦了,变干了,做砸了,只能扔掉算数。"

"这不是案件调查。"亚当斯贝格说,"我们是局外人,就像雷坦库尔严厉地告诉我的那样。这个事件用不着我们插手,而且无论在暖岛上发生过什么,已经超过了诉讼时效,跟我们无关。"

"那我们到这儿来干什么呢?"当格拉尔问。

"了解情况,解救冤魂。"

"那不是我们的活儿。"

"可我们做了。"维朗克说,"成功与否,那是另一回事。我们解救冤魂了吗,让-巴蒂斯特?"

"是的,我们做到了,而且做得很好。至少不会再有人在绝望者的诅咒之塔中哭泣了,这总归是件好事。至于想知道我们是否了解到一些真实的东西,那就有点难度了。"

"您不相信维克多的话?"

"他的话令人信服。"维朗克说,"他尽其所能了。他敢当着弟弟的面坦承自己打算杀死母亲。这不仅仅是勇敢,简直是疯了。"

"波尔图酒让人疯狂。"当格拉尔以权威的口吻说道,"他对于坦白的需要,比内心的恐惧更强烈,他打破了壁垒。"

"波尔图已经把壁垒拆得差不多了。"维朗克补充道。

"我早就说过,甜酒上头的速度之快,就像钢丝上的杂技演员一样。"

"但是总的来说,"亚当斯贝格继续说道,"一个奇迹拯救了他的'灵魂':杀手在他之前动手,替他完成了'令人发指的行为'。结果维克多变得像冰岛的雪一样纯洁。"

"酒后吐真言。"当格拉尔说。

"不,当格拉尔。我从来不相信什么酒后吐真言。它会带来痛苦,那是无疑的。"

"既然如此,您为什么还一个劲儿地劝酒呢?"

"为了让他松开刹车,在路上尽可能冲得远一些。这并不意味着他和盘托出了。即使他晕头转向,即使眼前的障碍物倒塌,他的潜意识也会守护他最珍贵的财产,就像崽崽保护塞莱斯特一样。我们不会获得更多信息了。我在等待这种情感和半真半假倾诉的结果来做决定。我中午跟雷坦库尔提到这件事,她强烈反对。"

"她反对什么?"当格拉尔问。

"她说这不关我们的事,没说别的。"

"她说得在理。"

"是啊。所以她不会来。我考虑过她,还有你,路易,想让你们陪我一起去。"

维朗克和当格拉尔都没有问"去哪儿"。一阵沉默,沉默到连餐具轻微磕碰的声音都会让人觉得不舒服。维朗克把自己的刀叉放在桌子上。他比别人更快地明白了亚当斯贝格的意图。也许因为他来自同一个山区。

"什么时候走?"他终于问道。

"星期二。我有三张去雷克雅未克的票,飞机三个半小时。然后四十分钟,一直到……"

亚当斯贝格从贴身的口袋里拿出笔记本。

"一直到阿库雷里。"他缓慢地读道,"从那里,乘飞机到格里姆西小岛。渔港对面,防波堤的尽头,就是暖岛。眼下冰架已经基本融化,需要找一个渔夫把我们带到那里。不太容易做到,因为小岛上有许多迷信传说。找个愿意把小船租给我们的渔夫也不容易。"

"去那儿找什么?"当格拉尔问道,"岩石?残雪?还是想躺在温热的石头上长生不老?"

"不,不是暖石。"

"那么找什么呢?"

"我怎么知道,当格拉尔,我还没有找呢?"

当格拉尔也放下了刀叉。

"您亲口说的。这不是调查,也不关我们的事儿。"

"我是说过。"

"您可能会被撤职。"

"雷坦库尔已经提醒过我。她几乎威胁我,说要向分局长汇报。"

"雷坦库尔不是那种告密的人。"维朗克说。

"可是她怒不可遏,她会不顾一切地阻止我去那儿。"

"那更不应该去了。"当格拉尔非常坚定地说道。

"你打算什么时候动身?"维朗克问。

"你一起去吗?"

"当然。"维朗克以他特有的平静,不动声色地说道。

像罗马人,夏多说过。

"什么意思?还'当然'?"当格拉尔叫道,他突然发现自己被两个同事孤立了。

"他去那儿,我也去。"维朗克说,"我也感兴趣。我同意让-巴蒂斯特的说法,维克多没有说实话,他的谎撒得非常巧妙,几乎看不出来。"

"那您是怎么看出来的?"

"观察阿梅代的脸。冰岛发生过一些事情。把它们搞清楚,是蛮有意思的。"

"蛮有意思!蛮有意思的事情多着呢!"当格拉尔这下子冲动起来。"我想参观境内所有罗曼式教堂,那是'蛮有意思',可是我会这么做吗?我有时间吗?我想去伦敦找女朋友,因为她将要和我分手。我有时间吗?手头积压着四起谋杀案,还会有别的谋杀案要处理,我有时间吗?"

"您没有告诉我啊,当格拉尔,"亚当斯贝格说,"您和那位戴红眼镜的女朋友的事儿。"

"那跟您有关系吗？"当格拉尔没好气地说，"可是您呢，与此同时，您跑去冰岛，违反纪律，根本不是去执行任务！又为什么呢？因为它'蛮有意思'！"

"非常有意思。"亚当斯贝格点了点头。

"您这么说，警督，是因为您嫉妒我们。"维朗克微笑着说道，这种微笑只有女性喜欢，当格拉尔根本不以为然。"您嫉妒我们，但又不敢跟我们一起去。一路辛苦、寒冷、险恶的雾气、令人生畏的火山岩。但您又后悔不能走进这家面对暖岛的小客栈，品尝一杯'布雷尼温酒'。"

"胡说八道，维朗克！要知道我喝过'布雷尼温酒'，也叫'黑死酒'。你们去那儿没有目的、没有逻辑，没有丝毫的合理因素可言。"

"您说得很对。"亚当斯贝格说，"但是当格拉尔，不久之前您不是说过，向知识的磨坊里加点东西总是好的吗？"

"就把罗伯斯庇尔协会造成的灾难全甩给我们啦？"

"正是，当格拉尔，眼下是出发的最佳时机。罗伯斯庇尔协会的灾难陷入僵局，我们的棋子全都完美地摆在棋盘上。但是没有任何动静。您明白我的意思吗？没有棋子移动。您能告诉我谁说过'动物运动'吗？我记不清了。"

"亚里士多德。"当格拉尔低吼道。

"他是古代学者，对吗？"

"希腊哲学家。"

"您不佩服他吗？"

"这件事跟亚里士多德有啥关系呢？"

"我们需要他的智慧。没有什么会永远不变。罗伯斯庇尔协会的棋盘毫无动静,这非常不正常,当格拉尔。棋子迟早会开始移动,我们必须能够察觉到。但现在还为时过早。因此,现在正是离开的好时机。无论如何,我别无选择。"

"为什么别无选择?"

"因为它让我痒痒。"

"卢西奥那种'痒痒'?"

"是的。"

"您忘了吗,警长,"当格拉尔怒气冲冲地说,"下周一晚上开大会,我们准备在这块棋盘上下一招棋?找出被送上断头台的德穆兰的后代,以及刽子手桑松的后代?"

"我会在场的,当格拉尔,跟您一样,八位负责跟踪的警员也会在那儿。所以我等到星期二再走。"

"队里会发生骚乱。兵变。"

"有可能。我让您负责控制骚乱。"

"我不干。"

"警督,您自己选择。但不管怎么样,队里由您来管。"

当格拉尔气呼呼地站起来,离开桌子。

"他会在车子里等我们的。"维朗克说。

"是的。你周末把行李准备好。带上厚衣服、扁酒壶、钱、指南针、GPS 定位器。"

"我不觉得暖岛上有网络。"

"我也不认为。也许迷雾会把我们锁在那里,也许我们会饿死、冻死。你会捕海豹吗?"

"不会。"

"我也不会。你认为我们应该带谁一起去啊?"

维朗克想了想,随手在桌子上转动杯子。

"雷坦库尔。"他说。

"我跟你说过她反对。而且维奥莱特反对的时候,就像一根水泥柱子,你说不动她的。算了,就咱们自己去吧。"

"她会来的。"维朗克说。

32

当格拉尔坐在车子后排，沉默不语，周末并未平复他的情绪。他们驱车去参加周一晚上国民大会的周会，芽月十一日和十六日的会议合并召开，还会逮捕丹东。

亚当斯贝格这两天一直忙于整理去冰岛的行装。他准备了救生毯、冰锥、雪地锚和通过冰隙的装备。作为一名地道的山里人，他攀登过比利牛斯山那些气温会降到零下10度的峰峦。他查看了4月底的天气预报，雷克雅未克——念起来真拗口——气温为9度，但是阿库雷里为零下5度，有风，平流雾，有可能降雪。他通过大使馆找了一个翻译，名字叫阿尔马·恩基比贾图尔松。好吧，可以叫他阿尔马。

圣拉扎尔火车站附近交通非常拥堵，汽车行驶缓慢，当格拉尔担心起来，最终打破了沉默。

"我们要迟到了，赶不上会议了。"

"咱们会准时到达，甚至有足够的时间慢慢地换衣服。"

一想到穿上紫色外套，炫耀刺绣精美的前襟，警督稍稍松了一口气。

"呃，当格拉尔，您还没有跟我讲过'罗伯斯庇尔无比痛苦的死亡'呢。"

他当然知道一旦开讲，故事就会没完没了。尽管当格拉尔决定保持沉默，但他抵挡不住这个问题的诱惑。

"他在热月九日被捕，"他有点不情不愿地开始，"大约是下午四点钟。他的弟弟奥古斯丁、大天使圣鞠斯特和许多其他人一起被捕。几经辗转，最后巴黎公社的起义失败——我概括着说……"

"那当然，当格拉尔。"

"……罗伯斯庇尔这时在市政厅。凌晨两点左右，一群人持枪冲破大门，他弟弟奥古斯丁跳出窗外摔断了一条腿。瘫痪的库通被扔下楼梯，至于罗伯斯庇尔，有两种假设：比较可信的是他朝自己嘴里开了一枪，可是只打掉了整个下颚。另一种假设是一个叫梅尔达——这种姓是编不出来的[1]——的警察朝他开枪。罗伯斯庇尔躺在地上，伤势惨重，下颚耷拉着。人们用担架把他抬到杜伊勒里宫，两个外科医生赶紧进行处理。其中一位把手伸进他嘴里，清理打碎的部分，取出两颗牙齿和碎骨。除了用绷带扎住他的下颚，没别的办法了。直到第二天下午五点左右，他们才一起被送上断头台。轮到罗伯斯庇尔受刑的时候，刽子手亨利，也就是我们的夏乐-亨利·桑松的儿子，用力扯掉他的绷带。整个下颚脱落，一股鲜血从他的嘴里喷出来，罗伯斯庇尔发出一声惨叫。一名目击者写道：'他的脸看上去不成人样，铁青的脸色使他面目狰狞。'他还补充说，当刽子手向民众展示罗伯斯庇尔的头颅时，'它已经成了一个令人厌

---

[1] 梅尔达法语为 Merda，与 merde（屎）相近。——译者注

恶的可怕东西'。"

"刽子手必须撕掉这条绷带吗？"

"用不着，绷带不影响斩刀切下。"

"我们有桑松的画像吗？"

"至少一位有画像，父亲夏尔-亨利的画像。肥胖的男人，大脑袋，眼睛耷拉在严厉的眉毛下面，鼻子很高、饱满，嘴唇肥厚下垂。"

"据说他喜欢解剖尸体，解剖那些被他处决的人。"维朗克补充说，"今晚能见到他的后代，够刺激。"

勒布伦戴着灰色的假发，脖子上紧紧围着从深红色外套里露出的蕾丝领带，几乎张开双臂在衣帽间里迎候他们。他拿着手杖，坐在一个路易十六风格的座椅上，座椅则固定在一个带着两个大木轮的箱子上。他演"瘫痪者"。

"库通公民，晚上好。"当格拉尔说。重回 1794 年的喜悦让当格拉尔恢复了平静，或者说让他在短短的几分钟内就忘记了现实。

"我其实不太像他吧？"勒布伦也跟着开玩笑道，"来吧，当格拉尔公民，告诉我，我看起来够勇敢吗？能演好罗伯斯庇尔的'第二灵魂'库通吗？"

"不太够，"当格拉尔坦言说，"但还凑合。"

"请穿上这些衣服，并交出手机。你们现在都应该熟悉这些规矩了。我已经为你们准备了与上周相同的服装，让你们适应自己的角色。"

三名警察穿着黑色、紫色和深蓝色的衣服重新出现，维朗克擦着他的白袜子，掸去灰尘。

"你也乐在其中了,维朗克公民?"勒布伦—库通问道。

"为什么不呢?"维朗克说着,在镜子前整理了一下假发。

"今晚谁主持大会?"当格拉尔问。

"塔利安。"

"没趣儿的人。"维朗克说。

"没错,公民。今晚,你们加入山岳派,坐到左侧上方的议席里。我的轮椅在平原派那边太显眼,怕你们会被人发现。别忘了,罗伯斯庇尔将在这次会议上指控丹东。哪怕你们感到惊愕,甚至害怕,你们也不敢反对,你们胆怯地跟着鼓掌。人们恐惧起来。连丹东都敢指责,到哪儿才是个头啊?还不如继续讨好罗伯斯庇尔吧。这就是你们的脚本。明白了吗?"

"完全明白。"当格拉尔看到勒布伦模仿会场上忧心忡忡的山岳派,被逗乐了。

亚当斯贝格开始明白过来,勒布伦其实很风趣。胆子小的人往往加入诙谐者的行列,这句话说得很对。

一个面容消瘦的男子悄无声息地走了进来,他的眼睛半闭着,眼皮特别长,像青蛙一样。他的嘴唇干裂。

"差点没有认出您来。"亚当斯贝格对勒布隆说,"厉害。"

"富歇公民。"当格拉尔也向他致意,"对你来说,今天是众人欢庆的夜晚,对吧?你会一声不吭,在暗中默默观察。"

"妆化得不错,不是吗?"勒布隆略微欠身说道,"但是富歇凹陷的脸颊,毒蛇般的虚伪目光,没有人模仿得了。"

"不过您还是令人发怵的。"亚当斯贝格说。

"'你令人发怵',"当格拉尔纠正道,"大革命时期,我们相互不说'您'。我们是平等的。"

"啊,那感情好。"

"还不够令人发怵。"勒布隆—富歇皱着眉头说,"警长公民,你要知道,富歇其实是大革命中最可怕的人。他绝对愤世嫉俗,像魔鬼一样狡猾,口蜜腹剑,他监视着每个人,善于见风使舵。相对于疯狂追求纯洁的理想主义者罗伯斯庇尔而言,他是草丛中的毒蛇。凶狠,血腥。他——我,我不久前从里昂回来,在那里我发现用大炮屠杀嫌疑犯更加利索。我被罗伯斯庇尔召回,他怒不可遏地对我说没有任何理由可以为我犯下的残忍行为辩护。公民们,这就是我今晚的处境,我在被告席上,"勒布隆说完这句话,露出一种满意的微笑,"我蛰伏在不可腐蚀者脚下,请求他原谅我的过激行为。"

他的微笑忽然让亚当斯贝格觉得不舒服。

"你跟罗伯斯庇尔一起被送上了断头台吗,富歇公民?"亚当斯贝格问道。

"我吗?"勒布隆眼睛里露出奸诈的目光,"谁能拿我怎么样?相反,我在策划他的垮台,我晚上拜访公会的代表,谎称下一批上断头台的名单上有他们的名字。我的话虽然是假的,但非常有效。我会除掉罗伯斯庇尔,他不出四个月会死去。好了,公民们,轮到我上台了。"

"他很不错。"勒布伦看着朋友的身影消失,称赞道。

"简直令人讨厌。"亚当斯贝格说。

"富歇确实令人讨厌。"勒布伦边说边用手杖敲着地面,"警司公民,劳驾你帮我推一下椅子。咱们得进去了。"

亚当斯贝格让他们三人先走，在交出手机之前，迅速给队里拨了个电话。

"凯尔诺基安？今晚再加两个人，把财务主管勒布隆给我盯得再紧一点。"

"做不到啊，警长。他和勒布伦护送罗伯斯庇尔回家后会神不知鬼不觉地消失。"

"这就是我的意思。要你们盯紧点。你们要搜地窖、屋顶、庭院。看看他是否会从另一条街溜走。"

今天晚上，会场里人头攒动，参加芽月十一日和十六日会议的人很多。代表们身穿黑色外套或色彩亮丽的燕尾服挤进会场，每个人都忙着在阴冷昏暗的大厅里找自己的座位。勒布伦待在亚当斯贝格和他的同事旁边，他的轮椅挤在两列长凳之间，与此同时，勒布隆—富歇半睁着眼睛，从他位于山岳派最高处的哨所，居高临下地扫视国民大会的会场。

"瞧那儿，"勒布伦轻声说，"右侧的看台，穿黑衣服的男人，戴着红围巾，旁边有个挥舞旗帜的女人。"

"那个胖子吗？"亚当斯贝格说。

"对，毡帽压得很低，把眼睛遮住了。就是他。"

"桑松的后代？"

"您怎么知道我指的不是德穆兰的后代呢？"

"因为这个人故意让别人联想到刽子手的形象。"

"他在扮演角色。这儿的每个人都在演戏。您刚才见到了勒布隆，给人感觉就是坏人。"

"其实他是解方程的。"

"可以这么说。请你们务必保持谨慎。"他压低嗓子说,"库通在这群人中间很醒目,一眼就能认出来,大家都在观察,模仿他的态度。"

"明白。"

亚当斯贝格打开藏在耳朵后面的小话筒。话筒被长款黑色假发遮住,一点都看不出来。

"桑松出现。"他轻声说。

"收到。"

罗伯斯庇尔现在走下议席,准备登上讲坛,议长塔利安刚邀请他上台发言。就像上次的会议一样,整个大厅陷入崇敬和警觉的沉默。是真的还是假的?亚当斯贝格观察着与会者,无法确定他们专注、崇拜或紧张的表情属于表演,还是此时此刻的真实情感。人们处在以假乱真、舍弃实物、追逐虚影的边缘,他明白了勒布伦和勒布隆研究这种边缘的重要性。那些疯狂和血腥的日子就是巨大的虚影。当格拉尔和维朗克再次彻底失去方向感,他们惊呆了,全神贯注地听着罗伯斯庇尔的演说,似乎完全忘记了自己身上的任务。今天晚上,罗伯斯庇尔言辞激昂,因为他必须在这个艰难的会议上,说服代表们将革命活力的化身、公牛般的丹东置于死地。在一片近乎神秘的寂静中,罗伯斯庇尔尖锐的声音今晚传遍了整个会场,传到了最远的座位上。

今天我们就看国民公会能否打破一个腐朽已久的所谓偶像,或者说,在它倒下的时候,它是否会压垮国民公会和法国人民!

山岳派阵营中响起了掌声，但有些人攥紧拳头顶住膝盖。平原派在犹豫，交头接耳，逐渐激动、害怕起来。亚当斯贝格想起自己的角色，开始小心翼翼地鼓掌，模仿一夜之交的同道们的举动。在他身旁，勒布伦—库通拿起手杖，随着掌声的节奏敲击地面，推波助澜。现场气氛紧张、冲动、强烈而且混乱，粉香、汗湿的气味弥漫着，在阴冷的寒气中益发浓烈。每个人都知道今晚发生的事件，但是每个人都忧心忡忡，仿佛对结局一无所知。就连认知范围有限的亚当斯贝格都在思忖，这个虚弱僵硬的罗伯斯庇尔，就像一块没有生命的木板，他怎么敢攻击充满活力、能量四溢的丹东呢？

他在哪些方面比其他公民高明呢？难道是因为他身边聚集着一些受骗的人……

亚当斯贝格看到当格拉尔的身体在紫色外套下紧绷，他熟悉这些著名的演讲，情绪逐步高涨。至少他不再想着冰岛了。在这个大厅里，即使只是想到自己明天要动身也显得不合时宜，不得体，几乎有些低俗。为什么要去冰岛，冰岛在哪儿？

"注意，"勒布伦小声对他说，"您仔细听下一句话。"

罗伯斯庇尔稍作停顿，双手抓住衣襟。

我说谁在此时发抖，谁就是有罪的；因为纯洁从不惧怕来自民众的监督。

"太可怕了。"亚当斯贝格嗫嚅道。

"这句话最可怕,我认为。"

罗伯斯庇尔继续讲着,他不断调整冗长句子的节奏,茫然的目光来回逡巡,评估会场里各种细微的情绪波动,他轻轻摘下或者调整眼镜,手势优雅,但不断地抬高干瘪的嗓音,有条不紊地增强气势,然而这种亢奋没有给他苍白的脸颊带来一丝血色。

"我们的第二个目标出现了。"勒布伦说道,"右侧看台,倒数第二排,坐在两个穿棕色衣服的男人之间。那个人有着栗色的长发,嘴唇看起来有点像女人,穿着灰色外套。"

亚当斯贝格提醒当格拉尔,因为他负责协调对德穆兰后代的监视行动。警督全神贯注于演讲者,花了大约十秒钟才做出反应,有些尴尬地打开了自己的小话筒。

"德穆兰的后代出现。"

"收到,警督。"

  我的生命属于祖国,我的内心毫无畏惧,即便我赴死,也毫无悔恨,没有任何耻辱。

全体代表起立,狂热而嘈杂地鼓掌。库通的手杖再次敲击地面,回应澎湃的激情。

"中场休息。"勒布伦解释道,"我之前告诉过你们,会议将暂停,然后进入芽月十六日的大会。"

数百名协会成员聚集在自助餐厅里,虽然桌上摆满了美食和饮料,但是无法营造出二十一世纪欢乐晚会的热烈气氛。每个人都深深地沉浸在自己的角色中，大厅里冷飕飕的，烛光昏暗。他们断断续续的对话和手势交流，仿佛停留在那个过去的时代。

"令人惊奇，不是吗？"勒布伦凑近亚当斯贝格说，狡猾的富歇推着他的轮椅。富歇曾经在里昂实施血腥屠杀，为了求得宽恕，他投靠了可怕的库通。"但是正如您所见，勒布隆—富歇依然扮演着叛徒的角色，为了一己的私利，他可以背叛一切事业。后来他成为拿破仑的大臣，当然是警务大臣，并被封为公爵。"

"那是最起码的回报，他为国家做了那么多的贡献。"勒布隆愤愤不平地说道。

"桑松动起来了。"亚当斯贝格忽然提醒。

"德穆兰在后面跟随，离开八米远。"当格拉尔说。

"他们朝南门去了。"勒布伦说，"你们赶快。"

瓦兹内、贾斯汀、诺埃尔和莫尔登立刻各就各位。四分钟后，接收器噼里啪啦响起来。

"看见了，"莫尔登说，"他们一起出门，但是两人走的方向正好相反。"

"胖的是桑松，"亚当斯贝格说，"让瓦兹内、诺埃尔跟上去。漂亮的娃娃脸是德穆兰，您和贾斯汀盯住他。"

"桑松上了摩托。德穆兰开自己的车。"

"记下他们的车牌号码。实际上，"亚当斯贝格扭头看着勒布伦说，"他们两个人似乎彼此认识。这可能会让情况变得复杂。"

二十分钟后，确定了桑松的住处，位于老磨坊街。又过了十五分钟，德穆兰的住所也被确认，在高雅的居内默街。明天就传唤他们。亚当斯贝格很遗憾不能参加问询。不过他跟莫尔登商量过了，如果可能的话，他也许可以从疯狂的冰岛在线听取盘问。

队里开始出现不满情绪。

可是自己去那儿干什么呢？亚当斯贝格又思忖起来。

"我觉得冰岛很遥远。"他对维朗克说。

"就是很远。"维朗克说。

"我的意思是，思想上很遥远，时间上很遥远，离我有两个多世纪。这个聚会如此生动，真让人疯狂。此时此刻，我感觉我已经不太明白坐飞机是怎么回事了。"

"我明白了。必须承认，罗伯斯庇尔今晚表现得非常出色。让人毛骨悚然。"

"没有富歇那么吓人吧？"

"你注意到了？可以说他在扮演这个可怕的角色时得心应手。"

"我们到冰岛去干嘛？如果这个地方真的存在的话？"

"播撒大革命的种子？"

"好主意，"亚当斯贝格点头称是，"带上那个时代的著作。当迷雾把我们困在岛上的时候，这些书籍会陪伴我们。"

"我们会朗诵名篇。"

"为了平等，为了自由。冷得瑟瑟发抖。"

"没错。"

33

"听说你要去北极?"卢西奥大声打招呼。

路灯的灯泡烧坏了,夜色浓重,亚当斯贝格没有注意到邻居。

"不是去北极,是去冰岛。"

"一回事儿。"

"可是我不知道为什么自己动身去那儿。"

"你去挠完身上的痒,挠在凹村咬了你的东西。不用多想了。"

"可是那不行啊,卢西奥。"亚当斯贝格说着伸手要啤酒。

"已经开了。这样免得你糟蹋那棵树。"

"这样不行,我放弃了调查,放弃了手下的人,只是为了去一片冰天雪地里挠痒痒。"

"你没有别的选择。"

"我连冰岛在哪里、飞机在哪里都不知道。都怪国民公会的那些会议。我跟你说过。现在是1794年4月。你明白吗?"

"不明白。"

"那你明白什么?"

"我知道一只该死的虫子蜇了你一下。"

"我还有时间取消行程。"

"不行。"

"我的部下几乎全都反对我。他们明天看到我真的走了,肯定要造反。他们不能理解。"

"我们永远不懂他人身上瘙痒的痛苦。"

"我去取消行程。"亚当斯贝格起身说。

"不。"卢西奥再次阻止,用仅存的一只手紧紧抓住他的手腕。这只手一直单独使用,所以几乎像两只手一样有力。"如果你取消行程,就会进一步感染,你会后悔不已。一旦你准备好行李,就不要回头。想听我一句话吗?"

"不想。"亚当斯贝格被老头子自说自话的强势惹毛了。

"把啤酒喝掉。一口干了。"

亚当斯贝格心力交瘁,看到西班牙人不悦的目光,无奈照办了。

"现在,"卢西奥命令道,"去睡觉吧,伙计。"

这样的话,他这辈子没有说过。

然后他听到他清了清嗓子,一口痰吐在地上。这样的事,卢西奥这辈子也没有做过。

34

亚当斯贝格在值机柜台与维朗克会合，办理前往雷克雅未克的十四点三十分航班的手续。4月不是旅游旺季，排队的人不多。除了商务人士外，还有很多金发的人，那种略略偏白的金色，都是回家过复活节的冰岛人。他们行李轻便，神态平和。只有亚当斯贝格和维朗克的背包沉甸甸的，仿佛准备应对冰块的袭击。说到底，那些岛屿毕竟不同于其他岛屿。

他们旁边有一个空座，是雷坦库尔的位子，维朗克拒绝取消这个座位。

"我看见她在排队。"他落座后说道，"看到雷坦库尔。可是她根本不想跟我们会合，紧绷着脸，像一只紧闭的牡蛎。你知道的，有些牡蛎总是拼命抵抗，不肯让我们撬开，到最后只能扔掉，或者用锤子敲才能让它们就范。"

"我明白。"

"她这是表示：'永远不要问我为什么在这里，无论如何也不要问。'"

"那你觉得她为什么出现在这儿呢？"

"她可能认为像我们这样的两个人在这次探险中活不下来，觉得有责任保护我们，免受恶劣环境的伤害。"

"或者，尽管这座神秘的暖岛充满谜团，但她仍然对其中某些事情感兴趣。"

"那块石头？你觉得她想从那块石头中获取某种力量吗？"

"千万别，"亚当斯贝格说道，"这样会让她过于强大，最终会爆炸的。不接近它，反而对她有好处。"

"也许因为她想与哗变的人划清界限，尽管她支持他们造反，但她想减轻暴动带来的影响。如果没有她的支持，反对者们将失去重量级的后援。警队现在肯定人心惶惶：'为什么雷坦库尔跟着他们去冰岛？''到底谁是对的，谁是错的？'"

最后几名乘客上了飞机，雷坦库尔走向他们，却没有看他们一眼。亚当斯贝格抬起座位扶手，稍微移动了一下身体，给魁梧的警司腾出更多空间，因为座位太窄，不适合她的体型。飞机起飞后，大家都保持着沉默，雷坦库尔捧着一本杂志，但似乎并没有在看。

"冰岛上空碧空如洗。我查了天气。"维朗克说。

"但在那儿，只要打个喷嚏，天气就会变。"亚当斯贝格回答道。

"是的。"

"我们甚至看不到雷雅卡未克。"

"雷克雅未克。"

"这地名真难读。"

"红色、蓝色、白色、粉色、黄色的房屋立面，"维朗克继续说着，"湖泊和悬崖，黑色和白雪皑皑的山脉。"

"一定很漂亮。"

"当然很漂亮。"

"我学会了如何说'再见'和'谢谢'。"亚当斯贝格从裤子口袋里掏出一张小卡片,"'布莱斯','塔克'。"

"为什么不学'你好'呢?"

"太难学了。"

"只会两个词,走不了多远的。"

"我们有大使馆的翻译,他会拿着牌子在出口迎接我们。"

"我们待会儿在机场吃点东西吧。"

"行。"

"你觉得有什么东西好吃吗?"

"烟熏鱼。"

"或者是国际餐食。"

没有任何反应,一点动静都没有。两个人想方设法打破雷坦库尔的沉默,可是白费力气。

飞机着陆,国际标餐,雷坦库尔一声不吭,两三口就吃完了。

"这下有意思了,"维朗克低声说,"像拖着一尊雕像似的,这几天会累得够呛。"

"有可能。"

"咱们可以把她扔在这里?悄悄开溜?"

"来不及了,维朗克。"

亚当斯贝格看了看手机。

"晚上七点开始盘问桑松后代。"他说,"我们有两小时的时差,现在差不多五点了,咱们上线吧。"

雷坦库尔脸上的表情有了些变化。她步子稍微轻快起来,跟着两个同事来到桌子前,亚当斯贝格开始联网。

"我们只能听到声音,"他说,"而且这个托尔瓦的喇叭不太响。盘问的时候,我们尽量不要做评论。"

"我不认为雷坦库尔警司会对我们造成干扰。"维朗克当着她的面斗胆说道。

"不会的,"亚当斯贝格接着说,"维奥莱特和我们同行,就像走上忘我的受难之路。不过,冰岛真美啊。"

"非常美。"

"非常美。"亚当斯贝格重复道。

"一次美好的旅行。"

"非常美好。"亚当斯贝格说。

"难得。"

"难得。"

对刽子手后代的问询没有准时开始。他的名字叫勒内·勒瓦莱,当格拉尔、莫尔登和贾斯汀负责盘问。

"把我找来干嘛?能告诉我吗?"

嗓音嘶哑,带着油腻的巴黎口音。

"就像我们之前说的那样,您在这里的身份是证人。"当格拉尔说。

"什么的证人?"

"一会儿再谈。您从事什么职业,勒瓦莱先生?"

"我在伊夫林省的穆尔森屠宰场干活。"

"您屠宰什么?"

"杀牛呗。不过请注意,我们实行人性化屠宰,法律规定。"

"能解释一下吗?"

"我们先通电把它们击晕,趁着它们昏迷割喉。说实话,电麻不一定每次都奏效。"

"您喜欢这一行吗?"

"混口饭吃。这件事总得有人干,对不对?大家很高兴有人做这件事,对吧?看到自己的盘子有牛排,而且用不着去多想,多开心啊。我们为大伙效劳,仅此而已。"

"就像有人得献身当刽子手那样。"

"这两件事有啥关系?"

"因为您的祖先是著名的刽子手桑松。"

"哪门子的关系啊?"勒瓦莱顿时怒了,"断头台总得有人愿意去操作吧。现在的操作会更加专业,先让受刑者进入昏迷状态。"

"现在已经废除死刑了,勒瓦莱先生。"

"那么要我来作什么证?"

"大革命期间国民公会会议再现。马克西米利安·罗伯斯庇尔著作研究协会举办的。"

"然后呢?不合法吗?"

"绝对合法。"

"那就好,那我走了。"

"您还不能走。您为什么每周一晚上都参加这些集会呢?"

"难道没有人上剧场看戏吗?嗯,那是一回事儿啊。"

"那是您的剧场吗？"

"随您怎么说，我不在乎。"

"您的剧场难道就是那些让您的祖先，尤其是夏尔-亨利获得如此可怕名声的地方？"

"然后呢？"

"有四个参加大会的人被杀害了。"

将受害者的照片摊在桌子上的声音。

"不认识。"勒瓦莱说。

"我们担心，"莫尔登继续说道，"凶手会杀害协会的其他成员，然后向高层目标——罗伯斯庇尔或者扮演罗伯斯庇尔的演员下手。"

"您应该说，那个自以为是罗伯斯庇尔的演员，那个家伙有病，您知道的。"

"所以我们问了很多协会成员，"莫尔登撒了个谎，"我们需要了解您参加集会的动机。"

"嗯，看看他们呗。哦，不止我一个人，其他人的后代也来看他们的。"

"是啊，"当格拉尔继续说道，"似乎您和卡米耶·德穆兰的后代是朋友。"

"他是好人。"

亚当斯贝格在笔记本上记道：小孩子的话，好人，坏人，黑白分明的世界。

"但他不是我的朋友，熟人而已。"

"那您跟这个熟人做了什么，说了什么？"

"就是聊聊咱们各自的不幸经历，是他们造成的，我们互相支持呗。"

"德穆兰遇到什么不幸经历呢?"

"首先这个姓不对。我不该多嘴。他不能容忍他们把卡米耶送上断头台,卡米耶是个好人,然后又将他的妻子斩首。因为那个两岁的小男孩从此举目无亲。"

"这个我知道。"当格拉尔说。

"真没人性。"

"是啊,可是您家里没有人被砍头。您遭遇了什么不幸呢?"

"非得跟警察诉说自己的倒霉事儿吗?"

"今天是的。对不起,勒瓦莱先生。"

"对不起,说给谁听呐。我说完以后可以走了吗?"

"可以。"

"我的遭遇比德穆兰更惨,这是我对他说的话。而且都是因为他们、都是因为那些穿着漂亮衣服,在下面玩得不亦乐乎的人造成的。我想看他们死掉。"

"您想杀了他们?"

"没必要。看来你们警察从来不动脑子。因为剧终时,他们都死了,终于死了。被夏尔-亨利和亨利老舅砍下脑袋。看了很解气。他们最终都死了,而且死在我们桑松的手下。现在该轮到丹东和其他恶人了。"

"包括善良的卡米耶·德穆兰。"

"好吧。但他也不是清清白白的,我跟他的后代说了这个。在他被处决之前,已经有人死了,他没有反对过。德穆兰还告诉我,卡米耶甚至做过一件傻事。罗伯斯庇尔住在一个有几个小女孩的人家里，他喜欢她们，不是您想象的那种喜欢。更像是关心她们，教她们学文化。卡米耶有事没事去那儿玩。一天晚上，他给一个年纪还很小的女孩看一本书。罗伯斯庇尔立刻发现那本书不正当，里面有成人图片，您明白吗？"

"色情书？"

"差不多。罗伯斯庇尔勃然大怒，从女孩手中夺走那本书。从那以后，卡米耶再也得不到罗伯斯庇尔的青睐。罗伯斯庇尔不是开这种玩笑的人。"

"好的。"当格拉尔略微迟疑后说，"您刚才说'现在该轮到丹东和其他恶人了'。"

"你觉得当格拉尔读到过这件轶事吗？"维朗克轻声问道，"关于这本书的事儿。"

"肯定没有读到过，不然他早就评论一番了。"

"这会让他恼火的。"

"是的。"

"没错。"勒瓦莱回答道，"这件事将由亨利老舅来办。桑松老爹没力气了。亨利老舅不久就要砍断罗伯斯庇尔的脖子——只剩下九次会议，而且还会扯掉他的绷带，折磨他。这一点我是不赞成的，他那天失控了，我是不赞成的。但是在那个年代，他们不懂以人道的方式处死。对于我的动物，我向您保证它们不会痛苦。但有时候会失手，真的很让人心痛。"

"我懂。"莫尔登说，听他的语气，似乎真懂了。

"那您的遭遇呢?"当格拉尔几乎温和地重复道,"您告诉德穆兰的那些遭遇,能告诉我们吗?"

"他不姓德穆兰。"

"我们知道。他的名字叫雅克·马勒莫。"

"这个名字可不好听[1],是吧?"

"当然,这个名字肯定没有帮到他。但我们今天谈您的事。"

"真他妈的。要把自己的故事都讲出来?"

"有时候是需要的。但用不着全说出来,说一下他们对您的伤害就行了。"

"我做不到。"

"为什么?"

"有时候我会哭。但我不会在警察面前掉眼泪。"

相当长的沉默。雷坦库尔全神贯注地听着宰牛人说话,忘了保持赌气的神态。

"我,"贾斯汀说,"我是个警察,有时候我也会哭。"

"当着同事的面,小伙子?"

"是的,我哭过。一个女人把我甩了。"

"哼,女人都是这副德性。"

"是的。"贾斯汀说。

"你们呢?是警督吧?你们会在手下面前哭吗?"

"哭过一次。"莫尔登说。

"啊。那我要是哭的话,你们不会说出去吧?"

---

[1] 马勒莫法语为 Mallemort,与 male mort(横死)谐音。——译者注

"不会说的。"当格拉尔让他放心,"要不要来杯葡萄酒帮您一把啊?我这里有一瓶 2004 年的干白,好年份。"

"你们警察的日子好滋润。不是陷阱吧?"

"不是。我陪您喝一杯。"

"现在这个时候?执勤期间?"

"现在是开胃酒时间。您看,录音机开着,我们的声音都录在里面。万一发生'那件事',我会关录音的。"

再次沉默。

"那是六年前的事了。我不像现在这么胖,恰恰相反,那时候的形象还挺不错,我知道你们不信。"

听到玻璃杯和酒瓶碰撞的声音。

"他钻空子喝酒啊,当格拉尔。"雷坦库尔忽然说道,脸上露出一丝笑容。

"倒不是,维奥莱特。我看他是在帮忙。"

"他那瓶 2004 年的非常好喝。"维朗克说。

"确实。"雷坦库尔附和道。

"您的酒确实好喝。"勒瓦莱说道,仿佛在回应远在雷克雅未克机场的那些听众。

"我亲自跑去桑塞尔产区买来的,那是一个小酒庄,价格不贵。"

"能把地址告诉我吗?"

"可以啊。"

"而且喝了确实能壮胆。哦，我那时候形象还不错，有一个交了三年的女朋友。她的肚子大了，于是我们准备结婚。"

"您是说她怀孕了？"

"是的，怀孕五个月。我当时很高兴。这孩子将来不会去屠宰场干活，我说话算数的，尤其因为她是个女孩。谁知道后来有个老不死的姨妈来看我未婚妻。老不死的从来就看不惯我，告诉我未婚妻说我祖上是桑松，这种血腥的本性是改不了的，瞧瞧我在屠宰场工作就知道了。好像两者之间有什么关系似的。人总得吃饭吧。但我确实没告诉过阿丽亚娜这件事。"

"为什么不说呢？"

"因为女人是敏感的，我想她不会太喜欢刽子手，也不会喜欢成天杀生的人，这很正常。所以我一直对她说我在伊夫林省一家鞋子批发公司上班，这样她就没办法到公司来找我。我学了很多关于鞋子的知识。真皮鞋、仿革鞋、鞋底、鞋带、魔术贴等，尤其是意大利鞋的情况。我说我在拖鞋部门工作。这样让人放心，毕竟是拖鞋嘛。"

"那是当然的。换了我，我也会这么做的。"

"于是结果就变得非常糟糕。特别是那个关于刽子手的故事，她完全不能容忍。阿丽亚娜说，因为我的谎言，她会'生下刽子手的女儿'。她说永远不会和一个'血统里有这种东西'的男人在一起。"

又是一阵短暂的沉默。

"一会儿就好，一会儿就好。"那个人又说道，当格拉尔已经关了录音。"使劲按压眼睛，能让泪水倒流回去。我央求她，能说的话都说了,但她还是离开了。她一脸鄙夷地看着我。她去了尽可能远的地方——去找她在波兰的亲戚——为的是不让我再见到我的女儿。"

沉默。

"他在按压眼睛。"亚当斯贝格说。

"打那时候起,我就像牛一样地胖了起来,头发也掉了,总之一切都不顺利吧。我差点要杀了那个姨妈,不料她出了车祸,活该。可是让桑松家族出名的,不就是这些闹革命的巴黎人吗?"

当格拉尔重新按下录音键。

"有谁知道外省的刽子手都叫什么,对吧?这些家伙,我会杀了他们,反正我想杀掉所有人。我经常出现心悸,去看一位心脏科医生,医生跟说我有个地方可以看到大革命场景,他们最后都会死去,他还说看这种场景对我来说没有坏处。看了这出戏,确实让我感觉好多了。等到7月,我就不去了,准备减肥。说不定我会再遇到一个女人,德穆兰跟我说的。我都没想到这一点。"

候机厅里响起了前往阿库雷里的登机广播,用的是冰岛语和英语。他们拿起行李,维朗克带着他们朝登机口走去。

"不是他。"亚当斯贝格说。

"我也觉得不是他。"维朗克说。

他们等待雷坦库尔发表意见,不知道这次休息之后,她会不会活过来,或者仍然像一尊一言不发的雕像。

"不幸的人,"她说,"没有危害。"

"我们几点降落?"维朗克问。

"当地时间七点五十分。"

亚当斯贝格从后裤兜里掏出手机。

"当格拉尔的短信。"他说,"他问我们对问询的看法。语气生硬。"

"不幸的人,不危险,放了他。"亚当斯贝格写道。

"放了。"当格拉尔的回复只有两个字。

"什么时候盘问德穆兰?"

"德穆兰。明天早上十点,你们那该死的岛上是八点。"

在前往阿库雷里的短途飞行中,亚当斯贝格的思绪不经意地飘向桑松后代的悲惨命运,以及自己在国民公会里的奇怪见闻。勒布伦说过,各种门类的医学在参加聚会的成员中起作用。说不定勒瓦莱最终会说出自己的故事。这位秘书很细心,并且鼓励沟通。也许他以自己专长帮助过他。

冰岛的翻译已经在等他们,手里举着一块牌子摇晃着。他个子矮、肚子大、黑头发,亚当斯贝格没想到他年纪不小了,大约六十岁,却很活跃。甚至有些兴奋。他像在热切等待好友,大声地跟他们打招呼,带着明显的口音。

"如果您同意的话,我们就叫您阿尔马可以吗?"亚当斯贝格握住他的手说,"我读不来您的姓。"

"没问题,"阿尔马举起短小的双手说,"这儿的人没有姓氏。

我们都是'某人的儿子,'或者'某人的女儿',明白吗?"

维朗克觉得阿尔马的法语大概是在语言表达比较粗糙的环境中学的,没人会选他去翻译政务或学术方面的会议,所以亚当斯贝格才能这么容易地临时招到他。

"比方说,我的儿子叫阿尔马松。阿尔马松的意思是阿尔马的儿子,你们懂了吗?实用而且方便。咱们去哪儿呢?我不建议你们进城,那里很丑。至少我们这些外地人觉得很丑。我来自基尔丘拜亚拉伊斯蒂,不用多说,你们也明白的。"

"一点都不明白。"

"你们从来没来过这儿?"

"没有,我们是警察,是来调查的。"

"他们是这么告诉我的,很对我胃口,会很好玩的。"

"那不一定。"雷坦库尔说。

矮个子男人似乎突然发现高大威猛的女警官站在自己眼前,不由多打量了她一会儿。与此同时,亚当斯贝格的思绪飞向德穆兰的后代。见鬼,他的祖先死于非命,横死,惨死,留下的孩子成了孤儿,他还姓了马勒莫,真是太难了。他来寻求治疗,来看罪魁祸首们毙命,以治愈创伤?还是准备为祖先的不幸遭遇报仇?

"你们想上哪儿吃晚饭?"

亚当斯贝格解释说,他们必须早起,因为早上八点要听盘问,而且前往格里姆西岛的航班将在上午十一点起飞。"你们要在这里旁听盘问吗?有意思,"阿尔马表示赞同,"那么我带你们去城南的一家小旅馆吧,离机场不远。这样就保险了。酒店的餐厅很不错,东西也好吃。你们喜欢吃鱼吗?不过房间不是豪华的那种。还可以吗?"

可以。

"出机场前穿暖和点。天气虽然不是很冷,但还是有点凉的,你们明白吗?晚上气温大约在零下3度左右,比法国一下子低了20度,不过用不着害怕。冰岛的寒冷会令人振奋起来,你们会看到的。不是所有的寒冷都能产生这种效果。"

"明白。"亚当斯贝格说。

他们穿上毛衣和羽绒服,阿尔马开车把他们带到一家小旅馆,位于阿库雷里南郊,外墙涂成红色,周围的屋顶上还留着残雪。

"总算还看到一栋红颜色的房子。"维朗克说。

"我们为此而来,不是吗?"雷坦库尔问。

"没错,警司。"亚当斯贝格确认道。

"它叫'熊旅馆'。"阿尔马指着闪烁的粉红色霓虹灯店招说,"别听它瞎扯。冰岛早就没有熊了。冰架逐渐融化,北极熊来这里的难度越来越大。"

"为什么这儿的房子都涂了颜色?"

"因为冰岛只有两种颜色,黑和白,你们明白吗?只有火山岩和冰雪。所以配任何颜色都好看。照法国人的说法,黑色可以百搭。不过你们等着看湛蓝的天空吧,你们绝对没见过那种蓝色,绝对没有。"

"这个季节,好天气很多吗?"雷坦库尔问道。

"跟你们那儿一样。不过这并不意味着经常有太阳,我必须承认,这里雨水挺多的。"

他们住的房间很凉，阿尔马帮他们安顿下来，点了晚餐，还安排好早餐。他今天晚上不能陪他们，因为他要趁来阿库雷里的机会跟朋友聚一聚，七年没有见面了。

"会很有趣的，"他说道，"我给你们点了啤酒，别被忽悠了喝葡萄酒，否则会花光你们的盘缠。明天早上十点，咱们在楼下集合，搭乘老飞机，时间足够了。现在这个时候没有人来北极观光。你们去格里姆西岛调查谁啊？那里只有一百来个居民。"

"我们不是去调查谁。"亚当斯贝格说，"我们只是去对面的小岛，那儿有一块暖石。"

阿尔马顿时不再嘻嘻哈哈。

"狐狸岛？"他问道。

"我想形状有点像狐狸吧，有两只尖耳朵。"

"那不好玩。"阿尔马摇摇头说，"十年前，一群傻瓜在那儿迷路了，你们至少听说过这件事吧？有两个人死了，是冻死的。"

"所以我们去那儿。"维朗克说，"我们做调查。"

"那儿啥都没有，"阿尔马坚持道，"这么长时间过去了，你们打算找什么？有线索吗？别自欺欺人了。那儿下过几百场暴风雨，极地风、大雪、坚冰接连不断。狐狸岛留不住任何东西。"

"就算这样，我们还是要去看看，"亚当斯贝格说，"我们接到了命令。"

"好吧，我不想冒犯你们的上级，但是这些命令很蠢。更糟糕的是，不会有人愿意带你们去。他们认为岛上住着魔鬼。"

"什么魔鬼？"

"有些人铁了心相信，有些人不相信，但是不想冒这个险。可是你们,你们法国人,魔鬼就在你们的身上。当地人都这么说。法国人动不动就头脑发热。这儿的人不是这样过日子的。"

"那么我们就租一条船,自己过去。距离码头只有一箭之遥。"

"这儿的一箭之遥,警长,可能就是一辈子的事儿啦。有时候擤个鼻涕的功夫,天就变了。建议您给上级打电话,别去那个岛上。"

"但是,阿尔马,您知道我们在那边啊。如果不见我们回来,您可以请求救援。"

"请求救援?"阿尔马激动起来,连连摆手,"如果降雾怎么办?直升机怎么找到你们?看不清地面,它怎么降落呢?'斯基特'!"话音未落,他扭头就走。

"我觉得他说的是'该死'。"维朗克一边看翻译晃着胳膊离去一边说。

"我觉得有道理。"雷坦库尔说。

旅店的老板长着一头黄澄澄的金发,脸上表情严肃坚毅,似乎扛得住任何恶劣天气。他默默地给他们端来头道菜,腌鲱鱼片配黑麦面包,接着是一道烟熏羔羊肉——维朗克这样鉴定——配着蔬菜。

"有点像酸菜炖猪肉。"亚当斯贝格尝了一口。

"是啊,不过是红颜色的酸菜。"

"那就叫红酸菜吧。他们喜欢颜色。"

"你们听到阿尔马的话了吗?"雷坦库尔吃得比他们快一倍。

"我们租船去。"

"我们啥都不租,哪儿都不去。他了解这个地方。十年的风雨抹去了一切。你们指望找到什么？找到一把留下指纹的刀子？还是一张被石头压住纸条，上面写着认罪自白？"

"我想去看看，雷坦库尔，看看那里是否和维克多说的一样。看看他们是否生过火，即使过了十年，石头上也会留下很多痕迹。看看他们是否拆掉了晒鱼老屋的木板。实地观察，想象。看看到底有没有那块温热的石碑，是不是有人为了阻止我们接近在编故事。"

雷坦库尔耸了耸厚实的肩膀，手指拨弄着脖子上细腻的金色卷发，散发出天然的精致感。

"羔羊肉很嫩，入口即化，"维朗克想缓和气氛，"我给你们再盛一点？"

"那您留在码头上，雷坦库尔，"亚当斯贝格说，"我不强加于人。"

"您走偏了，警长。这一切到底是为了什么呢？"

"因为它让我觉得痒痒，卢西奥说。今天晚上，维奥莱特，您可以在窗户眺望，欣赏群山衬托下的城市灯火和晶莹冰雪。真的很美，让人放松心情。"

"这就是旅行的目的，不是吗？"雷坦库尔说。

35

老板为他们准备了一份显然不容错过任何环节的早餐：无限量供应的咖啡、酸牛奶、猪肉酱、火腿、奶酪和黑麦煎饼。他们吃得有点撑，又续了一杯咖啡，然后都去了维朗克的房间。这是唯一有一张小桌子并能让亚当斯贝格连上网络的房间。趁德穆兰的后代还没到，亚当斯贝格推开窗户，环顾黑白相间的山峦。阿尔马没说错，蓝色的天空似乎用了特殊颜料，山峰的轮廓清晰可见，仿佛在颤动一般。

"开始了，"雷坦库尔低声说，"当格拉尔主持。"

"天气真好。"亚当斯贝格说着关上窗户。

四张死者的照片又被啪的甩在桌子上。

"这几起谋杀案在自助餐厅里传开了，"德穆兰的后代承认，"但我不认识这些人，不认识。"

雅克·马勒莫的声音平静而自信，没有丝毫的恼怒。

"尽管这个人有点面熟。"

"他叫安吉利诺·冈萨雷斯。他从临时会员变成了固定会员。"

"哦，因为他入戏了，嗯？"

"这是他穿着礼服的画像。"当格拉尔说。

"画得真漂亮。"马勒莫称赞道,"是的,我想起来了。他把埃贝尔演得活灵活现,像赶大车的车夫那样破口大骂,罗伯斯庇尔听了十分惊讶,非常逼真。"

"您没有一点关于他的信息吗?"

"我们从来没有交谈过。我们在那儿很少谈论自己。那不是我们的目的。"

"我们想知道的是,您为什么参加这个大会。"

传来椅子靠背特有的摩擦声,每个人都对此非常熟悉,它是警局里常见的背景声之一,还有猫从复印机上跳下来的声音,因为翻废纸篓的欲望克服了它的懒散。马勒莫-德穆兰身体后仰,靠在椅背上。

"我懂了,"他说道,"你们在进行刑事调查。有人袭击了协会的会员。而我作为德穆兰家族的后代——我不知道你们是怎么发现的——我成了一个很好的嫌疑人。两个多世纪过去了,对祖先们当年惨遭处决,我依然耿耿于怀,所以我杀死这些人,为善良的卡米耶报仇雪恨。你们知道我们有多少人吗?将近七百人。要杀多少人啊,还不如堵住出口,放一把大火,是不是?"

语气依然那么平和,没有丝毫的担忧。他似乎更像是在自言自语地思考,而不是为自己进行辩护。

"更有可能的是,"他设身处地,站在警方位置上考虑问题,"被盯上的是罗伯斯庇尔。我之所以这么说,是因为那个人的表演非常出色,甚至有些令人不安。不过,你们的凶手想先杀掉其他人,以此来动摇罗伯斯庇尔,让他看到死亡步步逼近,让他感到害怕。我猜想你们已经见过他了?见过这位演员了吗?"

"是的。"当格拉尔不情愿地说。

"当格拉尔跟他在一起不自在,不如跟桑松在一起。"亚当斯贝格低声说,"他好像不知道如何对付这张俊俏的脸蛋和女孩子一般的嘴唇。"

"他害怕吗?罗伯斯庇尔?"马勒莫问道。

"我觉得不害怕。他主要担心协会会员。我的问题呢,马勒莫先生?"

"我没有忘记您的问题。"听得出语调中带着微笑,"这已经是我的第二轮了,四年了。"

"那么所有这些大会,您都是第二次参加啦?"

"是的。但是随着时间的推移,我的动机发生了奇妙的变化。因此,对您的'为什么',我有两个答案。"

"所以应该问两个'为什么'。"

"是的。第一个是关于我加入协会的原因,这很简单。因为我是历史学家。"

"这我们知道。您是巴黎第十大学的现代史教授。"

"没错。卡米耶崇拜、忠于并且热爱罗伯斯庇尔,我想知道罗伯斯庇尔怎么会下令砍掉这位同伴的脑袋。我考虑写一篇文章来探讨这个问题。尽管我这位祖上是一个好丈夫、好父亲,但并不完美。据说有一天晚上,他将一本淫书塞给了一个小女孩。罗伯斯庇尔夺走了这本书,从那天起,卡米耶就死定了。"

"我们听说了这事。"当格拉尔说了一句,没有展开。

"这么多年过去了,"莫尔登问道,"您对于他和他年轻妻子的死,仍然感到愤怒吗?"

"在我内心深处?"马勒莫的声音中又带着明显的笑意,"一开始会有。您知道,这是家族的传统。不过这种情绪现在已经弱化了。我参加的这些集会给了我一把开窍的钥匙,我想。"

"什么钥匙?"

"罗伯斯庇尔将谋杀抽象化。而且处决总是在他视线之外进行,它们被虚拟化了。似乎他处决的不是人,而是概念:邪恶、背叛、虚伪、虚荣、谎言、金钱、性。卡米耶这个情种、这个偶尔可能变态的善良朋友,可能代表着这种他无法触及的'邪恶'。我是不是太啰嗦了?"

"没有,请继续讲。"当格拉尔说,"第二个'为什么'呢?为什么重新开始?您为什么再看第二轮呢?"

沉默,椅子靠背发出摩擦声。

"这把椅子需要上油了。"维朗克说。

"解答第一个'为什么'相对容易,可以归因于历史学家的冲动和我家族的不幸遭遇,这是传统的解释。但是第二个'为什么'确实让我感到困扰。这么说吧,我觉得,我在第一轮体验了发生在罗伯斯庇尔身上的事情。而在第二轮,我对卡米耶的遭遇有了更深的理解。"

"也就是说,"当格拉尔有些犹豫地问道,"您迷上了罗伯斯庇尔?"

"谢谢您替我说出来,警督。可以吸烟吗?我想不行吧。"

收拾文件、摆放玻璃烟灰缸的声音,打火机的转轮声。

"这是不知不觉的,逐渐发生的。我不再为了卡米耶而来,而是为了罗伯斯庇尔。这让我感到很不安。我为什么如此着迷?什么原因导致我处在这种类似催眠的状态?然后我观察了其他会员,发现他们全都或者几乎全都被他迷住。听说协会秘书在研究这个现象,研究这种心理滑梯,我们被罗伯斯庇尔拽进去直往下冲,他在研究这种吞噬了我的祖先、令人不能自拔的涡旋。"

然后当格拉尔和马勒莫撇开盘问的话题,开始探讨一些史学问题,比如牧月法令、偏执狂、最高主宰,以及罗伯斯庇尔的童年、德穆兰的爱情纠葛、热月政变等。

亚当斯贝格摇了摇头。

"雷坦库尔,跑偏的人不止我一个。"他说。

"当格拉尔放弃了。"维朗克总结道,"再过一会儿,他们就会手挽手去哲人啤酒餐馆共进午餐了。"

"那么说,"雷坦库尔脸色阴沉地说,"我们在三个后代身上一无所获?"

"我一直说这是一团解不开的海藻球。"亚当斯贝格不动声色地说,"尽管如此,我们还是要监视这些后代,他们在这儿学习演戏和撒谎。"

"可是线索不明显。"维朗克说。

"不透明。"亚当斯贝格表示赞同,"在这个协会中,每个人都身着戏服,戴着面具,化过妆,没有名字和面容,是虚假的人物而非真实的个人,互相假装不认识。一切都是假象、伪装、幻觉、幻想，没有一丝真相可言。他们对我们随便怎么说都行：他们是一群潜入者，即所谓的'临时'会员，或者是断头台死刑犯的后代。那又怎么样呢？他们可以反复对我们说同样的话。我们应该相信谁？去哪里？也许这七百人已经决定彼此间互相残杀。"

"安静。"维朗克说，"他们又开始了。当格拉尔刚才也许只是调节一下气氛。"

"学者之间的套近乎。"亚当斯贝格附和道。

当格拉尔的声音变得轻松起来，洋溢着好奇心，不再有盘问的味道。

"'马勒莫'这个姓确实不太常见，对吗？它的意思是'横死'。在罗讷河口地区有一个同名的小镇，但作为姓氏的不多。"

史学家轻轻笑了起来。

"您说得很对，警督，您触到了历史的敏感点。1847年，一位忘不了卡米耶不幸身世的祖先，史书上通常叫他穆蒂耶，向马勒莫市的市长提出了一份言之有据的申请，请求获得使用这个姓氏的权利。因为，他说这样可以让祖先的'横死'永远留在后代的记忆中。当时正值1848年革命前夕，这个请求被批准了。"

"好主意。"

"要是到此为止就好了。"

"您用了他的名字，是吗？雅克·奥拉斯？"

"这您就搞错了。卡米耶的名字不是奥拉斯。"

"我说的不是他，而是他留下的那个孤儿。奥拉斯·卡米耶。"

又传来轻轻的笑声，这一次有些尴尬。

"看来您什么都知道，警督？"

"面对这么沉重的负担,奥拉斯·马勒莫这个名字,您不做噩梦,没有憎恨,不想复仇吗?"

"我已经解释过了。那么您呢,警督,您的家人呢?"

"有一半人在北方煤矿干活,死于矽肺病。"

"足以让您想把煤老板全都杀掉啰?"

"那不一定。吃饭吗?"

亚当斯贝格站起来。

"最后肯定会上白葡萄酒。"他叹了口气,"一刻钟后,咱们楼下碰头。天这么蓝,感觉真好。"

"只需一声喷嚏,一切就会改变。"雷坦库尔提醒道。

36

简陋的飞机在小小的格里姆西岛的跑道上空盘旋,机舱里只有几个人。亚当斯贝格凝视这片弹丸之地,黑色的悬崖,斑斑白雪,大片倒伏的黄草,积雪融化后尚未发芽。白色、红色的小屋挤在码头边,只有一条路。

"飞机为什么不降落?"维朗克问。

"因为鸟太多,有成千上万只,"阿尔马解释道,"需要盘旋一阵子才能把它们赶走。不然的话,我们就只能被拖拉机拉走了。那儿,"阿尔马指着舷窗说,"那是桑维克镇,沿码头而建,总共十几栋小房子,其中包括我们的旅馆。"

亚当斯贝格踏上黑色的停机坪,看着成群的海鸟重新聚拢。

"岛上人口一百,海鸟一百万,"阿尔马说,"还是挺有意思的。你们别踩到鸟蛋,海鸥报复起来很凶的。"

他们到旅馆放下行李。旅馆的外墙涂成了黄色和红色,带着白色的窗户,看起来干净整洁,就像一件儿童玩具。维克多和亨利·马斯弗雷一行人肯定在这儿住过。房间里弥漫着烤黑麦面包和烟熏鳕鱼的气味。

"老板娘名字叫埃格伦。"阿尔马说,"我昨天打听到的。她丈夫叫冈劳谷，在码头上干活，这儿三分之二的男人都在码头工作。我们先去找他，你们可以大致摸个底，做到心里有数。"

亚当斯贝格跟随阿尔马朝着码头走去，尽量把名字记在笔记本上。冈劳谷忙着将捕获的鱼从船里吊上岸，阿尔马跟他你来我往地说了一会儿话。从那儿沿着灰色石头垒成的防波堤笔直望过去，暖岛的狐狸耳朵看得一清二楚。它们仍然被白雪覆盖着，但海岸是黑色的。离这儿不到三公里的距离。雷坦库尔静静地注视着小岛。

"法国人活腻了？"阿尔马翻译道。

然后，对阿尔马提出的所有问题，冈劳谷都只是摇头，最后甚至用充满怜悯和鄙视的目光看了他们一眼。码头上的其他渔民，无论上了年纪的，还是小年轻，反应也都如出一辙，不屑一顾、爱理不理的样子，最后问到年纪最轻、胆子不太小、比较健谈的布雷斯蒂尔。

"租我的船？他们出多少克朗，你的这些傻瓜？"

"他们愿意出二百克朗。"

"二百五十克朗。再加上五百押金，因为我的船，说不定就有去无回了。"

"他说得没错，"阿尔马说，"我也希望先拿到酬金。"

"今天晚上在旅馆付钱。"亚当斯贝格说。

"不行，现在就付。"

"我身上没带这笔钱。"

"这样就不好玩了，咱们到此为止。"阿尔马抱着短胳膊说。

亚当斯贝格在笔记本上写了几个字，然后撕下来递给翻译。

"这是我助手的姓名、电话和地址，还有我的签名，他是跟我最久的助手，"他说，"他不会任我带着耻辱离开这个世界，他会付你钱。"

亚当斯贝格说罢解开羽绒服，掏出两百五十克朗。

"你告诉他，我上船后会给他五百克朗，作为押金。"

"下午两点我会把油加满，"布雷斯蒂尔接过钞票说道，"我在船上等着。不过在此之前，他们应该去找罗格瓦尔谈谈。不能落下话柄，说我败坏基督徒的名声，见死不救，让这帮傻瓜白白送死。"

"他在哪儿？"

"在堤上。帮忙处理鳕鱼。这个人闲不住。"

"咱们去哪儿啊？"维朗克转过身来问道，"找神父做临终圣事吗？"

"冰岛人信奉新教。"阿尔马说，"罗格瓦尔不是神父，他似乎去过小岛探险。"

一个之前与他们"谈判"过的渔民招招手，把阿尔马叫过去。一阵交谈之后，翻译回到他们身边。

"他说了什么？"维朗克问。

"非要我全部翻译吗？"

"这是您的工作，阿尔马。"亚当斯贝格提醒道。

"好吧。他问我，在那边、在软蛋的国家，是否很多人有双色的头发。我回答说我也第一次见到。"

"软蛋的国家？"雷坦库尔问道。

"他指的是西欧，那儿的人不必面对恶劣的自然环境，净会夸夸其谈。"

"他们从来不说些别的吗?"

"是的,他们对外国人都是这样。有人说冰岛人像他们的气候一样严厉,但也像他们的绿草一样宽容。"

"您陪我们上岛吗?"雷坦库尔问。

"打死我也不去。"

"您只是半个冰岛人,应该不会迷信吧。"

阿尔马放声大笑。

"我母亲是布列塔尼人,"他说,"这只会使事情变得更糟糕。前面就是罗格瓦尔。那个坐在扶手椅上,只剩下一条腿的老人。罗格瓦尔,布雷斯蒂尔让我们来见你。这几个外国人要上狐狸岛。布雷斯蒂尔求你在他们动身前跟他们谈谈。"

罗格瓦尔盯着三个来者的脸,仔细打量了一阵子。

"法国人?"他问道。

"是的。怎么了?"

"死在那边的是法国人。"

"没错,他们来调查,奉命而来的。"

"没有调查的必要。他们从岛上回来后,我们跟他们解释了多少回啊?简直全像活死人。"

罗格瓦尔正在取鳕鱼内脏,他把血淋淋的鳕鱼放在膝盖上,深吸了一口气。亚当斯贝格递上一支香烟,他赶紧接过去。

"他们说十年后,"他抱怨道,"除了火山,别的都无权在岛上冒烟。他们想禁烟。在这个地方,想要喝点东西,已经要手脚并用,想尽办法才行。当然,对我来说,手脚并用只是个说法而已。好像人们从来没有为了生活下去而麻醉自己似的。对我来说很简单,等他们在这里禁止一切的时候,我就离开去法国,"他意味深长地挤了一下眼睛,"冬天可以坐在酒吧露台上闲聊。不管怎么说,如果你要上岛,最好带上烟。那个魔鬼不喜欢闻到人的气味。"

"跟他们讲讲吧,罗格瓦尔。"

"哦,故事很短。那是三十七年前的事情了,我那时候还年轻,喜欢上了一个女孩。她为了考验我,说要是我敢去狐狸岛,并且把暖石给她凿一小块回来,她就嫁给我。不用说,当时我毫不在乎那些传说,二话没说,直接跳上了我爹的小船。告诉你,那儿什么也没有,甚至连鸟都不落。啥都没有,没有地衣,没有海鸟,感觉很奇怪。一片宁静,宁静到什么程度呢?好像听见风声,但是没有风。好像听到爬行声,可是见不到动物。宁静得令人不舒服。小岛不过弹丸之地,分为前岛和后岛。两个耳朵之间有一片平坦的空地,以前有个人在那儿加工鲱鱼,就这些。为了防止别人偷鱼,他才在那里落脚。我只知道他最后的结局不太好。那个考验我的女孩也一样。那一年,她在海鸟蛋上滑了一跤,掉下了悬崖。"

"故事就这些?"

"你叫什么名字?"

"阿尔马。"

"好吧,阿尔马,让我抽口烟,我想什么时候结束故事,就什么时候结束。"

罗格瓦尔闭上眼睛吸了几口烟。

"那块碑石根本凿不动,于是我在旁边捡了一块扁石头,她应该不会来核实,对吧?然后我回到小船上。就在我启动马达时,忽然感到左腿一阵剧痛,仿佛我的骨头着了火。我尖叫着,紧紧抓住小船,然后抱着腿在船上打滚。这时候宁静就不再宁静了。撞击声、喘息声，甚至有一股臭味。那是腐烂的味道，死尸的恶臭。我一只手抓住受伤的腿，一只手扶着舵，全速返回，差点撞上了防波堤。达勒文和特里格维冲了过来，他们没有丝毫迟疑，加大油门，把我送往阿库雷里医院，到了那边，医生二话没说就把我的腿锯掉。等醒过来我就成这样了。身上也没伤，什么都没有。只是那条腿突然开始腐烂，皮肤上莫名其妙地出现蓝绿色的东西。这件事甚至还上了报，如果再拖一个钟头，我可能就挂了。那是亡灵，他想要我的命。"

"亡灵？什么意思？"亚当斯贝格问道。

"活死人，控制这个岛的恶魔。现在，你听完故事了，阿尔马。"

"不是讲给我听，是给他们听。"

"我明白。"罗格瓦尔抬起清澈的蓝眼睛，看着亚当斯贝格。亚当斯贝格又递上一支烟，也给自己点了一支。

"你叫什么名字啊？"罗格瓦尔问。

"亚当斯贝格。"

"很像这儿的名字。想去那个小岛的是你，是吗？"

"没错。"

"但是她不想去。"罗格瓦尔指着雷坦库尔。

"是的。"

"那么她来干嘛？"

"那是命令。"亚当斯贝格一脸无奈地摊开双手。

"命令，谁信啊。他，"他指着维朗克，"他是你的朋友，所以来了。"

"是的。"

"不过,她像虎鲸一样凶猛,她可以发挥作用。因为人们说只有非凡的力量才能战胜亡灵。强大的精神力量也行。但我在这里感受不到强大的精神力量。"

亚当斯贝格笑起来。

"你没有接到命令,对吧?"罗格瓦尔继续说道。

"你说得没错。"

"想来的是你?"

"是的。"

"好吧,你以为是你想来,其实是他。"

"亡灵吗?"

"是的。他把你从远方召来。"

"为什么?"

"也许有话要告诉你。我怎么知道呢,贝格?但有一件事是确定的,当一个亡灵召唤你时,你最好服从。祝你好运,贝格。我不知道是否还能再见到你。"

"既然如此,我就把香烟留给你吧。"亚当斯贝格说着,把自己那包烟放在他膝盖上,鳕鱼旁边。

听完罗格瓦尔的故事,大伙有点不知所措,渔民们的目光尾随着他们离开的背影,仿佛此时就是永别。欲说还休、答非所问、有气无力的交谈,这种气氛持续到午餐时间。

"大家多吃点。"亚当斯贝格最后说了一句。

"你对这次行动没把握了?"维朗克笑着问道。

"当然有把握,因为是亡灵亲自召唤我。这是一种荣誉。甚至给了我力量。"

"当然啦,警长,这个皮肤土灰干瘪的骷髅脸,肯定会和你一起抽烟,"雷坦库尔说,"而且会欣然讲述那群游客的故事,一五一十地道出每一个细节。会告诉你他如何吃掉了外籍兵,如何吃掉了马斯弗雷夫人,如何打算吃掉所有的人,如果雾气没有散去的话。"

"这表明,雷坦库尔,他对迷雾的控制,最多只有两周的时间。"

"已经足够了。"

"当格拉尔发消息来,说勒布伦今天中午来了警队,"亚当斯贝格看着手机说,"他想见我。指名要见我。"

"然后呢?"维朗克问。

"不知道。他们告诉他,我家里有事外出了。他不愿意跟别人说。"

"当格拉尔问我们的情况吗?"

"没有。他不想过问我们的事儿。这个北极圈在哪儿?"

阿尔马笑了起来,挥舞着手臂。

"在夫妻床的中央。"他说。

"什么?"

"北极圈啊。有个传说,说一位牧师有一天发现北极圈穿过他的房子,正好从他的床中间经过。这导致了夫妻关系的冷淡,因为那位男子不敢轻易越过这条线。很有趣,不是吗?"

"可是它在哪儿?这栋房屋还在吗?"

"让-巴蒂斯特,"维朗克说,"北极圈每年都会移动的。"

"好吧。它在哪儿呢?"

"听说打了一个桩,标示它的位置。你真的想去踩一脚吗?"

"如果我们能回来,为什么不呢?"

37

布雷斯蒂尔已经守在船上，亚当斯贝格把事先说好的五百克朗递给他。这一次，他的蓝色眼睛里不再流露出早晨那种嘲讽的冷漠，而是对那些有去无回的冒失鬼的尊重。

"这是启动开关，"布雷斯蒂尔说，"这是变速杆。今天是顶风船，风向正西。"

风力逐渐加强，温度计显示为零下 5 度，但是体感温度要低得多，接近零下 12 度。三个警察裹得严严实实，只是亚当斯贝格的装备相对单薄，他在羽绒服下面穿了一件比利牛斯羊毛老背心，无数次洗涤之后硬得像甲壳一样。他望着远处的天空，一片湛蓝让人不得不闭上眼睛。

"在海上别直着走，"布雷斯蒂尔吩咐道，"浪头迎面而来，对船的冲击太大，你们可能吃不消，尤其对发动机不利。要 z 字形航行。你们谁掌舵啊？"

"我。"维朗克应道。

"那就行了。"布雷斯蒂尔瞅着警司结实的体型和坚毅的面孔说，"注意船的载重平衡，把这位女士放在中间。"他直言不讳地建议道，"让她保持平衡，身体不要向两边倾斜。"

阿尔马尴尬地翻译着，维朗克发动引擎，离开小码头，朝南驶去。一群渔民放下手中的活儿，带着听天由命的神情，目送他们离开。只有罗格瓦尔向他们挥手道别。

"你有把握吗？"亚当斯贝格在船首喊道，这样维朗克在呼啸的寒风中才能听见。

"船很好，"维朗克也喊道，"走得稳，操纵灵活。"

"向北转。"

小船一路颠簸，不断调整方向，逐渐靠近竖着白耳朵的狐狸岛。

"你确定你不会捕海豹吗？"亚当斯贝格仍然大声问道，他紧紧拉住外套的风帽，不让耳朵被寒风冻着。

"从来没捕过。"维朗克笑道，神态镇定得就像开车去警局那样。

路易·维朗克身上有一种永恒不变的东西。亚当斯贝格此刻更加深刻地感受到了这一点，在办公室里开会很难体会到。

"向南转。"

"现在是关心抓海豹的时候吗？"雷坦库尔问道。

"此时不关心，更待何时，警司。向北转舵，慢慢靠岸。底下不是沙子，是黑颜色的鹅卵石。"

"我可不想把船底划破了。"维朗克小心地把船横过来，缓缓贴近小海滩。

把小船拖到岩石海滩上时，雷坦库尔一个人就抬起了船头。亚当斯贝格向维朗克要了一支香烟，因为他把自己的香烟留在了不看好他们的罗格瓦尔那里。他取下手套，躲在小船背后，好不容易点燃香烟。

"他在胡说八道。"雷坦库尔说,她戴着鲜黄色的兜帽,遮住了面容,只露出尖尖的鼻子和明亮的眼睛。

"罗格瓦尔的话还是要听的。"亚当斯贝格说。

"无论如何,亡灵在等你。"维朗克说,"不管你抽不抽烟。"

"我们不能因此就用我们身上的气味打扰它。你也抽,路易。当格拉尔会说,这表示我们讲礼貌。所以呢,我先上岸。我想约会的地点就是那块暖石。"

亚当斯贝格伸手指向那片仍然矗立着木屋残骸的平地。

"它只可能在那片高出来的地方。"他说,"另一边就是峭壁了。"

他们顶着风走过一段相当长的海滩,鹅卵石很快被平坦的岩石所取代。然后沿斜坡往上走了大约二十五米,到达木屋。地上仍有大片积雪和冰块,走起来很吃力。只有雷坦库尔轻松登上了坡地。

"没错,"亚当斯贝格气喘吁吁地说,"老房子的四分之三被他们拆掉烧了。我们要找到那块石头。不要分开行动。"

"咱们要分开找,"雷坦库尔说,"没有必要浪费时间。这块地方只有一百米长四十米宽,我们可以看到彼此。"

"随您的便,警司。"

几分钟后,维朗克站在狐狸的左耳旁边,向他们招手。那块石碑其实是岩石的一部分,比小孩子的床稍微大一点,但被手指摸得水亮光滑,上面刻有铭文。

"被邀来的是我,我先开始。"亚当斯贝格说着跪下,取下手套,将手掌放在微微闪亮的黑石头上。"很温暖。"他确认道。

"咱们可真是来着了。"雷坦库尔说,"净是早就知道的事。"

"用什么文字写的?你看呢,路易?"

"古诺斯语写的,这些是卢恩符文。我把它们抄下来给当格拉尔看?"

"为什么不呢?"亚当斯贝格说,"那是一份友好的回赠,一件聊表敬意的礼物。"

"不行。"雷坦库尔打断道,她的目光一直盯着西边的地平线,"我们不能浪费时间。"她强调说。

"好吧。"亚当斯贝格表示妥协,站直身子,"我们去找他们扎营的地方。那是我要看的。"

"就在那儿。"维朗克指着下面海滩上的一堆岩石说,"两个耳朵形成屏障,给他们遮风。就在快上坡的地方。换了我,我也会躲在那儿。"

"很好。"亚当斯贝格说,"我们再下去看看,趴在地上走,否则会从坡道上滚下去。他居然没有来。"他有些失望地补充道。

"您别担心,"雷坦库尔说,"他会来的。"

他们的脚在石头上打滑,有时会踩飞石头,手从晶莹剔透的冰块上滑过。

"下去容易上去难?那个傻瓜说的?"维朗克的脚总算落在海滩上。

"当格拉尔说的,"亚当斯贝格回答道,"不过他指的是喝酒。我们要找到他们生火的地方。十四天不间断地生火,肯定会留下痕迹。我们并排往前走,像围猎一样。"

两人缓缓地走着,仔细察看石头的表面,雷坦库尔则毫不在意地左看右看,摆摆样子,不抱什么希望。

"找到火堆又怎么样呢？"她最后忍不住说，"我们知道他们生过火。"

"这些洞，"亚当斯贝格忽然站住说，"这是什么啊？你们看啊，这儿，还有那儿。"他说着步子又快起来。

那是一些小洞，跟老鼠洞差不多大小，形状均匀，每一个相隔五十厘米左右。

"尖桩洞。"雷坦库尔判断说，"你们看，它们排成两行。"

"什么意思呢，警司？"

"我认为那个人不想让别人偷他的鱼，所以把他熏鲱鱼的地方放在这里。因为那边不适合点火熏鱼，"她指着山坡上的木棚子说，"除非想把整个木房都烧毁。他在这里找了个避风的地方，搭了一个轻便的架子来挂鱼。"

雷坦库尔收住话茬，沿着一排小洞大步走。

"二十八个木桩孔。"她说，"一座长四米、宽两米左右的小建筑。咱们进展顺利，找到了一个熏鱼房的遗址。"

"石头这么硬，他怎么打的孔？"

"像其他人一样啊，"雷坦库尔耸起肩膀说，"用钢钎凿洞，然后塞入一根炸药棒。"

"嗯，"维朗克说道，"那组人就安顿在这儿。既然渔民已经意识到这是最佳位置，其他人也会察觉到这一点。这是动物的本能。"

"看不到火的痕迹。"雷坦库尔说道，"岩石上没有更红或更黑的斑块。十年了，冰雪已经慢慢地抹去了一切。打道回府吧。"

雷坦库尔说得在理，亚当斯贝格抱住双臂，默默看着地面。这是一块被铲刮过、沉默无语的表面，北极的冰雪和风暴宛如一把铁刷子，将所有的痕迹都擦去了。

"洞里面，"亚当斯贝格说，"洞底。"

他放下背包，迅速取出毯子、罐头食品、工具、煤气罐、指南针，最后找到一把勺子和塑料袋。他没有注意到雷坦库尔已经扭头望着西面，张开鼻孔，在深深地呼吸。

"路易，拿出你的勺子，帮我一起挖。把你发现的东西全部取出来，分别装进袋子里。风化不可能达到洞穴的底部，而且洞底没有结冰。"

"我们找什么？"维朗克从背包里取出勺子，问道。

"海豹油脂。你赶紧挖呀。"

桩孔的深度不超过十厘米，两个人轻松地挖到了洞底。亚当斯贝格仔细检查了第一勺挖到的东西，那是一团炭黑色的淤泥，夹杂着黑色或发红的碎石颗粒。

"如果不是像煤灰一样黑，"亚当斯贝格说道，"那就别挖了。说明他们没有在这儿生火。"

"明白。"

"他们有十二个人，生的火肯定不小。他们的火堆估计有一米五长。你去那个洞找，我在这儿找。"

"找完了。"维朗克说着站起身来，"其他洞里没有炭屑，他们的火堆到此为止。"

"这个，"亚当斯贝格说着封上最后一个塑料袋的口子，"路易……"

"怎么了？"

"这是什么？"他把一小块白石头递过去。

"雷坦库尔走开了。"维朗克站起身来说道,"不好意思冒犯你的女神,但她的脾气开始让我不爽了。"

"我也是。"亚当斯贝格环顾四周,神色有些不安。

"上面,"维朗克指着上面的平台说,"她回到上面去了,该死的。她在搞什么鬼啊?"

"她在躲避我们。你看这是什么?"亚当斯贝格把手里的白石头递给路易,"当心,你脱了手套再拿。"

亚当斯贝格朝石头上吐了几口唾沫,用毛衣的下摆擦了擦,然后放在维朗克的手心里。

然后他坐下,静静地等着。

"这不是石头。"维朗克说。

"对。你咬一下试试。别吞下去。"

维朗克用犬齿夹住这个东西,用力咬了几下。

"坚实,有孔隙。"他说。

"这是骨头。"亚当斯贝格说。

警长一言不发地站起身来,将这块弹珠大小的东西放回塑料袋,透过袋子仔细观察。

"不是海豹骨头,"他说,"这骨头太小了。"

风中传来雷坦库尔断断续续的声音,她在远处呼喊。她此时正以惊人的速度滑下坡道,背朝下,两脚向前伸展,张开胳膊抓住岩石凸起的部分,不时利用冰面加速滑行。亚当斯贝格继续隔着塑料袋摸弄手指间的小骨头,维朗克则兴致勃勃地看着警司令人诧异的速降。

"像这样全身穿着黄色,看起来就像一辆除雪车。"

"你知道,雷坦库尔会根据情况,将自己的能量转化为她想要的形式。"亚当斯贝格解释道,"如果需要一台除雪车,她就会变成一台除雪车,简单得很。"

"你认为她在暖石上坐过了?还是看到了亡灵?"

"有可能。路易,这不是海豹的骨头。"亚当斯贝格重复道。

"那么就是海鸟的骨头。一只燕鸥死在那里。"

"燕鸥的骨头没这么大。"

"那就是海鸭的骨头了。"

雷坦库尔现在朝他们跑来。亚当斯贝格急忙将六个袋子塞进羽绒外套内侧口袋,说时迟那时快,雷坦库尔一手一个拉住他们,继续奔跑。

"我们快上船!"她拽着他们喊道。

"松手!"维朗克抗议道。他用力挣脱,然后跪下来,把散在地上的东西塞进背包。

雷坦库尔抓住维朗克的衣领,猛烈地摇晃他。

"别管您的背包了,警司!您也是,警长。我叫你们快跑,我们赶紧跑!"

从某种程度上说,这两个男人没有选择的余地,因为雷坦库尔站在他们的背后,用尽全力推他们。

"快点啊,看在上帝的分上!你们不会跑吗?"

亚当斯贝格意识到,在这片依旧如此湛蓝的天空下,空气的质地变了,带来一股潮湿的气息。他转过头去,只见平台上升起一层白色的雾气，像一股可怕的熔岩流，已经抹去了棚屋的轮廓。

"起雾了，维朗克！快跑！"

他们现在跑到卵石滩的边缘，背包所在的熏鱼作坊已经被雾气遮住了一半。奔跑中，维朗克在石头上滑了一下，扭伤脚踝跌倒了。雷坦库尔马上把他扶起来，用胳膊托住他，带着警司继续小跑。

"不，警长！不用帮忙，我来负责他！您快去船上，发动引擎，赶紧走！"

已经看不到熏鱼房的踪迹，看不到卵石滩的边缘了。不，这雾不像奔马，而是像一辆火车、一头野兽，像末日降临一般向他们袭来。

亚当斯贝格无法"发动引擎"，因为他一个人无法将小船从海滩上拖入水中。他望向还能清楚看到的格里姆西码头，虽然天色依旧大亮，但那边已经点亮灯塔，为他们指引方向。只是在明朗的天空下，仅能隐约看到微弱的黄色闪光。亚当斯贝格还看得清身后十米处的情况。雷坦库尔把维朗克放在地上，先帮他把船推入水中。亚当斯贝格跳上船，发动引擎，再把雷坦库尔站在水里拦腰托起的维朗克拖上船。

"加大油门！"维朗克两只手捂着脚踝说，"它追上来了！"

亚当斯贝格对准码头的方向，开足马力。此时是顺风，不需要z字形避浪，他直奔码头而去，雾气紧随其后，距离越来越近，先是十五米，然后是十米，接着是七米。当他们略嫌猛烈地撞上码头时，雾气离船尾只剩下三米距离。有人在码头上伸手帮助他们上岸。

布雷斯蒂尔将自己的船泊好，然后跟冈劳谷一起陪他们到旅馆。罗格瓦尔拄着拐杖跟在后面。

38

在旅馆的大厅里，冈劳谷二话不说就把他们安排在最大的暖气片旁边坐下，他的妻子艾格伦在每个人面前摆上小酒杯。等在那里的阿尔马，像被困在笼子里的公牛一样，不停地原地转圈，疯狂挥舞双臂，表达他内心的激动。

那是一条长桌，两侧各有一条长凳，几个冰岛人默默地围着这群外国人，一言不发。维朗克要了一张方凳，可以把腿伸直搁在上面，他的脚已经布满淤青，像罗格瓦尔的腿一样。艾格伦往小杯子倒上酒，亚当斯贝格伸出手指蘸了一点，尝了尝。

"布雷尼温酒？"他说。

"这是必须的。"艾格伦说，"就像俗话所说，黑色的死亡比白色的死亡更好。有时候是这样的。"

"也许我们死不了。"亚当斯贝格扫视着周围一双双紧盯着他们的蓝眼睛，仿佛他们是不可思议的幸存者，"迷雾可能只持续十分钟。"

"持续十分钟或者一个月。"冈劳谷说道。

"这次会持续半个月。"布雷斯蒂尔判断说，"突然就起风了。"

雾气现在笼罩着旅馆的所有窗户。它在格里姆西滞留的时间会更长，将近三个星期。亚当斯贝格仰起脖子，吞下一杯布雷尼温酒，辣得他流下了眼泪。

"很好,"艾格伦称赞道,"这个你们得喝。"她冲着维朗克和雷坦库尔说道,两人乖乖照办。

屋里又沉默下来。亚当斯贝格明白,大家等着听他们的故事。他们必须说出来。一个外来人无权带走狐狸岛的秘密。

"你见到他了?"罗格瓦尔问道。

罗格瓦尔的腿是被亡灵夺走的,因此大伙觉得罗格瓦尔先开口理所当然。

"不能说见到,"亚当斯贝格说,"我去暖石向他致意,不过我没有坐在石头上。"他小心翼翼地说道。

"怎么个致意呢?"

"我把手放在石头上。像这样。"他说着将手掌放在木桌上。

这一下子让他想起罗伯斯庇尔大会上用来验证身份的手掌照片。

"这可以。"罗格瓦尔称许道,"他做了什么?"

"一件礼物。"

"拿出来看看。"罗格瓦尔命令道。

亚当斯贝格从羽绒外套里取出袋子,希望岛民们不会将它们当作民族战利品占为己有。毕竟这些袋子是亡灵给他的。他为此付出了高昂的代价。他不太情愿地把它们放在桌子上。

"打开。"罗格瓦尔说。

"不是很干净。"

"亡灵不会送钻石的。打开。"

亚当斯贝格将六个小袋子里面的东西放在桌子上,分成六个小堆。就在这时候,雷坦库尔突然睡着了,坐在长凳上,一动也不动。

阿尔马看着她,十分诧异。

"她还能够靠在树上站着睡觉,不会摔倒。"亚当斯贝格解释道,"她需要休息。"

"当然。"罗格瓦尔说,"是她吧,嗯?"

"她什么?"

"她从死神手里把你们救出来?"

"是的。"维朗克说。

"因为她的力量,"罗格瓦尔说,"我跟你说过的。她能够挡住亡灵的迷雾,不让它吞噬你们。"

"我们说话不妨碍她睡觉吗?"艾格伦有点担心地问道。

"一点都不会。"罗格瓦尔抢在亚当斯贝格前面回答,亚当斯贝格正在用指尖轻轻整理他的六小堆黑土。

不仅第一个袋子里有一块小的白石头,第三和第六个袋子也有。总共五块石头。莫尔登会说这是"小拇指"的故事。

"这是什么东西?"布雷斯蒂尔问。

"十二个法国人十年前待过的营地的残留物。"亚当斯贝格说。

"不可能,"冈劳谷说,"那个地方不可能留下任何东西。"

"它们来自洞底,"维朗克解释道,"就是用来造鲱鱼烟熏室的木桩孔。它们卡在里面。"

"亡灵总有它的藏匿之处。"罗格瓦尔说道。

但是亚当斯贝格不敢说出自己的想法:十二个法国人在那里扎营,在那里进食,食物残渣自然会掉进洞里面。像高尔夫球一样。

"这就是你要找的东西?"罗格瓦尔问道。

"远超所望。"亚当斯贝格回答道。

"那我就不明白了。"

"我能洗一下吗?"阿尔马皱着眉头问道,"把这些白色的碎块洗一下?"

"可以,"亚当斯贝格说,"不过洗得轻点。"

"你不明白什么?"维朗克问道。

罗格瓦尔尊重这个长着火红发绺的男人,他来自另一个世界。

"为什么亡灵要杀你们,"他摇摇头,挠着头发,"你一定干了什么蠢事,贝格。"

"我用勺子掏了洞底,维朗克也掏了,"亚当斯贝格摊开双手,一脸茫然的样子,"我们把它们仔细地放进塑料袋里。放进袋子之前,我还朝白颜色的碎块吐了一口唾沫,擦了一下。"

"还有什么?"罗格瓦尔追问道,他还不满足。

"我查看一番,然后拿给维朗克看了,接着又拿过来看。在这时候,她,"亚当斯贝格指着像教堂立柱一般沉睡的雷坦库尔说,"她朝我们奔过来。"

"啊,这就是了,"罗格瓦尔说道,"你不想走了。"

"这就是了。"冈劳谷附和道。

"亡灵把你从遥远的地方唤来,"罗格瓦尔继续说,"他给了你这一切,而你呢?你做了什么?你不想动身了。"

"那又怎样呢?"

"所以你安顿下来。他接待你,你立刻优哉游哉起来,以为到了自己家里。无忧无虑。所以必然会发生这种事儿。"

"必然会发生。"冈劳谷补充道。

"他要毁掉你。他召唤他的白云,将你吞噬。"

"我礼貌不周全?"亚当斯贝格问。

"可以这么说,"布雷斯蒂尔说,"这是一种冒犯。任何一个人,在亡灵领地上逗留的时间,都不能超过亡灵愿意给予的期限。"

阿尔马已经把白色碎块清洗干净,小心地放在它们各自的小土堆边上。他示意亚当斯贝格跟他去吧台。这次他的手势非常简洁,没有过多的动作。

"你想喝什么?"亚当斯贝格问道。

"一杯啤酒。"

"我请你。"

"你也来一杯吧。"

"布雷尼温酒喝得够多了,还在烧我的嘴巴呢。"

"你最好再喝杯啤酒。或者来杯咖啡。多放点糖。"

"很好。"亚当斯贝格妥协了,听由阿尔马向艾格伦下单,他明白在这个特殊场合下最好不要反对。他想起在诺曼底哈隆库尔村的咖啡馆里也是这样。

"你觉得你的这些白石头是什么?"

"海鸭骨头。"

阿尔马喝掉半杯啤酒,用手指示意亚当斯贝格喝咖啡。亚当斯贝格感到一阵疲劳袭来。长桌那边,维朗克看起来也有些摇晃,雷坦库尔仍然在睡觉。他放下空杯子,用勺子刮着杯底的棕色糖渣。

"这是连接手腕的小骨头,"阿尔马说,"我以前学到过,在雷恩。"

"好的。"亚当斯贝格眼睛半闭着说。

"这不是海鸭的骨头,"阿尔马说,"是人骨头。"

39

亚当斯贝格走出旅馆,他发现旅馆和两侧房屋的外墙都涂成了红色或蓝色,根本分不清哪是哪。他闻到静谧的雾气中弥漫的海水气味,就像他在暖岛上所闻到的那样。雷坦库尔在他们之前就嗅到了这种气味,所以决定回到平台上,观察西风刮来的东西。她击退了亡灵的云团。亚当斯贝格拉起羽绒服的袖子看了看手表,尽管他看到了两个表盘,但无法准确地说出指针所指的位置。即使带上了丢在桩孔附近的罗盘,他们也无法在这片浓雾中保持航向,更别说分辨浮冰了。

在大厅里,艾格伦在维朗克的脚踝上敷了一层气味浓郁的膏药,熟练地包扎起来。这种膏药与佩尔蒂埃涂在赫卡忒蹄子上的药膏非常相似。罗格瓦尔探身看着伤者的腿,显得很担心。他向阿尔马招手,请他帮忙翻译。

"你确定是奔跑时踩到鹅卵石才受伤的吗?"他问维朗克。

"我确定。只是扭伤而已,罗格瓦尔。"

"不过疼得很厉害,嗯?"

"是的。"维朗克承认道。

"你跌倒的时候,是否感到钻心的剧痛?就像骨头被穿透那样?"

"是的,过了一阵子才疼的。也许是韧带撕裂。"

罗格瓦尔拿起拐杖,走到冈劳谷身边,他正在独自下棋。

"我知道你想说什么。"冈劳谷说。

"好的。你给机场打电话,通知他们准备一架飞机待命,好去阿库雷里医院。脚踝需要每小时观察一次。如果淤青扩展到绷带外面,我们就把他送上飞机。"

"雾气这么大,怎么起飞啊?"

"我敢打赌跑道上还没有雾,至少没有这么浓。现在只有狐狸岛和我们这里有雾。"

冈劳谷往前挺了一个兵,站起来。

"我去打电话,"他说,"你别碰棋子。"

他离开后,罗格瓦尔审视棋盘,然后移动了黑方的车。他是格里姆西最出色的棋手,而格里姆西岛是国际象棋界最重要的岛屿。

亚当斯贝格扶着维朗克走到艾格伦在底楼为他准备的小房间。

"那她呢?我们怎么办?"艾格伦指着雷坦库尔问道。

"我们不动她,"亚当斯贝格说,"她恢复体力的速度是我们的五倍。"

艾格伦朝棋桌看了一眼,她的丈夫刚刚发现罗格瓦尔做了手脚。

"等他们决出胜负,"她估计道,"八点半之前吃不了晚饭。你们可以睡三个小时。"

七点，罗格瓦尔丢下冈劳谷，让他面对威胁到后的一步妙棋苦苦思考，过去查看维朗克的脚踝。维朗克还在睡觉。"它"暂时没有迅速恶化。不过，脚趾已经肿胀，绷带上边出现了半个克朗大小的紫斑。

他重新坐回来，把拐杖放在地上："让机场保持警戒状态。"

雷坦库尔已经醒了半个小时，她打着手势要求坐到他们旁边观看棋局。她用余光看着艾格伦忙着摆桌子，然后端来了各种菜肴。有鲱鱼、鳕鱼和三文鱼，分别做成干、熏、咸的切片，还有啤酒，甚至看到一瓶葡萄酒，这还只是前菜。这场盛宴表明他们攻打亡灵岛的胜利打破了坚冰。

亚当斯贝格坐在床上，只是偶尔打个盹。等到旅馆的挂钟敲响八点一刻，他来到楼下大厅，帮冈劳谷把维朗克抬到饭桌前。雷坦库尔走上前来，一屁股坐在她的椅子上，神态非常放松。亚当斯贝格倒上酒，举起杯子。

"敬维奥莱特。"他简短地说道。

"敬维奥莱特。"维朗克重复道。

"您在海滩上摔倒，险些要了我们的命。"雷坦库尔跟警司碰杯时说。

"不是我摔倒了，雷坦库尔。是那亡灵在作祟，他把我缠住了。罗格瓦尔对此深信不疑，他不会离开我，直到确定我的腿不会突然坏死。"

"但他有一点说对了。"雷坦库尔说道，"的确，这个岛上完全没有活物。悬崖上没有海鸭蛋。水面上看不到一头海豹露出鼻子,也看不到海豹游动的波纹。那些游客当时很幸运,能够捕到海豹,真的很幸运。"

现在是时候了。亚当斯贝格心想,尽管他还没有从令人震惊的发现中缓过神来。可是,当他去刮取残留物,寻找所谓的篝火和海豹脂肪时,他有过别的期待吗?

"阿尔马刚才跟我聊了聊。"他轻轻地将现在收在一个止咳糖盒子里的五粒小骨倒在桌子上,"这是在木桩洞里找到的。"他对雷坦库尔解释道。她当时睡着了,没有看到阿尔马清洗骨头。

"这些是骨头。"雷坦库尔拿起一颗,说道。

"海鸭骨头,"维朗克说,"他们总算找到海鸭来充饥。"

"不,路易,这不是海鸭骨头,而是人骨头。"

亚当斯贝格默默站起身,到阿尔马的房间找他。小个子刚醒过来,正往身上套着一件厚实的蓝毛衣。

"您来给他们解释一下,阿尔马。我记不得名称了,他们不相信我的话。"

"这些是腕骨,"阿尔马指着自己的手腕,"位于前臂和手之间。俗称手腕。我们有八块腕骨,分成两排。警长,您有纸吗?谢谢。这样能看得清楚一些。"他随手画了两根前臂骨,然后画出八块腕骨和一小段掌骨。"这是掌骨,"他解释道,"上面一排是腕舟骨、腕月骨、三角骨和形状像豆子的豌豆骨。"

"这些名字听起来很漂亮。"维朗克平淡地说道。

"下面一排是大多角骨、小多角骨、头状骨、钩骨。"

"您当过医生?"雷坦库尔木然地咽下口中的肉,然后问道。

"我是理疗师,目前在洛里昂工作。我提供翻译服务赚点外快。所以我可以向您保证,您只是扭伤了脚,情况并不严重。"他转身对维朗克说,"可能是韧带撕裂和第五跖骨挫伤,但没有骨折。只有当肿胀稍微消退后,才能做出准确诊断。乘坐飞机前打一针抗凝剂,到了雷克雅未克穿上固定靴。我会帮您找到的。需要休息六周时间。"

维朗克缓缓点头,目光落在阿尔马摆弄的小骨头上。

"这些骨头有年份了吧?"雷坦库尔问。

"不,这不是晾鱼人手上的骨头。再说那个时候,洞里还插着木桩呢。看看这个。"他举起一块骨头,放在光线下,"我们仍然可以看到韧带的连接点。我估计它们大概有七到十五年时间。"

雷坦库尔抬起清澈的眼睛,看着亚当斯贝格。

"我没有听说旅行者中有人缺胳膊少腿的。"

"确实没有,警司。"

"不好玩的是,"阿尔马接着说,"这两块骨头,也就是三角骨和豌豆骨,它们紧密嵌合。您可以看到,两块骨头的凹凸面完美地契合。而三角骨跟它的邻居腕月骨也无缝适配,不留间隙。您试试看。"

三块骨头从一只手传到另一只手,大家都试图像玩中式智力拼图一样把它们拼起来,与此同时,亚当斯贝格打个手势,又要了一瓶葡萄酒。阿尔马喝得很快。

"你们不经常接触骨头,有点困难。"阿尔马收回骨头后说,

"大多角骨和头状骨也可以连接,但是它们的上切面与我们的腕月骨和三角骨不相匹配。"

"结论呢?"亚当斯贝格问道。亚当斯贝格已经知道他的性格,给他斟酒。

"您点酒啦?可是我跟您说过,这贵得不得了啊。"阿尔马说。

"第一瓶是艾格伦送的,所以我也要了一瓶。起码的道理嘛。"

"对了,布雷斯蒂尔的五百克朗还给您了吗?他的船回来完好无损。"

"还了。阿尔马。请您往下讲啊。有些切面贴合,有些不贴合。"

"对的,这无疑是个两个不同的手腕。不言而喻。"

"一左一右吗?"维朗克问。

"不,这是两只右手。是两个人的手。我再补充一点。"他一边说着,一边迅速将小骨头分成两堆,就像在下赌注一样,"一个是男人,另一个是女人。三角骨、豌豆骨和半月骨归女人,大多角骨和头状骨归男人。如果这些是你们那队人留下的骨头,我可以保证,一定发生过一件非常可怕的惨案,一点也不好笑。"

"天啊,发生什么了?"维朗克说。

阿尔马接连喝了两大口葡萄酒。

"该轮到您来收尾了,警长。"阿尔马举起双手说道,"我完成任务了,不想再干了。"

亚当斯贝格抓起两块男性的骨头,拿到灯光下观察起来。

"这儿有一道刀痕,"他说,"那儿有两道。骨头在手腕与手掌连接的地方被切断。骨头的断口颜色变黑,那不是污垢,而是火烧的痕迹。"

亚当斯贝格把骨头放回桌子上，身后传来棋子落盘的清脆响声。

"将死。"亚当斯贝格默默地总结道，"他们被肢解然后被吃掉。外籍兵、阿德莱德·马斯弗雷，他们被人吃了。"

众人陷入沉默，艾格伦收拾完餐盘刀叉，在每个人面前摆上一块煎饼和大黄果酱。阿尔马连声感谢。

"如果你们不吃这道甜点，你们就会被吃掉，"他说，"加把劲吃了它。"

"不吃不礼貌。"维朗克咕哝道。

"说到礼物，这才算是真正的礼物。"亚当斯贝格说着吃起煎饼来。

"你在说亡灵的礼物？"

"是的。"

"能理解他为什么从很远的地方召唤你。这不是一个细节。这玷污了他的小岛。"

"是的。说什么他们抓到海豹，哼。"亚当斯贝格提高了嗓门，"他们杀了这两人来吃。我去外面抽烟。"说着他抓起羽绒外套。

"先把煎饼吃完。"阿尔马命令道。

"煎饼太好吃了！"雷坦库尔轻声说，"阿尔马，请代我们向艾格伦说声谢谢，感谢她准备的晚餐，说得热情些！"

"要通知当格拉尔吗？"维朗克问亚当斯贝格。

警长茫然的眼神中闪过一道罕见的灵光。

"不。"他说。

亚当斯贝格和雷坦库尔正在穿羽绒服，维朗克拿起冈劳谷送给他的粗木拐杖。"放心，我还有很多拐杖。"他在旅馆里准备了十二对拐杖，因为游客们经常会跌倒，阿尔马翻译道。

"贝格，"冈劳谷拿着棋子抬头喊道，"你们待在旅馆前面，不要离开三米以外。第二个窗户前面有一张长凳。红颜色的。你们找到它，坐在那里不要动。"

他们很快找到了长凳，因为冈劳谷打开了那扇窗户，透过浓雾为他们指路。亚当斯贝格第一次看到这样的景象，迷雾浓得像纯白的棉絮一样。

"要在脚踝上敷些冰。"阿尔马拿着酒杯，随在他们身后说道。

"我们会找到的，医生。"维朗克说，"这儿有的是雪啊。"

"这里很美。"亚当斯贝尔给大家点上烟，"虽然一米之外啥都看不清，但我相信这里很美。"

"极其美丽。"阿尔马说。

"我想我会在这儿留下来。"亚当斯贝格说。

"冈劳谷和艾格伦现在像是把我们当成小鸭子一样呵护着，所以我会陪着你。"维朗克说，"我也考虑取一个冰岛名字。阿尔马，你说呢？"

"那好办，你就叫罗维克。"

"太好了。还有雷坦库尔呢？"

"她的名字是？"

"维奥莱特，紫罗兰的意思。"

"那就叫维奥莱塔。"

"看来冰岛语也很简单嘛。"

"极其简单。"

"我可没说要留下来。"雷坦库尔说,"这儿的人经常下棋?"

"全民酷爱的运动。"阿尔马说。

"我们没来得及把碑文抄下来,否则可以拿给当格拉尔看。"维朗克沉默片刻后说,"碑文估计是这样写的:陌生人,你踏上这片土地,要小心……"

"小心那些伪善者的卑劣行径。"亚当斯贝格接着说,"我们可以这样没完没了地聊一辈子,避而不提暖岛和那些骸骨。我们海阔天空地聊,翻来覆去地聊,然后把酒喝完睡觉去,其实也还不错。"

"明天几点的飞机?"维朗克问。

"中午十二点到停机坪,"亚当斯贝格说,"等他们把一百万只鸟赶走,下午一点我们就能到达对面城市的机场了。"

"阿库雷里。"阿尔马说。

"然后下午二点十分启程前往雷克雅未克,当地时间晚上十点五十五分抵达巴黎。"

巴黎。

一阵令人提心吊胆的沉默。

"然后咱们聊会儿天,然后咱们睡觉。"亚当斯贝格说。

40

"和雷坦库尔谈话时,要注意措辞,"维朗克吃完早饭后说,"因为我觉得她可能无法接受这个人吃人的故事。"

"谁能接受呢,维朗克?谁能接受维克多吃掉他自己的母亲?慈善家吃掉自己的妻子?"

"他们是否知道真相呢?或者一直以为自己在吃海豹肉?无论如何,维奥莱特无法忍受这个,绝对受不了。"

"她很敏感。"亚当斯贝格说,没有任何讽刺意味。

雷坦库尔拿着第二壶咖啡回来了。

"这是我的看法。"她说着往每个人的杯子倒满咖啡,"他们确实是被冻死的。其他人为了生存,不得不吃了他们,就像安第斯山上那架飞机上的幸存者一样。"

雷坦库尔试图淡化这场悲剧,让自己愤怒的想象力几乎能接受它。

"既然如此,"亚当斯贝格问道,"维克多为什么要编出拔刀杀人的故事呢?"

"因为相比之下,两起刀杀案算不了什么,"维朗克说,"同时也能解释艾丽丝·高迪埃的紧急传唤,必须向警方讲清楚。"

"说得对。"亚当斯贝格说,"但是,为什么要说他们在过去十年中受到杀手的威胁呢?编这个故事有什么目的呢?"

"为了证明他们保持沉默的合理性。实际上,并没有谁在威胁他们。这是一种出于本能的沉默:谁会吹嘘自己吃了同伴?他们约定永远保持沉默,而并不存在威胁他们的杀手,纯属子虚乌有。"

亚当斯贝格不停地搅动杯子里的糖块。

"我不这么看。"他说。

"为什么?"

"因为维克多的叙述,不论其中有多少虚构成分,都充满了恐惧。他对于'禽兽不如的家伙'的描绘,虽然可以认为有些夸张,但里面仍然有些真实的东西。还有他在凹村客栈发抖,也就是以为在镜子里看到'那个人'后突然停止说话的那一刻,你还记得吗,路易?如果这不是源自内心深处的恐惧,又何必让我们相信凶手会突然出现在隔壁的桌子上?太荒谬了。"

"我不了解这个细节。"雷坦库尔说,"这个家伙到底是谁?"

"据说是一名税务稽查员,应该与凶手有一些共同点。"

"所以您觉得确实有一名杀手?"

"是的。"

"说一下你的看法,让-巴蒂斯特。"

"我的版本糟透了。"

"请说吧。"雷坦库尔说着一口气喝完了咖啡。

"尽管我们对这群人了解甚少,但我们知道其中有一名医生。维克多说他们称他为'大夫'。如果是说谎的话他没必要造出这个细节,所以这一点是真实的。这是关键的一点。我相信杀手和外籍兵之间确实发生了冲突，但并非真正意义上的冲突，而是一场蓄意的攻击，目的就是杀人，但表面看起来仍旧像一起不幸的意外。之后杀手借口替众人处理尸体，将遗体拖离现场。他找到一个没人能看见的地方，趁着尸体还没有冻结，迅速将其大卸八块，去掉头、脚、手、骨头等可识别的部位，把肉留下。"

"说得快点。"维朗克说。

"很抱歉，但我必须强调一个细节。凶手只带了一把刀，切不动坚硬的前臂骨。因此，他选择在关节、在腕部下刀，这样比较容易切，所以，这是阿尔马告诉我们的，这些小腕骨依旧附着在韧带上。他将残骸带到冰架上扔掉，把他处理好的人肉冻起来。他装模作样等了一些时间，好装得更逼真，然后过不多久，奇迹就发生了，他捕获了一头海豹。他把海豹肉带回营地。或许在这几顿所谓的'海豹宴'中，医生在他那份里——请原谅我的双关——啃到了一块硬骨头？我们以后会知道真相。类似的场景又发生在了阿德莱德·马斯弗雷身上。我不相信那一套，什么性侵犯、跌进火里、裤子烧着、被刀所害。其实很简单，轮到她守夜时，凶手悄无声息地把她的脸按在雪地中，活活闷死。第二天早上，众人发现她死了，失温致死。凶手再次出手处理尸体。几天后，营地里又出现了肉，第二头被奇迹般地捕获的海豹，一头'小海豹'。医生从嘴里取出一块骨头，立刻辨认了出来。"

亚当斯贝格突然停了下来，他的目光一秒钟前还盯着雷坦库尔，此刻仿佛茫然了。雷坦库尔注意到他的目光开始游移，这是她最担心的事情。

"警长？"

亚当斯贝格举起一只手示意安静,慢慢掏出笔记本,记下他刚才说的最后一句话。"医生从嘴里取出一块骨头。"他读了一遍,手指在每个字母上划过,好像一个不懂这句话的含义的人。然后,他把笔记本放回口袋,两眼恢复了正常的目光。

"我在想东西。"他带着一丝歉意说道。

"想什么呢?"

"我不清楚。总之医生立刻辨认出那块骨头,一下明白了:人肉。接下来发生了什么?他把自己的那份扔到火里了吗?他说出了实情?估计是的。大家忽然知道了几天来救了他们的食物是什么。他们仍然不顾一切地继续——换个词吧——'享用'阿德莱德·马斯弗雷?他们已经知道外籍兵是怎么回事了吗?他们听任这一切发生?迷雾最终消散,凶手威胁他们并下达指令,没人反抗。没人打算到处宣讲自己的历险,我们现在知道为什么了。但是谁能打包票呢?抑郁、疾病、信仰、抑制不住的悔恨,坦白的风险一直存在,就像高迪埃那样。因此凶手监视他们,监视每个人,因为他跟他们一样,吃了两个人,而且他是蓄意杀人获取食物。"

亚当斯贝格一口喝完他搅拌了无数次的咖啡。

"然后呢?"雷坦库尔问道,她的神态冷漠遥远,仿佛回到了第一天的状态,"我们现在知道了暖岛上那些绝望者的真实故事,然后呢?有什么用处?"

"这让我们知道凶手仍然潜伏在他们周围。"

"一个既没有杀死艾丽丝·高迪埃,也没有杀死马斯弗雷、布鲁盖尔或冈萨雷斯的凶手。一个跟我们无关的凶手。一个跟袭击罗伯斯庇尔社团无关的凶手。"

"我想我知道为什么罗伯斯庇尔的棋盘没有动静了。"亚当斯贝格低声说道。

"请告诉我们。"

"我不知道。"

"您刚才说您以为自己知道。"

"只是一种说法而已,雷坦库尔。"

雷坦库尔重重地靠在椅背上。

"无论是他们死了、被吃掉,还是有人故意把他们杀掉,然后被他们大伙吃掉,我们都回到原地,没有得到任何进展。我们白来了。"

"Veni vidi non vici。我来了,我看到了,我没有征服。"维朗克说。

罗格瓦尔坐在邻桌,悄悄地听着他们的谈话,阿尔马给他翻译。这是他的故事,他有权了解。他挂着拐杖站起来,提醒冈劳谷别碰棋子,然后走到雷坦库尔跟前停下,阿尔马在他背后。

"维奥莱塔,"他说道,"面对一位挡住亡灵的女士,我们佩服不已,你把亡灵挡在远处,以至于你朋友的腿也挺住了。没有你,维奥莱塔,他可能会……"

他意味深长地瞅了一眼自己的断腿。

"然后贝格可能送了命。他犯了在亡灵的领地上滞留的错误。而你却明白这样做是不对的。你一开始就明白了,对吧,维奥莱塔?在看到那层雾之前就已经明白了?"

雷坦库尔皱起眉头,不知不觉地把椅子靠近了一点,离那个疯子、那个智者更近了,她抬起眼睛看着他。

"是的。"她说。

"什么时候啊?"

"到达小岛的时候,"雷坦库尔思索了一下,"他们想要抄写刻在暖石上的字。我说——我想我当时喊了起来——不行,我们不能浪费时间。"

"你看,"罗格瓦尔在艾格伦递来的凳子上坐下,"你是知道的。你早就知道了。你在巴黎那座城市里,那个冬天人们还能露天闲坐的地方,在那里你就知道了。你本不想来,但你知道了。所以你来了。"

罗格瓦尔俯下身子,他的金色长发几乎触碰到了雷坦库尔的前额。亚当斯贝格惊讶地看着这一幕。雷坦库尔这位警队中无可争议的实证派和唯物派的排头兵,竟然陷入了罗格瓦尔编织的罗网,被冰岛幽灵吸引住了。不,他们没有白来。

然后,罗格瓦尔把他宽阔的大手放在警司的膝盖上。警队里谁敢这么做啊?

"但是你错了,维奥莱塔。"他说。

"错在哪里?"雷坦库尔小声问道,呆呆地望着罗格瓦尔明亮的蓝眼睛。

"你刚才说,"罗格瓦尔的嘴唇微微抿紧,"你们白跑了一趟。勇敢的维奥莱塔,你说这没有任何意义。"

"对,我说了,罗格瓦尔。因为事实就是如此。"

"不。"

"罗格瓦尔,您对我们在巴黎的工作一无所知。"

"我不了解,也不在乎。听着,维奥莱塔,你仔细听我说。"

"行。"雷坦库尔让步了。

"亡灵从来不会无缘无故地发出召唤。他的礼物总会把我们引向一条路。"

"但是对您来说，罗格瓦尔，亡灵夺走您的一条腿。这算一条路吗？"

"我没被召唤。我冒犯了他。贝格是受到召唤的。"

"您把那句话再重复一遍。"

"亡灵从来不会无缘无故地发出召唤。他的礼物总会把我们引向一条路。你用不着记录，"罗格瓦尔抓住雷坦库尔的手说，"别担心，你会永远记得的。"

亚当斯贝格透过舷窗，看着被浓雾吞噬了四分之一的格里姆西岛逐渐消失，心中竟然涌起一丝伤感。身材高挑的艾格伦与他拥抱道别，男人们聚在码头为他们送行。有冈劳谷、布雷斯蒂尔，当然还有举手道别的罗格瓦尔，以及其他一些他不认识的金发男子。

今天晚上到巴黎。然后就是明天。明天必须向队里通报此次出走的结果了，这次行动对罗伯斯庇尔这盘棋确实没有丝毫影响。他没有把杀人犯带回来，只带来一瓶冈劳谷送的布雷尼温酒。尽管如此，他仍然需要通报，需要解释原因、概括总结和组织语言。这些都是他不喜欢做的事情。而且听通报的人都会面带怒色或板着脸，除了弗瓦西、埃斯塔雷、贾斯汀和梅卡代，梅卡代知道自己的不足，因此也不计较别人的缺点。

"维朗克，"他说，"明天队里的汇报由你负责。吃力不讨好的活儿，我知道。但是既然夏多封你为罗马元老，你一定能比我做得更好。雷坦库尔会协助你。"

"他们的不满情绪会直线飙升。"

"那当然。"

"我来通报。"维朗克平静地说道。他把腿伸在机舱走廊上,肚子上插着阿尔马给他安排的抗凝剂的针头。"你要设法把瓦兹内和莫尔登拉到我们这一边。因为瓦兹内善于躲闪,就像他的鱼一样,而莫尔登喜欢听童话故事,'勇敢的维奥莱塔'与亡灵的那场搏斗或许能让他动容。"

"我不想把他们'拉过来',路易。让他们想办法走自己的路,和我的路没有关系。"

"这正是他们抱怨你的原因。你应该能理解他们为什么没有跟你走。"

"不全明白。"亚当斯贝格咕哝道。

飞机即将抵达巴黎戴高乐机场时,亚当斯贝格睁开惺忪的双眼,打开笔记本,翻到今天早上在旅馆里记录的那句话:"医生从嘴里取出一块骨头。"在这句话下面,他加上维朗克对弗朗索瓦·夏多的老套点评:"他像拔牙医生那样说谎"。然后他画了一个箭头并写道:"罗伯斯庇尔。他是他。他有。"

机舱里的灯光熄灭了,乘客们系好了安全带,椅背重新调直。飞机正在快速下降,可以看到高速公路上的车灯。亚当斯贝格叫醒维朗克,让他看笔记本上的那一页。维朗克看了看,摇头表示不理解。

"这是你说过的话,"亚当斯贝格坚持道,"我们参加第一场集会后,你说过:'那就是他。'"

"罗伯斯庇尔?"

"是的。你说得没错。那就是他。"

41

今天是星期五，也是五一假日。刑警们一大早便围着主教会议厅的长桌落座，等待亚当斯贝格到来。他们的座位一反常态，打乱了埃斯塔雷给大伙送咖啡的节奏。大家自发地形成派别，不约而同地坐在一起。当格拉尔和莫尔登警督坐在长桌的一端，在会议厅最里面，依旧在他们警队负责人的位子上。雷坦库尔则一反常态，坐在长桌的另一端，好像准备与当格拉尔对峙一样，她的一侧是弗瓦西和埃斯塔雷，另一侧是贾斯汀和梅卡代。当格拉尔注意到，在他的右边，坐着心怀不满但犹豫不决的人，其中包括瓦兹内和凯尔诺基安。而他左边的是以诺埃尔为首的坚定不移的不满者。刚从格兰维尔度假回来、对情况一无所知的拉马尔探员则坐在两张空椅子之间，迅速地翻阅过去两周的报告。

一股罗伯斯庇尔大会的余味，当格拉尔心想，那里有不同的派别，有忿激派、吉伦特派、温和派以及平原派。他叹了口气。在亚当斯贝格的王国里，某些事情正在破裂，说不定自己对此负有主要责任。因为赌气，他没有给冰岛发过一条消息，没有去了解这次无谓的活动进展如何，尽管他担心这次行动会有危险。当然，对等地，他也没有收到任何消息。他也不抱任何幻想。亚当斯贝格带不回来任何东西，连送他的布雷尼温酒都不会有。

维朗克拄着拐杖，相当庄重地走进来，坐在雷坦库尔为他留在自己身边的椅子上。他稍稍转身，让埃斯塔雷搬个凳子过来，用来搁腿。

当格拉尔吃了一惊，维朗克受伤了。怎么回事儿？他注意到维朗克警司和雷坦库尔的脸色有点白，看得出一些皱纹和眼袋，立刻明白他们肯定遇到了一些不妙的事情。而他呢，通常如此坦诚的当格拉尔，却顽固地沉浸在反对情绪中，甚至没有关心过他们。他赶走突然产生的内疚，准备听维朗克警司的汇报。他知道这个汇报不会有任何结果，这是问题的所在，而且是一个严重的问题。

"咱们等亚当斯贝格吗？"他看着手表问道。

"不用等他。"维朗克说。他扫视了一圈绷着的面孔或低着的脑袋，与警督对视了一下。

"您受伤了，警司？"莫尔登问。

"在暖岛空旷的海滩上打了一架，打得蛮厉害的。"

"跟谁打架？"当格拉尔诧异地问道，"既然是空旷的海滩？"

"是啊，"维朗克说，"他露出獠牙，谁都没能看见，

"白色的身躯，沿着黑石滚卷，

"他给过我们馈赠，我们无有回报，

"他一口咬到骨头，拿走应得犒劳。"

维朗克伸长胳膊挥了挥，意思是"亡灵"，当格拉尔则解读成"你们没法理解"。这在某种意义上是一回事儿。

"所以说你们的确上了那座岛。"当格拉尔说，"然后呢？"

"警督，请允许我以自己的方式来陈述事实。"

"您请。"当格拉尔说。

他略带忧郁地想，已经多久没有在如此紧张的氛围下召开全队会议了？同时，他也意识到自己的语气也是导致这种气氛的主要原因之一。这个念头让他不禁打了个寒颤。亚当斯贝格的离开，甚至可以说是他的脱逃，将他，当格拉尔，置于刑警队代理队长的位置上，但这件事对他真的有利吗？他是否无意中盼望着亚当斯贝格的撤换？如果是的话，那么这种想法是从何时开始的呢？是从穿上那件令他气度大增的华丽紫袍开始？还是从他感受到——品尝、羡慕——罗伯斯庇尔的统治力之后开始？但是作为递补而上的新领导，自己究竟做了什么、说了什么，或者发现了什么能够推进罗伯斯庇尔案调查的东西吗？除了经不起众人的央求卖弄点知识，他还做了什么？诺埃尔、瓦兹内、莫尔登呢？如果说这个案子是一幢大楼，他们中间是否有人贡献过哪怕一粒沙子吗？

沙子。当格拉尔不由自主地联想到塞莱斯特的画作，画来画去都一样的那幅，上面点缀着红色斑点，只有拿放大镜才能发现那是些瓢虫。难道这就是塞莱斯特想简要传递的信息吗？她想引起人们关注那些微不足道、不起眼的事物的尊严吗？他是否前进的时候没有带放大镜，因此捡不到一只瓢虫呢？

当格拉尔感到些许不适，倒了一大杯水，一口喝完，这和他平常的行为有些不同。维朗克开始陈述，讲到他们无人陪同，自己驾驶小船离开格里姆西的码头，驶向暖岛。他省略了罗格瓦尔的警告和他失去的腿。

当然，在描述发现人骨以及它们折射出的食人惨剧的时候，引发了一连串震惊、厌恶、惊呼、愤慨、疑问和警觉。这些突破底线的事实瞬间压倒了大家的不满和分歧。亚当斯贝格并没有错，岛上果然发生了不寻常的事。

维朗克不动声色，留意着大伙情绪的变化，然后讲到雷坦库尔当机立断，将他们从致命的迷雾中解救出来，但他没有花太多时间，以免给人博取同情之感。听众中传来了几声赞赏的口哨，有人点头称是。会场渐渐平静下来，诺埃尔开始质问这次行动的具体意义。

究竟全队能收获些什么？

究竟是什么？哪怕得到的结果不同寻常，但是对调查有推进吗？

一片混乱，众说纷纭，白费口舌。

"凯尔诺基安，"当格拉尔打断众人，"你那份调查勒布伦和勒布隆从我们眼皮底下溜走的报告呢？检查地窖、屋顶、庭院有结果吗？警长命令过您吧？"

"是的，警督。调查完成了。"

"完成了？我还不知道调查的结论，怎么算是完成呢？"

"对不起，警督。我原本以为需要等警长回来，将报告交给他。"

当格拉尔再次感到一丝隐隐的不快，一种他从未经历且不喜欢的苦涩。他倒了一杯水，喝了几口以缓解这种情绪。

"警长不在，我接替他的职责。地窖的情况怎么样？"

"地窖和庭院都没有通道，警督。但是可以通过屋顶逃离。屋顶铺着锌板，坡度不大。两栋房子之间通道的宽度为三十厘米，中间隔着一道阻挡鸽子的铁栅栏。很容易跨过去。通过一个小天窗，可以进入 22 号，然后通过它的停车场出去，进入一条侧街。他们很可能就是这样离开弗朗索瓦·夏多而未被发现的。"

"行，下周一晚上，您就守在那个出口，盯住勒布隆，把他的住所找出来。您和瓦兹内、拉马尔配合行动。一辆汽车，一辆摩托。"

"遵命，警督。"

"然后呢？"诺埃尔又追问道，"然后就没有了！四个人死了。而我们还要继续跟踪这些木偶，夏多、勒布伦、勒布隆、桑松、丹东，等等，从七百个嫌疑人中挑出来的，只是因为没有更好的选择，因为没有别的线索。与此同时，我们的警长却去了冰岛解决一个旅游惨案。"

"自费去的。"贾斯汀轻声提醒道。

"但他不在这儿，缺席了！"诺埃尔大声强调，七名制服警员跟着咕哝起来。

"调查停滞不前，不是他造成的。"梅卡代开口道，"我们很期待你的建议，诺埃尔。"

"思考是亚当斯贝格一个人的事吗？"雷坦库尔补充道。

"但是他在思考吗？"诺埃尔反驳道，"调查陷入僵局是因为亚当斯贝格停滞不前，他停滞不前是因为他在别的地方奔忙，去了凹村或者北极。这种停滞影响到我们，使我们无法行动，使我们丧失了主动性。"

"没人要求你对他的影响如此敏感。"梅卡代说。

"我看不出哪里有错，"弗瓦西补充道，"调查、问询、追踪，该做的我们都做了。"

亚当斯贝格故意晚到，他靠在门框上，听着刚才的对话。

"到目前为止还是一无所获,"莫尔登说,"就像往沙子里泼水一样。"

"为什么呢?"贾斯汀盯着当格拉尔问道。

"的确,他的心思曾经在冰岛那边,"当格拉尔小心翼翼地说,"不过这件事现在已经翻篇了。"

话音未落,亚当斯贝格推门进来,顿时整个会议厅鸦雀无声。

他首先查看维朗克的腿,这是阿尔马的命令,确认途中没有出现并发症,他松了一口气。他又看到布雷斯蒂尔、艾格伦、冈劳谷和罗格瓦尔在码头上挥舞手臂道别的身影。再看眼前这些人,他们的脸上挂着不满的神情,一副心有不甘的样子,调查陷入了僵局,让他们感到失落,为缺乏灵感而恼怒,不愿意接受这团海藻是如此黑暗和顽固。在这样一种无能为力的情况下,他们需要找到一条出路。于是,他成了他们的宣泄口。他注意到当格拉尔和莫尔登的目光游移不定,他们已经不再对他的回归抱有期待。他站在雷坦库尔和维朗克的椅子后面,埃斯塔雷递来一杯咖啡。他观察着在场的每一个人,注意到座位的变化,看到他们带着怨恨、犹豫、坚定的表情,以及当格拉尔奇怪的体态,一只肩膀高,一只肩膀低,仿佛在反抗和绝望之间摇摆不定。

当格拉尔成为未来的队长?为什么不呢?他的思路清晰,专业知识也比他高出许多。亚当斯贝格以超脱的眼光,几乎冷眼看着自己的团队,到底还是"他的"团队吗?他也说不准。他小心翼翼地挑选措辞。

"正如维朗克所说,我们的冰岛之行揭穿了维克多和阿梅代·

马斯弗雷的谎言，指出了一个凶手。为了保住自己犯下两起谋杀以及食人事件的秘密，他会不惜一切。"

"不惜一切？"诺埃尔说道，"可是过去十年间，他什么都没有做。这与我们有什么关系呢？"

"关系在于在这十二个旅行者中，有六个人仍然面临生命危险，另外还要加上阿梅代。"

"他们仍然活着，也没有受到威胁。"

诺埃尔比起低头不语的瓦兹内或是翻阅卷宗的莫尔登来说更加勇敢。他的勇气主要源自与生俱来的暴力倾向，但无论如何，那仍然是一种勇气。

"只是一点信息而已，警司。"亚当斯贝格说，"至于罗伯斯庇尔的棋盘，它依然没有动静。然而动物是运动的。所以这种静止必定有原因，不是命中注定的，也不是运气不佳。我能预感到，但说不明白。您记下了吗，当格拉尔？"

"记下了。"当格拉尔淡淡地答道，"但我们仍然在原地打转。"

"原地打转？"

当格拉尔警觉地中断了记录，警长的声音微微发颤，语气变得激烈。这种情况很罕见，通常伴随着异常尖锐的目光。他抬起头，看到了那道微微炽热的、犀利的眼神，从亚当斯贝格平素呆滞的眼睛中突然迸发出来。那短暂而强烈、转瞬即逝的一瞥，或许是冲他、只冲他一人而来。

"否则到了哪儿？"当格拉尔问道。

"到有动静的地方。必须到动物运动的地方去。不能耽搁，不能被雾气困在原地，就像雷坦库尔意识到的那样。今天下午我会离开一会儿。在此期间，当格拉尔，警队继续归您指挥。我觉得这种交接非常有趣。"

亚当斯贝格喝掉变冷的咖啡，拿起塑料袋，走到跟随他最久的助手身边，从他手里拿过笔，接着他的记录写道："原地打转，当格拉尔？亡灵从来不会无缘无故地发出召唤。他的礼物总会把我们引向一条路。"

然后他从袋子里拿出一瓶布雷尼温酒，亲切地放在桌子上。

"我们走吧。"他从维朗克身后经过，对他说。

"去凹村？"雷坦库尔轻声问道。

"是的。"

维朗克撑着拐杖站起来，雷坦库尔不请自来，也站起来跟着他们。这是一个奇怪的转变，亚当斯贝格心想。在迷雾中受过苦的人还就是在迷雾中受过苦的人——罗格瓦尔可能会这样解释。

42

"我们到底想要他们说什么?"雷坦库尔问道。

他们在五一节依然开门营业的凹村客栈吃了午餐,并通知了马斯弗雷兄弟俩,说要来凹村,但没提冰岛之行。维克多不明白警方为何又找上门,在电话里便警觉起来,因为亚当斯贝格希望和他们在庄园入口处的小楼会面,以免塞莱斯特看见。

"首先,我们要结束这个案子。"亚当斯贝格想到了卢西奥,"然后,我们要加强行动。"

"维克多不会说凶手的情况的。"维朗克说。

"我们不可能一肩膀就把门撞开。我们今天先把门摇松。"

雷坦库尔选择沉默,没有问这样做的用意。

此刻,兄弟俩坐在阿梅代的小楼里,一声不吭地看着他们,心里提防着。

"昨晚,我们三个从冰岛回来了,"亚当斯贝格说道,"确切地说,是从格里姆西岛回来,更准确地说,是从暖岛回来。也被称为'狐狸岛'。一场苦战啊,"他指了指维朗克的腿,"获得了一些有用的信息。但和上次不同的是,这些信息对你们来说并没有什么新意。"

"我不明白，"维克多小声说，"不知道你们'获得了'什么。狐狸岛上啥都没有。"

"那里有木桩孔，就在你们以前扎营的地方。你们当时在海滩上方，靠近两个山包的底部，有一些遮挡，对吗？"

维克多点了点头。

"这些木桩洞当时被冰雪覆盖着，你们没能看到。后来，维克多，雪融化了，雪地里的碎片掉入了这些洞里，躲过了寒风凛冽。"

"这说不通，"维克多说，"你们去那么远的地方，就是为了在木桩洞里面找东西？而且你们之前并不知道那儿有木桩洞啊。"

"是的。"

"你们想找什么呢？"

"找海豹油脂，不可以吗？"

"你们找到了吗？"

"没有。只找到炭灰，没有发现海豹油脂。我很抱歉，真的非常抱歉。维克多，请跟我出来一下。"

亚当斯贝格靠在小楼的墙上，躲避渐渐飘起的细雨。他从上衣口袋里掏出止咳糖盒子，将五块小骨头倒在手掌上。

"接二连三的谎言，我们快要揭开真相了。这些是人类的手腕骨。分别出自一名成年男性和一名成年女性。他们遭到肢解，烧熟后被人吃掉了。你看，上面有烧灼的痕迹和刀痕。"

亚当斯贝格把骨头放回盒子，轻轻地放进口袋。

"对你或者阿梅代的 DNA 进行分析，可以证实其中三块骨头来自阿德莱德·马斯弗雷。埃里克·考特林妹妹的 DNA 则会证明另一具尸体是'外籍兵'。这就是艾丽丝·高迪埃向阿梅代透露的内容吗？说他们被人吃了？他知道了？"

"他知道了。"维克多声音沙哑地回答道，"这个高迪埃真是个混蛋。这件事永远不应该告诉他。"

"他扛得住吗？"

"他在服药，情况不太好。他从她那儿回来以后，我一直陪在他身边，睡在他房间里。他会在梦中尖叫，我会把他叫醒，安慰他。"

亚当斯贝格回到房间，在阿梅代对面坐下。

"这么说，艾丽丝·高迪埃都告诉你了？"他问道。

"是的，为了让她自己的灵魂得以安息。"阿梅代从牙缝里说。

"还说了什么？他们是冻死的还是被人杀死的？"

"是他杀了他们。"

"冲突中意外杀死的？还是蓄意的，为了……吃掉他们？"

"蓄意的，为了把他们吃掉。"阿梅代喃喃自语，"大家后来都明白了。"

"怎么明白的？"

"那个绰号叫'大夫'的人，吃第三顿时吐出一块小骨头，那是外籍兵的骨头。大夫如实说了。但是为时已晚，他们已经把他完全……"

"吃了下去。"亚当斯贝格帮他把话说完。

"然后，一天早上，他们发现我母亲死了。"

"被刀子捅死的？"

"不是。高迪埃说估计是在天亮前不久在雪地中被闷死的。"

"所以几天后,当杀手给他们带来所谓的小海豹,帮助他们活下去,大家心知肚明,知道他在怂恿他们重复之前的行为。"

"是的。"

"够了,"维克多断喝道,"别再问了。是的,我们都明白了。"

"可你们还是照办了?这次是明知故犯?"

"对的。只有我没有参与。我知道她是我母亲。"

是真还是假,亚当斯贝格心里琢磨。

"那是实话,"阿梅代说,"艾丽丝·高迪埃说过,'那个小伙子没有吃'。"

"那你是怎么活下来的,维克多?"

"不知道。我最年轻。"

"你为什么不站出来,为什么不反抗呢?"

"他们九个人都同意这样做,只有我一个人反对。"

"包括亨利·马斯弗雷?"

"是的,"维克多深吸了一口气,"他坐在我旁边,非常虚弱,冷得直哆嗦。我恳求他不要这样做,他说她将永远活在他的心里。然后他就那样做了。"

"现在,"亚当斯贝格说,"我们终于明白你们承受着保持沉默的莫大压力,威胁笼罩在你们每个人的头上。明白了你们为什么如此顺从。因为这是一件无法言说的事。但是在死亡临近时,一切都不再是秘密了。就像极端自私的艾丽丝·高迪埃所做的那样。你们中的每个人,在极度虚弱、懊悔、抑郁、改信、生病、绝望的时刻,可能都会这么做。我认为,我确信,"亚当斯贝格说着起身,在小饭厅里徘徊起来,"他在监视你们,观察你们,也在传唤你们。你们彼此见面,他定期仔细筛查你们。"

"不,"维克多喊了起来,"他知道我们一直保持沉默。他不需要见我们,也不需要'筛查'我们。"

"你们确实在见面,"亚当斯贝格大声强调道,"而且你知道他是谁。或许你不知道他的名字,但至少知道他的长相。请告诉我他的特征,帮助我找到。"

"不,我不知道。"

"维克多,你不是唯一处境危险的人。阿梅代也面临同样的威胁。他现在已经知道了,跟其他人一样。"

"我保护他。阿梅代不会说出来的。"

"是的。"阿梅代以亢奋而虚弱的神态确认道。

"那么其他人安危呢?你无所谓?"

"是的。"

"因为他们吃了你的母亲?"

"对。"

亚当斯贝格向副手们做了一个手势,示意撤退。

"维克多,请考虑一下你沉默的后果。"

"不用考虑了。"

他们默默地离开兄弟两人,阿梅代捧着额头,维克多则一副毅然决然的样子。

"他不会说的。"他们回到车上,维朗克说。

"阿梅代说不定会的。"雷坦库尔说。

"但阿梅代不知道凶手长什么样。"

他们冒雨往回赶,大雨猛烈地敲打着车窗。

"幸亏你没有给阿梅代看骨头,做得对。"维朗克说。

"那是最起码的了。"亚当斯贝格声音有些颤抖。

也许是因为外套被雨水打湿了,或者是脑海中闪过一个男人伸手指着他被人吃掉的生母留下的骨骸的场景。

"我把你们送到警局门口,"他说,"我不进去了。"

"您撒手不管了,警长?"雷坦库尔问道,她抖掉身上的水珠。

"招惹他们有什么意义呢?失败会让他们筋疲力尽,失利会让他们更加紧张焦虑。"他笑了笑,然后问道:"您怎么看当格拉尔?您觉得他很想要这个位子吗?"

"当格拉尔的表现有些反常,"维朗克肯定地说,"好像有心事。"

"我觉得是罗伯斯庇尔。"亚当斯贝格说。

泽尔克轻手轻脚地走动着,父亲脚搁在壁炉的铁架上,没吃晚饭就挨着壁炉睡着了。他知道冰岛发生了什么事,所以希望他能好好睡一觉。维奥莱特像上次拯救鸽子一样,把他从亡灵手里解救了出来,让泽尔克对她更加崇拜。时钟指向十点十分,电话响了,泽尔克非常恼火。亚当斯贝格睁开眼睛,接起电话。

"警长,"弗瓦西大声说,"又发生了一起。"

43

亚当斯贝格立刻站起身来,完全清醒了。

"在哪儿?什么时候?"他一边问,一边抓起笔记本。

"发生在瓦隆德库塞尔,离第戎八公里。那个人没死,侥幸活了下来。"

"消息哪来的?"

"第戎宪兵队。那个男子自己去急诊,现在还在医院里。杀手想把他吊死,但是受害者设法挣脱了绳索。"

"他说了什么?"

"他现在还不能说话。气管受损,上了呼吸机,消肿后才能停机。不过伤势还算稳定,能挺过去,现在通过手势和写字进行沟通,能提供的线索十分有限。宪兵已经到达现场。事情发生在一个车库里,我们的杀手强行把受害者拖入车库。"

"为什么说'我们的'杀手?为什么不说是自杀呢?"

"因为他们在汽油桶上发现了那个标记,这次是用红色记号笔画的。"

"蓝、白、红,那是大革命的颜色。这个混蛋玩得很嗨啊。"

"没错。根据宪兵队的通报,受害者身体强壮,他用手臂勾住从天花板悬挂下来的链子，手臂上留下了铁链的勒痕。看起来他用力引体向上，让绳子变松，然后右脚踩住墙边的货架，解开绳套。"

"他叫什么名字？"

"樊桑·贝里厄，四十四岁，已婚，有两个孩子，搞计算机的。我给您发他的照片。他现在插着管子，躺着，可能不太好认，不过能看出大致模样。"

亚当斯贝格在手机上打开照片。这个人可能就是勒布隆所提到的"自行车手"。一张方脸，轮廓匀称，相当帅气，没有太多表情，棕色眼睛有些恍惚，毕竟刚刚经历了如此巨大的打击，情有可原。亚当斯贝格拨通了弗朗索瓦·夏多给他的电话号码——这个号码只能在紧急情况下使用："警长，请不要试图调查这个号码，这个号码不是用我的名字申请的"——把照片发给他，叫他立刻转给勒布隆和勒布伦，不管他们是否在睡觉。

此时，泽尔克已经将晚餐热好，摆上餐具，倒了两杯红酒。亚当斯贝格在跟第戎宪兵队通话，略微点头谢过。他的电话被转到负责此案的奥布拉下士那里。

"警长，我一直在等您的电话。刚刚我盘问了受害者，"奥布拉带着浓重的勃艮第口音说道，"我们尝试通过手势沟通，他也写了一些话。他确实在晚上七点左右遭到袭击，被带到他的车库，那儿已经放好了绳子和椅子。"

"车库的门被撬过吗？"

"车库门没关。里面只有一些普通的工具、钉子、装修材料。"

"他认识袭击者吗？"

"他一口咬定不认识。他说袭击者是个大块头，几乎算得上肥胖。身高不到一米八。我们只知道这些,因为那个人蒙着面,戴一顶白色假发。"

"白色假发?"

"是的,我们在绳子下面的地上发现了一撮人造的白头发。"

"头发是直的还是卷的?"亚当斯贝格问道。他看到泽尔克示意,趁着马铃薯煎蛋还没凉,赶紧吃起来。

"我没有问。只知道袭击者是个胖子。哦,对了,他在面具下面戴着眼镜。所以说是个戴眼镜的胖子。穿着毫不起眼的灰色外衣。"

"没有人在……"他看了一眼笔记本,"瓦隆德库塞尔,看见过陌生车辆吗?"

"我们询问了那些还没入睡的村民,但在乡下,如果你把人从床上拽起来,他们通常不太愿意说话。我们打算明天发布消息,呼吁目击者提供线索。不过,十三个还没有睡觉的村民中,没有人看到什么车辆。我认为凶手不会那么傻,把车子停在教堂广场上,对吧?他只需要找个偏僻的地方停车,然后步行进村就行了,因为这里的居民晚饭吃得很早,睡觉也很早,街上空无一人。"

"一个胖子,戴眼镜,步行。"

"这点线索远远不够,是吧,警长?我们已经开始提取指纹了,可是嫌疑人既然戴着面具和假发,他肯定不会忘记戴手套的。前期调查由我们来做,还是您来接手?"

"你们来做,我完全信任你们,下士。"

"谢谢您,警长。巴黎那边有点倾向于把我们一口吃掉,您看,我没有批评的意思。不过您是您,嗯,巴黎是巴黎。这支记号笔也要化验分析吗?"

"不用了。但是,请把标志和现场的照片发给我。"

"已经发给你们刑警队了,因为我们接到过通知,所以就留意了。这是一起伪装成自杀的案件,于是我寻思找找是否留下什么标记。就这样我在汽油桶上发现了它。标记不太隐蔽,也不算十分显眼。"

"太好了,下士。请马上转发到我的个人邮箱。是的,我告诉您怎么拼写。您对受害者采取保护措施了吗?"

"在另行通知之前,实行全天候的保护,警长。对他最好的保护,就是避免媒体报道曝光。这样,凶手就不会知道自己失手了,也就不会再来找麻烦。"

"这样能给我们争取一点时间。"

"但是这个符号有什么含义啊?是花体的 H?"

"是断头台。"

"啊?这不太好吧。跟大革命时期的断头台一样吗?"

"没错。"

"他是个疯子吗?疯狂的革命者,或者其他什么的?要不就恰恰相反,您懂我的意思吗?"

"我们也在找答案。我们在调查一家研究大革命时期的协会。我们认为凶手在那儿潜伏,在那儿选择受害者。但协会成员将近七百人,而且还是匿名的。"

"这样说情况确实很棘手。你们打算怎么破局呢?"

"我们等着他失算,犯错。"

"照这种思路,如果他小心谨慎,他就有时间再杀四十个人。"

"这个我清楚,下士。"

"抱歉,警长,我没有让您感到沮丧的意思。"

"没关系。他也许今晚就犯了错误。女人和孩子们在哪儿?"

"在克拉姆西的外婆家度周末。"

"一个胖子,戴眼镜,步行,而且消息灵通。"

"祝您好运,警长。调查遇到困难,不是我们的错,想开点,别太自责。有时候事情不顺就是不顺,急不得。我得说和您聊天真是挺愉快的。明天调查有什么发现,我会及时告诉您的。"

"说话啰嗦,但不傻,"亚当斯贝格挂断电话说,"是个好人。"

"菜凉了,我再给你热一下。"

"不用了,我就这么吃,西班牙人的吃法。"

"你要去第戎吗?"

"不去。他把信息都发给我。"

"为什么杀手要这样戴面具呢?对不起,你手机开得很响,你们的话别人都能听见。他不能像别人那样往头上套一只丝袜吗?"

"这也许就是他的失误之处,泽尔克。但是他不会猜到自己失手了。他的第二个错误是勒紧那个人的脖子后逃得太匆忙。椅子翻倒的声音可能吓到了他。"

"你不通知当格拉尔吗?"

"弗瓦西和梅卡代在值班,他们会通知的。"

"你不愿意通知他。"泽尔克说道,"你觉得他怎么啦?"

"这不是他第一次对我生气。"

"但这是他第一次把别人牵扯进来。他到底怎么了?"

"因为我们陷入困境。当格拉尔陷入困境就会觉得无聊,无聊是他最凶猛的敌人。因为当他感到无聊时,焦虑会接踵而至。一旦他焦虑,要么他会崩溃,要么他会攻击别人。我觉得遇到罗伯斯庇尔对他没有任何好处,反而像给他打了兴奋剂似的。他会冷静下来的,泽尔克,你不用担心。"

"怎么个无聊呢?"

"这可能是我传给你最有价值的东西之一。你即使啥都不做,也不会感到无聊。"

他的手机响起来,弗朗索瓦·夏多来了回复:"勒布隆很肯定,他们所谓的'自行车手'就是他。他是潜伏者之一,或者说仅存的潜伏者之一,一个临时会员。"

"他叫樊桑·贝里厄,"亚当斯贝格回复道,"住在瓦隆德库塞尔。你们听说过吗?"

"不认识。不过我有几次路过瓦隆德库塞尔。那个村庄很迷人,靠着山脉。"

"他在逗我玩?"亚当斯贝格向泽尔克出示短信,问道。

"我不这么想。"

"第戎那边没有山脉。"亚当斯贝格写道。

"那边的人是这么叫的。人人心里有自己的山,警长。晚安。"

"他就是在逗我玩。"

亚当斯贝格拨通弗瓦西的电话。

"今晚谁在弗朗索瓦·夏多家值班?"

"请稍等,警长。是拉马尔和贾斯汀。但是夏多今晚没有回家,他通常都是准时回家的。因此诺埃尔在十五分钟前去了酒店。有时候夏多会在酒店工作到很晚。半个月以后,他们要接受税务审计,所以他们的会计可能忙不过来。但夏多不在办公室,或者已经离开了。"

"没有人看到他出入吗?"

"没有人看见,警长。夏多可以通过花园直接进入办公室,所以很可能没人看到但他已经在办公室了。"

"他也很可能在外面,弗瓦西。因为他已经有足够的时间从第戎回来了。"

亚当斯贝格又给弗朗索瓦·夏多发了一条短信。

"您在哪儿,夏多?"

"我在家里躺着呢。现在几点了,警长?"

"十一点一刻。我的手下没有看到您回家。"

"那是他们的眼睛有问题,安排他们保护我,有点不靠谱啊。我在酒店里忙着准备税务审计。二十分钟前到家了。"

"该死的!"亚当斯贝格把手机扔在桌子上。

"但是那个宪兵说袭击者是个胖子。"

"他是协会里的人,因此知道如何打扮。他之所以看起来很胖,是因为他很瘦。夏多是瘦子。"

"但不高。那个人有一米八吧?"

"或者不到。"

"夏多为什么要伤害自己的会员,跟自己过不去呢?"

"跟罗伯斯庇尔铲除自己的同伴一个样。"

亚当斯贝格上楼回房间前看了看手机屏幕。奥布拉下士动作很快，已经传来了标记和现场的照片。亚当斯贝格拉过一把椅子，仔细检查照片，泽尔克在他背后探头看着。

"到头来，你还是要去第戎啰？"他简单地问道。

44

奥布拉下士开车,将他从火车站带到了瓦隆德库塞尔樊桑·贝里厄的车库。

"什么也没动过吧?"亚当斯贝格一进门便问道。

"没有动过,警长,因为标记的缘故。我们在等您。"

"下士,为什么凶手没有把绳子挂在屋顶正中央?而是挂在边上呢?您怎么看?"

奥布拉挠了挠脖子,制服的领口太紧,让他感到不适。

"也许燃油桶挡住了位置。"他说道。

"也许是吧。凶手让他站上去的这把椅子很重。您到外面去,然后您听着。"

亚当斯贝格将椅子摆好,推倒在地。

"下士?您听到什么了?"

"没听到什么。"

"邻居能听见吗?"

"他们离得太远,警长。"

"那么,他为什么如此匆忙地逃走呢?"

"神经崩溃了,我只能这么说。您想想,杀了四个人,谁也不是铁打的。"

"绳子能拿下来吗?"

"可以。"奥布拉说着爬上椅子。

亚当斯贝格摸了摸绳子,像检查布料一样,沿着粗糙的纤维摸索,顺手拉一下套索,然后把绳子还给奥布拉。

"您能带我去医院吗?"

"立马就走。"奥布拉说,"您会看到的,那个人话不多。"

"精神崩溃了。"亚当斯贝格说。

"主要是吓坏了。看来他想忘记一切,这一点很明显。"

亚当斯贝格走进第戎医院时已经快下午一点半了,病人们刚用过午餐。空气中弥漫着一成不变的卷心菜和小牛肉的气味。樊桑·贝里厄不知道他来,躺在床上看电视,一副无精打采的样子,身上插着管子,输着液。警长上前介绍自己,询问他的身体状况。痛。这儿,咽喉。饿。累。紧张。崩溃。

"我不会待很久的,"亚当斯贝格说,"您的案子与另外四个受害者有关联。"

男人的眉毛动了一下,意思:"什么关联?怎么会的?"

"因为这个,"亚当斯贝格指着他画下的那个标记说,"画在您车库里的油桶上。另外四起案件的现场也发现了同样的标志。您见过它吗?"

贝里厄摇了几次头,坚定地表示他没有见过。

亚当斯贝格没想到,当插管遮住一个人张开的嘴巴,他的面容被持续的疼痛扭曲时,很难从他的脸上捕捉到信息。他无法确定贝里厄是否在撒谎。

"那顶白色假发,您能描述一下吗?"

病人要去他的笔记本和笔。

"古老的款式。男人过去戴的。"他写道。

"您完全想不出可能是谁攻击了您?"

"一无所知。生活简单,平静。"

"贝里厄先生,您的生活并不那么平静啊。您不时地离开瓦隆德库塞尔这宁静的地方、离开您的家人,前往马克西米利安·罗伯斯庇尔著作研究会。您受到什么驱使呢?"

贝里厄蹙起眉头,显得惊讶、不高兴。

"我们掌握这个情况,"亚当斯贝格说,"其他四个受害者也去那儿的。"

贝里厄又拿起笔。

"不要告诉我妻子,她不知道。她不会喜欢。"

"我不会说出去。为什么呢,贝里厄先生?"

"有位同事跟我说起这个地方。我常去巴黎参加在职培训,进修软件。所以有一天晚上我就进去了。"

"为什么去那儿?"

"好奇。"

"这个理由说服不了我。您喜欢历史吗?"

"不喜欢。"

"那怎么解释呢?"

"见鬼。我一直对罗伯斯庇尔有好感。我想去看看。您别跟我妻子说。"他写道,在最后一句话下面划了一道着重线。

"然后呢?您看完之后呢?"

"真见鬼,我被迷住了。又去了一次。就像忍不住去赌场那样。"

"您去过几次?"

"一年去两次。"

"持续多长时间了?"

"六七年了。"

"亨利·马斯弗雷、艾丽丝·高迪埃、让·布鲁盖尔、安吉利诺·冈萨雷斯,这些名字听说过吗?"

他摇头否认。

亚当斯贝格从外套口袋里取出四名受害者的照片。

"见过吗?"

"见过。"贝里厄看了几遍照片,点头承认。

"你们互相说话吗?"

"我们没有什么可聊的。我们去那儿不是为了聊天,而是参加活动。"

"有人跟我说你们互相认识。虽然不是很熟,但还是有些了解。说你们会攀谈几句,比画手势。"

"出于礼貌打招呼而已,跟其他许多人一样。"

亚当斯贝格盯着樊桑·贝里厄的眼睛,只见他耷拉着眼皮,一副疲惫的样子。他不会再说什么了,不会再说一句话。其他那些人,他认识。樊桑像他们一样潜伏到协会中。目的是什么?为谁效力?那么些年都在寻找什么?

病人按铃叫来护士,向她示意自己累了,心烦意躁。

"您累着他了。"护士说,"他的心率加快。如果有必要,请您换个时间再来看他。他经历了一场巨大的打击,希望您理解和体谅。"

"他的心率加快。"亚当斯贝格在离第戎火车站只有几步之遥的圣本尼尼大教堂广场用餐时,仍在思考这句话。樊桑·贝里厄讨厌他的问题。亚当斯贝格回想起昨晚弗朗索瓦·夏多的短信。协会主席似乎对另一位成员——第五位成员——遭受袭击既没有感到震惊也没有表现出担忧。相反,他显得有点刻薄和超然。夏多昨晚就像罗伯斯庇尔一样,对他人的命运漠不关心。

他接通贾斯汀的电话。

"昨晚蹲守的时候,你和拉马尔到底干了什么?"他劈头就问,"夏多说他晚上十点五十五分回家了,可你们却没有看到他回来。"

"他可能是走屋顶回家的。"贾斯汀说道。

"不可能,停车场的通道现在有监控。你们到底干了什么?"

"我们一步都没有离开过,警长。"

"这挡不住你们干别的事。警司,我不是要把您送上断头台,请您回想一下,这非常重要。"

"这个嘛,我们玩了抛硬币的游戏。硬币滚得有点远,等我们找到它,辨别正反面,花了大约一分钟时间。毕竟是一枚两欧元的硬币。"

"这点时间足够让夏多进公寓楼了。"

"是的。"

"就在你们玩耍的时候。"

"是的。"

"你们赌什么?"

"赌夏多是否会回来。"

"硬币怎么说?"

"他会回来。"

亚当斯贝格在火车上通过短信向当格拉尔警督"报告":"绳索偏一侧,质地粗糙,假发的白发丝,受害者沉默。"同样的短信还转发给了维朗克和雷坦库尔。

"受害人怎么样?"维朗克回复道。

"一只蜷成一团的猫。一只肌肉很发达、很结实的猫。"

"你来队里吗?"

"不来。情况怎么样?"

"吵闹、纠缠、上火。六点钟在你家碰头?"

"我等你。"

维朗克放下手机。办案期间,亚当斯贝格很少星期六不来队里,因此维朗克觉得有必要去看望他。他并不担心警队里弥漫的不满情绪会太伤亚当斯贝格的心。因为他不受这种情绪波动的影响,会一笑了之。然而当格拉尔的反对性质不一样,亚当斯贝格对此多少还是敏感的。

两个人耗费了一个半小时,徒劳地剖析了案情中那些瞬息即逝的元素。勒布隆曾打电话来询问细节,有些紧张但也不过如此。勒布伦的情况则比较微妙,他听到谋杀未遂的消息又到队里来过一次,戴着假胡子和假发。

"他在出汗,"维朗克说,"弄花了他的底妆。"

"我猜,他要求得到更加全面的保护吧?"

"是的,他甚至要求我们监视加尔舍医院的所有出入口。这不可能做到。"

"要我们监视谁呢?监视一个我们完全不知道身份、淹没在那么多病人和探视者中的人吗?我们只知道他戴眼镜,两条腿正常行走。当格拉尔做了什么决定?"

"他建议他去休假,躲在他寄宿的朋友家里不出来,或者离开。但是考虑到他的工作和协会,这也不可行。为了安抚他,当格拉尔又派了个人保护他。此外,他还想获得一张持枪许可证,以备不时之需。"

"阻力减少了。到处都是这样。"

"你好像并不担心。"

"恰恰相反,我很高兴。阻力减少就会产生动力。你明白吗,路易?我们缺的就是动力。这顶假发、车库里发现的这些白色毛发,它们代表着一种动力。因为它们是多余的。就像泽尔克说的,为什么不像其他人一样把丝袜套在头上呢?第戎的宪兵给我打了电话。这些毛发又长又卷,说明是从假发上脱落的。你能想到是哪种假发。假发没有多大用处,但凶手依然冒险戴着假发,为什么呢?"

"为了沉浸式体验角色?"

"你是指夏多,但我相信他不需要用这种手法来进入角色,或者反过来,他想让角色进入他的身体并掌控他。他知道该怎么做,他手里攥着钥匙,远比谁都能戴的廉价假发更有力量。"

维朗克又给自己倒了一杯波尔图酒。

"你还记得罗伯斯庇尔的死吗?"亚当斯贝格兴致勃勃地接着问道,"当格拉尔在车上给我们讲的那个故事?就是罗伯斯庇尔受伤被抬上担架,两个外科医生来为他治疗的那段故事?"

"当然记得。"

"一位医生将手伸进罗伯斯庇尔的嘴里,取出了一些带血的碎屑和两颗被打掉的牙齿。现在,你就是那个医生。请努力想象一下,你面前躺着罗伯斯庇尔。他不久之前还是这个国家人人崇拜的主宰、大革命的偶像、伟人。路易,你会怎么处理这些牙齿?"

"你说什么?"

"你手里的那些牙齿?伟大的罗伯斯庇尔的牙齿?你不在乎吗?你会把它们像垃圾那样扔在地上吗?就像清理鸭子内脏那样?好好想一想。"

"我懂了。"维朗克沉默片刻后说,"不,我不会扔掉它们。我不能这样做。"

"别忘了,你不是罗伯斯庇尔的支持者。那么,你会怎么做?"

"就算这样,我也不会把它们扔掉。"

"你留下了它们。"亚当斯贝格用手掌拍着桌子肯定道,"你当然会留着它们。就算是为了保证它们不被亵渎、不被拿去喂狗也要留着它们。但是,外科医生公民,罗伯斯庇尔死后,当他的尸体被生石灰销毁、永无还魂可能时,你会怎么办?你会怎么处理这些牙齿?"

维朗克喝了一小口波尔图,稍微挪了一下腿,迅速思考起来。

"我只是个外科医生,我不是罗伯斯庇尔的追随者,"他自言自语地概括道,"好吧,几个月后,我会把它们交给某个人。一个极其看重它们的人,不会让它们消失的人。"

"交给谁啊?帮帮我,我想不出来。"

维朗克再次全神贯注地思考起来，这次时间更长，他数着手指，摇着头，好像在权衡潜在的候选人，保留一些，排除一些。

"交给那个一生疯狂爱着他的人。实际上，有两个女人。他的房东杜普莱夫人，和她的女儿艾蕾诺。但是杜普莱夫人在罗伯斯庇尔被处决后在监狱里自缢了。只剩下艾蕾诺。是的，我会把这些牙齿交给艾蕾诺。罗伯斯庇尔是她的神。"

"她下落如何？"

"她侥幸逃过了随后的镇压，比他多活大约四十年。但是失去他之后，她的生命也黯然失色。她深居简出将近半个世纪，好像跟妹妹相依为命。永远没有尽头的悲痛。"

"因此她没有孩子？"

"没有，当然没有孩子。"

"现在，假设你是艾蕾诺。"

"行。"

"注意力集中。"

"好。"

"你即将死去。崇拜罗伯斯庇尔四十余年，临死之前会不考虑他留下来的牙齿吗，艾蕾诺？"

"当然会考虑。"

"那么，你感到自己行将就木时，会把它们交给谁呢？"

"交给我妹妹？她有个儿子。"

"她儿子是干什么的？"

"他拥戴拿破仑，我记得。"

"你用托尔瓦查一下。"亚当斯贝格说着把电脑推到他面前。

"没错,"维朗克几分钟后说,"艾蕾诺活着的时候,她的外甥已经是拿破仑三世的私人家庭教师了。叛徒。"

"那就不行了,艾蕾诺。那现在你打算给谁啊?"

维朗克拄着拐杖站起来,走过去拨旺壁炉里的火苗,5月初的天气乍暖还寒,然后回到座位上。他用木拐敲打着地面,陷入沉思。

"交给那个传言中被认为是罗伯斯庇尔之子的人吧,"他拿定主意,"交给客栈老板弗朗索瓦·迪迪埃·夏多。"

"这就对了,路易。艾蕾诺哪一年去世的?"

"把托尔瓦给我。她于1832年去世,"他几秒钟后说道,"你看,比他晚了三十八年。"

"那一年,我们的客栈老板弗朗索瓦·迪迪埃·夏多四十二岁。不久之前,她把两颗牙齿给了他。是这样吗,路易?你,艾蕾诺,你把两颗牙齿托付给他了?"

"是的。"

"怎样保存的呢?像冰岛的骨头那样吗?放在一个旧咳嗽糖的盒子里?"

维朗克的拐杖又落在地面上,发出有规律的敲击声。

"这个声音真讨厌,路易。"

"我在思考,仅此而已。"

"没错,但不知道为什么,听得我心烦意乱。"

"抱歉,我敲习惯了。不会放在盒子里,尤其在那个年代,那两颗牙齿一定会被镶在一个吊坠里。比如镶着金边或银边的玻璃吊坠。"

"挂在脖子上的?"

"吊坠就是挂在脖子上的。"

"弗朗索瓦·迪迪耶死后,这些牙齿代代相传,现在到了谁的手里?"

"我们的弗朗索瓦·夏多。"

亚当斯贝格微微一笑。

"那就是了。你觉得这可能吗?说得通吗?"

"说得通。"

"那么说,罗伯斯庇尔确实留下了一些东西。"

"卡尔纳瓦莱博物馆还陈列着他的一绺头发呢。"

"但是牙齿,跟头发完全不同。弗朗索瓦·夏多扮演罗伯斯庇尔的时候,总是不由自主地做一个动作,你注意到没有?"

"眨眼睛吗?"

"不是眨眼睛,而是用手。他不停地把手放在胸前的蕾丝襟饰上。他戴着那个吊坠,路易,我可以打赌。"

"而且那个年代这种动作不怎么受欢迎。"

"没错。只要他把这个吊坠挂在脖子上,他就成了罗伯斯庇尔,他的牙齿紧贴着他的皮肤。我敢肯定,他在酒店里不会戴着它。肯定是从小就戴的。这些牙齿、这种护身符触发了他与祖先全部心灵、乃至身体的融合。他真正地变成了另一个人,完全成了那个'他'。"

"他杀人的时候,如果是他杀的人,他会把牙齿带在身上吗?"

"必然如此。那不再是夏多杀人,而是罗伯斯庇尔在清洗和处决。所以我认为假发是多余的。他可用的东西多得去了。"

"然而罗伯斯庇尔总是戴着假发露面的。你能想象夏多用丝袜遮脸吗?女人的丝袜套在罗伯斯庇尔的头上?"

"说得没错。"亚当斯贝格抱起双臂,身子向后仰了一下。

"他真被附体到了这种地步?"维朗克抬头看着天花板,拐杖又落在瓷砖地面上。

一阵长长的沉默,亚当斯贝格没有打破它。他睁开眼睛,一片茫然,只看到浓重的迷雾,亡灵的迷雾。突然,他猛地抓住维朗克的手腕。

"你继续,"他说,"你继续,别说话。"

"继续什么?"

"继续敲地面,接着敲。我知道为什么它会让我烦躁了,因为它让蝌蚪跳出来。"

"什么蝌蚪?"

"路易,蝌蚪指一个还不成形的想法。"亚当斯贝格急忙解释,生怕再次陷入迷雾之中,"想法总是从水里蹦出来的,你以为它们从哪儿来的?但如果有人说话,它们就会消失。你别说话。接着敲。"

尽管维朗克已经习惯了亚当斯贝格不可思议的思维方式和混乱的思路,但他还是有些担心地看着他,只见他眼睛睁得很大,却没有神采,嘴唇紧闭。维朗克继续用拐杖敲打地面。不管怎么说,这种节奏可能帮助、陪伴思维的颤动,就像齐步行进的步调,或是火车有规律的晃动。

"这让我想起勒布隆,"亚当斯贝格说,"那个头发柔软的勒布隆。你记得上次集会时那条草丛里的蛇吗?他当时扮演的是哪个角色?"

"富歇。"

"对,就是富歇。继续敲。"

过了几分钟,维朗克很想停止这场游戏,但是亚当斯贝格摆手示意他继续。直到亚当斯贝格突然站起身,披上仍然挂着枪套的上衣,撒腿穿过花园。维朗克跛着脚跟在后面,只见他沿着街道一路奔跑,跳上了车。

"我会回来的!"他喊道。

维朗克看到他挂上一挡,然后挂上二挡,最终消失在小街的拐角处。

45

亚当斯贝格在国道上疾驰，速度很快，太快了。减速，不用那么着急，放慢速度。然而这种在他身上十分罕见的车速，却与他纷乱的思绪、与扑面而来的语句和图像十分切合。速度似乎会将它们平滑地搅拌在一起，就像打鸡蛋一样。玩世不恭的富歇、迷雾、牙齿、假发、车库里的绳子、其粗糙的质地、手腕骨、罗伯斯庇尔、亡灵、贝里厄的沉默。还有恐惧。声音，拐杖的敲击声，运动。不见动静的棋盘。

亡灵。不可思议的是，当他想起小岛上的这个造物时，罗伯斯庇尔的形象居然断断续续地浮现在了脑海：……一条蛇，僵硬地直立起来，带着一种难以言喻的、令人恐惧的优雅神情。但是千万别误会……一种痛苦的怜悯，夹杂着恐惧。图像变得模糊起来，罗伯斯庇尔变成了大革命的亡灵，那个既杀人又赐赠的造物，只要人们不试图认识他，只要不踏入他的神圣领地。

他忽然看到远处两辆摩托车的灯光逐渐朝自己靠近，很快其中一辆就超过他，骑警示意他靠边停车。该死，该死的条子。

他立刻跳下车。

"是的，"他说，"我车开得太快，有紧急情况。我是警察。"

他把自己的警官证递给宪兵，其中一个微微一笑。

"让-巴蒂斯特·亚当斯贝格警长。"他大声念道，"咦，怎么这么巧呢。"

"紧急情况？"另一个宪兵说道，他的双腿分开站着，好像摩托车还在他的胯下，"不开警灯？"

"我忘了打开，"亚当斯贝格说，"我明天再来找你们处理这件事儿。你们是哪个宪兵队的？"

"圣-奥班。"

"记下了。明儿见，下士。"

"啊不，明天不行，"刚才拦车的宪兵说，"第一，明天是星期天，第二，明天太晚了。"

"什么太晚？"

"酒精检测。"他接过同事递来的气囊说。

"请吹气，警长。"

"我再跟你们说一遍，"亚当斯贝格尽可能保持冷静，"我有紧急公务在身。"

"对不起，警长。您的行驶路线不稳定。"

"不稳定。"另一个神态严肃地重复道，仿佛在处理一桩国家大事，"您转弯半径太小。"

"我只是开得快了。紧急情况，要我重复多少次啊？"

"请吹气，警长。"

"好吧。"亚当斯贝格只能让步，"把气囊给我。"

他重新坐回驾驶座，然后吹气。发动机始终在转动。

"酒精含量超标。"宪兵大声说，"请您跟我们走。"

亚当斯贝格已经准备就绪，他猛地拉上车门，迅速启动。两个宪兵猝不及防，不等他们跨上摩托车，亚当斯贝格就拐进右侧的小道，顺着小路扬长而去。

十点三十分，漆黑的夜晚，细雨蒙蒙。十一点十分，他在玛德莱娜种马场的木门前刹车。两座小楼的灯还亮着。他使劲敲门。

"谁啊，这么吵？"话音未落，维克多出现在小道上。

"是我，亚当斯贝格！快开门，维克多。"

"警长？您有完没完？准备一直烦我们吗？"

"是的。开门，维克多。"

"您为什么不按门铃？"

"不想吵醒塞莱斯特，如果她还在屋子里的话。"

"不过您刚才一定把阿梅代吵醒了。"维克多说着打开大门，伴随着沉重的铁链声。

"他那里还亮着灯。"

"他开着灯睡觉。"

"我以为你睡在他的小楼里。"

"我干完活再去他那儿。瞧，您现在把他吵醒了。"

阿梅代身上穿着匆忙套上的牛仔裤，赤裸的上身裹在一件厚外套里，穿过小路。

"警长来了。"维克多对他说，"警长又来了。"

"咱们快进屋。"亚当斯贝格说道。

维克多把他领到一个小房间，家具非常简单，只有一张笨重的旧皮沙发、一把老式扶手椅、一张矮咖啡桌。很显然，这里没有他的家庭器物。

"您喝咖啡吗?"阿梅代略带不安地问道。

"请来一杯。"亚当斯贝格说道,"维克多,你再给我描述一下那个场景。"

"哪个场景?真是的!"

维克多说得对,现在可以放慢速度了,没必要着急。

"不好意思,我一路疾驰,结果被宪兵拦了下来。这些傻瓜还要我做酒精测试。"

"结果呢?"

"浓度超标。"

"那您怎么会在这儿?"维克多问道,"警长的特权?"

"恰恰相反。一想到可以拘留我,他们高兴死了。我立刻跳上车逃走。"

"逃逸,这可不好啊。"维克多打趣道。

"非常不好。"亚当斯贝格平静地确认道,"告诉我,十二个法国人那天晚上聚集在格里姆西旅馆的桌子周围,发生了什么?他们去狐狸岛的前夜。"

"行,"维克多说,"但我说什么呢?"

"你把凶手给我描述一下。"

维克多腾的站起来,叹了口气,甩甩胳膊。

"我已经说过了。"

"那你从头开始,再说一遍。"

"一个很普通的人,中等个子。"维克多无精打采地说道,"除了头发,他的头发很多。他脸长得不起眼,连鬓胡须,戴眼镜。大概五十岁左右，或者不到五十岁。一个人年轻时，往往觉得周围的人年龄都很大。"

"他的手杖，维克多，你说起过手杖，对吗？"

"这个重要吗？"

"是的。"

"嗯，他有一根手杖，在冰面上探路。"

"你说过他拿那根手杖玩了些花样。"

"哦，对了。他举起手杖，然后让它掉在地上。石板会发出声音，笃、笃、笃。"

"那声音是快的，还是慢的？好好回忆一下。"

维克多低下头，搜索着自己的记忆。

"声音是慢的。"他最终说道。

"行。"

"我真不明白。您之前不遗余力地要解开冰岛谜团，不惜一切代价。"

"是的。"

"您解开了谜团。但您找的不是岛上的凶手，而是罗伯斯庇尔协会案的凶手，那个留下符号的人。"

"确实如此。"

"那么，为什么我们又重提冰岛呢？"

"因为我在找两个凶手，维克多。给我纸，多给几张，还有笔，最好是铅笔。"

阿梅代拿来纸和笔，还有一个托盘，让他可以搁手。

"我只有一支蓝颜色的铅笔。行吗？"

"很好。"亚当斯贝格说着便画起来,"我画几张头像,维克多。先从岛上的凶手画起。"

亚当斯贝格默默地画了十分钟,然后把第一张递给维克多。

"像他吗?"他问道。

"不太像。"

"你不能再骗我了,维克多。这次我们真的山穷水尽,走投无路。不能再靠喝波尔图酒解决问题了。这张像吗?"亚当斯贝格又递上一张,"你觉得像一点了吗?"

"要是您靠这么涂涂改改,直到对上号,那我就不参与了。"

"我没有涂涂改改,我在推理。"

"推理什么?"

"我要把一张此时的脸倒推十岁。这挺难的,因为这张脸并不起眼,就像你说的,没有高鼻子,没有闪亮的眼睛,也没有翘突的下巴,啥也没有。既不丑陋也不好看,既不像丹东也不像比约-瓦雷纳。这张可以吗?"

维克多仔细观察画像,然后随手放在咖啡桌上,咬住嘴唇。

"说吧,"亚当斯贝格催道,"告诉我。"

"好吧。"维克多吐着气说道,好像刚跑了一段路似的,"就像这样。"

"是他吗?"

"是的。"

"冰岛的凶手。"

亚当斯贝格从口袋里掏出几支皱巴巴的香烟,递给两人。阿梅代接过一支,仔细看了看。

"走私烟?大麻?"

"不,我儿子的烟。"

亚当斯贝格点上香烟,拿起铅笔,继续画起来。外面传来一声响动,他警觉地停下来,留心听着。他手里拿着画纸,靠近窗户,窗户上没有挂窗帘,可以看到花园。夜色正浓,连接两侧小楼的便道只有一小段被昏暗路灯的照亮。

"也许是崽崽,它走路会发出声响。"维克多说。

"在夜里扔下塞莱斯特?"

"通常不会。它也许过来跟您打招呼。或者是风声。"

亚当斯贝格回到座位上,拿起铅笔接着画。不到一刻钟,又画了三张肖像。

"您现在在画什么?"阿梅代问。

"现在,我在画另一个人。罗伯斯庇尔圈子里的凶手。我知道你见过他,维克多。你陪亨利·马斯弗雷去参加集会时见过他。"

"我可不会每个人都看一眼。"

"但这个人,你见过。一定见过。"

"为什么?"

"你心里明白。"

"为什么三幅画?"

"因为此人有多张面孔,我不知道你认识哪一张。脸上抹白粉,涂上灰色阴影,用硅胶填充脸颊,戴上假发,用蕾丝领遮住脖子,他就变了个人。所以我要画几张不同的头像。因为哪怕把全世界的化妆品都用上去，眼角的角度、嘴唇的形状和颧骨的位置是改变不了的。你看。"他说着把几幅新的肖像摆在咖啡桌上。

亚当斯贝格再次转头朝窗外望去。轻轻的摩擦声、沙沙声。是猫吗？猫是悄无声息的。是兔子？还是刺猬？刺猬会发出声响。维克多指指这张，又指指那张，犹豫不决。

"是这个人，也许是那一个。但这身衣服不完全对。"

"但他就是你在马斯弗雷身边看到的那个人吗？"

"是的。"

"他也在你的附近。"

"怎么会呢？"

"别管了，维克多。你现在看这个。"他把第一张，也就是岛上凶手的头像，和最后一张罗伯斯庇尔圈凶手的头像并排在一起。

维克多的手指迅速内扣，但是阿梅代专注于亚当斯贝格的工作，又或许受到药物的影响，昏昏沉沉的，这次又没有注意到维克多发出的信号。这段时间承受的痛苦让他再也控制不住自己。

"这是同一个人。"他脱口而出。

"谢谢，阿梅代。维克多，你跟他一样认出来了。但最重要的是，你知道是同一个人。小岛上的凶手，他约你们见面……"

"他没有约我们！"维克多愤怒地打断亚当斯贝格的话。

亚当斯贝格迅速抬手示意安静，他听着夜色中细微的响声。

"外面有人。"他低声说道。

所有人都竖起耳朵,警惕起来。

"我什么也没听到。"维克多说。

"有人在走路,"亚当斯贝格说,"脚步很轻。你把灯关掉。你们往后退。"

亚当斯贝格掏出手枪,将子弹推上膛,慢慢向窗户靠近。

"你刚才关门了吗,维克多?"他低声问道。

"关了。"

"那他一定是从树林里过来的。这儿有枪吗?"

"有两支长枪。"

"你去把枪拿来。一支给阿梅代。"

"我不会开枪。"阿梅代怯生生地说。

"你会开的。扣扳机就行。注意后座力。"

"也许是有人听到您没命地敲门,所以过来看看。"维克多说。

"不,维克多,不是的。"亚当斯贝格扫视着漆黑的夜色,一边说道,"来者是你的那个'禽兽不如的家伙'。"

维克多猫着腰跑进小厨房取枪,然后递给阿梅代一支。

"您肯定吗?"他问道。

"肯定。"

"他在哪儿?"

"他贴着阿梅代的房子走。"亚当斯贝格说,"外面漆黑一片,看不太清楚。维克多,是你告诉他我去了冰岛,找到那些骨头的吗?"

"绝不可能,您疯了吧!"

"那他怎么会在这儿出现呢?"

漏下一道微弱的月光,随即又变得一片漆黑。那家伙端着一支

MP5冲锋枪，或者类似的武器。

"不好，"亚当斯贝格说着朝门口移动，"全副武装，像坦克一样。"

"什么？"阿梅代问。

"冲锋枪。三秒钟可以撂倒十个人。"

"咱们还有戏吗？"阿梅代试着把枪托顶在肩膀上。

"只有一个机会。不是十个，也不是两个。你们把沙发转过来，背对着门。然后躲在沙发后面，一左一右。老沙发很结实，可以保护你们一阵子。你们躲在后面，不要乱跑。"

"您呢？"

"我到外面去。门轴会出声音吗，维克多？"

"不会。"

亚当斯贝格慢慢把门打开。

"他穿过主路的时候，"他轻声说，"路灯会照到他，但照不到我。他会成为靶子，这就是我们的机会。"

"过了十二点，就没有路灯了。"阿梅代的声音带着些许沮丧。

"现在几点？"

"十二点差三分。"

亚当斯贝格低声骂了一句，然后悄悄溜出去，顺着左侧的墙向前走了三米，躲到一棵悬铃木后面。那个人小心翼翼地踏上碎石铺成的主路，脚下响了一下。杀手与他不同，没有全身黑色装束。亚当斯贝格瞄准他衬衫被照亮的三角区域扣动扳机，连开四枪。随着一声惨叫，路灯熄灭了。

"我的手臂，狗娘养的！"那人叫道，"可惜我左手也能开枪，白痴！那么，你搞定啦，傻冒？你在岛上找到什么啦？"

"死在你手下的人，他们的骨骸！"

趁那个人还没来得及把 MP5 冲锋枪换到没有受伤的手臂上，亚当斯贝格抓住三秒钟的机会，瞄准他的膝盖开了一枪。对方应声倒地，随手射出的子弹穿过悬铃木低垂的树叶。他的枪很重，太重了，三公斤的分量在他的左手上，右臂受伤没法握住前把。MP5 冲锋枪真不是那么好使的。

"把它们给我，亚当斯贝格！"那人咆哮道，"把骨头给我，不然等杀了你，我就干掉这两个小子！"

愤怒使他喘不过气来，声音变得尖利刺耳。那人身板结实，尽管一条手臂耷拉着，他仍然顽强地站起来。亚当斯贝格看到他弯着腰，拖着腿一步步向自己靠近，于是冲回小楼，赶紧把门关上，锁了两圈，尽管他知道这样的防御是徒劳的。不过可以争取两秒钟时间，足以跟躲在沙发后的兄弟俩会合。他还剩多少子弹？也许只有两发。

冲锋枪猛烈扫射，门锁被打得粉碎。紧接着第二波子弹飞来，击中了墙壁和沙发框架。两兄弟胡乱还击，完全无效。借助枪口的火光，亚当斯贝格看到 MP5 的枪管在颤抖，虽然端不稳、握不住，但枪口依然指着他们。

"出来，维克多！"那人大声嚷道，"我再给你一次机会，去救你的塞莱斯特和那只该死的野猪！他们竟敢在林子里挡我的道，现在血快放完了吧！"

"你别动，维克多。"亚当斯贝格喝道。

他扣动扳机，打光了弹夹里的子弹，可是那个家伙已经冲到窗户边上，他的子弹都落了空。结束了，他会杀死他们三个。他能猜到这种结局吗？他能预见吗？他举起咖啡桌，朝杀手扔去，这是最后一搏了。杀手从桌子碎片中爬起来，虽然被砸得有点懵，但还是没被击沉。就在这时，两束手电筒的光芒突然从背后照到他身上。

窗户玻璃猛地炸裂开来。没有警告，两颗子弹毫不留情地击中永不沉没之人的双腿，将他直接撂倒。亚当斯贝格垂手握枪，看着之前在国道上拦住他的两个宪兵手持电筒冲进屋子。罗圈腿宪兵死死按住那个人，另一位宪兵夺走他的MP5冲锋枪。见鬼，幸亏我喝了那杯波尔图酒，亚当斯贝格暗想。荒谬的是，在这场杀戮中，他竟然听到了罗格瓦尔低沉的声音：亡灵不会放弃他所召唤的人。

维克多重启电路。亚当斯贝格一只手在宪兵肩膀上扶了一下。

"树林里有两个受伤的，您赶紧叫救护车。"

然后他追着维克多冲向木屋。野猪腹部中弹，倒在地上喘气。塞莱斯特躺在旁边，一只手搭在野猪身上，另一只手握着烟斗，无力地呻吟、嗫嚅着。亚当斯贝格仔细检查了她的伤势。一排子弹击中她的大腿，但她比崽崽幸运，似乎没有击中动脉，但也不能确定。

"我能给她喝水吗？"维克多问。

"你别动她。跟她说话，让她保持清醒。把你的衬衫给我。"

亚当斯贝格拿衬衫缠绕伤口，用力绑紧。然后脱下自己的T恤衫递给维克多。

"你拿着它按住崽崽的肚子。它失血太多。"

远处传来急救队的警笛声，亚当斯贝格光着上身穿着外套跑去给他们领路。他让他们把车开到树林边缘，两男两女带着救援装备，跟着他沿小路疾走。塞莱斯特被放上第一张担架，立即抬走。

"第二位伤员在哪儿？"留在现场的女子问。

"这儿。"亚当斯贝格指着野猪说。

"您在开玩笑吧？"

"快拿第二个担架！"亚当斯贝格喊道。

"您请冷静，先生。"

"我是警长，亚当斯贝格警长。请把第二张担架抬过来，您得救它啊，真是的！"

女子抬起手，示意不要着急，然后点了点头，拨通了兽医的急救电话。十分钟后，崽崽也被抬走了。亚当斯贝格俯身捡起塞莱斯特的烟斗，然后站起身，注视着维克多。没什么多余的话，两人都满头大汗，一脸惊魂未定的样子。

小楼里，一名医生忙着处理杀手胳膊、膝盖、小腿上的伤口，杀手躺在地上，疼得嗷嗷直叫。

"尊姓，下士？"亚当斯贝格问道。

"德里奥。看到那个场面，我们照例判断必须制服这个人。您是警长，他手里拿着冲锋枪。这就是我们的分析。但我说了：我们是照例判断。您别说我们一上来就开枪，当时情况紧急，我们没时间鸣枪示警。"

"我会作证说你们先鸣枪示警，然后才打碎窗户的。"亚当斯贝格说。

"谢谢。但在了解情况之前我们没法逮捕他。"

亚当斯贝格一屁股坐在椅子上，不知它是怎么躲过子弹的。有点像安吉利诺·冈萨雷斯死时幸免于难的那瓶酒。

"他杀了六个人。"他点燃一支烟，语气平淡地说道，"十年前在冰岛杀了两人，这个月又杀了四个。昨晚还杀人未遂，今天夜里对一名女子及同伴施暴，并企图谋杀我们三个人。"

"他叫什么名字？"罗圈腿宪兵问道，"我是维兰下士。"他自报家门。

"不知道。我们之前发布了有关这个符号杀手的警示，您的同事们都收到了。您也收到过吗？就是这个符号。"他在掉在地上的一张头像上画了一下。

维兰点点头。

"收到过，警长。"

"就是这个人。"

维兰迈着罗圈腿，匆匆走出去。维克多穿过房间，到处是从墙壁和天花板上掉落的碎片。他拿起一件干净的衬衫递给警长。

"我给他吃了一片安眠药，"他说，"他睡了。"

"谁？"德里奥下士手里拿着笔记本问道。

"阿梅代·马斯弗雷。一名受害者的儿子。"

"你们每个人都必须把身份告诉我。"德里奥冷冷地说道。

救援人员现在把受伤的袭击者抬走。维兰下士气喘吁吁地跑回来。

"车子上找到了他的身份证件。名字叫夏尔·罗尔邦。给朗布依埃的宪兵队打了电话。您知道夏尔·罗尔邦是谁吗？"

"不知道。"亚当斯贝格说。

"他是高级法官,级别很高。他们刚才告诉我的。还说'不要声张,不要声张,不做没有把握的事'。必须拿出证据,警长,确凿的证据,因为跟这种级别的人打交道,我们得非常小心。队长很紧张。"

"下士,您看到这位'级别很高'的法官手持MP5冲锋枪,对吗?"亚当斯贝格问道。

"是的。"

"您会在塞莱斯特·格里尼翁和她同伴的身上找到他的子弹,他们倒在树林里。这个房间的墙壁、这张旧沙发的皮革、木头和弹簧上都有他的子弹。是的,下士,他是个残忍的杀手。我甚至可以告诉您,他喜欢杀人。是的,他杀了人,而且没有任何愧疚感。从杀害两个游客开始,当时游客们被困在冰岛的一个小岛上。您记得那桩案子吗?"

"有点印象。不过他可能确实有不得已的理由,警长?"

维克多用苦苦哀求的眼神看着亚当斯贝格。

"他连杀人的理由都没有。"亚当斯贝格撒了个谎,"他是个疯子。他用刀子捅了一个男子。他想强奸一名女性,后来把她杀了。咱们分头行动吧,下士,您知道上哪儿找我。星期一您会收到第一份报告,或者星期一晚上。报告很长,太长了。"

"也许吧,警长。可是您的事还没有了结呢。"

"什么事?"

"超速行驶,酒后驾车,拒不配合,抗法逃逸。"

"噢,这件事。你们在后面追我,是吧?"

"我们没有跟上您,但是通过您的手机锁定了您的位置。"

"你们要明白，"亚当斯贝格缓慢地说道，"你们的队长会不得不如实上报：你们未经警告，从背后射击一位高级法官。"

"该死!"德里奥叫道，"您说过会帮我们打掩护的。"

"那我再说一遍，不要再提醉酒和逃逸了。你们拦路时，我已经解释过，这是紧急情况。一个警察跟朋友喝了两杯波尔图，他不可能预测到接下来的一小时会发生什么事情的。"

"我觉得应该是喝了三杯波尔图。"德里奥说。

"两杯，下士。我当时不可能超标的。"

"如果我没听错的话，警长，"德里奥眯起眼睛说，"您怀疑我们的话?"

"您听得很清楚。"

维兰对同事做了个手势，然后低头凑过来。

"那咱们如何解释在后面追您啊?"他问道。

"因为超速啊。就说我开得太快，你们没有拦住我，所以一路追到这儿。"

"这说得通。"

"同意。"德里奥说。

"塞莱斯特被送到哪里去了？那个被他在树林里打伤的女人?"

"去了凡尔赛医院。"

"崽崽呢?"

"什么崽崽?"

"那头野猪。"

"什么野猪?"

技术小组开始进场取证,亚当斯贝格离开现场。维克多把他送上车,然后在车窗外俯下身来。

"岛上发生的事情,您只字没提。"

"是的。你确实应该怕他。我们会再见面的,和阿梅代一起。"

"一起做什么?"维克多问道,又担心起来。

"去客栈吃饭。你可以点我们的套餐,咱们把布尔林也请来。"

"那我在客栈里看到的那个人呢?那个'税务稽查员'?"

"就是他。他当时已经在跟踪我了。"

"警长!"维克多喊道,汽车已经启动。

亚当斯贝格立刻刹车,维克多紧跑几步追上来。

"我没有吃我的母亲,您相信的,对吗?"

"我确信。能为弟弟吃鸭子的人是不会吃自己母亲的。"

回到家,亚当斯贝格立刻给当格拉尔写了一封很短的邮件。

> 明天下午三点召开全队会议,请全员准时参加。谢谢。

然后给第戎的奥布拉下士写了一封邮件:

> 暗杀者已被逮捕。撤除对樊桑·贝里厄的保护。

最后写给德里奥和维兰:

> 谢谢。

46

当格拉尔将车停在警局院子里,心中十分忐忑。亚当斯贝格在凌晨四点多发来邮件,要求召集全体队员开会。可今天是礼拜天啊!当格拉尔知道亚当斯贝格昨天去了第戎,看了第五个受害者。樊桑·贝里厄的证言对他们也是毫无用处,据说嫌疑人是一个化了妆、戴着假发和眼镜的胖子。

当格拉尔无精打采地穿过院子,想到了最糟糕的情况,也是最合理的情况。亚当斯贝格肯定会回击。有些人对他不尊重、不服从,他有权勒令他们离开岗位。首当其冲的就是他自己,然后是诺埃尔、莫尔登,甚至包括瓦兹内,尽管他显得比较温和一些。当格拉尔觉得心中有愧,内疚的情绪在他身上弥漫,让他喘不过气来。他的冷嘲热讽、他的责难,助长了其他人的底气,除了诺埃尔,他不需要别人打气就会咄咄逼人。不过当船开始漏水,必须有人提醒船长保持清醒,将亚当斯贝格带回到现实世界,以实事求是、合乎逻辑、合理行动为重。他一边思考着,一边挺直身体,推门进楼。警长不顾一切地追逐冰岛的迷雾,甚至差点丧命,这不是病态吗?不是一种严重的病态吗?保持明智的航向,难道不是他当格拉尔的责任吗?

这还用问吗?即使任务非常困难,但是明确的职责和恪尽职守的义务激励了警督，他走进议事厅，步子稳了一些。不满者脸上的担忧显而易见。他们知道亚当斯贝格很少诉诸对抗，但这次他们都感觉到红线已经逾越。警长的反应可能异常生硬且严厉。许多人还记得那一天，他当着傻不拉几的法夫尔探员的面，砸了一瓶酒。在这种恐惧的氛围中，他们也像当格拉尔一样，寻找着能够回应警长责难的理由。

亚当斯贝格缓缓走进大会议室，看上去心平气和，但这在他身上说明不了什么。每个人都根据自己在桌子两边的选位，或焦急或愉快地捕捉他脸上的表情，他的面容似乎更加清澈，摆脱了曾经扭曲他面容和掩盖他微笑的困扰，然而他们并不知道这是杂乱纠缠的海藻逐渐消解的结果。

亚当斯贝格站在那儿，注意到支持者、反对者、温和派和犹豫者的位子跟上次会议一模一样。这一次，埃斯塔雷竟然待在原地一动不动，亚当斯贝格不得不给他一个鼓励的眼神，让他去准备二十七杯咖啡。警长没有打过腹稿，一切顺其自然，就像往常一样。

"罗伯斯庇尔圈的刺客昨晚在凹村被捕，"他叉着双臂宣布，"他身中数枪，目前在朗布依埃医院接受治疗，因为之前发生了一场枪战。"

不知道为什么，亚当斯贝格注视着自己右手掌心，那只手朝一个人开了九枪。这个人在岛上杀过人，淹死高迪埃，枪杀马斯弗雷，刺死布鲁盖尔，撞翻冈萨雷斯，绞杀贝里厄，还打伤了塞莱斯特。

"我打伤了他右臂和膝盖。小腿上的伤则是圣-奥班宪兵队的德里奥和维兰造成的。有一点要告诉大家，那个人端着 MP5 冲锋枪，对准我、维克多和阿梅代·马斯弗雷扫射。之前,他还在树林里开枪,塞莱斯特和野猪多处受伤。"

"他在凹村干嘛?"弗瓦西问道,语气里听不出任何内疚。

"他没干嘛,就是在跟踪我,圣-奥班的两名宪兵也一样。"

"两名宪兵,为什么?"雷坦库尔问道,她也没有别的用意。

"因为超速,"亚当斯贝格笑着回答,"拒不配合,抗法逃逸。"

梅卡代瞥了他一眼,目光中透露出好奇。

"哪来这么多罪名,警长?"瓦兹内小心翼翼地问道,声音不敢太大。

因为不管怎么说,凶手的被捕彻底改变了整个局势,所以必须保持低调,尽管他觉得这次胜利只是碰巧的结果。

"这样他们就有了跟踪我的理由,瓦兹内。"

"真的?"

"逗你的。但他们的干预至关重要。面对 MP5,我只有一把执勤手枪,两兄弟各拿一把步枪。可是 MP5 很重,受伤的杀手被迫左手单手持枪,放弃前把。这导致他动作变慢,射击不够准确,才给了我们一线生机。但如果圣-奥班的宪兵没有及时赶到,我不认为我们能活下来。"亚当斯贝格平静地总结道。

埃斯塔雷给大家端上了咖啡,每个人都抓住了这个放松的机会,碟子和勺子碰撞的声音持续了相当长的时间。令人意外的是,这次没有人去阻止这些噪音。

"所以这只是巧合?"诺埃尔突然大胆问道,"杀手突然出现?"

"大声点,诺埃尔,"亚当斯贝格指着自己的耳朵说,"枪战之后,我耳朵里还嗡嗡地响。"

"是巧合吗？杀手的突然出现？"诺埃尔高声重复道。

"不，警司。我当时去找维克多，打算为他画出凶手的脸。凶手的形象在我的思绪中酝酿已久，躲在面具下的他，直到昨晚才突然露面。"

"您之前掌握线索吗？"当格拉尔问道。在瓦兹内和诺埃尔略显大胆的提问后，他不能继续保持沉默。

"很多线索。"

"您却没有跟我们说？"

"我一直在说啊，警督。您拥有跟我同样的工具，"亚当斯贝格提高了音调，"整个警队供您调用，我去冰岛后，警队一直归您指挥。我跟您说过，罗伯斯庇尔的棋盘没有动静，而'动物运动'。我跟您说过必须去有动静的地方。我告诉过您，桑松、丹东、德穆兰的线索都没用。还说了很多别的事情：如果真正想动摇协会或打击罗伯斯庇尔，为什么要对那些临时会员、那些偶尔出现的寄生虫下手呢？为什么断头台的符号画得如此低调？又如此费解呢？为什么让·布鲁盖尔家里会有那些涉及冰岛、而且是崭新的书呢？为什么维克多一言不发？为什么到处都充满了恐惧？真的恐惧？还是假的恐惧？为什么要戴假发吊死樊桑·贝里厄？您跟我一样收到了现场的照片：为什么绳子不挂在车库的中央？为什么挂在车库的一侧？我昨天甚至立刻给您发了短信：'绳索偏一侧，质地粗糙，假发的白发丝，受害者沉默'。这些情况，您都掌握，跟我一样。但是最近一段时间来，您似乎一概视而不见，听而不闻。然而，警督，所有这些不是形成了一连串相当扎实的线索吗？"

当格拉尔没来得及、或者说没有兴趣记录所有这些零散的线索，而且"动物运动"这样的事情,是否能归入"线索"也很难说。与记得飞快的贾斯汀和弗瓦西相比,他此刻只感到成群的瓢虫——他肯定漏掉了很多——分散在死气沉沉的谢弗罗兹河谷的背景上。

"所以这些线索不仅仅是我的,当格拉尔,"亚当斯贝格接着说,"它们也是您的,是所有人的线索。"

"就算是吧。"

"就算什么?当格拉尔,瓦兹内,或者莫尔登,你们见多识广,可是你们哪一个,跟我说过海豹肉是吃不出鱼味道的?一个都没有。你们都知道维克多和阿梅代讲的冰岛惨局。根据阿梅代的说法,一天傍晚,那个人拖着一只海豹回来,'满身是血,带着鱼腥味'。他特别提到艾丽丝·高迪埃对那顿晚餐的美好回忆,就像品尝了'一道美味的三文鱼'。然后维克多又跟我们说起那次意想不到的收获:'好几公斤的鱼肉啊',而且他再三强调,他们回到格里姆西岛时,'从头到脚都弥漫着海豹油和腐鱼味'。我提醒过您,当格拉尔,在跟我们谈话之前,兄弟俩已经商量好了说辞。他们的叙述中存在太多相似之处,比如那个'禽兽不如的家伙',比如凶手的'屁股着了火'。我跟您说过,当格拉尔,他们讲的故事是假的。您是否重读过他们的证词?没有,因为那个时候,没有人再愿意听冰岛或凹村的事情。然而,我们对这个凹村的挖掘根本没有结束。我们半途而废,错过了一条路,甚至可以说我们放弃了它。"

他听到卢西奥沙哑的声音:"有一条路你没有看见。""玩得不错,你那个家伙。"

"他们的盘问记录,您重新读过吗,警长?"凯尔诺基安不带任何感情地问道。

"读过,我重新读过他们的陈述,想找出他们陈述中的相似之处。他们为什么要说谎,到底在哪方面说谎?比方说'三文鱼''鱼''腐鱼',这些词在两人的陈述中反复出现。可是,当格拉尔,还有瓦兹内,你们比我更清楚,海豹是哺乳动物,不是鱼类。而且我是通过你们才知道这点的。"

"不过,"埃斯塔雷说,"海豹会吃很多鱼,不就有鱼腥味吗?"

亚当斯贝格摇了摇头。

"但是这改变不了海豹肉没有鱼腥味这个事实。牛肉吃不出青草的味道,对吧?"

"我明白了,"埃斯塔雷若有所思地说道,"那么,海豹肉的味道是怎样的呢?"

"介于肝脏和鸭肉之间。带着一点盐和碘的滋味。"

"您怎么知道的?您在格里姆西吃过?"

"没有,是问来的。"

亚当斯贝格来回走了几步。

"总之,"他补充道,"我已经说了一百遍,这个调查从一开始就像一个巨大的、干枯的海藻球那样错综复杂。"

这根本不算什么"线索",当格拉尔心里想着,而贾斯汀则连这一句都记了下来。

"在这一团混乱中,我们无法笔直往前冲。我们只能提取出脆弱的小碎片,还会不断掉进别的陷阱。我们有一些线索,可是它们像十几片星云,在水下飘荡,彼此没有明显的联系,杂乱无章。这个狡诈顽固的凶手将一切都淹没了。当时需要一个强劲的启动装置,把这团东西拖出水面。然后画出他的脸。"

"凶手的脸?"埃斯塔雷认真地问道。

"凶手的脸。"

"您决定先拿给维克多看,然后再给我们看。"当格拉尔说。

"您没说错,当格拉尔。因为维克多认识凶手。"

"维克多认识凶手,怎么回事儿?"

"因为他常去协会,陪着马斯弗雷去的。我需要拿到他的证词,我拿到了。哦不,是阿梅代打开了话匣子。维克多会不会说出来,我吃不准。但阿梅代有信心,他找到了自己童年的伙伴、兄长。"

"由此可见,去托斯特农场转转,不是一件徒劳无益的事儿。"维朗克说。

"您说的是什么启动装置啊?"莫尔登问道,这次他鹭鸟般的细脖子缩了回去,藏在灰色的羽毛领子里,"能让星云浮出水面?"

"手杖敲地面的声音。也许您也有所察觉,当格拉尔。那个晚上您在场,我也在。然而,您的思绪早已离开,完全沉浸在对我前往格里姆西的不满之中。"

"您说什么?我没听明白。"瓦兹内问道。

"昨天晚上,维朗克用他的木拐敲地面。然后星云一下子浮上清澈的水面。当然了,起初我只看到富歇。但只需要稍微扩大一下范围就行了。"

当格拉尔完全懵了。对他来说,亚当斯贝格的话毫无意义。他期望得到一个清晰明确的答案,他怀疑警长故意用他私人小岛扑朔迷离的故事耍弄他们，把他们搞得一头雾水。

"在罗伯斯庇尔协会出现的凶手，"他一字一顿地问道，"是谁，警长？"

"就是冰岛的凶手啊，警督。"

全场鸦雀无声，空气中弥漫着压抑的氛围，夹杂着慌乱的呼吸声、空杯子碰撞、放下铅笔或咀嚼笔头的声音。埃斯塔雷意识到该上第二轮咖啡了。不管其他人怎么看，埃斯塔雷一直密切关注着围绕着亚当斯贝格形成的复杂对立情绪，无论是重大事件，还是琐碎的细节，他都看在眼里。

"凶手，"亚当斯贝格又说，"就是我们去狐狸岛找的那个凶手。一切都从那里开始。我之前告诉过你们，那里仍然是个动荡的地方。你们还记得我说过吗？这个动荡发展成为连绵不断的波浪，一直延续到对樊桑·贝里厄的袭击，直到昨晚对我们的袭击。"

"他的名字是什么？"当格拉尔问道，他从亚当斯贝格平稳的声音中，清楚地听到了含蓄的指责。

"夏尔·罗尔邦，高级法官。了不得啊。涉及六起谋杀，五起谋杀未遂。"

"您把谁算在那六起谋杀里面了？"诺埃尔问道，他稍稍解开夹克的拉链，这或许是一种下意识的开放姿态。

"在岛上有外籍兵埃里克·考特林、阿德莱德·马斯弗雷。这里有艾丽丝·高迪埃、亨利·马斯弗雷、让·布鲁盖尔和安吉利诺·冈萨雷斯。谋杀未遂的目标包括樊桑·贝里厄、马斯弗雷兄弟和我本人。以及对塞莱斯特的施暴和伤害。还有崽崽。"他补充道。

"宏大的画面。"梅卡代总结道。

"除了岛上的死者和塞莱斯特,"当格拉尔说,"他们都是罗伯斯庇尔协会的成员。"

"但那根本不重要,当格拉尔!"亚当斯贝格激动地说道,"您还没听进去吗?他们都是在冰岛落难的游客!让·布鲁盖尔就是维克多描述的那位'企业高管'!就是那个在暖石上笑的人。安吉利诺·冈萨雷斯是'帝企鹅专家'!樊桑·贝里厄,维克多猜测他是滑雪教练!他们都是这批人的一员!而且他们都吃了自己的同伴。当格拉尔,这个线索难道还无关紧要吗?这条线索难道不够大吗?您责备我跟踪的这条线索,难道还不够大吗?"

当格拉尔推开笔记本,给自己倒了一杯水。警督宣布放弃,大家都明白了。亚当斯贝格等待这个转折点的到来,以便展开更加清晰的陈述,如果他能做到的话。

"冰岛发生的事情,您又怎么画得出岛上凶手的面容呢?"莫尔登问道,"画出那个陌生人,那个夏尔·罗尔邦的面容呢?"

"因为我们见过他,莫尔登。他跟别人一样,在罗伯斯庇尔协会中露过面。"

"弗朗索瓦·夏多?"

"不是夏多,警督。那个胆怯的人。那个寻求保护的人。"

"勒布伦。"雷坦库尔说。

"勒布伦。勒布伦,那个暴力、血腥、压迫、自私的人,巧妙地藏匿在粉底、胡须和假发之下。他的相貌平平,可随心所欲地改变。阿梅代称他'禽兽不如'。您还记得他扮演库通吗,当格拉尔?他是否真的如此微不足道?他真的不喜欢勒布隆—富歇的残暴吗?"

当格拉尔轻轻地点了点头。

"您还记得那个晚上吗？勒布伦坐在库通的轮椅上，用手杖敲打地板吗？您还记得那个岛上的杀手也用他的手杖探冰吗？只有这个协会的创始人，才会在十年前想到把冰岛的幸存者约到这里来见面。观察他们的弱点、缺陷，评估他们。这真是一个绝妙的想法：可以随心所欲地，在一个大家戴着面具、穿着戏服的匿名集会中反复观察他们。谁会注意到他们呢？而且，更重要的是，如果有一个'潜伏者'死了，或者几个人死了，甚至全部都死了，警察会去冰岛调查吗？还是更倾向于在依然激起激情的罗伯斯庇尔这边找凶手呢？当然是查罗伯斯庇尔这边啦。确实，我们当时一股脑地朝这个方向冲进去，我是冲在最前面的。"

"如果他想把我们从冰岛的线索中引开，把我们带到这儿来，"维朗克问道，"为什么他不把符号画得清晰一点，容易辨认呢？"

"这就是天才所在，维朗克。如果您给警察、或给某人提供一条太明显的线索，他们就提不起兴趣，会有戒心，心想'这太离谱了'，是个'陷阱'，是'安排好的圈套'，于是会产生怀疑。但是您强迫他们思考，使他们相信，比如说这些警察，使他们相信符号的意义是他们凭着自己的智慧看出来的，那么他们就会像痴迷的疯子一样，对自己的发现执着不放。努力越多，依附就越深。如果我们解密没成，那么弗朗索瓦·夏多的信，写得那么真实、那么诚恳的信，会直接把我们引到罗伯斯庇尔那边去。这个符号，大家都说没见过，事实上也的确如此，除了勒布伦，这个符号是他炮制的。它是为了我们，而且只为我们炮制的。它不十分明显，也不太深奥。介于两者之间。自然，三起谋杀案见报之后，勒布伦催促夏多联系我们。不仅如此，万一我们执意去冰岛溜达的话，他还把三本新书放在了让·布鲁盖尔家里。新书!这让我们大伙得出结论,杀手想引诱我们误入冰岛。啊,'杀手的失误',我们傻乎乎地这么想。其实这个'失误'是故意的。让我们放弃冰岛,还有比这更好的办法吗?我们果然这么做了。我们都被卷入罗伯斯庇尔的圈子里,我再说一遍,那儿毫无动静。为什么呢?因为那里没有发生任何事情。勒布伦逼我们下这盘棋,一盘将近七百名棋手参与的棋,可是这儿的棋子纹丝不动。因为真正的棋子在别的地方挪动。这个死气沉沉的棋盘,我们会在这儿停滞不前,到头来找不到出口,因为根本就没有出口。"

"直到冰岛游的成员都被杀害。"梅卡代说道。

"而我们始终都想不到凶手的身份。"瓦兹内承认道。

"是啊,警司。勒布伦?那个和蔼可亲的勒布伦吗?那个来帮过我们,让我们注意'后代'群体的勒布伦吗?那个让我们一无所获的群体?他声称对那些'潜伏者'不信任,向我们透露了他们的情况,就像把手指伸进烛火一样,既在玩火,又没有风险。因为'潜伏者'就是那群冰岛游客,他一年两次召集他们参加大会,目的是探听他们的态度,重申缄口令。"

"我不明白烛火的比喻。"埃斯塔雷说道。

"我以后做给你看,什么叫不会把人灼伤的火焰。"亚当斯贝格说,"这些潜伏者是谁?勒布伦对我们说。是反对罗伯斯庇尔的复仇者吗?是保王派吗?是间谍吗?是罗伯斯庇尔本人杀的他们?在他疯狂之际?为什么不呢?可怜的勒布伦,最后自己也装得极度恐惧。而我们却信了他。"

"该死,"瓦兹内此时恢复了他的常态,"我们从头到尾被人耍得团团转。"

"瓦兹内,从头,但并没有到尾。因为局面的僵持终于让人感到反常,引发了怀疑。一而再、再而三地原地打转,不禁让我们思考是否存在别的途径。也许有一条被遗忘、掩盖或者抛弃的线索。而且是唯一的线索。"

"冰岛。"诺埃尔承认道。

这个粗鲁的诺埃尔毫不羞愧地认输,他的勇气又一次让亚当斯贝格刮目相看。

"有件事我问一下。"亚当斯贝格说,"我不在警队的时候,勒布伦来这儿寻求保护,他当时是否以某种方式得知我去了冰岛?我只知道有人跟他说,我因为家庭原因不在队里。"

当格拉尔默不出声,慢慢地抬起手臂。

"是我,"他说,"在跟他谈保护的时候,我不小心泄露了一些东西。"

"一些什么'东西',当格拉尔?"

警督勇敢地抬起头,把心一横,就当是丹东慷慨赴死吧。

"我告诉他您不在,您去冰岛散心了,我们将尽力而为。"

"这可不是什么小'东西',当格拉尔。"

"没错。"

"他就是为了打探这条消息而来的,因为他看到我的车停在家门口。从我们开始调查这个案子,他就一直在监视我的行动。您因为生气把这条消息告诉了他。我又回冰岛了!您想象一下他的反应。他花了九牛二虎之力来摧毁这条线索,将我们推向深不可测的罗伯斯庇尔圈,而我却又回到那儿去了。于是他攻击樊桑·贝里厄。贝里厄就是协会里不知名的'自行车手'、狐狸岛上的'滑雪教练'。他戴着假发将贝里厄吊死。为什么？为了再次将我们引向罗伯斯庇尔，无论如何要做到。而且不仅如此。他把绳子挂在房梁的一侧，靠近贝里厄可以抓到的链条，也靠近墙边的搁架，贝里厄伸脚够得着。绳子很粗糙，粗糙得套不好活结。他知道这样一来，身强力壮的贝里厄可以从中脱身。贝里厄果然逃脱了。"

"他把他吊起来，然后又放过他？"凯尔诺基安问道，"他什么意思？"

"他想让贝里厄能够作证，证明袭击者戴着大革命时期的假发。为了阻止我们离开罗伯斯庇尔。"

"明白了。"埃斯塔雷神情专注，咬着腮帮子说。

"都说通了。"莫尔登叹了口气。

"勒布伦深谋远虑，将一绺假发留在地上，万一他的'绞刑犯'真的死了。可是贝里厄活了下来，他跟我们提到了那顶假发，但没有多说什么。他的目的跟袭击者一样，也是让我们死死盯住罗伯斯庇尔协会，永远没人提冰岛。永远不让别人发现他像其他人一样吞食了旅伴。他告诉我说，他参加大会是出于对罗伯斯庇尔的'热爱'，那当然是谎话。他之所以去那里，是因为跟别人一样接到了传唤。"

"都说通了。"莫尔登重复道，带着更深的叹息。

"于是乎，在勒布伦看来，一切都无懈可击了：那顶假发直接将我们引向一个疯狂的人，一个居然穿着十八世纪的服装，在协会中进行谋杀的疯子。我们会想到哪个疯子呢？想到哪个戴着白色假发的疯子呢？"

"罗伯斯庇尔。"雷坦库尔说。

"而且我们或迟或早会对他提出指控。指控这个不可腐蚀者的后代、一个被虔诚的祖父扼杀了童年的家伙、一个似乎魔鬼附身般执迷于演绎自我角色的家伙。是的,我们拥有足够的证据来将他描绘成一个精神失常、疯狂而残忍的杀人狂。那就是勒布伦—夏尔·罗尔邦拉住我们的手,执意要把我们牵去的地方。您别忘了他袭击贝里厄的那个晚上,弗朗索瓦·夏多在酒店加班,他拿不出不在场的证据。"

"他把自己的朋友送上断头台。"弗瓦西说。

"这种人是没有朋友的,弗瓦西。"

"为什么他袭击艾丽丝·高迪埃之后,又对马斯弗雷下手呢?为什么不是冈萨雷斯或者布鲁盖尔呢?"她抬起头,眼睛离开了屏幕,问道。

"因为一旦着手调查罗伯斯庇尔协会,我们就会发现马斯弗雷是协会的财神爷。认为凶手的目标是摧毁协会,而不是一个去过冰岛的游客。"

"都说通了。"莫尔登又叹息着重复道,"不过朝您开枪,胆子也太大了。"

"朝别人开枪也一样啊。他知道阿梅代是个薄弱环节,怕他经不住我盘问而崩溃。而且我从冰岛回来之后,立刻去见了这两个兄弟。这表明我在那儿找到了一些线索,以某种方式知道了暖岛上到底发生了什么。昨晚我开车离开时,他便跟着我。见我朝凹村驶去,他知道自己最担心的事情即将发生。这一次,他不能让我们活下去。他准备动手。他选择走快速路,当我拐入小道,甩开宪兵的时候,他的车子已经跑到我前面去了。他越过围绕树林的破损栅栏,直奔我们而来,半路上撂倒了塞莱斯特和崽崽。"

"你们没听到树林里的枪声吗?"瓦兹内问道。

"几乎差着两公里呢,而且风是朝西边刮的。假如勒布伦不知道我去过冰岛,当格拉尔,他原本会克制自己,因为他相信能看到我们咬住罗伯斯庇尔的圈子不放,直到逮捕弗朗索瓦·夏多。我们也可以等到星期一晚上,在他出停车场的时候,悄悄抓捕他。那样他就不会伤到塞莱斯特,也不会朝我们开枪。我必须提醒大家,提醒你们每个人,千万不能向陌生人提供队员的任何私人信息。哪怕只说他去上个厕所或者喂猫也不行。陌生人看上去再怎么友善、乐意合作或者恐慌,也不能说。抱歉,当格拉尔。"

当格拉尔稍微停顿了一下,然后站起来,突然恢复了他那低调庄重的优雅风度。亚当斯贝格对于大场面,尤其如此一本正经的做派不感兴趣,他稍微后退了一步,但当格拉尔的表情里没有任何夸张的迹象。

"我要向您表示祝贺。"他平静地说道,"就我个人而言,我犯了一个严重的过失,以至于可能甚至本会导致包括您在内的四个人丧生。因此,我今晚将向您递交辞职报告。"

"今晚不行。"亚当斯贝格平静地回答道,就像是婉言拒绝晚餐邀请一样,"因为今天是星期天,我星期天不看报告。明天也不行,我们要开始写报告,我需要您的文笔。之后也不行,因为我已经申请休假三周。因此,我离开期间,您将负责指挥警队。"

他去哪儿呢?当格拉尔心里琢磨。毫无疑问,他是要去他的比利牛斯山,在波河湍急的清流中泡脚。

"这是一道命令吗?"莫尔登问道,脖子从肩膀中重新露出来。

"是的,是一道命令。"亚当斯贝格确认道。

"这是命令。"莫尔登凑近当格拉尔说。

"散会吧,"亚当斯贝格轻声说道,"今天是星期天。"

亚当斯贝格朝门口走去,维朗克一把抓住他的胳膊。

"好悬啊,"他说,"要不是宪兵赶到,你说不定就没命了。"

"那不一定。因为亡灵不会放弃他所召唤的人。"

"那倒是,我忘了这茬了。"

"这么看来,"跟在后面的当格拉尔低声嘀咕道,"亡灵似乎也召唤了圣-奥班的宪兵。"

"可以这么说。"亚当斯贝格说,"这才是您的高见,警督,好不容易啊。我这下可以放心地走了。"

47

晚饭过后,亚当斯贝格和弗朗索瓦·夏多在几乎空无一人的西岱岛街心绿地里散步,绕着亨利四世的雕像转悠。夏多仍然在惊愕和强烈愤怒中挣扎,亚当斯贝格关于他的秘书勒布伦—夏尔·罗尔邦的一番话让他难以消化。

"天啊,吃人的法官。夏尔!夏尔居然把人捅死,再吃他们身上的肉!不,不可思议,这不可能。"

这句话,夏多翻来覆去重复了十二次。他今晚的确是夏多,而不是罗伯斯庇尔。他肯定没有戴吊坠,亚当斯贝格暗想。

"他招供了吗?"夏多问。

"他一言不发。医生的诊断是他陷入某种愤怒状态……您稍等,夏多,我看一下笔记……'某种具有破坏性的愤怒状态',"亚当斯贝格翻开笔记,接着读,"'伴随着极度的挫折和厌恶情绪,可能源于一种反社会的病态心理结构'。他砸坏了房间里所有能砸的东西,电视、电话、窗户、床头柜,给他打了镇静剂。那么暴力的倾向,您之前没有察觉到吗?"

"不,"夏多摇了摇头说道,"不,没有。尽管……"他犹豫了一下。

"他是一个怎样的法官?"

"是那种被人们称为'冷酷无情'的法官。但我不想过多关注这些传闻,它们让我感到尴尬。"

"为什么呢?"

"因为他对罗伯斯庇尔的大革命法庭过于痴迷,这常常让人感到不舒服。他老是喜欢做比较,说现在的法庭就像是温暖舒适的房间。"

"你们是朋友吗?"

"同事关系。他总是与我保持距离。他对社会地位的差别非常敏感。我只是个会计,而他是个法官。在他所处的圈子里,他与政界和金融界的重要人物交往。勒布隆告诉我,他经常在凡尔赛的别墅里举办盛大的晚会,邀请最顶尖的人物。或者说最糟糕的人物,不是吗?"

"邀请勒布隆吗?"

"他是加尔舍医院精神科的名医啊。"

"勒布伦要求我们派人在那儿保护他。"

"纯粹是冒名顶替。"夏多耸了耸肩,"夏尔从未当过精神科医生。他是这样跟您说的?"

"对。"

"在某种程度上,说他没有当过精神科医生,也不完全准确,因为他痴迷于精神问题。他希望能够'猜透'别人的内心,他老是问勒布隆,能不能通过某种迹象、动作、表情或说话的声调,察觉到某人内心的脆弱、抑郁、懊悔?他对别人的弱点感兴趣,不是吗?他邀请勒布隆出席晚会活动时,会给他布置一些任务:要求勒布隆仔细观察某位政界、银行界或实业界人士，然后向他汇报。勒布隆不太乐意，说自己是大夫，不是捡破烂的，扒拉别人的隐私。可是夏尔很强势，大家都顺着他，习惯了。不过有时候，"夏多微笑着说，"他怕的是我，或者说他不得不钦佩我。"

"当您扮演罗伯斯庇尔的时候？"

"是的，警长。他是个狂热的罗伯斯庇尔信徒。罗伯斯庇尔身上只有一件事让他耿耿于怀，那种家喻户晓的美德。罗伯斯庇尔从未去过刑场。他厌恶鲜血。夏尔觉得那只说明他的虚伪。'菜鸟之见啊，我的朋友，'勒布隆对他解释道。但夏尔固执得很。他希望罗伯斯庇尔是个行动派，而不是足不出户的书生，希望看到他跟民众一起在街上奔跑，看到他亲手砍下头颅，挂在长矛上，看到他登上断头台，拉动斩刀。现在我们明白了，夏尔喜欢这一切，喜欢血腥、处决、屠杀。还有他本人。对他来说，只要自己能活下去，冰岛上的两条人命又算得了什么呢？不过他为什么那么多年之后才大开杀戒，才开始连环杀人呢？他是否陷入了精神错乱？"

"陷入了自我保护的精神错乱，夏多。艾丽丝·高迪埃坦白了，从那时起，冰岛幸存者们之间的平衡开始摇摇欲坠。阿梅代·马斯弗雷可能会说出真相，还有他的父亲。维克多也是如此。这个团体眼看就要失控。于是他决定做个了断，一劳永逸地解决问题。"

"不可思议。"夏多第十三次重复道，"六起，差点就是十一起凶杀案。那个在树林里遭到枪击的女人，她情况怎么样啦？他像可恶的富歇那样朝她扫射。"

亚当斯贝格顿了一下。

"有待观察，他们这么说的。"

"我很遗憾。7月开完最后一次大会之后,也就是热月八日和九日会议之后,我将解散协会。"

"您说过,你们的财务状况可以支持你们完成研究工作,资金是由马斯弗雷提供的,不过想必您会猜到,是夏尔·罗尔邦要求的。"

"无所谓了,警长,继续进行研究是不道德的。帷幕已经落下。人们一旦知道夏尔的真实身份、他做的事情以及他在哪个协会担任秘书,无论他的结局如何,我们肯定会被愤怒的民众所抛弃。应该翻篇了。"

夏多坐在长凳上,伸着腿,背部依然挺直,天色逐渐变暗,亚当斯贝格点燃了一支香烟。

"为什么,"亚当斯贝格说道,"为什么不换种方式去体验呢?"

"体验什么?"

"罗伯斯庇尔。您今晚没有带牙齿,对吧?"

"什么牙齿?"

"他的牙齿。外科医生在热月十日夜里收集之后,交给了艾蕾诺·杜普莱,然后传给弗朗索瓦·迪迪埃·夏多,经过男性后代的传承,最终传到了您的手上。您,所谓的罗伯斯庇尔之子的后代。"

"您胡编乱造啊,警长。"

"在这儿。"亚当斯贝格将手指放在夏多的胸口上说道,"您把牙齿挂在这儿,像一枚吊坠。然后,他进来了。他将弗朗索瓦·夏多的身体和灵魂驱逐,然后回来,独自存在,与您无关。"

夏多伸出手,示意要一支烟,已经不再计较香烟的外观了。

"继续较劲还有什么意义呢?"亚当斯贝格递上打火机说,"故事结束了。"

"这对您有那么重要吗？这些牙齿是否存在？我是否佩戴它们？他是否进来？有何意义呢？"

"意义可以称作'弗朗索瓦·夏多的肉体和灵魂'。最终会被他吞噬的'弗朗索瓦·夏多的肉体和灵魂'。再说为什么不吞噬呢？可是今天晚上，我觉得我再也无法忍受任何吞噬了。"

"这事没出路的。"夏多黯然说道。

"有办法。您可以对这些牙齿和您自己进行 DNA 鉴定，您会最终知道自己是否真的是他的后裔，或者 1790 年的单亲母亲只是吹嘘自己怀上了这位伟人的孩子。"

"绝对不做。"

"您害怕？"

"是的。"

"您怕是他的后裔，还是怕不是他的后裔？"

"是也怕，不是也怕。"

"怀疑助长恐惧，就像蘑菇在地窖里繁衍生长，唯有确凿的知识才能驱散恐惧。"

"道理是很简单，警长。"

"确实如此。您会知道，这将改变很多事情。"

"我不希望改变太多事情。"

"这将成为史实。"亚当斯贝格继续说道，"无论结果如何，您可以继续扮演罗伯斯庇尔，如果您愿意的话。不过您会知道他是谁，弗朗索瓦·夏多是谁。这并非无关紧要。至于这些牙齿，您可以把它们送到它们应该去的地方：归还给人民，就像罗伯斯庇尔所说的那样。把它们交给卡尔纳瓦莱博物馆，那里目前只收藏了他的一缕头发。"

"绝对不行，"夏多重复道，"绝对不行，您听见没有？"

亚当斯贝格掐灭香烟，站起身来，又围着亨利四世的塑像走了几圈。

"我走了。"他最后回到长凳旁说。

亚当斯贝格抛下夏多，朝远处走去，让他独自面对沉重的命运。他穿过通往左岸的桥梁，嗅着塞纳河的气味，靠在栏杆上眺望河水的流动，河水虽然脏兮兮的，但依然湍急有力。大约过了一刻钟，或许更久。夏多突然靠在他身旁的栏杆上，神情说不上轻松，但是放松了一些，面带微笑。

"我会去做的，警长。这个 DNA 鉴定。"

亚当斯贝格点了点头。夏多抬起身体，腰背挺直——他会永远保持这样的姿态——伸出手来。

"谢谢，亚当斯贝格公民。"

这是夏多第一次直呼其名，而不是用头衔来称呼他。

"祝你生活美好，夏多公民，"亚当斯贝格握着他的手回答道，"愿你的后代都是女儿。"

亚当斯贝格步行回到家。打开矮栅栏之前，他看了看自己的手掌。这世上不是所有的人，都有机会与罗伯斯庇尔握手的。

48

收到塞莱斯特脱离危险的消息后亚当斯贝格才动身，当格拉尔把他送到机场。他们在登机口告别。明天，警督将开始单独审讯杀手夏尔·罗尔邦。

"如何接近他，"当格拉尔说，"选择哪条路径，采取何种策略，我满脑子都在琢磨这件事。"

"当格拉尔，您不必担心。罗尔邦是一个残忍而没有良知的人，因此寻找审讯策略是无用的。无论你选择怎样的策略，温柔、聪明、巧妙、暴力，或者动用您的白葡萄酒，他都不会崩溃的。他是暴力的主宰，对他不要抱任何期望。我们把证据和证人准备好就行了。也许只有一件事会激怒他，那就是冷落他，不睬他，说话时对他不屑一顾。有情况请告诉我。您打算去探望塞莱斯特吗？"

"今天下午去。"

"那么请您把这个还给她，"亚当斯贝格从口袋里拿出烟斗，"这会让她振作起来。告诉她崽崽已经回到种马场，一切顺利。"

亚当斯贝格进入候机区后，当格拉尔独自在大厅徘徊，手里攥着那根烟斗和附带的瓢虫。他打算等到飞机起飞的时间再离开。那边也该春意盎然了，小草破土而出，一片绿色。警督不时地看表。

上午九点四十分，当格拉尔点了点头。飞机拔地而起，朝格里姆西岛方向飞去。

作者查阅了大量有关罗伯斯庇尔和法国大革命的著作，尤其是以下几种：

——ARTARIT Jean, *Robespierre*, CNRS Éditions, 2009
——DOMECQ Jean-Philippe, Robespierre, derniers temps, *Folio histoire*, *Gallimard*, 2011
——*LENÔTRE G.*, *La guillotine et les exécuteurs des arrêts criminels pendant la Révolution*, Archéos, 2011
——RATINAUD Jean, *Robespierre*, «Le temps qui court», Seuil, 1960
——SCHMIDT Joël, *Robespierre*, Folio biographies, Gallimard, 2011

关于冰岛，主要参考了：

Islande, Bibliothèque du voyageur, Gallimard, 2012, 译自 *Iceland*, Insight Guides, APA Publications GmbH & Co, Verlag KG, 2010, 2012.

图书在版编目（CIP）数据

冰寒时代 / (法) 弗雷德·瓦尔加斯著；钱培鑫译
. -- 上海：上海文艺出版社，2024
ISBN 978-7-5321-8888-8
Ⅰ.①冰… Ⅱ.①弗… ②钱… Ⅲ.①长篇小说－法国－现代 Ⅳ.①I565.45
中国国家版本馆CIP数据核字(2024)第048824号

FRED VARGAS

Temps glaciaires

Copyright © Fred Vargas and Flammarion, Paris, 2015

Simplified Chinese edition copyright © 2024 SHANGHAI LITERATURE & ART PUBLISHING HOUSE

All rights reserved.

著作权合同登记图字：09-2020-456

本项目是上海文化发展基金会资助项目。

发 行 人：毕　胜
责任编辑：赵一凡
封面设计：朱云雁

书　　名：冰寒时代
作　　者：[法] 弗雷德·瓦尔加斯
译　　者：钱培鑫
出　　版：上海世纪出版集团　上海文艺出版社
地　　址：上海市闵行区号景路159弄A座2楼 201101
发　　行：上海文艺出版社发行中心发行
　　　　　上海市闵行区号景路159弄A座2楼206室 201101 www.ewen.co
印　　刷：启东市人民印刷有限公司
开　　本：890×1240 1/32
印　　张：13.75
插　　页：2
字　　数：211,000
印　　次：2024年7月第1版 2024年7月第1次印刷
I S B N：978-7-5321-8888-8/I · 7004
定　　价：76.00元
告 读 者：如发现本书有质量问题请与印刷厂质量科联系　T:0513-83349365